D1719922

Willi
Bredel
Edition
im
Weltkreis
Verlag

CIP-Kurztitelaufnahme der Deutschen Bibliothek

Bredel, Willi:
Bredel-Edition im Weltkreis-Verlag. – Dortmund:
Weltkreis-Verlag
Die Enkel: Roman / mit einem Nachwort von Rutger Booss.
– Teil 1. Die Niederlage. – 1. Auflage. – 1981
ISBN 3-88142-228-5
NE: Bredel, Willi: [Sammlung]

© *Aufbau-Verlag Berlin und Weimar 1969*
© *Nur für diese Ausgabe*
Weltkreis-Verlags-GmbH
Postfach 789
D-4600 Dortmund
Umschlaggestaltung: Schriftbild Hamburg
Bildnachweis: Akademie der Künste der DDR; Staatsarchiv
Hamburg; Dokumente und Medien (Hamburg)
Herstellung: Plambeck & Co
Druck und Verlag GmbH
D-4040 Neuss
Auflage: 5.4.3.2.1.
ISBN 3-88142-228-5

Willi Bredel
Die Enkel 1

Roman

Mit einem Nachwort von Dr. Rutger Booß

Weltkreis Verlag

INHALT

*Der Textabdruck erfolgte nach Willi Bredel, Gesammelte
Werke in Einzelausgaben. Band 6, 4. Auflage (Berlin 1969)*

*Die Trilogie ,,Verwandte und Bekannte'' umfaßt die Romane
Die Väter · Die Söhne · Die Enkel*

DIE NIEDERLAGE

ERSTES KAPITEL

I

Es läutete.

Theodor Sinder, Klassenlehrer der 5 B, zog wie gewöhnlich, wenn die Schulglocke ertönte, seine Taschenuhr hervor, schüttelte den Kopf, als komme ihm dieses Läuten völlig unerwartet, und las weiter: „... fassen wir zusammen: Die Vorgeschichte der Germanen, also die Zeit, aus der uns keine schriftliche Überlieferung vorliegt, war früher in tiefes, undurchdringliches Dunkel gehüllt. Vielfach herrschte die Vorstellung, als habe diese Zeit in einem dumpfen, fast tierischen Hindämmern ohne geistige Regungen und ohne höhere Ansprüche an das Leben bestanden ..."

Stimmenlärm drang vom Korridor herein. Die Schüler horchten auf. Natürlich wieder die 5 A, die macht immer als erste Schluß. Ein prima Lehrer, der dicke Rochwitz. Geflüster und Gekicher flatterte von Schulbank zu Schulbank. Deutlich hörte man: „Alter Sündenknochen, hör auf!"

Sinder hob erstaunt, unwirsch sein dürres Gesicht über dem hohen Kragen, der den strunkartigen Hals schamhaft verdeckte. Er preßte die schmalen, blutleeren Lippen aufeinander, und die knochigen Finger seiner Rechten zitterten, das Zeichen, daß Ärger ihn ankam.

Die Schüler beobachteten mit Luchsaugen jede Bewegung ihres Lehrers. Zufrieden stellten sie den üblichen Ablauf aller ihnen bekannten Symptome fest: Mit dem überraschten Blick auf die goldene Sprungdeckeluhr ging es los, und nach dem nervösen Zurechtrücken der Brille setzten die Spinnenfinger der rechten Hand ihr unruhiges Spiel fort. Die Linke lag, der Klasse selten sichtbar, gewöhnlich unterm Pult. Hastige und

7

strenge Blicke folgten, die das Scharren und Murren in der Klasse ersticken sollten. Und schließlich kam dann der von den Jungen ungeduldig erwartete Ausruf: „Schluß also ... Heil Hitler!"

Soweit war es aber noch nicht. Theodor Sinder, dessen Spezialfächer Geschichte und Deutsch waren, mußte nach den neuen Bestimmungen (für den Geschichtsunterricht) die vorgeschriebene Zusammenfassung vornehmen, die Nutzanwendung sozusagen.

„Welche Lehre ergibt sich nun aus dem Gesamtbild der Vorgeschichte unserer Ahnen für unsere Zeit?"

„Daß Schulschluß ist!" Die ganze Klasse kicherte. Etliche drehten sich um; sie hatten wohl gehört, daß es Fritz gewesen war, der Frechste, aber neben Berni auch der Begabteste der Klasse.

„Sinde, Sinde! Nichts als Sinde!" grollte es aus der gleichen Ecke. Sinder hob wieder das Gesicht. Aber sein zorniger Blick vermochte die Unruhe nicht zu dämpfen.

Resigniert fügte er sich drein und las aus dem Geschichtsbuch, um der Vorschrift zu genügen, vor: „... am Ende der Eiszeit, als das heutige Deutschland bis zu den Mittelgebirgen von hohen Gletschern überzogen war, kam, nachdem die Eismassen langsam wichen, in der norddeutschen Ebene der sogenannte Renntierjäger auf. Er ist der Urahne der nordischen Rasse."

Fritz Elzner trat aus der Bankreihe und ans Fenster. Neidvoll blickte er hinunter. Die Jungen strömten aus dem Schulhaus auf die Straße, und nicht nur er, alle hörten die Rufe, das Gelächter, das ausgelassene, hundertstimmige Geschnatter. Nur für die Klasse 5 B war noch nicht Schulschluß, weil der „Sündenknochen" sein Stundenpensum wieder einmal nicht geschafft hatte.

„Diese nordische Rasse begann mit der Zeit die ausschlaggebende Rolle für die Entwicklung der ganzen Menschheit zu spielen ..."

Mit der anschwellenden Unruhe in der Klasse nahm das

Beben von Sinders rechter Hand zu. Aber er blickte nicht mehr auf; er las und las: „... diese nordische Rasse wurde zur Urquelle der großen Völkergruppe der Indogermanen, zu der Perser, Inder, Griechen, Lateiner, Germanen, Kelten und Slawen gehören. Und die Küste der Ost- und der Nordsee war die Wiege der Völker, der Ursitz der Menschheit geworden."

Das Scharren, Schimpfen, Höhnen war so stark geworden, daß niemand mehr die letzten Sätze verstand. Da schlug Sinder mit der flachen Hand aufs Pult, und augenblicklich herrschte Stille. Ruhig, korrekt, leise fast sagte Sinder das lange erwartete, erlösende Wort: „Schluß also! Heil Hitler!"

Laute Verwünschungen gegen ihren Klassenlehrer ausstoßend, drängten die Schüler aus den Bänken und aus dem Klassenzimmer hinaus. Die Schultaschen hatten sie schon längst, während des Unterrichts, gepackt.

II

Jörgen, der Sohn eines Steuerbeamten, ein dunkelblonder Krauskopf mit Stupsnase und vorstehender Mundpartie, saß noch als einziger auf der Bank und kramte in seiner Schultasche. Sinder hatte seine Mappen und Hefte bereits zusammengesucht und unter den Arm geklemmt, als der Junge langsam, wie zögernd, auf ihn zutrat.

„Herr Sinder! Ich ... ich möchte Ihnen ... Ihnen was mitteilen."

Theodor Sinder legte dem Jungen die immer noch zitternde Rechte auf die schmale Schulter und fragte: „Wer war der Ärgste?"

Der Junge zuckte zurück und antwortete: „Das weiß ich nicht, Herr Sinder!" Leise, wie gekränkt, setzte er hinzu: „Ich bin doch kein Angeber."

„Aber du willst mir doch was mitteilen, nüch?"

Der Junge blickte auf, nickte und sagte: „Die halten immer noch zusammen, Herr Sinder. Sie flüstern heimlich und – und sprechen schlecht vom Führer. Sie sind be..."

„Wer?" unterbrach Sinder den Schüler. „Was wird gesprochen?"

„Na, der Berni Frese..." Der Junge schluckte vor Aufregung... „Auch Viktor Brenten und Hans Stierling... die waren doch bei den Pionieren, und die... die ketzern immer noch."

Sinder schob mit der fahrigen Rechten die Brille zurecht. Er fixierte den Jungen und fragte: „Was haben sie denn geketzert?"

„Das war so, Herr Sinder. Wir haben da in der Klasse eine Rundfrage gemacht. Das ist ein Beschluß, alle Pimpfe sollen es so machen. Die Rundfrage heißt: Warum bin ich für den Führer? In unserer Klasse sind alle für den Führer, bis auf drei."

Der Junge hatte die anfängliche Hemmung überwunden; er berichtete, ohne zu stocken und ohne nach Worten zu suchen: „Berni Frese hat gesagt: ‚Ich kenne den Führer gar nicht.‘ Hans Stierling nannte die Rundfrage einen Quatsch. Und Viktor Brenten sagte: ‚Ich bin für meinen Vater...‘ Sein Vater ist Kommunist, Herr Sinder. Die Polizei sucht ihn."

Sinder betrachtete schweigend den vor Eifer und Erregung rot gewordenen Jungen. Er spürte, daß diese Mitteilung ihm einen Haufen Ärger und Unannehmlichkeiten bringen konnte, denen er gern aus dem Wege gegangen wäre. Er war ein geschworener Gegner des Sozialismus, war es immer gewesen. Seine Lebensmaxime faßte er gelegentlich in die Worte „National", „Liberal" und „Christlich" zusammen. Allem Neuen gegenüber verhielt er sich von Natur aus mißtrauisch und ablehnend. Den Nationalsozialismus fand er nur deshalb erträglich, weil er versprach, das Althergebrachte zu erhalten und zu pflegen. Entscheidungen aber, ganz gleich welcher Art und von welcher Schwere, wich er gern aus.

Auch was er eben vernommen hatte, war ihm lästig. Und er sagte: „Gut, Jörgen, wir beide wissen ja nun Bescheid, woran wir sind, nüch? Und nun geh!"

Der Junge verließ langsam das Klassenzimmer. Sinder sah ihm mit schrägem Blick nach. Dann nahm er die Brille ab, vergaß aber, die Gläser zu reiben, sann vielmehr vor sich hin ... Um nichts in der Welt wollte der Junge ein Angeber sein ... Nein, Angeber und Anschmierer hatte Sinder in seiner Klasse nicht, und das hatte ihn immer gefreut ... Er wußte, sie nannten ihn „Sündenknochen". Gott mochte wissen, aus welchem Grunde. Gern wüßte er, wer diesen seltsamen Spitznamen aufgebracht hatte. Auch, wer ihn am häufigsten gebrauchte. Er hatte es nie erfahren können ... „Sündenknochen" – ein scheußliches Wort ... Aber er mußte doch schmunzeln.

Als hätte er ihm aufgelauert, lief Kollege Hugo Rochwitz auf der Treppe Sinder in den Weg. „Ausgerechnet!" brummte Sinder in sich hinein. Er konnte diesen feisten Bajazzo, wie er seinen Klassennachbar insgeheim nannte, nicht ausstehn. Ein Aufschneider, wie alle Nichtskönner, ein Poseur war der in seinen Augen und ein Schwätzer, wie die meisten Dummköpfe.

„Laß wohlbeleibte Männer um dich sein, Sinderchen!" Rochwitz legte jovial den Arm um den dürren Sinder. „Freust dich wohl auch, wieder ein Tagwerk hinter dich gebracht zu haben, was? Nunu, sieh doch nicht so giftig drein! Nimm 's Leben von der heiteren Seite. Warst du eigentlich immer so – so gallig?" Rochwitz blieb mitten auf der Treppe stehen, packte ungeniert Sinder am Paletotärmel und sagte, den Blick forschend auf den sich abwendenden Kollegen gerichtet: „Weißt du, Sinder, manchmal hab ich das Gefühl, du wärst nicht einverstanden mit der neuen Zeit ... Hab ich recht? Gefällt dir dieser Frühling nicht, der das alte Gerümpel wegfegt? Ist er dir zu stürmisch, alter – Sündenknochen? Hahaha!"

Einige Schüler liefen, ihre Mützen ziehend, an den beiden

Lehrern vorbei die Treppe hinunter, und Sinder zischte empört: „Was fällt dir ein! Die Bengels hören alles!" Auf dem fleischigen Gesicht des andern breitete sich ein zufriedenes Grinsen aus. „Antworte doch auf meine Frage!" Sinder riß sich los und strich seinen Rockärmel glatt. Im Weitergehen sagte er: „Fällt mir im Traum nicht ein!" Der schwere, massige Rochwitz watschelte hinter ihm her und rief dem Davoneilenden nach: „Genügt mir ... Genügt mir!"

Sinder hastete mit steifen Schritten die letzten Stufen hinab und bog am Schultor mit scharfer Wendung in die Straße ein. Wut sprühte in ihm; das Zittern seiner Hand übertrug sich auf den Knotenstock, so daß es aussah, als drohe er damit. „Lümmel!" preßte er zwischen den Lippen hervor.

Rochwitz stand auf der letzten Stufe der Schultreppe, lachte und rieb sich die Hände. Dann zog er mit großer Geste seinen Hut, denn der Rektor Friedrich Hagemeister kam die Treppe herunter. Rochwitz hatte immer noch ein Lachen im Gesicht. „Herr Rektor, gestatten Sie, daß ich Sie ein Stück begleite?"

Hagemeister rückte seinen Hut zurecht und strich die langen grauen Haare hinter die Ohren. „Aber lieber Kollege, ich bitte darum."

Sie gingen nebeneinander die Straße entlang. Hagemeister schien keine Lust zu einer Unterhaltung zu haben; er blickte im Vorübergehen in die Auslage eines Zigarrengeschäfts, sah hinüber zur Asbestfabrik am Kanal, wo Kräne Säckebündel in Schuten verluden, und hinauf zu den Wolkengebirgen, die an diesem trüben Frühlingstag über die Stadt zogen. Rochwitz dagegen gierte nach einem Gespräch, setzte mehrere Male an, fand aber den Absprung nicht. Schließlich sagte er: „Ich hatte soeben eine Unterhaltung mit Herrn Sinder."

„Soso!" erwiderte Hagemeister.

„Und wie mir schien, ein für Sinder wenig erfreuliches Gespräch."

„A–ach!" Hagemeister ging gemessenen Schrittes weiter.

„Frischweg von der Leber, Herr Rektor, so wie das nun einmal meine Art ist. Wissen Sie, was ich glaube? Ich glaube, dieser Sinder ist ein Gegner unseres Staates. Ich bin . . ."

Hagemeister unterbrach ihn. „Aber, aber, lieber Kollege! Der alte Theodor Sinder? Diese stockkonservative und grundehrliche Haut?"

„Jawohl, Herr Rektor! Jawohl! Und stockkonservativ, das haben Sie sehr richtig gesagt. Das ist ja gerade die Ursache . . . Jaja, Herr Rektor, ich sage Ihnen, Sinder ist ein Hitlergegner und Judenfreund. Wissen Sie, wie er die Abwehrmaßnahmen der Regierung gegen die jüdische Wucherwirtschaft genannt hat? Judenboykott. Wohlgemerkt: Judenboykott. Hellauf hat er gelacht, als ein Schüler seiner Klasse berichtete, seine Mutter kaufe keine jüdischen Eier. Ich sage Ihnen, der Sinder hält es mit den Juden . . . Wissen Sie übrigens, wie Sinder jede Klassenstunde schließt? ,Schluß also mit Heil Hitler!' – Sagen Sie selbst, ist das nicht der Gipfel der Unverfrorenheit? Und wissen Sie, wie seine Klasse ihn bezeichnenderweise nennt? Sündenknochen! Überlegen Sie bitte: Sün-den-kno-chen!"

Hagemeister erwiderte peinlich berührt: „Was soll das alles, Herr Kollege?"

„Herr Rektor, ich habe mir nur erlaubt, Ihnen meine vorläufig noch ganz private Meinung über Herrn Theodor Sinder mitzuteilen."

III

Vom Fenster des oberen Stockwerks der Schule am Wiesendamm in Hamburg geht der Blick weit hinein in den kilometertiefen Stadtpark mit seinen Wäldchen, Wiesen, Sportplätzen, Wasserläufen und dem herrlichen Parksee. Auf den Sportplätzen tummelt sich nach Schulschluß die Jugend. Sonntags tragen die Sportvereine dort Hand- und Fußballwettspiele aus. An schönen Abenden spazieren Familien nach den Liegewiesen oder sitzen im Restaurant am Parksee. Liebespärchen schlendern auf den Heckenwegen und durch die Birken- und Buchenwäldchen hinter dem Wasserturm. – Birkenhain und Liegewiese am Wasserturm, das waren auch die beliebtesten Plätze der jungen Barmbecker Pioniere gewesen. Hier hatten sie in fröhlicher Gemeinschaft getanzt und gespielt, auch manchmal im Halbkreis um Fred Stahmer, ihren Pionierleiter, gesessen und Vorträge angehört, oder jemand hatte aus guten Büchern vorgelesen. Damit war es nun vorbei, denn die Hitlerregierung hatte den Verband aufgelöst. Indes, viele Pioniere trafen sich heimlich und hielten zueinander. Nicht mehr in großen Gruppen kamen sie zusammen, sondern nur noch in kleinen Kreisen. Eine solche Freundschaft bildeten Berni Frese, Viktor Brenten und Hans Stierling.

An diesem Nachmittag warteten auf einer der großen Steinbänke am Wasserturm Viktor und Berni auf ihren Freund Hans. Sie waren verwundert, daß er sich so verspätete, denn Hans war gewöhnlich der Pünktlichste. Beide trugen noch ihre Wintermäntel und Berni sogar einen Wollschal. Sie saßen auf der Bank und ließen die Beine baumeln.

„Hast du nichts von deinem Vater gehört?" fragte Berni.

„Nichts!" Viktor ließ die Schirmmütze um seinen Zeigefinger kreisen. „Meine Oma meint, solange wir nichts von ihm hören, ist alles gut."

„Von deinem Großvater hört ihr?"

„Ja, aber nichts Gutes. Er ist immer noch im Stadthaus. Oma darf ihn nicht mal besuchen."

„Vielleicht ist dein Vater gar nicht mehr in Hamburg."

„Wer weiß . . . Sie sind mächtig hinter ihm her."

Die Blicke der beiden Jungen wanderten über die Spiel- und Liegewiesen, deren junges Grün auch an diesem unfreundlichen Apriltag den Augen wohltat.

„Im Haus nebenan bei uns hat ein Maurer gewohnt. Drews heißt er, Arthur Drews. Ein Arbeitersportler, Athlet. Sie haben ihn im Stadthaus totgeprügelt."

Viktor blickte dem Freund voll ins Gesicht. „Woher weißt du das?"

„Seine Frau hat's meiner Mutter erzählt, und ich hab an der Tür gehorcht."

„Wenn sie Fred Stahmer erwischen, kann's ihm genauso gehen."

„Deinem Vater auch."

„Was sagst du?" Viktor sah erschrocken auf. Dann aber meinte er: „Hoffentlich kriegen sie ihn nicht."

Da rückte Berni noch näher an den Freund heran und entwickelte ihm flüsternd seinen Plan.

„Wir müssen auch fliehen. Vielleicht nach Lübeck oder Kiel ... Du, einige Wochen halten wir bestimmt durch, und in einigen Wochen, sagt mein Onkel Emil, der ist schon viele Jahre Sozi, in einigen Wochen, sagt er, haben die Nazis ausgespielt ... Ich weiß in Lübeck die Adresse von einem Pionier, der mal bei uns übernachtet hat. Zu dem gehen wir; der wird uns schon irgendwo unterbringen ... Und dann schreiben wir an die Häuserwände Losungen, überall. Führen die SA an der Nase rum. Na, was meinst du? Ich frag mich nur, sollen wir allein gehen oder zu dritt, mit Hans? Mein Onkel sagt nämlich: ‚Zwei – und alle! Drei – schon eine Falle'."

„Warst du mal in Berlin?" fragte Viktor.

„Nee; warum fragst du?"

„Da müßten wir hingehn. Berlin ist groß, da findet uns keiner."

„Lübeck ist auch ganz schön groß", bemerkte Berni. „Wenn wir Fred mal treffen – das könnte doch rein zufällig sein? –, der würde bestimmt unsern Plan unterstützen und uns helfen. Wir könnten dann vielleicht sogar unter ..."

„Da kommt Hans!" flüsterte Viktor und zeigte auf das Birkenwäldchen.

Hans, obgleich auch er erst neun Jahre alt wurde wie Berni und Viktor, wirkte durch seinen kräftigen Wuchs, und weil er fast einen Kopf größer war als seine beiden Freunde, älter. Er zählte zu den besten Sportlern der Klasse und war im Nehmen wie im Geben der härteste Boxkämpfer. Ihn in schlimmen Zeiten als Freund zu haben, war gut; er wußte sich und seinen Freunden Respekt zu verschaffen. Das hatte Dieter Ahlersmeyer zu spüren bekommen, als er niederträchtige Verleumdungen über die Pioniere verbreitet hatte. Hans hatte ihn eines Tages angerempelt und zum Faustkampf gefordert. Um vor der Klasse nicht als Feigling zu erscheinen, mußte Dieter annehmen. Hinter der Planke an der Gasanstalt hatte Hans mit kunstgerechten, zielsicheren Geraden und Uppercuts die Pionierehre gerächt.

Berni und Viktor sahen, wie Hans sich immer wieder umblickte. Es schien ihnen, als zögerte er, das Wäldchen zu verlassen und herüberzukommen. Jetzt winkte er ihnen.

Viktor flüsterte: „Was hat er nur? Komm!"

Beide rutschten von der Bank und liefen Hans entgegen. Der aber winkte lebhafter und rief – endlich verstanden sie ihn –: „Hinterm Turm!"

Hinter dem Wasserturm, einem aus Klinkern errichteten Bauwerk, standen als Abschluß der Blumenbeete dichte Rotdornhecken und Hagedornbüsche – bei Spielen ein herrliches Versteck. In dem noch struppigen Gewirr dieses Strauchwerks hockten sie nun mit Hans, der, nach Luft japsend, hervorstieß: „Ich – werde – verfolgt!"

Verfolgt? Berni und Viktor tauschten einen kurzen Blick. Von wem verfolgt? Spürte man ihnen nach?

Hans nickte mit dem Kopf. „Von den ... von den Pimpfen! ... Jörgen ist dabei ... Auch der dicke Kurt."

„Wieviel sind es denn?" fragte Berni.

„Sechs oder sieben."

„Na, wir sind auch drei." Und in Bernis Blick lag: Du allein zählst schon für drei.

Hans verstand und winkte verächtlich mit der Hand. „Die Feiglinge! Spionieren wollen sie! Uns verpetzen ... Wir müssen uns woanders treffen. Wir müssen einen neuen Platz ausmachen."

16

Dabei kroch er schon vorsichtig voraus durch die Büsche in Richtung auf das Schrebergartengelände, von wo ein schmaler, wenig benutzter Heckenweg an der Lichtwark-Schule vorbei nach Winterhude führte.

IV

Am Fenster seines Amtszimmers stand Rektor Hagemeister, die Hände auf dem Rücken verschränkt, und blickte durch die Gardine auf die Straße. Fuhrwerke ratterten vorbei, und Passanten gingen auf der anderen Straßenseite am Kanal entlang. An der Kanalbrücke saßen, wie jeden Tag, die angelnden Erwerbslosen, geduldiger noch als die Fische, denen sie nachstellten. Man konnte glauben, warf man einen flüchtigen Blick in den Alltag, alles sei wie eh und je. Was aber hatte sich nicht alles verändert! Diese Unruhe und Angst und Furcht, die in das Leben eines jeden eingedrungen war! Keiner blieb davon verschont. Lähmende Ungewißheit beherrschte den Tag wie die Nacht. Da hielten Minister Reden, wie man sie vordem nur in Ringvereinen gehört hatte. Hochgestellte Persönlichkeiten riefen offen auf zu Mord und Totschlag. Ein rüder Frühling – dieser Hitlerfrühling mit seinen Nächten der langen Messer!

Hagemeister war traurig, ja entsetzt, denn er betrachtete das, was über die Nation hereingebrochen war, als ein Unglück, aber er verspürte nicht die geringste Neigung, sich aufzulehnen. Er verabscheute jedweden Fanatismus, auch den seiner Meinung nach fanatischen Antifaschismus. Vernunft, Menschlichkeit und Toleranz waren seine Grundsätze, waren es immer gewesen. Nun waren Zeiten angebrochen, in denen diese Tugenden, die er für unantastbar gehalten hatte, Entartungen genannt wurden, wo Begriffe wie Recht und Gerechtigkeit jeden Sinn und Wert verloren hatten und von Staat und Justiz nach Gutdünken und Nutzen ausgelegt oder beiseite gelegt wurden. Konnte das ein gutes Ende nehmen?

Nein, es mußte furchtbar enden. Aber sollte er gegen den Strom schwimmen? Widerstand leisten, wenn auch nur im Beharren? Er fühlte dazu weder die Fähigkeit noch die Kraft in sich.

Hagemeister hatte den Gedanken erwogen, aus dem Schuldienst auszuscheiden, sich pensionieren zu lassen. Alter und Dienstjahre würden es ihm erlauben. Seine Frau hatte nur gefragt, ob er sicher sei, daß er auch Pension erhalten werde? Hagemeister hatte bitter aufgelacht: Ob er sicher sei? Wessen konnte man heute noch sicher sein? Ihre simple Frage hatte jedoch gewirkt. Er gab sein Vorhaben auf. Er redete sich sogar ein, Männer wie er müßten auf ihrem Posten bleiben, um das Schlimmste zu verhüten. Jawohl, es ist Ehrensache, redete Hagemeister sich ein, feiges Kapitulieren darf es nicht geben, es wäre meiner unwürdig. Er wollte in dieser Schreckenszeit durchhalten, wollte an ihrem Ende, wie weiland Abbé Sieyès, auf die Frage: „Wo waren Sie? Was haben Sie getan?" antworten: „Ich habe gelebt!"

Hagemeister hörte Schritte auf dem Korridor und wandte sich vom Fenster ab. Die Schritte entfernten sich. Sein Blick fiel auf den Schreibtisch. Da lag noch dies ominöse Blatt. „Gesetz gegen die Überfüllung deutscher Schulen und Hochschulen". Er trat heran, nahm es auf und las noch einmal die Präambel, dieses in Stil und Inhalt haarsträubende Machwerk: „Gemäß dem Grundsatz, daß Fremdrassiges von der politischen Führung, von der Rechtsprechung und von den öffentlichen Ämtern ausgeschlossen sein soll im Interesse der arischen Staatsangehörigen und zwecks Beseitigung des jüdischen Einflusses und kommunistischer Elemente, wird Artikel 109 der Weimarer Verfassung durch nachfolgendes Gesetz eingeschränkt: –"

Eingeschränkt, das große Modewort. Hagemeister warf voller Ekel das Blatt wieder auf den Tisch. Eingeschränkt, das war sozusagen der verfassungsmäßige Terminus technicus geworden für: außer Kraft gesetzt.

Das Gesetzblatt lag quer über einem mit großen, steilen

Buchstaben beschriebenen Papier, der Eingabe des Lehrers Rochwitz, die auf der heutigen Lehrerzusammenkunft behandelt werden sollte. Hagemeister legte sie zuoberst. Infame Angriffe, üble Verdächtigungen enthielt diese Eingabe, die wahrscheinlich einen Rattenkönig von Untersuchungen und Vernehmungen nach sich ziehen würde. Ein dreckiger Patron, dieser Rochwitz, ein Intrigant und Postenjäger, Pg. seit dem Jahre 1927, wie sich nun herausgestellt hatte... Was will dieser Mensch eigentlich? überlegte Hagemeister. Nicht einmal ein halbwegs brauchbarer Pädagoge war er, dieser schwadronierende Halbgebildete. Hagemeister ging mit kleinen Schritten, den Kopf nachdenklich gesenkt, durchs Zimmer... Es soll Menschen geben, die aus angeborener Bosheit intrigieren, sich nur in einer Stinkatmosphäre von Tratsch und Klatsch wohl fühlen. Er machte sich Vorwürfe, daß er diesen Schuft, diesen stupiden Biertrinker und banalen Spaßmacher nicht schon früher durchschaut hatte. All die Jahre hatte er ihn aus kollegialem Anstand mit durchgeschleppt und ihm vieles nachgesehen. Nun entpuppte sich dieses Subjekt als SA-Mann und Eisenfresser, als ein in diesem gewitterreichen Frühling aufwucherndes, giftiges, schwammiges Gewächs.

Es klopfte.

„Herein, bitte!"

Die Lehrer traten ein; Hugo Rochwitz als erster. Er riß den Arm hoch. „Heil Hitler!"

Hagemeister hob die Rechte, während sein Blick suchend über den Schreibtisch glitt. „Heil Hitler! Nehmen Sie Platz, Kollegen!"

Grinsend, mit schlenkernden Armen watschelte Rochwitz durchs Zimmer. Ihm folgte das altmodische Fräulein Schotte, seit achtundzwanzig Jahren Lehrerin der Abc-Schützen. Dann nacheinander die übrigen vierzehn Lehrer der Schule. Die meisten schwenkten flüchtig den rechten Arm durch die Luft.

Es hatte in der Schule am Wiesendamm einmal Lehrerkonferenzen gegeben, die geistig anregende und pädagogisch bereichernde Zusammenkünfte gewesen waren. Es hatte Auseinandersetzungen gegeben, heftige, erbitterte sogar. Da es bei solchen Diskussionen nicht darum ging, einen Sieg davonzutragen, sondern um Gewinn für jeden einzelnen, blieb der Ton bei aller sachlichen Schärfe kollegial. An solche Lehrerkonferenzen erinnerte sich Hagemeister, als Rochwitz seine Eingabe begründete. Dieser hatte es offensichtlich darauf abgesehen, einen Skandal zu entfesseln. Zynisch, frech und flegelhaft griff er die Schulleitung, die Lehrer, den Geist und das System der Schule an. Er hatte sich von seinem Platz erhoben, was bisher für einen Sprecher in Lehrerkonferenzen dieser Schule nicht üblich war, und rief mit gesteigerter Stimme: „... Jawohl, es muß einmal gesagt werden: So wie bisher geht es nicht weiter. Die nationale Erhebung, dies aufwühlende epochale Werk Adolf Hitlers, hat nicht nur für die deutsche Welt außerhalb dieser Schule Geltung, sondern auch für die Schule selbst. Gerade und besonders für die deutschen Schulen, zu denen wohl auch, wie ich annehme, die unsrige gehört. Aber, Kolleginnen und Kollegen, was muß man erstaunt feststellen? Der alte Trott geht weiter. Nicht nur das, es werden offen die Maßnahmen unserer nationalsozialistischen Regierung verhöhnt, und zwar von Lehrern. Es werden ..."

„Bringen Sie Beweise, Kollege Rochwitz!"

Der grauhaarige, schmalgesichtige Rudolf Fielscher war der Zwischenrufer, ein langjähriger Anhänger des Kyffhäuser-Bundes und Ehrenvorsitzender eines Kriegervereins.

„Werde ich, verlassen Sie sich darauf", erwiderte Rochwitz. Man merkte ihm aber das Erstaunen an, daß aus dieser Ecke ein Zwischenruf kam. „Bevor ich jedoch zu den einzelnen Vorfällen komme, möchte ich unmißverständlich und deutlich erklären: In der Schule hat man den neuen Geist, der heute in Deutschland das Leben unseres Volkes bestimmt, noch nicht begriffen. Ich sage Ihnen klipp und klar, ich bin nicht nur gewillt, hier rücksichtslos einzugreifen, ich bin auch dazu aufgerufen. In Zukunft wird, was krank ist, ausgemerzt."

„Warum nicht geheilt?" fragte Fielscher.

„Weil wir dazu keine Zeit haben", entgegnete Rochwitz. „Weil nämlich die, die von dieser judäisch-materialistisch-marxistischen Krankheit verseucht sind – und davon spreche ich –, widerspenstige Kranke sind und zum größten Teil unheilbar."

Hagemeister hatte den Kopf tief gesenkt. Er schämte sich vor seinen Mitarbeitern und wagte nicht, ihnen ins Gesicht zu sehen. Als er den Blick wieder hob, richtete er ihn auf den alten Fielscher. Dessen trotzig-zornige Haltung gab auch ihm Kraft. Und er unterbrach Rochwitz, was er auf alle Fälle hatte vermeiden wollen, unterbrach ihn sogar scharf und zurechtweisend.

„Kollege Rochwitz, Sie befinden sich hier auf einer Lehrerkonferenz, nicht in einer Volksversammlung. Politische Vorträge halten Sie bitte woanders. Bringen Sie jetzt Ihre bestimmten, unsere Schule betreffenden Klagen vor, oder ich muß Ihnen das Wort entziehen."

„Sehr richtig!" unterstützte ihn Fielscher. Einige Lehrer nickten zustimmend. Sinder sagte nichts, nickte nicht; er saß starr, wie leblos da, die schmalen Lippen fest verschlossen.

„Also gut", fuhr Rochwitz gereizt fort. „Politische Aufklärung haben Sie nicht nötig. Schön, ich werde deutlicher sein. Es gibt einen Lehrer unter uns, der weiß, daß ein Teil seiner Schüler an verbotenen, staatsfeindlichen Organisationen festhält, also Geheimbündelei betreibt, der sie aber – deckt."

„Unerhört!" rief Heitebrecht, Klassenlehrer der 1 A. Er blickte sich im Kreise der Kollegen um und wandte sich dann an Rochwitz. „Nennen Sie den Namen?"

„Kollege Sinder!"

Alle Augen richteten sich auf Sinder, der regungslos und steif dasaß, als habe er nichts gehört.

Rochwitz fuhr fort: „Herr Sinder wurde auf die staatsgefährliche Geheimbündelei seiner Schüler aufmerksam gemacht, ohne auch nur das geringste zu veranlassen, um diesen Treibereien Einhalt zu gebieten. Herr Sinder lacht über gemeine jüdische Witze, die in seiner Klasse gemacht werden, Herr Sinder . . ."

„Kann er überhaupt lachen?" fragte Fräulein Schotte. Aber niemand beachtete diese Bemerkung.

„Herr Sinder besitzt die Stirn, jede Stunde mit den Worten: ‚Schluß also mit Heil Hitler!' zu beenden. Herr Sinder weigert sich, auf offene, ehrliche Fragen nach seiner Einstellung zum nationalsozialistischen Staat auch nur eine Antwort zu geben. Ich frage Sie, Herr Rektor, und Sie, Kolleginnen und Kollegen, die Sie das verantwortungsvolle Amt eines Lehrers und Bildners deutscher Seelen ausüben, wie lange wollen Sie das noch dulden?"

Hagemeister unterbrach den Sprecher abermals. Langsam, betont ruhig formte er seine Worte. „Herr Kollege Rochwitz, Sie haben sehr ernste Vorwürfe gegen den Kollegen Sinder erhoben. Ich glaube, ich handle richtig, wenn ich Kollegen Sinder Gelegenheit gebe, darauf zu erwidern . . . Bitte, Kollege Sinder!"

Wieder waren alle Augen auf den hageren Mann mit dem kantigen, zerknitterten Gesicht gerichtet. Sinder erhob sich von seinem Sitz, sprach aber nicht gleich, sondern starrte, immer noch wie abwesend, vor sich hin. Leise und tonlos sagte er: „Herr Rektor, eins stimmt, ich erhielt von einem Schüler eine Anzeige gegen drei seiner Mitschüler. Das hab ich Ihnen mitgeteilt. Alles andere . . ."

„Interessant!" bemerkte Rochwitz.

„Alles andere sind gemeine Lügen."

„Zügeln Sie Ihre Worte, ich rate es Ihnen", fauchte Rochwitz.

„Sind – gemeine – Lügen!" wiederholte Sinder mit lauter Stimme und setzte sich.

Hagemeister wandte sich an Rochwitz. „Kollege Rochwitz, Sie haben als Gewährsmann, wenn ich so sagen darf, den Schüler Jörgen Kuhnert aus der Klasse 5 B angegeben?"

„Jawohl!"

„Dann wollen wir ihn mal hören."

„Das erübrigt sich wohl, Herr Rektor, wenn Sinder Ihnen von der Geheimbündelei in seiner Klasse Mitteilung gemacht hat."

„Das hat er wohl."

„Dürfte ich erfahren, was Sie darauf veranlaßt haben?"

„Nein, Kollege Rochwitz. Das müssen Sie mir überlassen. Sie haben aber auch noch andere Beschuldigungen vorgebracht, die wir klären müssen. Befragen wir also Ihren – Gewährsmann. Kollege Pinnerk, haben Sie doch bitte die Güte, den Schüler Kuhnert hereinzuholen; er wartet im Klassenzimmer nebenan." Sich wieder an Rochwitz wendend, erklärte der Rektor: „Rundfragen in der Schule, ohne Wissen und Erlaubnis der Schulleitung, sind, wie gewiß auch Ihnen bekannt ist, unstatthaft. In diesem Fall freilich mag eine Ausnahme am Platze sein."

Lehrer Pinnerk und der Schüler Kuhnert traten ins Zimmer. Hagemeister winkte den Jungen zu sich. „Komm, Junge ... Nein, stell dich hierher ... Ja, so, und nun erzähle mal!"

„Es war ein Vorschlag unseres Pimpfleiters Hartwig, wir sollten ..."

Hagemeister unterbrach ihn. „Du sprichst von der Rundfrage, die ihr in der Klasse durchgeführt habt, nicht wahr?"

„Jawohl, Herr Rektor!"

„Das wollen wir heute nicht weiter wissen. Davon ein andermal. Ich habe einige Fragen an dich, Jörgen. Hör mal! Wurden bei euch in der Klasse jüdische Witze gemacht?"

„Nein, Herr Rektor!"

„Nun, denk einmal gut nach."

„Bestimmt nicht, Herr Rektor! Jüdische Witze? Nein!"

„Haben Sie, Kollege Rochwitz, Fragen an Ihren – an den Schüler?"

„Für diesen Fall habe ich einen anderen Zeugen."

„Auch aus der Klasse 5 B?"

„Jawohl!"

„So? Soso! Noch eine zweite Frage, Jörgen. Wie schließt Herr Sinder seinen Unterricht? Ich meine, was sagt er ganz zum Schluß?"

„Heil Hitler!"

„Ja . . . aber er sagt doch nicht nur ‚Heil Hitler', er sagt doch auch, daß Schluß ist, nicht wahr?"

„Jawohl, Herr Rektor."

„Wiederhole mal ganz genau, was er sagt."

Der Junge dachte nach. Er begriff nicht recht, was gemeint war.

Schließlich sagte er: „Wenn Herr Sinder zu Ende gekommen ist, sagt er: ‚Schluß also!' und dann ‚Heil Hitler!'"

Ein Raunen und Tuscheln ging durch das Konferenzzimmer. Nur Theodor Sinder rührte sich nicht; er schien nicht einmal zu atmen.

„Hat jemand noch Fragen an den Schüler? Niemand? Dann bist du erlöst, Jörgen. Du kannst gehen."

Nachdem der Junge das Zimmer verlassen hatte, sagte Hagemeister zu Rochwitz, der, unberührt von dem Ergebnis dieser Vernehmung, emsig schrieb: „Kollege Rochwitz, ich vermute, Sie haben das Bedürfnis, einige Worte an uns zu richten."

Rochwitz blickte auf und verzog das Gesicht zu einem Grinsen. „Sie irren, das einzig wesentliche Faktum, eben diese Geheimbündelei, ist ungeklärt geblieben. Darüber werde ich bestimmt noch sprechen, aber an anderer Stelle." Er raffte seine Notizen zusammen, schob ungestüm den Stuhl weg und ging.

Hagemeister fragte: „Sie gehen, Herr Kollege?"

„Ja, ich gehe!" rief Rochwitz an der Tür, und in seinem feisten Gesicht waren Haß und Wut.

ZWEITES KAPITEL

I

„Hier ist Geld, Mutter! Ich will doch nicht, daß du es umsonst machst... Nimm schon, ich weiß, was der Junge wegfuttert und was er für Arbeit macht... Umschulen würde ich ihn nicht, sondern in der Schule Wiesendamm lassen."

Frieda Brenten senkte den Blick von Cat zu ihrem dreijährigen Enkelkind Peter, dem kleinen Jungen ihrer Tochter, der auf dem Fußboden hockte und mit Puppen spielte. Immer hatte sie Kinder zu versorgen gehabt, nicht nur ihre eigenen, auch die ihrer Brüder, ihrer Tochter, ihrer Nachbarn, und nun war Cat mit ihrem großen Jungen gekommen. Frieda Brenten aber war kindermüde geworden, wollte endlich „ihr Reich", wie sie sagte, für sich allein haben. Sie hatte Carl hoch und heilig versprechen müssen, Kindergeschrei künftig nicht mehr um sich zu dulden.

Arg zerrupft waren die Puppen, die der Kleine da hatte, die Gesichtchen abgestoßen und zerkratzt; aber der Knirps liebte sie und hob, als er den Blick seiner Oma auf sich ruhen fühlte, die aus Stoffresten gewickelte Puppe auf und sagte: „Oma, die Knusperliese... Knusperliese!" Frieda Brenten nickte und lächelte ihm zu. „Und das", er streckte ihr eine zweite Puppe entgegen, die einmal mit den Augen klappern konnte, „Kulleraugenliese, Oma... Und dies ist die Bauernliese, Oma." Er strich der Bauernliese über den Rest ihres strohblonden Haarschopfes.

Ein allerliebstes Kerlchen ist er, dachte Frieda Brenten, aber nun soll ich auch noch den Großen von Walter und Cat

nehmen? Nein und nochmals nein, ich will nicht mehr ...
Welche Not hatte sie mit dem Kind ihres Bruders damals
gehabt! Der „Graf", wie der kleine Edmond genannt worden war, ewig kränkelnd, hatte ihr Tag und Nacht keine
Ruhe gelassen. Mehr als zwanzig Jahre lag das zurück, aber
sie erinnerte sich daran, als wäre es gestern gewesen, sah sich
zu Ärzten, in die Poliklinik, in die Apotheke laufen, die
Nächte am Bett des Kleinen wachen, tags ihn auf dem Arm
herumschleppen. Der Junge hatte eiternde Ausschläge gehabt, die sich über den ganzen Körper ausbreiteten. Ver-
bände mußten gewechselt werden, es mußte aufgepaßt werden, daß der Junge sie in seinen Schmerzen nicht abriß und
sich dadurch neu infizierte. Waren das aufregende Tage und
Wochen gewesen ... Und die Eltern? Ihr Bruder? Seine
Frau Anita? Die hatten in Krach miteinander gelebt, waren
damals beide ihre eigenen Wege gegangen. Ihr Gör aber hatte
sie am Halse ... Und heute? Der „schöne Edmond" wurde
er von seinen Eltern stolz genannt. Am Großen Burstah war
er in einem Textilwarenladen angestellt. Einmal war sie den
Burstah entlanggegangen und hatte vorsichtig in das Geschäft hineingesehen. Ein großer Mann, elegant gekleidet,
mit breitem, offenem Gesicht, aber unschwer als der kleine
Edmond wiederzuerkennen, hatte mit einer Kundin gesprochen. Ein wirklich schöner Mann war er geworden, kräftig
und stattlich. Sie hatte sich nicht hineingetraut, da er sie seit
zehn Jahren wohl nicht mehr besucht hatte. Zehn Jahre ...
Ihm machte sie nicht einmal Vorwürfe, wohl aber ihrem Bruder, den der Stolz auf seinen Sohn aufgeblasen und eingebildet gemacht hatte. Nein, sie wollte nicht mehr, nie wieder ... War nicht Cat gekommen, als gäbe es für sie, die
Oma, überhaupt keine Wahl, als wäre alles selbstverständlich? „Der Große, der ist doch eigentlich schon eine Hilfe",
hatte Cat gemeint. Warum hatten die beiden sich nicht längst
zusammengetan? Wenn ein Kind da war, trug man doch die
Verantwortung dafür ... Sie machte auch ihrem Sohn Vorwürfe, der sich – wie sie fand – seiner Vaterpflichten nicht

bewußt war. Aber schließlich: wer außer Cat und ihm konnte wissen, wie sie zueinander standen ... Dennoch, mochte sein, was wollte, wo nun der Junge da war, hätten die beiden längst heiraten sollen. Das war doch so kein Leben ...

Was für schreckliche, für unbegreiflich schreckliche Zeiten angebrochen waren. Carl, ihr Mann, war nun schon seit zwei Monaten verhaftet, ohne daß sie irgendeine Nachricht von ihm hatte. Der Gedanke allein, daß ihr Carl im Gefängnis saß, war für sie unfaßbar und unerträglich. In ihr lebte trotz allem, was in Deutschland geschah, immer noch die Vorstellung, man war entehrt, wenn man erst einmal ins Gefängnis kam. Sie wußte zwar – jaja, sie wußte –, daß ihr Mann kein Verbrecher war, aber – er saß im Gefängnis! Sie wußte, daß auch ihr Sohn kein Verbrecher war, aber – die Polizei suchte ihn! Es war für des redlichen Johann Hardekopfs Tochter schwer zu begreifen, daß in solcher Zeit die Verfolgten die Anständigen und Rechtschaffenen, ihre Verfolger aber die Schurken und Verbrecher waren.

Im Februar – oder war es schon März gewesen? – hatte sie Walter das letztemal gesehen. Einer dieser neuen Machthaber sprach gerade über den Rundfunk und rief mit heiserer Haßstimme die Polizei auf durchzugreifen, zu verhaften, zu schießen, die Kommunisten auszurotten. Walter hatte die Mutter beim Abschied umarmt. Da hatte sie gespürt, daß es ein Abschied für lange war. Umarmungen gehörten in ihrer Familie nicht zu den Alltäglichkeiten. „Junge, alle sind gegen euch!" Die Tränen waren ihr übers Gesicht gelaufen. Er hatte sie an sich gedrückt. „Alle? Mutter, wir sind nicht wenige. Und du? Gehörst du nicht auch zu uns?" Er lächelte sogar. Sie aber hatte Angst gehabt, namenlose Angst. „Mein Junge, ich seh dich vielleicht nie wieder! Vater ist ein alter Mann, den werden sie eines Tages wieder laufen lassen. Wenn sie aber dich fassen, dann ..." Er hatte ihr die Tränen aus dem Gesicht gewischt und gesagt: „Ich werd mir Mühe geben, daß sie mich nicht kriegen, Mutter."

Cat saß schweigend der Großmutter ihres Sohnes gegenüber, sah ihren abwesenden Blick und hätte gern gewußt, woran sie dachte.

Frieda Brenten dachte daran, daß ihr Sohn illegal lebte, irgendwo. Als er ihr gesagt hatte, daß er künftig illegal leben würde, hatte sie nicht gewußt, was das bedeutete, sich aber geniert, ihn zu fragen. Anderntags aber hatte sie den Kolonialwarenhändler gefragt. Der hatte ihr den Sinn dieses Wortes erklärt. Seitdem war sie noch mehr verängstigt. Ungesetzlich also lebte er, unterirdisch, jede Stunde tags und nachts auf der Flucht, ständig verfolgt, nirgends sicher, fried- und schutzlos. Armer, armer Junge!

Ja, und nun war Cat gekommen. In dieser ganzen Wirrnis und Verworrenheit benahm sie sich erstaunlich ruhig und überlegen. Frieda bewunderte sie geradezu. Aber es hielt Cat nie zu Hause, dauernd war sie unterwegs und der Junge den lieben langen Tag auf sich selbst angewiesen.

Cat erhob sich, unwillig, aber noch unschlüssig. Sie verstand nicht, daß unter diesen besonderen Umständen die Großmutter ihres Kindes, das doch auch Walters Kind war, zögern konnte, es aufzunehmen. Sie verstand es um so weniger, als sie wußte, wie bitter wenig ihre Schwiegermutter besaß, um das Notwendigste kaufen zu können. Sie brachte ihr doch nicht nur den Jungen, sondern auch Geld. Wenn sie wüßte, dachte Cat, wie schwer es aufzutreiben war! Sie konnte doch nicht sagen, daß sie Zeit und Bewegungsfreiheit für ihre illegale politische Arbeit brauchte.

Frieda Brenten sah aus ihrer Sofaecke auf. Sei nur ungehalten, meine Tochter! Hättest du meine Erfahrungen, du würdest mich verstehen.

Der Kleine zu ihren Füßen unterhielt sich mit der Kulleraugenliese, weil sie nicht schlafen wollte. Er schüttelte sie, gab ihr einen Klaps. Frieda Brenten betrachtete ihn und hatte plötzlich das Verlangen, den Knirps in die Arme zu nehmen, ihn an sich zu drücken.

„Peterchen, komm zu Oma!"

Der Kleine ließ sogleich von den Puppen, kletterte aufs Sofa und schmiegte sein Gesicht an das ihre. Liebebedürftig war das kleine Wesen.

Sie fragte: „Willst du, daß auch Viktor zu Oma kommt?"

Da nickte der Kleine lebhaft und schlang seine Ärmchen um sie.

Cat atmete erleichtert auf.

II

Ein paar Tage später saß Frieda Brenten abends in ihrer Wohnstube und stopfte die arg zerlöcherten Strümpfe, die Cat ihrem Großen mitgegeben hatte. Viktor war mit seinen Schularbeiten beschäftigt. Da klingelte es, und ein ungewöhnlicher Besucher trat ein: Herbert, ihres Bruders Ludwig ältester Sohn.

„Du? Ist was passiert bei euch?"

„Nein, Tante Frieda. Ich wollte dich nur mal besuchen." Er gab auch Viktor die Hand.

Frieda Brenten aber war noch mißtrauisch. „Schickt Papa dich?" – „Nein! Und Mama weiß auch nichts davon... Eigentlich, Tante Frieda, bin ich hauptsächlich wegen Viktor gekommen." – „So, wegen Viktor?" – „Ja, in Schulsachen... Wir sind doch beide in der Wiesendamm-Schule."

Viktor kannte Herbert Hardekopf nur flüchtig. Irgendwann hatte er einmal davon gehört, daß er mit ihm verwandt sei. Und nun war er seinetwegen gekommen? Er ließ keinen Blick von ihm, musterte ihn, und – Herbert gefiel ihm. Lange Beine hatte Herbert und kurze, viel zu enge Hosen. Der Mantel, den er ablegte, war auch zu kurz.

Prüfend betrachtete Frieda Brenten den Neffen. Er war lange nicht bei ihr gewesen und in der Zwischenzeit mächtig in die Höhe geschossen. Aber, er war nicht gut genährt. Na ja, bei *der* Mutter... Sie fand in seinem Gesicht auch nicht eine Spur von Ähnlichkeit mit Hermine und dachte: Man ein Glück! Um so mehr glich er seinem Vater. Akkurat so hatte

Ludwig mit vierzehn Jahren ausgesehen. War sein Sohn auch aus dem weichen, leicht zu knetenden Material? Sie hatte damals, nur knapp zwei Jahre älter, nicht schlecht mit ihrem Bruder herumkommandiert.

Herbert sah seine Tante an, etwas verlegen.

Frieda Brenten fragte: „Sind alle gesund? Auch ... deine Schwester und dein Bruder?"

Sie konnte sich nicht auf die Namen der beiden anderen Kinder ihres Bruders besinnen ... Wie fremd man sich geworden war.

„Habt ihr was Geheimes zu bereden?"

„Das gerade nicht, Tante."

„Also doch! Na, sprecht euch aus, ich mach dir unterdessen ein kleines Abendbrot. Hast doch Hunger, was?"

„Den hätte ich schon, Tante Frieda!"

Sie ging in die Küche.

Viktor überlegte die ganze Zeit, was Herbert Hardekopf ihm zu sagen haben mochte. Schulsachen? Herbert beugte sich zu ihm hin und sagte hastig: „Schnell, Tante Frieda braucht nicht alles zu wissen ... Eine Untersuchung kommt gegen alle, die bei den Pionieren waren. Besonders euch in der 5 B hat man auf dem Kieker. Du sollst gesagt haben, du bist gegen Hitler und für die Kommunisten wie dein Vater. Rochwitz hat in der 5 A die Pimpfe aufgefordert, euch, ich meine die Pioniere in eurer Klasse, zu verprügeln. Verdammt dicke Luft in der Schule."

Morgen flitz ich mit Berni nach Lübeck, entschied Viktor sofort. Unter allen Umständen. Die sollen uns nicht weiter triezen. – „Bist du auch bei den Pionieren?" fragte er Herbert und wußte im selben Augenblick, wie dumm seine Frage war. Wäre Herbert Pionier, würde er ihn, obwohl er einige Jahre älter war, kennen. Eigentlich hatte er fragen wollen, ob er zu den Pionieren halte.

„Nein!" antwortete Herbert. „Ich war bei den Falken."

„O-och so!" Es klang enttäuscht.

„Was willst du nun tun?"

Viktor zuckte mit der Schulter.

„Sie wollen, daß alle Pimpfe werden."

„Das werde ich nie!" rief Viktor voller Protest.

„Ich auch nicht", stimmte ihm Herbert zu. „Wenn es meine Mutter auch gern möchte."

„Na, habt ihr euch ausgesprochen?" Frieda Brenten trug einen Teller mit belegten Broten herein.

„Ja, Tante."

„Hast du was ausgefressen, Viktor?"

„Nein, Oma! Aber die Hitlerpimpfe sind gegen uns, gegen uns Pioniere."

„Du lieber Gott!" rief Frieda Brenten entsetzt. „Treibt ihr auch schon Politik? Ihr Bengels seid wohl von allen guten Geistern verlassen!"

Die beiden Jungen lachten hellauf, und Herbert sagte: „Tante Frieda, Papa meinte gestern, die Nazis sind von allen guten Geistern verlassen."

„Nun aber Schluß mit dem Gequatsche!" befahl Frieda Brenten. „Ich kann so was schon gar nicht mehr hören. Setz dich hin und iß!"

III

Viktor sieht sich und Berni vor der SA davonlaufen. Die SA-Leute schießen. Ihre schweren Stiefel dröhnen auf dem Straßenpflaster. Wie sie rennen! Berni und er aber sind flinker. Hui! – gleich Wieseln flitzen sie in der engen Twiete an den alten Häusern entlang. Schon sehen sie die breite, belebte Hauptstraße ... Da ... Da kommen auch von dort her die braunen Banditen ... Eine Falle? Verloren? Nein, Berni rennt geistesgegenwärtig in einen niedrigen Torweg. Aufgang an Aufgang gibt es hier, mit Treppen, die unmittelbar vom Torweg ins Hausinnere führen. Da hinein? Nicht doch, Berni ist ein Pfiffikus, dort ist keine Rettung. Am Ende des langen Ganges stehen Ascheimer. Ehe noch der erste SA-Mann den Torweg erreicht hat, ist Berni, auf dem Bauch kriechend, dahinter verschwunden und nach ihm Viktor. Da kommen sie herangetrappt. Wie sie fluchen, drohen! Wie sie treppauf, treppab laufen! Von Haus zu Haus. Einer kommt ganz nahe an den Ascheimern vorbei. Viktor sieht, es ist Rochwitz in SA-Uniform, einen Revolver in der Hand. Der dicke Rochwitz als Anführer der SA ...

Viktor ist aufgewacht. Er atmet gequält und hastig. Angst steigt in ihm hoch. Fangen will er mich, aber das darf ihm nicht gelingen ... Fort muß ich. Fliehen. Berni und ich müssen fort. Und Hans? Hans ist stark, ja, aber Berni ist klug und findig.

„Junge, was hast du nur?" fragt Frieda Brenten. „Du atmest so schwer."

„Ach, nichts, Omi! Nur ... Nur der Rochwitz, der will mich fangen."

„Wer ist denn das nun wieder?"

„Ein Lehrer bei uns in der Schule, der ist SA-Führer."

„Du hast doch bestimmt was ausgefressen, Junge?"

„Nee, Omi, der haßt uns Pioniere und verfolgt uns!"

„Dann würd ich an deiner Stelle sehr vorsichtig sein. Hörst du?"

„Ja, Omi."

„Und nun schlaf!"

Viktor kann nicht schlafen. Wie könnte er auch, morgen schon wird er weit weg sein, für Wochen wahrscheinlich ... Und Oma würde warten, ihn suchen, sich sorgen ... Er muß ihr einen Brief hinterlassen, damit sie alles weiß und ihn nicht sucht ... Wenn aber die SA den Brief findet ... Er muß ihr schreiben, daß sie den Brief verbrennt, wenn sie ihn gelesen hat. Hoffentlich tut sie's auch? Sie kennt aber doch die illegalen Regeln nicht ... Besser ist, nicht zu schreiben ...

„Schläfst du immer noch nicht?"

„Omi, ich werde morgen – aber du darfst dich nicht ängstigen –, ich werde morgen weggehen. Du darfst mich aber nicht verraten, Omi?"

Frieda Brenten richtet sich langsam in ihrem Bett auf. Kalt durchrieselt es sie. „Was red'st du da? Wo willst du denn hin?"

„Omi, darf ich zu dir ins Bett kommen?"

„Ja, Junge, komm schon!"

Und er erzählt ihr, nachdem sie ihm hoch und heilig versprochen hat, nichts weiterzuerzählen. Viel hat er ihr zu sagen, sie soll doch verstehen, daß er fliehen und illegal sein muß.

Frieda Brenten wird es bald heiß, bald kalt. Sie überlegt, sucht nach einem Mittel, um den Jungen von diesem Unsinn abzubringen. Was soll sie nur tun?

„Wir haben in einer fremden Stadt eine gute Adresse, Omi, auch von einem Pionier, der wird uns helfen. Du brauchst dich also gar nicht zu ängstigen."

„Ich ängstige mich auch gar nicht", erwidert Frieda Brenten, und die Zähne schlagen ihr aufeinander. „Ich weiß doch, wie tüchtig du bist." Unausgesetzt überlegt sie, was sie bloß sagen könnte . . . Mein Gott, was sage ich nur, um ihn zurückzuhalten? Ihr fällt nichts, aber auch gar nichts ein. Sie ist ganz ratlos und verzweifelt. Was kann auf den Jungen Eindruck machen? Nur jetzt kein törichtes Wort . . . Doch sie kommt auf keinen rettenden Einfall und bricht plötzlich in hemmungsloses Weinen aus.

Viktor ist verwundert und bestürzt. Auf alles war er vorbereitet, nur darauf nicht. „Warum weinst du, Omi? Ich – ich kann doch nicht anders. Und – ich komme doch wieder."

„Denkst du denn gar nicht an mich?" schluchzt Frieda Brenten . . . „Opa hat man mir schon genommen. Papa ist weg. Ich hab doch nur noch dich . . . Gehst du auch, bin ich ganz allein, ganz allein."

Viktor legt es sich schwer auf die Brust. Er seufzt tief. „Wein nicht, Omi. Du hast doch Peter!"

„Der? Der ist doch noch 'n Baby! Du aber, du bist schon ein großer Junge! Bist meine einzige Stütze . . . Was soll ich anfangen ohne dich?"

Viktor fühlt ihren Kummer und ihre Angst. Er liebt seine Oma und kann es nicht ertragen, wenn sie unglücklich ist. Er umarmt sie, umarmt sie immer wieder, küßt sie, küßt sie immer wieder. Dann steigen auch ihm die Tränen hoch, und er gelobt, sie nie und nimmer zu verlassen und, möge kommen, was wolle, alles zu ertragen, die Pimpfe, Rochwitz, die SA, alles ... alles.

IV

Eine Aufregung jagte die andere.

Frieda Brenten hastete vom Wohnzimmer in die Küche und von der Küche zurück ins Wohnzimmer. Sie schloß Geschirr ein, stellte die Blumentöpfe von der Fensterbank auf den Küchenschrank, hing vor das große Fenster nach der Straßenseite eine Wolldecke, damit, wenn sie Licht machen mußte, kein Lichtschein nach außen drang. Die Wohnungstür hatte sie längst abgeschlossen, die Sperrkette vorgelegt, und sie gelobte sich, niemanden hereinzulassen, unter keinen Umständen.

Viktor war mit ihren Maßnahmen durchaus nicht einverstanden. Er saß in der Sofaecke und maulte.

„Oma, wir werden nichts sehen und gar nicht wissen, was da vorgeht."

„Dummer Junge, was willst du denn sehen?"

„Wir sitzen wie in einer Mausefalle."

„So ... Du würdest wohl am liebsten mittenmang gehn, nüch?"

Er war überzeugt, daß Berni und Hans unten auf der Straße waren. Wenn er morgen erzählte, daß er in der verdunkelten Wohnung gesessen hatte, hielten sie ihn womöglich für einen Feigling.

„Nee, nee", sagte Frieda Brenten beim Abräumen des Abendbrottisches, „das ist kein Leben mehr. Die Menschen sind ja rein verbiestert."

Sie hatte beim Einholen sofort gespürt, daß heute etwas

in der Luft lag. Die Menschen in der Straße hatten nicht nur verdrossene Gesichter gemacht, wie in der ganzen letzten Zeit, sondern Haß und Wut hatte in ihren Mienen gestanden. In Torwegen sah sie Gruppen, sie hörte Geflüster und Tuscheln. Als ihr dann auch noch Repsold geraten hatte – es war gerade außer ihr niemand im Laden –, sie solle abends nicht auf die Straße gehen, es werde sicherlich bösen Krawall geben, da war ihr alles klargeworden. Darum diese Unruhe unter den Leuten. Darum diese verbissenen Gesichter. Die Nazis hatten einen Fackelzug durch Barmbeck und Uhlenhorst vor, und die Arbeiter wollten es nicht zulassen. Nein, Frieda Brenten hielt es für Wahnsinn, sich noch gegen die Nazis zu stellen, nachdem sie die Regierung und die Polizei auf ihrer Seite hatten. Was wollten die Arbeiter dagegen machen. Niederschießen würde man sie, in die Gefängnisse werfen – als ob nicht schon genug saßen –, jagen und hetzen würde man sie. Womöglich war auch Walter unklug genug, dazwischenzugehn. Ebenso Cat! Die ließ sich in letzter Zeit überhaupt nicht mehr sehen... Frieda Brenten wäre weniger unruhig gewesen, hätte sie die Kinder nicht bei sich gehabt. Traf die Kinder ein Unglück, trug sie die Schuld. Nur ein Glück, daß der Große nach Hause gekommen war. Und sie sagte: „Wärst du heute abend nicht rechtzeitig gekommen, Viktor, ich hätte mich zu Tode geängstigt."

„Du tust immer so, als wär ich noch ganz klein!"

„Schon gut! Schon gut!"

„Bernis Mutter ist viel vernünftiger. Die hat überhaupt keine Angst."

Blechmusik war zu hören, noch sehr weit weg. Viktor horchte auf. „Oma, sie kommen!"

Schon war er am Fenster.

„Geh vom Fenster weg, verflixter Bengel!" Frieda Brenten riß ihn zurück. Dann knipste sie das Licht aus. Nur aus der Küche drang ein matter Schein ins Zimmer.

„Wie du dich bloß hast!" Viktor kroch zurück in die Sofaecke. „Die sind doch erst in der Zimmerstraße."

„Untersteh dich, ans Fenster zu gehn!" Frieda Brenten ging zu Peter, der im Dunkeln vor Opas Lehnstuhl kniete und seine Kulleraugenliese in die Stuhlecke drückte. „Du bist artig, mein Kleiner, nüch?"

„Kulleraugenliese will Licht haben, Oma!"

„Gleich gibt's wieder Licht, mien lüttjen Butt. Du darfst nich quäsen, sonst wird Oma ganz traurig."

Die Blechmusik wurde lauter. Aber unten auf der Straße war es vollkommen still. Frieda Brenten machte sich an der Wolldecke vor dem Fenster zu schaffen, zupfte und zerrte daran, als hinge sie nicht gut. In Wirklichkeit wollte sie einen verstohlenen Blick auf die Straße werfen. Kein Mensch war zu sehen. In allen Fenstern und Geschäften war es dunkel. Nur die Straßenlampen brannten. Viktor hatte sich auch wieder ans Fenster geschlichen.

„Da kommen sie, Oma, in unsere Straße!"

Ja, sie sah die Flammen von vielen Fackeln in der Arndtstraße auftauchen. Angst kroch in ihr hoch.

„Nun aber weg vom Fenster!"

Sie umfaßte Viktor. „Gott, Junge, ich bin froh, daß du da bist."

„Was bist du bloß für 'ne Bangbüx, Oma!"

Sie setzte sich aufs Sofa und zog Viktor an sich. „Peter auch!" rief der Kleine, kam im Dunkeln angelaufen und ließ sich von seiner Oma aufs Sofa heben.

„Warum marschieren die Kerle nur am Abend, wenn die Leute schlafen wollen?"

„Weil sie am Tage Angst haben", erwiderte Viktor.

„Die haben auch Angst?" fragte Oma Brenten ungläubig.

„Und wie!" bekräftigte der Junge.

Im selben Augenblick ertönten schrille Trillerpfeifen. Unmittelbar darauf brach ein tosender Spektakel aus, in dem sogar die Blechmusik versank. Aufschreie und Gebrüll drangen von unten herauf. Es krachte und klirrte. Steine und Fensterglas fielen aufs Pflaster. Es johlte und heulte. Ein ungeheures Menschenknäuel wälzte sich prügelnd durch die Straße.

Frieda Brenten hatte beide Kinder an sich gepreßt; sie zitterte und bebte und stammelte: „Siehst du... Siehst du?" Aber sie sahen nichts, nicht das geringste, sie hörten nur den Lärm, der immer stärker wurde. Schüsse fielen. Peitschenhieben gleich fetzten sie durch das Getöse. Und wieder Schreie. Wieder dumpf krachende Aufschläge.

Viktor horchte mit aufgerissenen Augen in das Dunkel. Er hörte einige Schreie, verstand: „Nieder! Nieder... Arbeitermörder... Straße frei... Straße frei..."

Sirenen jaulten, und ihr Geheul schwoll an zu schrillem Rasseln. Dazwischen abermals peitschende Schüsse. Geschrei, hetzendes Getrampel vieler Hunderte rennender Menschen. Grelle Befehle. „Straße frei... Straße frei!" und wieder dumpfe Aufschläge und Klirren von Glas.

„Mein Gott! Mein Gott!" stöhnte Frieda Brenten und wunderte sich zugleich, daß die Kinder bei dem Toben auf der Straße und in der Dunkelheit ruhig blieben.

Es klopfte an der Wohnungstür. Frieda Brenten horchte auf. Tatsächlich, es klopfte, es klopfte wieder.

„Oma, da ist jemand!"

„Sei ruhig, Junge!" zischelte sie und stieß Viktor mit dem Ellbogen an.

Es klopfte noch einmal, nicht sehr laut, aber hastig, gleichsam bittend.

„Das ist bestimmt keine SA", flüsterte Viktor.

„Soll'n wir aufmachen?"

„Ja, Oma!"

Schon flitzte der Junge durchs Wohnzimmer an die Tür. Frieda Brenten sah einen jungen Menschen in die Küche wanken, das Gesicht blutverschmiert, das Jackett beschmutzt und zerrissen.

„Verstecken Sie mich, man sucht mich!"

„Hier?" fragte Frieda Brenten fassungslos. „Hier bei uns?"

„Auf 'm Boden, Oma!"

Viktor nahm flink den Bodenschlüssel vom Nagel an der Küchenschrankseite und lief die halbe Treppe zum Boden voraus. Der verwundete Flüchtling folgte ihm. Frieda Brenten blieb wartend an der Tür.

Fast lautlos huschte Viktor die Treppe wieder herunter und in die Wohnung.

„Hast du abgeschlossen?"

„Ja, Oma!"

„So – und nun machen wir Licht!" Sie drehte in der Küche und im Wohnzimmer das Licht an. Sie benahm sich mit einemmal, als wäre alles in Ordnung, als hätte sie nicht vor wenigen Minuten noch vor Angst geschlottert. Viktor sah sie ganz verwundert an, denn immer noch brüllte es unten auf der Straße, wenn auch nicht mehr so toll wie vorher.

„Oma", flüsterte er, „du hast ja gar keine Angst mehr?"

„Sei still, Dummkopf! Weshalb sollte ich denn Angst haben?"

Da wußte nun der Junge wirklich nicht mehr, was er sagen sollte.

Es klopfte, hart, fordernd. Frieda Brenten bedeutete Viktor mit dem Finger auf dem Mund, zu schweigen, und ging öffnen. Zwei Polizisten und drei SA-Leute standen vor der Tür.

„Gott sei Dank!" begrüßte sie Frieda Brenten. „Bitte treten Sie ein!"

„Warum Gott sei Dank?" fragte ein Polizist.

„Nun, daß Sie da sind. Jetzt wird wohl der abscheuliche Lärm auf der Straße aufhören!"

„Hier ist doch jemand hereingelaufen!" Der Polizist fixierte unter seinem Tschako Frieda Brenten durchdringend.

„Zu mir?" Sie blickte treuherzig zu ihm auf. „Na, das hätte gerade noch gefehlt!"

Plötzlich würgte sie Schlucken. Jemand kam die Bodentreppe herunter. Dann sah sie, daß es so ein Braununiformierter war.

„Die Tür zum Boden ist verschlossen", sagte er.

„War die immer verschlossen?" fragte der Polizist Frieda Brenten.

„Selbstverständlich", erwiderte sie. „Woll'n Sie den Schlüssel haben?"

Viktor blickte sie entsetzt an. Frieda Brenten nahm den Schlüssel vom Nagel.

Der Polizist sagte zu den andern: „Wenn die Tür verschlossen war, konnte auch keiner rein. Der muß woanders sein."

Ein SA-Mann beteuerte erregt: „Ich hab genau gesehen, daß er in dies Haus gelaufen ist!"

Einen Augenblick zögerten die Männer noch, dann gingen sie. Frieda Brenten schloß die Tür, blieb aber davor stehen und horchte. Sie hörte, daß sich die Männer stritten, hörte, daß sie die Treppe hinuntergingen, hörte sie das Haus verlassen.

Nun erst drehte sie sich um und blickte Viktor an. „Sie sind weg."

Der Junge fiel ihr um den Hals. „Das hast du großartig gemacht, Oma ... Wunderbar!"

Frieda Brenten aber fühlte ihre Kräfte schwinden; sie wankte zum Sofa. „Allmächtiger, hab ich eine Angst gehabt!"

Der Kleine war in Opas Lehnstuhl eingeschlafen. Während Frieda Brenten ihn ins Bett brachte, lief Viktor hinunter auf die Straße, wo es wieder ruhig geworden war. Auf dem Pflaster lagen Holzstücke von zerbrochenem Hausgerät, verbeulte Eimer, Glassplitter und Tonscherben von Blumentöpfen, doch keine Menschenseele war zu sehen. In Abständen von wenigen Minuten zogen Polizeistreifen durch die Straße. Viktor sah einige Polizisten kurz vor der Zimmerstraße. Er beobachtete genau die gegenüberliegenden Hauseingänge, ob sich nicht irgendwelche Aufpasser dort verbargen. Nichts war zu bemerken. Er wollte die Haustür schließen und dann den Flüchtling vom Boden holen. Sollte der sich erst mal verbinden und in Ordnung bringen. Fein, dachte er, daß wir ihn gerettet haben . . .

„Oma, ich hab die Haustür abgeschlossen. Jetzt hol ich ihn."

„Setz erst Wasser auf, damit er sich waschen kann."

Viktor stellte einen Kessel Wasser auf den Gaskocher und rannte auf den Boden.

Der Flüchtling war noch keine achtzehn Jahre alt, ein frischer Junge mit einem guten Gesicht. Er drückte Frieda Brenten und Viktor dankend die Hand, lachte übers ganze Gesicht, weil die Nazis ihn nicht erwischt hatten.

„Mich hätten sie liebend gern!"

„Es wär Ihnen doch dann bestimmt sehr bös ergangen, nüch?" meinte Frieda Brenten.

„Das kann ich Ihnen sagen. Krumm und lahm hätten sie mich geprügelt und dann ins KZ geworfen."

„Da haben Sie doch sicher große Angst gehabt?"

„Na, und ob", erwiderte er und trocknete sich das Gesicht ab. „Oh, etwas Blut ist ins Handtuch gekommen."

„Schad't nichts. Aber lassen Sie mal sehen? Ist es schlimm? Das Loch im Kopf müssen wir verbinden. Ich glaub, ich hab noch Pflaster." Aber bevor sie ging, es zu holen, sagte sie: „Sie wissen nun, was Ihnen blüht, wenn man Sie erwischt, und trotzdem gehn Sie mittenmang?"

„Klar!" antwortete der Jungkommunist. „Das muß man doch als ehrlicher Arbeiter! Wenn man diesen Lumpen nicht das Handwerk legt, machen sie mit unsereinem, was sie wollen."

Frieda Brenten ging, um Leukoplast und Verbandmull zu holen.

Viktor sagte schnell: „Sie redet ganz anders, als sie es meint. Mein Großvater ist auch Kommunist und im KZ . . ."

„Ihr Mann?"

„Ja", erwiderte Viktor, stolz darauf. „Mein Vater ist auch Kommunist und jetzt illegal. Den suchen sie."

Der junge Arbeiter lachte fröhlich auf. „Dann hab ich es ja gut getroffen... Aber, liebe Frau", sagte er zu Frieda Brenten, die mit dem Verbandzeug kam, „wo Ihr Mann im KZ sitzt, dürfen Sie doch keinen Arbeiter davon abhalten, gegen die Nazis zu kämpfen! Das sind doch seine Kerkermeister! Ihr Mann kommt sonst sein Lebtag nicht mehr raus!"

„Halten Sie mal Ihren Kopf her!" befahl Frieda Brenten.

Und ihr Schützling, auf dem Küchenstuhl sitzend, mußte sich noch vorbeugen, damit die kleine Frau ihn verbinden konnte.

DRITTES KAPITEL

I

Unter uralten Buchen und Linden, am Uferhang entlang, in gleicher Richtung mit dem gemächlich dahinfließenden Elbstrom, auf dem breitbäuchige Kutter und Vergnügungsdampfer vorbeifuhren, gingen auf gepflegten Wegen Walter Brenten und Ernst Timm.

„Das gibt es noch!? Kätzchen und Knospen an allen Zweigen!" flüsterte Walter. Und diese Luft! Sie schmeckte anders als in der Stadt. So hoch und klarblau glaubte er den Himmel noch nie gesehen zu haben. „Ernst, ein wunderbarer Gedanke, den Treff hierher zu verlegen."

„Nicht wahr?" bestätigte Timm. „Dann und wann muß man mal Gras und Laubwerk schnuppern und 'n Käfer über seine Hand laufen lassen. Doch hör zu: ... Du bestätigst also, daß die Arbeiter diskutieren, ob die Hitlerdiktatur von langer oder nur von kurzer Dauer ist. Wenn die meisten nun glauben, sie ist von kurzer Dauer, so müssen wir ihnen sagen, daß das von uns abhängt. Nur wir Arbeiter können die Lebensdauer des Faschismus abkürzen. Viele jedoch sagen allen Ernstes: ist die faschistische Diktatur nur von kurzer Dauer, weshalb sich dann unnötig in Gefahr begeben? Damit wären wir bei der sozialdemokratischen Parole: Abwirtschaften lassen. Das aber heißt – darüber brauchen wir uns nicht zu unterhalten – kapitulieren, ist also gerade das, was die Hitlerbande wünscht. Ich denke, diese Gefahr mußt du in dem Leitartikel klar herausarbeiten."

Walter hörte zu, doch gleichzeitig waren alle seine Sinne diesem Frühlingstag geöffnet. Entzückt blickte er immer wieder durch die Zweige der Bäume auf den Strom. Dort im Schatten standen wahrhaftig schon Schneeglöckchen. Und diese köstliche herbe Luft. „A–ach!" Er seufzte.

„Was hast du?" fragte Timm.

„Nichts . . . Aber können wir uns nicht setzen?"

„Wie du willst . . . Ich schlage vor, den zweiten Artikel, den über Teddy, mit dem ersten zu verbinden. Erinnere an sein Wort, sein letztes in der Freiheit: ‚Hitler – das heißt Krieg!' Wer die Größe dieser Gefahr nicht sehen will, macht sie dadurch nicht kleiner. Wer sie leugnet, wird in ihr umkommen. Zeige Thälmann als den überlegenen und standhaften Führer der deutschen Arbeiterbewegung, der er ist, mehr: als den Führer des ganzen werktätigen deutschen Volkes, der bewiesen hat und stets beweisen wird, daß bei ihm Worte und Taten eins sind. Denk daran, er war es, der uns gelehrt hat, uns nicht in Illusionen zu vergaloppieren, sondern stets mit klarem Kopf die politische Gesamtlage zu betrachten und von den Tatsachen aus die Aufgaben und die Methoden des politischen Handelns zu bestimmen. Er hat uns gelehrt, nie das Ziel aus den Augen zu verlieren – die Eroberung der politischen Macht. Standhaftigkeit, Unerschrockenheit, Heldenmut sind gut, aber sie genügen nicht, die . . ."

„Sie müssen für die richtige Sache aufgebracht werden", warf Walter ein.

„Das sowieso! Das ist selbstverständlich!" erwiderte Timm beinahe schroff und sah Walter von der Seite an. „Die richtige Politik ist das Wichtigste. Sie wird den Erfolg bringen."

Sie setzten sich auf eine Rundbank unter einer mächtigen Buche. Timm betrachtete den Baum und sagte wie im Selbstgespräch: „Starke und tiefe Wurzeln muß man haben, dann widersteht man jedem Sturm."

Walter blickte Ernst Timm an . . . Dreher, Metallarbeiter sollte der sein? Einen Ingenieur oder einen Gelehrten vermutete man in diesem Mann in dem grauen Übergangsmantel, mit dem gestutzten Bärtchen und den graumelierten Schläfen. Ein gutes Dutzend Jahre ist es her, daß ich ihn kennenlernte, überlegte Walter, damals an der Drehbank und beim Kapp-Putsch. Was hatte Ernst Timm in diesen Jahren alles erlebt, durchlitten, durchkämpft? Verfolgung, Verhaftung, Zuchthaus, fünf Jahre Zuchthaus. Wäre er im Dezember vorigen Jahres nicht freigekommen, die Nazis hätten ihn längst umgebracht. Er sollte nicht in Hamburg bleiben. Hier kennen ihn zu viele.

„Hörst du eigentlich zu?"

Walter zuckte zusammen. „Selbstverständlich."

„So? Zerfetze die lächerlichen Lügen, die Goebbels erfand, weil er kein Anklagematerial gegen Teddy hat, nicht haben kann."

„Wie konnte es überhaupt geschehen, daß Thälmann ..."

„Laß das, Walter, darüber unterhalten wir uns später mal. Du und ich, wir sind seine Schüler, nicht wahr? Zeigen wir nun, was wir von ihm gelernt haben, und – daß wir wert sind, seine Schüler zu sein ... Lege alles, was du fühlst, in deine Worte. Brauchst dich dessen nicht zu schämen. Wir glauben manchmal, nur der Verstand müsse sprechen. Falsch, das Herz muß mitreden. Dann finden wir offene Ohren ... Sind alle Voraussetzungen gegeben, daß die Zeitung noch vor dem 1. Mai erscheint?"

„Ja – oder es müßte sehr schlimm kommen."

„Was meinst du?"

„Nun, die Druckerei könnte platzen. Ich könnte hochgehen."

„Weder das eine noch das andere wird passieren, hoff ich. Wir beide haben doch gerade unsern Knast hinter uns."

Sie lachten sich an. Fünfzig Jahre alt ist er jetzt wohl, dachte Walter, aber er lacht noch genauso lausbübisch wie damals, als er dem Chef Anstand beibrachte.

„Du hast gegen Mittag hier in der Nähe noch einen Treff?"

„Ja, in Blankenese."

„Hast du ein sicheres Quartier?"

„Todsicheres... Bei meinem über siebzig Jahre alten Onkel auf dem Dachboden. Der ist auf seine alten Tage Sterngucker geworden, hat sich auf dem Boden ein Privatobservatorium eingerichtet. Fernrohr aus der Bodenluke, ulkig, sag ich dir ..."

„Er weiß, warum du bei ihm wohnst?"

„Natürlich! Er war mal so etwas wie Mitbegründer der Sozialdemokratie. Nach dem Weltkrieg hat er sich mehr und mehr von der Erde ab- und dem Himmel zugewandt. Er soll schon in seiner Jugend eine Schwäche für die Naturwissenschaften gehabt haben."

„Wenn du dich da sicher fühlst ..."

„Er behauptet, die Menschen zu verachten, ist aber selber eine Seele von Mensch."

Timm sagte: „Du wirst bald aus Hamburg fortmüssen. Wir werden unsere Leute auswechseln."

„Und du, Ernst?"

„Ich auch."

Ein Mann mit einem Schäferhund an der Leine kam den Weg entlang auf sie zu.

„Gehen wir", flüsterte Timm. Laut sagte er: „Mach's gut! Tschüß!" Er reichte Walter die Hand und ging.

Walter blieb unter der Buche zurück, zündete sich eine Zigarette an, ließ den Mann mit dem Hund vorbeigehen und warf noch einen Blick auf Ernst Timm, der gerade in einen Seitenweg einbog.

II

An der Elbchaussee hatten Reeder, Kaufherren und Makler ihre Villen gebaut, die an Größe und Pracht den Herrenhäusern der Landjunker nicht nachstanden. Bald gehörte es für die Großbürger der Hansestadt zum guten Ton, dem britischen Vorbild nachzueifern und Golf- und Poloplätze anzulegen. Segeln galt als fauler Sport, das Modewort hieß: Bewegung!

Walter sah schlanke Mädchen und wohlbeleibte männliche Partner Tennisschläger schwingen. Ältere Herren in Knickerbocker, Zigarre im Mund und Golfschläger unterm Arm, schlenderten über die Rasenplätze. An den hohen Parkgittern hingen junge Burschen und Mädchen aus den nahe gelegenen neuen Siedlungen und verfolgten mit Kennerblicken den Spielverlauf.

Landeinwärts von der Elbchaussee waren nach dem Weltkrieg moderne Wohnblocks entstanden, die aus den einstmals verträumten, abgelegenen Elbdörfern städtische Vororte gemacht hatten. Stadtbahnen fuhren hinaus bis Osdorf, Schenefeld und Halstenbeck, wo jenes mittlere Bürgertum wohnte, das dem äußeren Schein nach gern eine Elle über das Kleinbürgertum hinausragen möchte: Prokuristen, Buchhalter, Sekretäre und Bürovorsteher. Walter begegnete ihnen auf ihrem Morgenspaziergang. Die älteren Herren mit hohen Stehkragen und Zigarren waren Imitationen ihrer Chefs. Die jüngeren – in Knickerbocker, Sweater und Kreppsohlenschuhen – ahmten die „Jeunesse dorée" nach.

Walter betrachtete diese stocksteifen Gestalten mit den leeren Gesichtern. Sie vor allem bilden den Kern der faschistischen Anhängerschaft. Kleinbürgertum und Bauern: in diese Schichten, überlegte er, sind wir nur wenig eingedrungen. Werden wir hier jemals einen entscheidenden Durchbruch erzielen? Bei den Bauern schon – Walter mußte an die trotzigen Gestalten in Holstein denken, die Timm und ihm erzählten, wie sie die Gerichtsvollzieher aus ihrem Dorf gejagt hatten –, ob aber auch bei diesen ebenso eingebildeten wie beschränkten Stadtphilistern?

Das stupide, pfauenhaft sich spreizende Spießervolk hatte ihm fast die Freude an dem schönen Aprilmorgen verdorben. Sie hätten für den Treff eine noch frühere Stunde wählen sollen, zu der diese Leute noch in ihren warmen Betten lagen. Walter war froh, als er in die engen und gewundenen, auf- und absteigenden Gassen Blankeneses gelangte. Dies kleine Elbstädtchen hatte er gern, besonders den Teil, wo noch die alten kleinen einstöckigen Häuser mit den mächtigen Strohdächern standen, in denen ehemalige Lotsen, Kapitäne und andere Fahrensleute ihren Lebensabend verbrachten. Einige verwitterte Gestalten, deren Gesichtern man es ansah, daß sie einstmals in allen Hafenstädten der Welt zu Hause waren und sich die Winde aller Ozeane um die Nasen hatten wehen lassen, standen, die Stummelpfeife im Mund, vor ihrer Haustür und blickten hinunter auf den Fluß. Das Meer war ihre Sehnsucht geblieben. Wie oft in ihrem Leben mochten sie schon diesen Strom meerwärts und heimwärts gefahren sein. Vielleicht ist der eine oder andere mit seinen Gedanken auch bei einem Sohn, von dem er wußte, daß er heute Verakruz oder Kalkutta oder Frisko anläuft. Fahrensleute haben einen weiten Blick; wenn sie älter werden, geht er über Ozeane und Erdteile ...

„Guten Morgen!"

„'n Morgen!"

Für jeden hatte Walter einen Gruß, und er freute sich, wenn sein Gruß erwidert wurde, was aber durchaus nicht immer der Fall war.

Er schlenderte gemächlich die steilen Gassen hinauf und hinunter. Seine Gedanken waren bei Ernst Timm und den beiden Artikeln für die illegale „Hamburger Volkszeitung". Keine leichte Aufgabe, doch eine wichtige. Es galt, die Genossen auf einen schweren, unter Umständen auch langwierigen illegalen Kampf vorzubereiten. Dennoch durfte trotz allem, was geschehen war, kein Pessimismus aufkommen. Im Gegenteil, alle Kräfte mußten mobil gemacht werden. Der Artikel über Thälmann war weniger schwierig, da wußte er, daß er die richtigen Worte finden würde. Thälmann kannte er gut. Er erinnerte sich an Dutzende Begebenheiten, an charakteristische und kluge Aussprüche Teddys.

... Thälmann in der Kerkerzelle, ein unvorstellbarer Gedanke für jeden, der ihn kannte. Diese kräftige Gestalt mit dem markanten Kopf, den taghellen Augen, den energiegeladenen Fäusten, der vulkanischen Leidenschaft – ein Gefangener. Wenn Walter ihn hatte sprechen hören, hatte er stets das Empfinden gehabt, als schössen die Worte, Gedanken, Argumente mit eruptiver Kraft aus ihm heraus ... Hatte er den in Finsternis darbenden Menschen wie Prometheus das Feuer, das Licht der Erkenntnis gebracht, um nun das Prometheusschicksal zu erleiden? Blieb ihm nur ein qualvoller Tod? Nein! Noch an den Stein geschmiedet, konnte er und würde er, solange noch ein Funken Leben in ihm glühte, die Wahrheit ins Volk rufen und es aufrütteln, es aufrichten. Er würde vor Gericht zum Ankläger, zum Richter werden.

III

„Am Eiland", so heißt die kleine Gasse, in der das Lokal „Zur Schifferwiege" lag, eine hundertjährige Gastwirtschaft mit altersschwachem Strohdach und windschiefen Fenstern. Urgemütlich war es drinnen. An den Wänden hingen vergilbte Stiche. Unter der Decke schnurrige Seltenheiten aus aller Welt: ausgestopfte fliegende Fische, Korallentiere und andere merkwürdige Meeresbewohner. Auf dem Kamin stand eine uralte Schildkröte, den gut präparierten Kopf vorstreckend.

Martin hatte einen Eckplatz mit dem Blick auf den Fluß ausgesucht. Walter bestätigte ihm bei der Begrüßung: „Ein prächtiges Lokal."

„Nicht wahr? Dabei wenig Gäste."

Außer ihnen waren nur noch fünf Personen in der Gaststube, drei Einheimische, die Skat spielten, und ein junges Paar, das unter vergnügtem Gezwitscher die Sehenswürdigkeiten rundum betrachtete.

„Was trinkst du?"

„Grog natürlich."

„Was essen wir?"

Der Wirt, ein ausgedienter Seebär, gedrungen und feist wie ein Walroß, empfahl gebratene Schollen.

„Gut, also Schollen." Die Tür hinter der Theke öffnete sich, und Schwaden von appetitanregendem Fischbratduft drangen in die Gaststube.

„Alles klar?" fragte Walter.

„Allens klor!" erwiderte Martin.

„Hier die ersten Manuskripte. Morgen bekommst du auf dem Wege wie das letztemal die beiden Hauptartikel, einen Beitrag zur Außenpolitik des Faschismus, einen zweiten über Teddy."

Sie brauchten nicht zu flüstern. Niemand beachtete sie. Martin – selbst Walter wußte nicht einmal seinen Familiennamen –, vor einigen Wochen erst aus dem Friesischen gekommen, war der Verbindungsmann zur Druckerei. Ein patenter Jugendgenosse, wohl zehn Jahre jünger als Walter, blond, mit rosigem Gesicht, hellen Augen und keckem Mundwerk.

„Allens klor, das heißt wohl auch, daß du deine Fleppen in Ordnung hast?"

„Hab ich. Und doch sag ich dir, sie werden mir nicht viel nützen. Von wegen Arbeitsdienst, weißt du. Die Brüder munkeln, mein Jahrgang würde als erster mobilisiert werden. Lieber tauche ich unter."

„Wir brauchen auch dort gute Leute."

„Nix für mich. Für das Dritte Reich leg ich keinen Stein auf den anderen. Jeder Handgriff von mir soll ein Beitrag zu seinem Ende sein. Das hab ich übrigens auch geschrieben. An die Adresse der Jungarbeiter. Hier, mein erster Beitrag, lies mal, ob er was taugt."

„Ich nehme ihn mit, hier möchte ich ihn nicht lesen. Und – bevor du irgend etwas unternimmst, mußt du dich mit uns beraten, Martin."

„Ist doch selbstverständlich."

„Wie geht es mit Max? Macht er seine Sache?"

„Ausgezeichnet sogar! Auf den ist Verlaß. Ein durchtriebener Geschäftsmann, sag ich dir. Hat vor einigen Tagen für seine Druckerei sogar Staatsaufträge bekommen. Vordruckbogen für Arbeitsämter. Er meint, daran verdiene er so viel, daß er eine Nummer der Zeitung kostenlos drucken kann."

Walter lächelte und nickte Martin zufrieden zu. Immer wieder war es für ihn ein freudiges Gefühl, zu sehen, wie trotz aller Schwierigkeiten und Gefahren die Genossen, alte und junge, treu zur Sache standen. Die paar Hasenherzen, die gleich in den ersten Tagen davongelaufen waren, zählten dagegen gar nicht. Und Verräter, ausgesprochene Verräter, hatte es bisher in Hamburg überhaupt keine gegeben. Die Nazis hatten zwar aus einigen Verhafteten Angaben herausgeprügelt. Das waren aber eher Schwächlinge als Verräter. Einer, Alfred Kotten, hatte sich danach aus Scham in seiner Zelle erhängt. Verräter kennen keine Scham.

Der dicke Wirt brachte herrlich duftende, braungebratene Schollen und stellte eine Riesenschüssel Kartoffelsalat mit einem freundlichen: „Looten Se sick dat good smecken!" auf den Tisch.

IV

Spätabends bog Walter Brenten in die Raboisen ein zu seinem Dachbodenquartier. Bis zum dritten Stock schlich er die Treppen hoch und bemühte sich, auf der letzten Treppe den kurzen, schwerfälligen Schritt Gustav Stürcks nachzuahmen. Sollten die noch nicht schlafenden Hausbewohner denken, der Alte steige in sein „Sternlaboratorium", wie sie Stürcks Privatobservatorium nannten. Stürck hatte zu einigen Nachbarn beiläufig geäußert, sein Neffe interessiere sich auch für Astronomie und besuche ihn mitunter. Gut war es, daß Stürck in der dritten Etage wohnte, unmittelbar unter der Dachkammer, in der sein Fernrohr stand und wo Walter auf einem alten Sofa eine Schlafstatt hatte.

Walter öffnete die Bodentür, schloß sie hinter sich wieder zu und ging langsamen Schrittes zur dritten Bodenkammer, die der alte Tischler vortrefflich ausgebaut hatte. Er zog, bevor er das elektrische Licht anknipste, den Vorhang vor die schräge Dachluke.

Die geräumige Kammer glich einem Atelier. In der Mitte war auf einem Sockel, wie ein Geschütz, das Fernrohr aufgestellt. Links davor gab es noch ein Regal und einen kleinen Tisch; rechts an der Wand das alte, abgenutzte, ehemals grüne Sofa...

Stürck war abends hier gewesen, Walter sah es an den frischen Notizblättern auf dem Tisch. Wird ihn wieder die Niere geplagt haben. Der Alte pflegte sonst bis weit über Mitternacht zu bleiben... Walter war es recht so; er nahm sich vor, sofort an seine Arbeit zu gehen.

Beim Abräumen des Tisches nahm er die Blätter in die Hand. Stürck hatte trotz seiner neunundsiebzig Jahre noch eine klare, gut lesbare Schrift.

Walter las: „August Strindberg ist ein Tropf. Wirft der Wissenschaft Phantastereien vor. Spielt den Logiker, um den Mystizismus des Christentums zu retten."

Er legte den Zettel lächelnd beiseite und las den darunterliegenden: „Beteigeuze. Roter Stern in der rechten Schulter des Orions. Gasball von ungeheurer Größe. Durchmesser 430mal größer als der Sonnendurchmesser, also rund 600 Millionen Kilometer. Die Erde auf ihrer Jahresbahn um die Sonne könnte bequem im Innern dieses gewaltigen Gasballes laufen, ohne je aus seiner Hülle heraustreten zu müssen."

Walter hob den Blick. Phantastisch! Ob es stimmt, setzte er zweifelnd in Gedanken hinzu. Vielleicht hatte Strindberg doch recht... Ein Stern – doppelt so groß wie die Entfernung von der Erde zur Sonne? Ein einziger Stern?

Er las weiter: „Temperatur etwa 3000 Grad. Helligkeit vor allem durch die gewaltige Ausdehnung. Dichte der Materie gering. (Ein Millionstel der Sonnendichte.) Ein Liter dieser Sternmaterie wiegt weniger als ein Fingerhut der uns umgebenden Luft. Dennoch ein abgegrenztes, einheitliches Gebilde."

Das konnte er sich doch unmöglich alles ausdenken? Er

wird es aus wissenschaftlichen Büchern abgeschrieben haben... Auf was für einem lächerlich winzigen Stern wir hausen. Und was sich auf ihm schon alles tat... Auf diesem winzigen Fleck im Weltall... Alte Leute, sagt man, kehren zu ihrem Kinderglauben zurück. Gustav Stürck hatte für sich Himmel und Sterne entdeckt. Aber er erschien Walter bald gar nicht mehr närrisch und sonderbar. Stürck begnügte sich durchaus nicht mit Glauben, er wollte wissen, erkennen, begreifen – noch Unbegreifliches, wenn nicht begreifen, so doch erforschen...

Walter legte die Papiere ins Regal. Aber er konnte nicht anders, er warf noch auf eine andere dieser Notizen einen Blick.

„Sternbild der Kassiopeia. Lichtflecke aus etwa 10 000 Lichtjahren."

... Während er seine Aufsätze entwarf, seine Gedanken zu ordnen suchte und zu schreiben begann, flackerte es in seinem Hirn... 600 Millionen Kilometer... 10 000 Lichtjahre... 3000 Grad... Dennoch wurde er immer stärker von seiner Arbeit gepackt. Er vergaß die Sternenrätsel. Schwierige Formulierungen gelangen ihm. Er schrieb in einem Fluß. Worte und Satzbilder reihten sich mühelos aneinander. Besonders der Aufsatz über die Einschätzung der faschistischen Diktatur und die nächsten Aufgaben, vor dem ihm etwas gebangt hatte und den er deshalb erst nach dem Aufsatz über Thälmann vorgenommen hatte, war, so glaubte er jedenfalls, gut gelungen...

Da horchte er. Die Bodentür wurde aufgeschlossen. Er sprang auf und lauschte: es waren Stürcks langsame, schlürfende Schritte. Walter warf einen Blick auf die Uhr. Zehn Minuten nach drei... Was wollte der Alte mitten in der Nacht?

Er öffnete die Bodenkammertür.

Den Kopf vorgebeugt, trat der alte Tischlermeister durch die niedrige Tür. Er war hager, vergreist, verbraucht. Über seinem schmalen, knochigen, von Falten und Strichen zerfurchten Gesicht hing das schüttere Haar unordentlich in die Stirn. Seine trüben, müden, sehr großen Augen waren starr auf Walter gerichtet. Das Kinn sprang etwas vor, und die Unterlippe stülpte sich über die Oberlippe, als suche das Kinn Halt.

Wortlos reichte er dem Neffen die Hand.

„Onkel Gustav, willst du nicht lieber schlafen? Es ist nach drei Uhr."

„Und du?"

„Ich hatte zu arbeiten."

„Störe ich dich?"

„Nein! Ich werde mich aber hinlegen!"

„Tu das!"

Walter holte die Wolldecken hervor und bereitete sich seine Schlafstatt. Stürck blätterte in Büchern und wartete, bis sein Gast lag. Dann knipste er das Licht aus und öffnete die Bodenluke. Walter beobachtete ihn ... Ob er die Be ... Be ... er kam nicht auf den Namen des Sterns in der rechten Schulter des Orions. Ob er den wohl suchte? Gustav Stürck kurbelte das Fernrohr durch die Luke und sah hindurch. Als er sich aufrichtete, stöhnte er.

„Was hast du, Onkel Gustav?"

„Laß nur! Die Niere."

Er blickte wieder durch das Fernrohr und kurbelte an den kleinen Rädern.

„Onkel Gustav, stimmt das, was du dir über den Riesenstern im Orion notiert hast?"

„Den roten?" Stürck richtete sich auf. „Ein kapitales Exemplar, was? Stimmt Wort für Wort. Willst ihn dir mal ansehn?" Eine fiebrige Lebhaftigkeit überkam den Greis.

Walter schlüpfte von seinem Lager.

„Beteigeuze. Nicht zu übersehen", murmelte Stürck.

Walter erblickte im Fernrohr einen rötlich-funkelnden Stern.

„Der soll im Durchmesser größer sein als die doppelte Entfernung der Erde von der Sonne?"

„Soll... Ist! Jaja, das begreife einer", erwiderte Stürck. Er legte seine Hand auf Walters Schulter und fragte unvermittelt: „Nichts Neues von deinem Vater?"

„Nein, Onkel Gustav."

„Eine verrückte Welt... Plagt mich die Niere, spüre ich, daß auch ich noch zu ihr gehöre."

V

Um die Mittagszeit war auf den Straßen in der Innenstadt der größte Verkehr. Die Lastwagen und Pferdefuhrwerke hielten in langen Reihen in der Ferdinandstraße und in den Raboisen vor den Kutscherkneipen. Die Angestellten strömten aus den Bürohäusern, um Milch zu kaufen, in einem Mittagstisch zu essen oder um frische Luft zu schnappen. Um diese Zeit ging Walter am liebsten durch die Straßen. Im Stadtinnern, besonders zwischen der Mönckebergstraße und dem Alsterdamm, waren Treffs zu dieser Tagesstunde am günstigsten.

Am Zeitungskiosk an der Lombardsbrücke las er im Vorübergehen die Schlagzeilen. „Hamburger Fremdenblatt": „Gleichschaltung der Justiz!", darunter: „Dr. Frank Reichsjustizkommissar!", „Hamburger Nachrichten": „Stahlhelm unterstellt sich Adolf Hitler!" Die Gleichschaltung rollte in rasendem Tempo ab; sogar die sozialdemokratische Reichstagsfraktion hatte Hitlers Außenpolitik zugestimmt. Damit hatten die Sozialdemokraten wieder einmal dem Krieg zugestimmt, hatten diesmal Hitler die Hand gereicht. Sagte der nicht auch, seines großsprecherischen und selbstherrlichen Vorgängers Wort variierend: Ich kenne keine Parteien mehr, ich kenne nur noch Nationalsozialisten...

Wie zielbewußt die militaristische Reaktion in den Jahren der Weimarer Republik sich die Macht ergaunert und erschlichen hatte! Auf direktem Wege war es ihr nicht geglückt, weder im Kapp-Putsch noch im Hitler-Putsch. Auf dem Boden der nur papierenen Demokratie dagegen war es ihr vortrefflich gelungen. Der Feind steht links! – darauf hatten sich alle Hüter der Ruhe und Ordnung geeinigt, von Hitler bis zur Mehrheit im Parteivorstand der Sozialdemokratie.

Walter erinnerte sich an ein Wort von Karl Marx im „Achtzehnten Brumaire" über dergleichen Pseudodemokraten: „Sie glauben an die Posaunen, vor deren Stößen die Mauern Jerichos einstürzten. Und so oft sie den Wällen des Despotismus gegenüberstehen, suchen sie das Wunder nachzumachen." Ach, die Weimarer Demokraten hatten nicht einmal an die Posaunen von Jericho geglaubt, sondern nur an die Stärke der Konzernherren und deren Generale . . .

In solche Betrachtungen vertieft ging Walter ohne sonderliche Eile – sein Treff mit Martin war erst in einer Stunde – über die Lombardsbrücke. Er blieb stehen und warf einen Blick auf das Stadtpanorama. Binnenalster, Jungfernstieg, Alsterdamm, überragt von den Türmen der Stadt, das war, mit der Kehrwieder-Kaispitze und St.-Pauli-Landungsbrücken, Hamburg, sein Hamburg, ihm vertraut und von ihm geliebt seit frühester Kindheit. Nicht nur seine Vaterstadt war es – es war auch die Stadt seiner Väter und Vorväter. An dieser Stelle hatte Johann Hardekopf, sein Großvater, gestanden und sich an dem Stadtbild erfreut. Dort unten hatte sein Vater um die Weihnachtszeit, von Steg zu Steg pirschend, bei den Fischhändlern die obligaten Karpfen eingekauft. Und drüben am Jungfernstieg war er selbst vor vielen Jahren Hand in Hand mit Greta Boomgaarden spazierengegangen. Nein, demonstriert hatten sie, sie und er; am 1. Mai 1917.

Wie viele Jahre war das her . . . Sechzehn Jahre! So weit lag das zurück . . . Hinterm Eisenbahndamm dort hatte er mit Ruth gesessen, als über die Lombardsbrücke die Matrosen gezogen waren, die die politischen Gefangenen befreit, die Kaserne gestürmt und die Revolution in Hamburg eingeleitet hatten.

Vor fünfzehn Jahren... Ruth... Er wüßte doch gern, wie sie lebte, wie es ihr ging und – wie sie aussah. Sicherlich war ihr Mann heute obenauf. Aber ob sie überhaupt noch mit ihm zusammenlebte? Ob sie mitunter nicht doch an die Tage in der Euterpe-Gruppe dachte? Ob...

Ä–äh! – die Vergangenheit begraben! Und – war die Gegenwart auch noch so düster – kühn den Vorhang der Zukunft lüften und – hineinmarschieren...

Nanu, war das nicht Tante Mimi? Natürlich, das waren Willmers; in der elegant gekleideten Frau neben der Tante erkannte er seine Kusine Hildegard, und der Mann mit dem Menjoubart war wahrscheinlich ihr Mann, Steeven Merkenthal. Walter bemerkte den entsetzten und abweisenden Blick seiner Tante. Befürchtung unnötig, dachte er lächelnd, ich bringe euch nicht in Ungelegenheiten. Ihr nur unmerklich zunickend, ging er vorüber.

„Was hast du, Mutter?" fragte Frau Merkenthal.

„Hast du nicht gesehen?" flüsterte sie, vor Erregung zitternd und sich an die Herzgegend fassend. „Das war doch Walter, Carls Sohn."

„Der?" Hildegard Merkenthal blickte Walter nach. „Ich denke, der sitzt?"

„Carl haben sie festgenommen, Kind. Ihn suchen sie."

„Moment mal, Mutter!" sagte plötzlich ihr Schwiegersohn Steeven. „Geht ein Stück voraus, ich komme nach! Will mir nur ein paar Zigarren holen." Mimi Willmers und ihre Tochter setzten langsam ihren Weg fort.

Steeven Merkenthal kehrte auf halbem Wege zum Eckgeschäft an den Kolonnaden um und trat an den Verkehrspolizisten heran. „Herr Wachtmeister, eine dolle Chance für Sie. Dort, der untersetzte Mann im Trenchcoat, mit dem grauen Schlapphut. Sehn Sie ihn? Das ist ein gesuchter Kommunistenführer. Hier meine Karte. Aber äußerste Diskretion."

Walter Brenten hatte den Stephansplatz überquert. Vor dem Eingang der Hauptpost legte sich eine Hand auf seine

Schulter. Er blickte auf und sah in das Gesicht eines uniformierten Polizisten. Ein zweiter Polizist stellte sich dicht hinter Walter, die Hand an der Pistolentasche.

„Kommen Sie mit!"

„Wieso? Weshalb?"

„Das werden Sie auf der Wache erfahren."

Tante Mimi – Walters erster Gedanke. Der zweite, noch bestürzendere: Die Zeitungsartikel... In seiner Rocktasche hatte er die beiden Artikel...

Er war blaß, als er vor den Polizisten das Polizeirevier gegenüber dem Stadttheater betrat. Und doch dachte er: Vielleicht geht alles gut.

VIERTES KAPITEL

I

An der breiten, auf jedem Stockwerk links und rechts nach den Korridoren ausschwenkenden Treppe des Alten Stadthauses, hoch oben im fünften Stock, stand ein karabinerbewaffneter SA-Posten und blickte hinunter auf die Menschen, die treppauf, treppab über die Korridore liefen, Zimmertüren öffneten oder schlossen. Das Scharren Hunderter Füße, das Gemurmel Hunderter Stimmen drang zu ihm herauf, aber er verstand nicht ein Wort und erkannte kein einziges Gesicht.

Ja, dachte er, so wie die da unten bin auch ich einmal in Sorge und Ungewißheit von Amtszimmer zu Amtszimmer gelaufen, habe auf Korridoren und in Gängen gewartet, mich stoßen, treten, vertrösten, wieder wegschicken lassen.

Die Bürde, an der er zu tragen hatte, war auch nicht klein gewesen; denn drei Jahre Arbeitslosigkeit, drei Jahre Nichtstun, drei Jahre Nichtsein hatten ein böses Gewicht. Er war froh, daß diese Zeit hinter ihm lag. Heute wußte er, er würde auch morgen zu essen haben. Wußte, er hatte abends seinen Schlafplatz. Er bekam, was er an Kleidung benötigte, und sogar seine Stiefel wurden besohlt und ersetzt, wenn sie schadhaft waren. Er brauchte sich nicht mehr zu sorgen, für ihn wurde gesorgt. War der Dienst getan, hatte er Freunde, Kameraden, unter denen er sich wohl fühlte, mit denen er Skat und Poker spielte und zuweilen auch einen Bummel machte und über die Stränge schlug. Mehr verlangte Franz Tönne nicht, denn das Leben hatte ihn karg gehalten und anspruchslos gemacht.

SA-Mann Tönne sprang vom Treppengeländer zurück und richtete sich stramm auf. Aus dem Zimmer des Leiters der Geheimen Staatspolizei trat Staatsrat Dr. Ballab und ging ins Vorzimmer des Polizeisenators. Nachdem der Staatsrat die Tür hinter sich geschlossen hatte, lehnte Tönne sich wieder bequem ans Geländer und dachte: Die haben lange miteinander gesprochen, der Staatsrat mit dem Gestapo-Leiter. Muß ein mächtiger Mann sein, der Staatsrat. Aber bevor er zum Senator geht, besucht er den Oberregierungsrat. Wohl um sich vorher zu informieren.

Franz Tönne blickte wieder hinunter auf die Menschen, die gleich Ameisen ruhelos hinauf und hinunter, nebeneinander und gegeneinander dahinhasteten. Er lächelte fast höhnisch im Gedanken an seinen Vater, diesen vergrämten Sozialdemokraten, der ihn verflucht und ihm prophezeit hatte, er werde als Verbrecher enden. Dabei stand er Wache vor den Amtszimmern des Polizeisenators und der Kriminalinspektoren; war ein Hüter von Recht und Ordnung. Es sollte ihn gar nicht wundern, würde eines Tages auch der Klempnermeister Alfons Tönne als Staatsfeind und Rechtsbrecher eingeliefert werden. Von wegen Verbrecher! Nein, er war mehr denn je überzeugt, auf die richtige Karte gesetzt zu haben, auf das siegbringende As: Wer war jetzt obenauf? Seinesgleichen. Die SA. Und sie krempelten das Leben um. Die Gestrigen hatten versagt, deshalb runter mit ihnen von ihren hohen Stühlen; andere mußten ran!

Und Franz Tönne rechnete aus: Bald würde er Scharführer werden, dann Oberscharführer und einige Monate darauf bestimmt Truppführer. Wenn alles gut verlief, das hieß, wenn er sich bewährte – und er wollte sich bewähren –, war er Anfang übernächsten Jahres Sturmführer. Wie der Rang, so der Sold. Als Sturmführer stand ihm schon ein hübsches Häuflein Pinkepinke zu. Mit drei Knöpfen am Spiegel und etlichen bunten Lappen in der Tasche sah die Welt gleich viel freundlicher aus.

„Ist das zu glauben? So ein Saukerl!" Polizeisenator Rudolf Pichter blickte entrüstet auf Dr. Hans Ballab, der gelassen eine goldberingte Zigarre zwischen den Fingern drehte und ihren schneeweißen Brand betrachtete.

„Ein Charakterlump! Du, den würd' ich am liebsten einkassieren und in die stinkigste Fleetzelle stecken."

Der lässig im Sessel sich rekelnde Dr. Ballab blickte von unten herauf schief auf den Polizeisenator. Das sähe dir ähnlich! dachte er.

Er war an die zehn Jahre jünger als Pichter, knapp dreißig, schlank, elegant, gepflegt. In seinem ovalen, glatten Gesicht lagen in tiefen, dunklen Höhlen graugrüne Augen, kalte, böse Augen, die die Gewohnheit hatten, lange vollkommen starr, wie lauernd zu verharren. Er sah den Polizeisenator an und sagte langsam, jedes Wort betonend: „Den – nicht, – der – ist – Gold – in – unserer – Hand."

„Na eben!" rief Pichter auflachend. „Gib ihn mir in die Hand!"

Dr. Ballab zog an seiner Zigarre und sagte gespielt träge, den Rauch ausstoßend: „Wir werden ihm Pension bewilligen."

„Das hat grade noch gefehlt!" entrüstete sich Pichter.

„Wir werden sein Gesuch veröffentlichen, werden es in Versammlungen verlesen, im Rundfunk bekanntgeben. Die Genossen Proleten werden alsdann, vermute ich, nur noch sehr wenig Lust verspüren, dein KzbV und das KZ kennenzulernen."

„Aha! So ist das gemeint!" Polizeisenator Pichter drehte seinen fleischigen Kopf, steckte seinen Zeigefinger zwischen Kragen und Hals, als wäre ihm der Rockkragen plötzlich zu eng. Seine vorquellenden Augen, die gegen die dicken Brillengläser zu stoßen schienen, betrachteten den ihm gegenübersitzenden Freund des Gauleiters unterwürfig, aber auch neidvoll. Diese Arroganz und Selbstsicherheit imponierten ihm und irritierten ihn zugleich.

„Ja, mein Lieber – Politik." Der Staatsrat blickte den schweigenden Pichter wieder aus den Augenwinkeln an. „Ich wette, du bildest dir ein, KZ und KzbV erfunden zu haben? Die hat nicht einmal der Führer erfunden. Dergleichen Einrichtungen sind uralt, hatten die Spartaner schon. Und von wegen Totschlagen, da kannst du von deren Krypteia noch allerhand lernen ..." Der Staatsrat streifte umständlich und behutsam die Asche seiner Zigarre ab. Noch damit beschäftigt, fuhr er fort: „Einen Menschen umbringen – auch schon eine Leistung! Den Gegner aber leben lassen und durch ihn die Sache, die er vertritt, umbringen, das ist mehr, viel mehr. Dein Vorgänger hat schwarz auf weiß bestätigt, daß er sich in seinem Amt nie als Sozialdemokrat, sondern stets als Beamter des Staates gefühlt hat, Aufträge seiner Partei nie beachtet, sondern nur im Staatsinteresse gehandelt hat. Nun erhebt er als Beamter nach Paragraph soundso Anspruch auf Pension. Wird das die Proleten ernüchtern? Ich glaube ja. Wer spielt noch gern den Märtyrer, wenn er weiß, seine Führer haben in der Vergangenheit bewußt alle die lärmend vorgebrachten Parteibeschlüsse mißachtet und kämpfen heute nur um Pensionen?"

„Ist doch alles fauler Zauber, was dieser Schönhusen uns da vorzuschwatzen sucht", widersprach Pichter. „Wenn einer von der ganzen Bande ein waschechter Sozi war, dann er!"

„Stimmt! Aber warum fauler Zauber? Kannst du ihm das Gegenteil seiner Behauptung beweisen? Ich vermute stark, es würde dir schwerfallen. Mit seinem Gesuch hat er uns einen unschätzbaren Dienst erwiesen; er soll seine Pension haben."

„Erzähl das mal den Jungens nebenan! Pension ... Den Hals möchten sie dem Lumpen umdrehn. Ich übrigens auch ... Du, Hans, diese höhere Politik, also, das sage ich dir offen, die werde ich nie verstehn."

Dr. Ballab nickte. „Glaub ich dir aufs Wort! Verstündest du sie, hätten deine Jungens längst einen Kommunisten gefunden, der ..."

„Pension beziehen soll?"

„Das gerade nicht, aber – der uns etwas ähnlich Geartetes schreibt. Sich schriftlich lossagt von der Kommune."

„Wenn du weiter nichts willst, nichts leichter als das." Der Polizeisenator nahm aus einem Messingkasten eine Zigarette. „Was ihr euch nur von solchen Wischen versprecht! Jeder weiß doch, wie sie zustande kommen."

„Wenn schon! Totschlagen, damit allein ist es nicht geschafft. Absagen an den Marxismus brauchen wir. Schriftliche, mit Namen und Adresse. Von bekannten Kommunisten. Viele. So viele wie nur möglich. Schlag Revolutionären die Köpfe ab, sie wachsen wieder nach. Aber zersetze sie, vergifte sie, streue Mißtrauen, Unglauben und Zweifel unter ihnen aus, und sie sterben dahin."

Dr. Ballab erhob sich, knöpfte seinen Gabardinemantel zu und langte nach Hut und Aktentasche, die in einem der Klubsessel lagen.

„Du willst schon gehen? Ich hab da noch einiges, was ich gern mit dir besprochen hätte."

„Muß zum Gauleiter. Übrigens, jetzt wird es wohl endlich so weit sein, daß der Führer ihn zum Reichsstatthalter ernennt."

„Ja, sag mal", Pichter flüsterte fast, „wie erklärst du dir dies Zögern? Das gibt doch schon Gerede."

„Intrigen!"

„Steckt Krogmann dahinter?"

„Da stecken wahrscheinlich noch ganz andere dahinter."

Dr. Ballab heftete seinen stechenden Blick auf Pichter. „Der Gauleiter wird für seine Freunde ein gutes Gedächtnis haben. Und was Krogmann betrifft, der bleibt Fassade. Soll er repräsentieren ... Aktive Politik? Nein! Das nicht."

„Geh noch nicht!" bat Pichter. „Diese eine Sache wenigstens." Er holte ein Schreiben aus einer Mappe und reichte es dem Staatsrat. „Es handelt sich um Rochwitz, Hugo Rochwitz. Du weißt doch, Sturmführer in der Standarte 15 ... Na, der Dicke, der Steißpauker! Der will zu mir!"

„Zum KzbV?"

„Der hat bei sich in der Schule aufgeräumt, und das, wie mir scheint, nicht übel. Einen von den Lehrern, einen tückischen Judenfreund, haben wir auf seine Anzeige hin in Fürsorge genommen. Aber über den Rektor der Schule, ein – unter uns gesagt – undurchsichtiges Subjekt, hält unbegreiflicherweise Henningsen seine schützende Hand."

„Und Rochwitz?"

„Will nicht mehr zurück. Kann man ja verstehn. Weiter unter der Leitung eines solchen Rektors? Fähiger Mann, dieser Rochwitz, Pg. seit siebenundzwanzig."

„Daraus wird nichts." Dr. Ballab reichte Pichter das Gesuch zurück. „Wir brauchen auch zuverlässige Lehrer. Er wird Rektor der Schule. Das ist sein Gebiet; da wird er am nützlichsten sein. Ich werde das mit dem Gauleiter regeln."

„Na gut", gab Pichter klein bei, „ich beharre ja nicht darauf. Wenngleich auch ich Leute brauche. Ich meine solche mit etwas Grips. Mit SA-Leuten allein ist es nicht getan. Noch eins: Vorgestern hab ich einen guten Fang gemacht. Rotfrontkämpferführer Hans Hilbert. Soll die rechte Hand von diesem André gewesen sein."

„Solche Burschen gib deinen Jungens da", Staatsrat Dr. Ballab zeigte auf die Wand des Zimmers, hinter der das Neue Stadthaus lag, „in Pension!"

„Wird gemacht... Doch was ich noch fragen wollte, kennst du einen Reeder Merkenthal?"

„Ja! Was ist mit dem?"

„Der hat uns einen Volkszeitungsredakteur in die Hände gespielt. Soll ein weitläufiger Verwandter von ihm sein. Da ist eine dumme Sache passiert. Der vernehmende Kriminalassistent hat dem Kerl, der wohl nicht mit der Sprache raus wollte, diese Karte hier gezeigt, obgleich Merkenthal um äußerste Diskretion gebeten hat."

Dr. Ballab betrachtete Merkenthals Visitenkarte. „Natürlich unangenehm! Es wird besser sein, wir verschweigen es ihm. Aber was sind das bloß für Rindviecher bei dir?"

„Da siehst du es! Mit solchen Trotteln muß ich arbeiten."

„Und der Redakteur?"

„Hm! Wie heißt er doch? Ich komme nicht auf den Namen... Hat mit der illegalen Volkszeitung zu tun."

„Den würd ich gründlich rannehmen!"

„Geschieht bereits, was denkst du? Der steckt seine Schmutzfinger nicht wieder in die Tinte!"

„Aus dem würd ich so eine schriftliche Erklärung herausholen. Natürlich nicht gleich eine, daß er nun für den Führer sei oder so, das glaubt denn doch kein Aas, aber eine Absage an die KPD. Und wenn er nicht gleich will, muß man Geduld aufbringen. Setz ihn in Dunkelarrest, vier Wochen, vier Monate, bis er kirre geworden ist und von sich aus bettelt, eine solche Erklärung schreiben zu dürfen."

„Auch wenn du die Erklärung wirklich erst in vier Monaten bekämst?"

„Wir werden in vier Jahren noch welche brauchen."

III

Die halbdunkle, auch bei Tag nur durch trübes Lampenlicht erleuchtete Zelle im Stadthaus wird geöffnet und Walter Brenten aufgerufen.

„Vernehmung!"

Jeder weiß, was das heißt. Die drei Zellengenossen werfen einen raschen, teilnahmsvollen Blick auf ihren Gefährten, der langsam die Zelle verläßt.

Die alten Fleetzellen waren durch einen neuangelegten Kellergang mit dem Neuen Stadthaus verbunden, wo sich die Exekutivorgane der Geheimen Staatspolizei einquartiert hatten, das berüchtigte Kommando zur besonderen Verwendung (KzbV).

Walter Brenten wird von zwei karabinerbewaffneten SA-Leuten in den fünften Stock hinaufgeführt. Er glaubt zu wissen, wohin, denn im höchsten Stockwerk liegen die Vernehmungsräume des KzbV, die gefürchteten Folterstätten. Von dort hat sich sein Genosse Otto Burmeister, entsetzlich zugerichtet, durch einen Sprung aus dem Fenster in den Tod gerettet. Es heißt, er fühlte sich schwach werden, und stürzte sich hinab, um nicht zum Verräter zu werden. In diesem Stockwerk des Neuen Stadthauses ist Genosse Edgar André viele Wochen hindurch Tag für Tag „vernommen" worden, bis er nur noch an Krücken gehen konnte und auf Verlangen des Staatsanwaltes, der seinen Prozeß und Edgars Kopf haben wollte, ins Lazarett des Untersuchungsgefängnisses übergeführt wurde. Vorhof der Hölle wird dieser fünfte Stock von den Gefangenen genannt. Jeder vom KzbV Verhaftete muß ihn durchschreiten auf seinem Weg ins Konzentrationslager. Dieser Weg kann Stunden, Tage, er kann auch Wochen dauern. Drei Vernehmungen hat Walter Brenten bereits hinter sich, nun steht ihm die vierte bevor, und niemand weiß, wie viele es noch werden würden. Während er, von den SA-Leuten flankiert, die Treppen hinaufgeht, überkommt ihn fiebriges Frösteln. Seine seit der letzten Vernehmung noch dick geschwollenen Lippen beben. Aber er preßt die Fingernägel in seine Handballen und zwingt sich zur Ruhe. Aus einem der Räume hört man Schallplattenmusik, lärmende, kratzende Märsche. Er weiß, was das bedeutet. Blau uniformierte Angehörige des KzbV kommen ihm entgegen. Einer sagt ironisch-freundlich: „So ist es recht. Wer uns besucht, muß ein feierliches Gesicht machen, denn er wird entzückende Überraschungen erleben." Dabei lachen sie wie ausgelassene Jungen.

Er wird in ein Zimmer geführt, in dem zwei uniformierte Männer sitzen. Beide blicken auf, als er eintritt. Auf den Tischen liegen keine Akten, keine Papiere, liegt kein Schreibzeug, sie sind vollkommen leer. An den Wänden hängen keine Bilder, und vor den Fenstern gibt es keine Gardinen. Walter weiß, er befindet sich in einem „Vernehmungszimmer". Er steht in dem Raum zwischen den beiden Schreibtischen und blickt bald auf den einen, bald auf den anderen

Uniformierten. Die SA-Leute warten an der Tür. Sekundenlang fällt kein Wort. Plötzlich brüllt einer der Uniformierten am Schreibtisch, ein noch junger, schlaksiger Mensch mit einem schmalen und käsebleichen Gesicht: „Mit der Schnauze zur Wand!" Walter dreht sich um und stellt sich mit dem Gesicht zur Wand.

Die beiden bewaffneten SA-Leute gehen. Kein Wort reden die beiden Gestapoleute, sie sitzen und starren auf den Gefangenen. Walter weiß, daß er wahrscheinlich stundenlang stehen und warten muß. Viele haben so stehen müssen, bis sie zusammengebrochen sind.

Jemand tritt ins Zimmer. Walter sieht blinzelnd, ohne den Kopf zu wenden, daß es der Kommissar ist, den sie Karl nennen und der ihm gestern in einem Zimmer dieses Korridors zwei Faustschläge ins Gesicht versetzt hat. Walter ist mit allen Sinnen wach, hat alle Energien in sich gesammelt. Der Kommissar hat ihm gestern prophezeit, heute käme das „dicke Ende".

Er wird leicht auf die Schulter getippt. Walter rührt sich nicht. Da befiehlt die Stimme: „Umdrehn!" Walter dreht sich um und blickt den Kommissar voll an. Ein rundes, fleischiges Gesicht hat der und große braune Samtaugen. In die kurze Stirn hinein geht ein schnurgerader Scheitelstrich pomadisierter Haare. „Nanu?" fragt der Kommissar. „Woher hast denn du diese Schwellung?" Walter ist vollkommen ruhig geworden. Er hat auch keine Angst mehr. Er blickt dem Kommissar in die weichen und glänzenden Augen und antwortet: „Ein Unglücksfall." – „A–ach!" sagt der Kommissar, und es klingt fast bedauernd. „Was war denn das für ein Unglücksfall?" – „Einer hat mir..." Walter stockt. Der Kommissar beugt seinen Kopf tief zu ihm herab. „Was hat er dir?" – „Hat mir – aus Versehen – ins Gesicht gestoßen." – „Aus Versehen? Sieh mal an", sagt der Kommissar und schüttelt verwundert den Kopf. „Womit denn?" – „Mit der Zellentür." – „Jaja, man soll einer Tür nie zu nahe kommen. Schon gar nicht einer Zellentür."

Die beiden Uniformierten an den Schreibtischen sitzen in ihrer früheren Haltung da, hören der Unterredung zu, aber sagen kein Wort. Sie lachen auch nicht über die Fragen und Antworten, sie verziehen keine Miene. Der Kommissar verläßt grußlos, wie er gekommen, wieder das Zimmer. Der Junge, der Schlaksige, auf dem Walters Blick liegt, befiehlt wieder: „Umdrehn!" Walter stellt sich abermals mit dem Gesicht zur Wand. Es ist still im Zimmer, als wäre er allein.

Mehrere Minuten mochten vergangen sein, ohne daß ein Laut oder auch nur ein Stuhlrücken vernehmbar gewesen wäre, als mit hartem Schritt ein SA-Mann ins Zimmer tritt.

„Häftling Walter Brenten zum Polizeisenator!"

Walter Brenten horcht erstaunt auf. Zum Polizeisenator? Was kann der von ihm wollen? Aha, darum haben sie ihn nicht geschlagen. Darum die Frage des Kommissars. Nun, dem Polizeisenator würde er auf die Frage nach seinen geschwollenen Lippen eine andere Antwort geben.

„Umdrehn!"

Walter Brenten dreht sich um und blickt wieder den Blassen, Schmalgesichtigen an. Der sagt mit einem Kopfnicken zum SA-Mann: „Mitgehn!"

Sie gehen durch den Korridor zur Treppe zurück. Immer noch schnarrt in einem hinteren Zimmer Schallplattenmusik. Sonst aber ist es still.

Walter überlegt angestrengt, was geschehen sein mag. Plötzlich durchzuckt ihn der Gedanke: Timm ist verhaftet! Sie wollen mich mit ihm konfrontieren! Welch ein schwerer Schlag für die Partei. Natürlich werde ich ihn nicht kennen. Aber ich darf mich mit keiner Miene verraten, muß ihn ansehen, als sähe ich ihn zum erstenmal, als sei er mir wildfremd. Gut schauspielern, darauf kommt es jetzt an.

Der SA-Mann, einen Revolver am Gürtel, geht an der Treppe vorbei und den Gang weiter entlang. Am Ende des Ganges wacht ein karabinerbewaffneter SA-Mann. Wie sie nahe heran sind, zieht der einen Schlüssel aus der Tasche und öffnet die Tür. Und nun weiß Walter auch, daß dies die Verbindungstür vom Neuen zum Alten Stadthaus ist. Hinter der Tür tritt der SA-Posten in den ersten Raum. Er wechselt flüsternd einige Worte mit einem jungen Polizisten, und der begibt sich durch eine lederbeschlagene Doppeltür in das anliegende Kabinett.

Der SA-Posten setzt sich. Walter Brenten bleibt neben ihm stehen. Der Gedanke, daß sie Timm verhaftet haben und er ihm gegenübergestellt wird, ist ihm zur fixen Idee geworden. In allen Einzelheiten bereitet er sich auf die Rolle vor, die er nun spielen will. Wenn Timm bereits im Zimmer sein sollte, will er ihn mit einem gleichgültigen Gesicht streifen, eben wie er einen ihm völlig unbekannten Menschen betrachten würde. Wenn er dann gefragt werden sollte, ob er ihn kenne, will er interessiert und erstaunt Timm anblicken und unbewegt antworten, daß er ihn nicht kenne, noch nie gesehen habe. Nun, was er zu sagen hat, ist schließlich klar, aber er muß es so sagen, sich dabei so benehmen, daß es glaubhaft wird, daß selbst ausgekochte Kriminalkommissare getäuscht werden.

Der junge Mensch in gutsitzender Polizeiuniform kommt aus dem Kabinett, läßt die Tür offen und sagt: „Brenten! Hereinkommen!"

Es ist ein schmales, aber recht tiefes Zimmer, an dessen äußerstem Ende Polizeisenator Pichter unter dem fast in Lebensgröße porträtierten Hitler an einem riesigen Schreibtisch sitzt. Walter bleibt an der Tür stehen und blickt auf den Mann hinter dem Schreibtisch. Der Polizeisenator betrachtet ihn prüfend.

„Kommen Sie näher!"

Walter geht langsam bis auf etwa drei Schritte an den Schreibtisch heran.

„Setzen Sie sich!"

Walter sieht auf die beiden Ledersessel vor dem Schreibtisch und setzt sich so, daß er das Licht im Rücken hat.

„Nein, dorthin. Setzen Sie sich in den andern."

Walter setzt sich in den anderen Sessel und blinzelt mit den Augen; das starke Tageslicht ist ihm ungewohnt.

Pichter öffnet eine Akte, liest kurz darin, sieht dann über den Schreibtisch Walter an.

„Sie sind Redakteur der ‚Hamburger Volkszeitung'?"

„Ich war es."

„Sie waren es? Wie soll ich das verstehen?"

„Die ‚Hamburger Volkszeitung' ist verboten."

„O ja, ich weiß", erwiderte lächelnd der Senator, „aber Sie geben sie doch nach wie vor heraus, trotz Verbot?"

„Nein!"

„Nicht? Schreiben Sie nicht Beiträge für die illegale ‚Volkszeitung'?"

„Das ja. Aber ich gebe die Zeitung nicht heraus."

„Und wer gibt die heraus?"

„Meine Partei."

„Ich meine, wer von Ihren Parteigenossen?"

„Das weiß ich nicht."

„Das sind doch Kinkerlitzchen. Hör'n Sie mal, Sie wollen mir allen Ernstes einreden, Sie wüßten nicht, wer die Herausgeber sind und wo die Zeitung gedruckt wird?"

„Das weiß außer denen, die sie machen, niemand."

„So–o?" Pichter lehnt sich bequem in seinen Stuhl zurück, schweigt einige Augenblicke und betrachtet sein Gegenüber, der ihm voll ins Gesicht sieht.

Walter Brenten hat sich den Polizeisenator der Nazis ganz anders vorgestellt. Dieser gleicht einem fettgewordenen Kommis. Er hat ein rosiges, vollbackiges, glattes Gesicht mit dunklen Haaren über der kurzen, vorgewölbten Stirn. Vor den hervorquellenden Augen sitzt eine Hornbrille mit dicken Gläsern; er macht den Eindruck eines behäbigen, harmlosen Büromenschen. Walter erinnert sich, daß dieser Nazi-Polizeisenator zugleich SA-Standartenführer ist. Der dunkelhäutige, samtäugige Schuft von Kommissar sieht zwar auch nicht so aus, wie man sich gemeinhin einen Gestapokommissar vorstellt, aber in dem erkennt man doch auf den ersten Blick den niedrigen, gemeinen Burschen. Dieser Nazi-Senator hingegen gleicht den Buchhaltern, Prokuristen und Bürovorstehern, wie sie da draußen an der Elbchaussee wohnen, stupide Diener ihrer Herren mit leeren Gesichtern und weichem Rückgrat.

„Ich will Ihnen glauben, was Sie mir erzählen", fährt der Polizeisenator fort. „Ich will Ihnen glauben, daß Sie nur Beiträge für die illegale Zeitung geschrieben haben."

Walter Brenten nickt zustimmend.

„Hm! Erzählen Sie mir doch mal, wie Sie diese Beiträge befördert haben, damit sie gedruckt werden konnten?"

„Nach den Regeln der Illegalität", erwidert Walter und überlegt zugleich, was er diesem gemütlichen Onkel von Senator für ein Märchen aufbinden kann.

„Wie das vorgeht, möchte ich wissen. Sie hatten Beiträge für die illegale Zeitung bei sich, wollten sie weitergeben, nicht wahr? Wem wollten Sie die Sachen geben oder wohin?"

„Sie kennen also die Regeln der illegalen Tätigkeit nicht?" antwortet Walter Brenten in einem Ton, als sei er darüber sehr verwundert. „Das geht folgendermaßen vor sich. Jeden Mittwochnachmittag muß ich meine Beiträge für die Zeitung geschrieben haben und zu einer bestimmten Stunde des Tages einer bestimmten Person übergeben."

„Ein bißchen genauer, bitte."

„Da beginnen die illegalen Regeln", kommt anscheinend treuherzig die Antwort. „Am letzten Mittwoch sollte ich um zwei Uhr die Beiträge einer Frau geben, die auf dem Gänsemarkt das Lessingdenkmal zeichnete."

„Die zeichnet jeden Mittwochnachmittag auf dem Gänsemarkt den Lessing?"

„Nein, das glaube ich nicht. Sicher nur am letzten Mittwochnachmittag. Sie hätte aber meine Beiträge entgegengenommen und mir gesagt, wo und wem ich die Beiträge am darauffolgenden Mittwochnachmittag abzuliefern hätte. Und so werden von Mittwoch zu Mittwoch stets neue Treffs mit neuen Personen, die sich alle nicht kennen, sich nie gesehen haben, festgelegt."

Der Senator dreht einen Bleistift zwischen den Fingern wie jemand, der sich Zigaretten dreht. Dabei fixiert er unablässig hinter den dicken Brillengläsern seinen Gefangenen. Der hält dieser Prüfung stand, ohne die Augen abzuwenden.

„Wie aber haben Sie erfahren, worüber Sie schreiben sollten?"

„Von den gleichen Personen", antwortet Walter. „Ich erhielt gewöhnlich einen Zettel, auf dem die Aufträge notiert waren. Diese Zettel mußte ich sofort, nachdem ich sie gelesen hatte, vernichten."

„Und wer schrieb diese Zettel?"

„Das wußten nur die Verbindungsleute. Vielleicht aber auch nicht einmal sie."

„Und durch wen erhielten Sie die gedruckten ‚illegalen Zeitungen‘?"

„Ich habe nie welche erhalten."

„Sie haben keine illegale ‚Hamburger Volkszeitung‘ gesehen?"

„Nein!"

„Aber das ist doch im höchsten Grade unglaubwürdig."

„Weshalb? Diese Zeitungen werden doch nicht für mich gedruckt."

Pichter wirft den Bleistift auf den Schreibtisch, schnellt vom Stuhl hoch und wälzt sich mit dem Oberkörper über den Tisch zu Walter Brenten hin. Ihre beiden Gesichter sind jetzt keinen halben Meter voneinander entfernt. Beide starren sich an. Es zuckt um die Mundwinkel des Polizeisenators. Aber leise, beherrscht sagt er: „Ich will Ihnen mal was sagen. Sie halten mich scheinbar für saublöd. Nicht ein Wort glaube ich Ihnen von all dem, was Sie mir da vorflunkern. Nichts stimmt von Ihren sogenannten Regeln der illegalen Tätigkeit. Wenn Sie so weitermachen, sieht es für Sie nicht gut aus. Verstehen Sie mich?"

Walter Brenten sieht in die auf ihn gerichteten hervorquellenden Augen, in denen glühender Haß und nur müh-
sam gezügelte Wut flackert. Er spürt seine Wehrlosigkeit.

„Ob du mich verstanden hast, frag ich!"

Walter bekommt Schlucken im Hals. Dieser plötzliche
Übergang zum Du verheißt nichts Gutes. Ohne den Blick zu
senken, nickt er und sagt: „Ja."

Pichter schiebt sich über den Schreibtisch zurück und läßt
sich in seinen Stuhl fallen. „Bist du verheiratet?"

„Ja."

„Hast du Kinder?"

„Ja, eins."

„Wie alt bist du?"

„Zweiunddreißig."

„Willst du krepieren?"

Walter schweigt. Wie dieser Kerl den Ton geändert hat!
Hart, kalt, mitleidlos ist seine Stimme.

„Ich hab gefragt, ob du krepieren willst?"

„Nein."

„Also doch nicht. Möchtest noch ein bißchen weiterleben.
Auch im Dritten Reich, gegen das du die Leute aufhetzt.
Tja, wenn daraus man was wird. Es gibt nur noch eine
Chance für dich. Willst du wissen, welche? Willst du er-
fahren, wie du aus der bitterbösen Sache, die du dir ein-
gebrockt hast, wieder herauskommen kannst?"

Walter sitzt da, er atmet kaum noch; er denkt nur: Aus . . .
Aus!

„Ob du die Chance, die ich dir gebe, wissen willst, frag
ich."

„Ja", würgt Walter hervor.

„Du kennst keinen deiner Verbindungsleute?"

„Nein!"

„Keinen von den illegalen Leitern der Partei?"

„Nein!"

„Gut! Willst du deinen Kopf retten, dann schreibe jetzt –
hier in diesem Zimmer – eine Erklärung, daß du erkannt

hast, wie zwecklos jede ungesetzliche Handlung gegen die bestehende Staatsordnung ist."

Wenn Walter hinterher bedachte, wie er auf dieses Angebot reagiert hatte, empfand er es selbst als im höchsten Grade sonderbar. Als er hörte, was der Nazi-Senator von ihm wollte, wichen Starrheit und Angst; er hätte am liebsten gelächelt, so sicher fühlte er sich.

„Also, was ist? Komm mir nicht mit Zeit zum Überlegen; Erklärung oder ..."

Walter denkt: Er sieht wahrhaftig nur so aus wie ein harmloser Bürotischhocker; ein gefährliches Vieh ist der, eine Bestie, ein Tiger in Menschengestalt.

„Antworte, Kerl!"

„Ich werde eine solche Erklärung nicht schreiben."

Der Senator packt mit beiden Händen die Schreibtischkante, als habe er die Absicht, sich über den Tisch und auf seinen Gefangenen zu stürzen. Seine Lippen beben. Die rosigen Backen werden blaß. Sekundenlang kann er kein Wort herausbringen. Dann lehnt er sich wieder weit zurück in seinen Stuhl und sagt: „Narr! Du weißt wohl immer noch nicht, wo du dich befindest?"

Plötzlich schreit er: „Weißt du, wo du bist?"

„Ja."

„Nein! Du weißt es nicht! Du wirst verfaulen, und kein Hahn wird nach dir krähn! Vergessen! Erledigt! Ich prophezeie dir, du wirst die Erklärung schreiben! Wirst noch betteln, sie schreiben zu dürfen! Verstehst du mich? Wenn nicht heute, dann in sechs Monaten! Wenn nicht in sechs Monaten, dann in sechs Jahren. Das heißt, wenn du unterdessen nicht vermodert bist."

Dieser Wutanfall, diese Haßausbrüche machen Walter Brenten noch ruhiger und sicherer. Er ist sich in diesem Augenblick nicht ganz bewußt, was ihm bevorsteht, aber in ihm ist eine Zuversicht und Kraft wie seit dem Augenblick seiner Verhaftung nicht mehr. Fast fühlt er sich als Sieger.

„Du wirst in Dunkelarrest gesteckt, bis du zur Vernunft

gekommen oder krepiert bist! Kein Tageslicht wirst du sehen, bis dir im Kopf licht wird! Keinen Hauch des Lebens wirst du spüren, bis dir die Sehnsucht danach den Verstand raubt! Ein lebendig Begrabener wirst du sein!"

Und nun schnellt der dicke Nazi-Senator wieder mit dem Oberkörper über den Schreibtisch auf den regungslos dasitzenden Walter Brenten zu, so daß der erschrocken im Ledersessel zurückweicht.

„Weißt du eigentlich, wer mit dir spricht?"

„Ja."

„Wirst du die Erklärung schreiben?"

„Nein."

„Raus!"

Walter Brenten weicht erneut zurück; sein Gesicht ist von Speichel getroffen.

„Wache ... Wa–ache!"

Der Sekretär in Polizeiuniform und der SA-Mann stürzen ins Zimmer.

„Abführen!"

IV

Am gleichen Tage noch, kurz nach dem Mittagessen, kam der Schließer in die Fleetzelle. Walter Brenten stand auf einem Hocker am Fenster und sah über das dunkle, schmutzige, übelriechende Wasser des Bleichenfleetes, das, verbunden mit der sogenannten Kleinen Alster, von der Binnenalster kommend, am Neuen Jungfernstieg und am Rathaus vorbeifloß. Gäbe es eine Möglichkeit, diese Gitterstäbe zu durchbrechen, er würde nicht zögern, sich in den stinkigen Fleetschlick zu stürzen und zu waten und zu schwimmen, um die Alster zu erreichen ...

„Was fällt Ihnen ein, aus dem Fenster zu sehn?" erboste sich pflichtgemäß der Schließer.

Walter Brenten stieg ohne Eile vom Bock. Lächelnd sagte er: „Das nennen Sie Fenster?"

74

„Sie kommen nach Fuhlsbüttel. Nehmen Sie Ihre Sachen mit."

„Ich habe nichts mitzunehmen."

„Um so besser."

Im Wachtzimmer des Alten Stadthauses übernahmen zwei hochgewachsene Männer in Zivil den Gefangenen. Beide trugen helle Sakkoanzüge, der kleinere, ein Vierziger mit strohblondem Hitlerbart, zupfte seinen grellroten Binder zurecht. Dann zog er aus der hinteren Hosentasche einen Browning, zeigte ihn Walter Brenten und sagte: „Mach keine Dummheiten, wir sind Meisterschützen."

„Sie haben gewiß auch längere Beine als ich", erwiderte Walter.

Das rief Gelächter hervor, und der Rotbeschlipste klopfte ihm auf die Schulter. „Du gefällst mir."

Ungezwungen, als machten sie einen Spaziergang, gingen sie durch die Korridore des Stadthauses, an den Menschen vorbei, die vor den verschiedenen Zimmern warteten. Dann stiegen sie in einen bereitstehenden offenen Wagen, der eine Gestapomann rechts, der andere links von dem Gefangenen. Der atmete in tiefen Zügen die herrliche Luft ein. Die junge Maisonne schien. Der Himmel, hoch und blau, war nur von wenigen geballten weißen Wolken bedeckt. Sie fuhren durch die Kaiser-Wilhelm-Straße.

Wie oft war Walter diese Straße hinauf- und hinunter-gegangen! Die Menschen eilten ihren Geschäften oder Ver-gnügungen nach, wie alle Tage und zu allen Zeiten. Dort zweigte die Speckstraße ab, und Walter Brenten streifte im Vorbeifahren den alten Fachwerkbau, in dem Johannes Brahms geboren wurde. Nach einem Brahms-Lieder-Abend in der Musikhalle waren Ruth und er zu dieser schmalen Twiete gepilgert, um dem großen Sohn der Stadt ihren Dank abzustatten ... Sie fuhren über den Holstenplatz. Walter sah auf das festliche Haus. Wieviel schöne Abende hatte er dort verlebt. Herrliche, unvergessene Stunden. Tschaikowskijs Pathétique hatte er dort zum erstenmal gehört. Auch die

Neunte von Beethoven. Es gab eine Zeit, da waren seine Freunde und er ständige Gäste der volkstümlichen Konzerte gewesen. Sonntag für Sonntag, zuweilen unmittelbar nach ihren Wanderfahrten, noch in Kitteln und kurzen Hosen, waren sie hingegangen ...

In schnellem Tempo fuhr der Wagen den Dammtorwall entlang. Sie kamen an der Post vorbei, wo er verhaftet worden war. Dort lag die Esplanade. Ganz in der Nähe, an den Kolonnaden, hatte er das Pech, Tante Mimi und Merkenthal zu begegnen ... Dieser Schurke ... Ob das je einer von den Genossen erfahren und der Denunziant zur Verantwortung gezogen würde?

„Schöner Tag, nicht wahr?" sagte der eine Gestapobeamte.

„Ein herrlicher Tag", erwiderte der andere.

Dann schwiegen sie wieder. Der eine blickte nach links, der andere nach rechts.

Sie hatten die Rothenbaumchaussee erreicht, fuhren am Curiohaus vorbei ... Curiohaus ... Walter schloß die Augen und dachte an jenen Abend, an dem Thomas Mann aus seinen Novellen gelesen hatte. Von dem Vorgetragenen waren sie begeistert gewesen, nicht sosehr von dem Manne, noch weniger von seinen Verehrern. Zu steif und zu förmlich war alles gewesen. Im Saale hatten überwiegend blasse Jünglinge und alte, vertrocknete Bürgerdamen, vor Ehrfurcht kaum atmend, dagesessen ...

Der Fahrer drehte ein mächtiges Tempo auf. Er könnte wahrhaftig langsamer fahren, sie kämen immer noch zu früh. In dieser gutbürgerlichen Gegend waren die Straßen in ausgezeichnetem Zustand, breit und vom Verkehr nicht verstopft.

Wie warm, wie schmeichelnd die Sonnenstrahlen waren. Er lehnte den Kopf zurück, damit die Sonne voll sein Gesicht bescheinen konnte. Was für ein dummer Einfall es war, anzunehmen, sie hätten Timm verhaftet. Er lachte kurz auf bei dem Gedanken, daß er fest überzeugt gewesen war, nur aus diesem Grund zum Polizeisenator geholt zu werden.

„Freust dich wohl?" fragte der rotbeschlipste Gestapobeamte.

„Ja", antwortete Walter, „ein schöner Tag."
Er drehte den Kopf wieder der Sonne zu.

V

„Da hätten wir also unseren ersten Gefangenen im neuen
Bau!" rief ein SS-Mann, erfreut wie ein Hotelwirt, der seinen ersten Gast begrüßt. Walter Brenten stand in der kahlen
Wachtstube, die aussah, als wäre sie in aller Eile proviso-
risch zu seinem Empfang hergerichtet worden.

Erster Gefangener? überlegte er. Tatsächlich hatte er weder auf dem Gefängnishof noch im Gefängnisbau auch nur
eine Spur von Gefangenen bemerkt. Dieser Teil des Zucht-
hauses schien nicht belegt zu sein. Dabei saßen doch Tausende in Fuhlsbüttel!

„Und gleich 'n ganz besonderer Kunde", fuhr der SS-
Mann fort, das Schreiben, das einer der Gestapobeamten
ihm überreicht hatte, wieder zusammenfaltend.

„Mit dem Gesicht zur Wand, du Lump!"
Walter Brenten drehte sich um.

„Nicht räuspern und rühren, sonst setzt es Keile!"

„Das Frauengefängnis ist noch nicht in Betrieb, was?"
fragte der Gestapobeamte.

„Nein, aber hierher und in das frühere Jugendgefängnis
nebenan kommen die Politischen. Das Ganze wird Konzert-
lager. Im Industriebau, wo sie jetzt untergebracht sind, bleiben
nur die Kriminellen. Aber das kann noch Wochen dauern."

„Wollte man dies alte Zuchthaus nicht schon längst ab-
reißen?"

„Ein Glück, daß man es nicht getan hat. Wird uns noch
gute Dienste leisten. Diese Verbrecherbude avanciert auf
ihre alten Tage noch zur Staatsuniversität Nummer eins.
Hahaha..."

„Und den wollen Sie in dem leeren Bau unterbringen?"

„Hat der hier nicht Platz genug? Hahaha! Bei uns gibt es in Zukunft nur noch eins: Revidier oder krepier! Abgekürztes Verfahren! Hahaha!"

Die beiden Gestapobeamten verabschiedeten sich. Walter Brenten sah mit verstohlenem Blick, daß der eine, bevor er aus der Tür trat, ihn noch einmal ansah.

„Rühr dich nicht von der Stelle, rat ich dir!" schrie der SS-Mann und verließ ebenfalls den Raum.

Nun war außer Walter niemand im Zimmer. Er drehte sich vorsichtig um. Nichts deutete darauf hin, daß es eine Wachtstube war. An den Haken neben der Tür hing nichts. Auf den Tischen lagen keine Bücher, keine Papiere. Sie konnten ihn doch nicht als einzigen in diesem Bau in eine Zelle stecken und ihn sich selbst überlassen? Aber was konnten sie eigentlich nicht?

Schritte nahten. Walter Brenten drehte sich wieder mit dem Gesicht zur Wand, als auch schon der SS-Mann, ein Posten mit Gewehr und zwei andere Männer eintraten.

„Umdrehn!"

Walter drehte sich um. Nun erst sah er, daß der SS-Mann höhere Charge sein mußte, Sturm- oder Obersturmführer.

„Wie heißt du?"

„Walter Brenten."

„Kommunist?"

„Ja."

„Jawoll heißt es ... Wie heißt es?"

„Jawoll!"

„Na, los denn! Mitkommen!"

Der SS-Offizier ging voraus. Der SS-Posten hielt sich neben dem Gefangenen. Den Abschluß bildeten die beiden anderen, die auch Gefangene sein mußten, denn sie trugen sackleinenes Drillichzeug.

Es ging eine dunkle Treppe hinab. So warm der Tag auch war, in diesem Keller war es feuchtkalt, und ein widerlicher Geruch von Moder und Fäulnis, ähnlich dem in der Fleetzelle, schlug Brenten entgegen. Sie gingen an Heizungsanlagen vorbei, deren Kessel verrostet waren. Die schweren Stiefel der beiden SS-Leute hallten dumpf in dem Steingewölbe. Der SS-Offizier schloß in der Mitte des Kellerganges eine Zelle auf. Widerstrebend gehorchte das Schloß. Es kostete Anstrengung, den Schlüssel umzudrehen. Dann stieß der SS-Mann die dicke, eisenbeschlagene Zellentür weit auf und sagte mit einladender Gebärde: „Bitte!"

Walter zögerte. Die Zelle war leer, vollkommen leer. Keine Pritsche, kein Strohsack, kein Tisch, kein Hocker, nichts, nichts, nichts. Neben der Tür befand sich ein Kübel, das war alles. Langsam überschritt Walter die Schwelle.

Krachend schlug die Tür hinter ihm zu und wurde – erst nach einigen vergeblichen Versuchen gelang es – abgeschlossen und verriegelt. Reglos blieb Walter in der Zelle stehen. Der Atem wurde ihm schwer. Angst stieg in ihm hoch. Dann schluckte er, als könne er das Grauen hinunterwürgen. Ihn fröstelte, er hatte weder Mantel noch Decke, noch Strohsack. Rundherum war Stein, nichts als Stein, kalter, modriger Stein. Er blickte, ohne sich umzudrehn, auf den Kübel an der Tür. Wenigstens etwas, worauf man sitzen kann, dachte er. Wie hoch das Zellenfenster lag ... Und doch ragte es kaum zu einem Drittel in den Gefängnishof, und nur schwacher Lichtschein drang herein. Selbst wenn er den Kübel an die Fensterwand stellte und darauf stieg, würde er nicht in den Hof sehen können.

Da horchte er auf. Draußen vor dem Fenster waren Menschen. Er trat einen Schritt vor in die Zelle, sah nach oben und hörte Stimmen. Plötzlich wurde es dunkel – – –. Er hörte hämmern ...

Wahrhaftigen Gottes, sie vernagelten auch noch das halbblinde Zellenfenster. Nun war vollkommene Finsternis.

FÜNFTES KAPITEL

I

Am Sonntagvormittag zogen an schönen Tagen die Hamburger zum Frühschoppen nach St. Pauli und landeten dort in einer Kneipe am Hafen beim Eiergrog oder einem „Rundstück, warm" in der Wilhelmshalle. Viele unternahmen aber auch eine Landpartie in die Walddörfer, um in den idyllisch gelegenen Gartenlokalen an den Ufern der oberen Alster den Sonntagmorgen bei Buttermilch oder Kümmel und Bier zu genießen. Die Bewohner von Harvestehude und Rotherbaum, vor allem die Villenbesitzer an der Außenalster, tranken jedoch seit Urväterzeiten ihren Frühschoppen im Uhlenhorster Fährhaus, das, am schönsten Punkt der Außenalster gelegen, einen prächtigen Blick auf die Innenstadt bot.

An diesem ersten Sonntag im Mai hatten sich zu früher Morgenstunde noch nicht viele Spaziergänger im Fährhaus eingefunden, obgleich die Sonne am wolkenlosen Himmel stand. In der zum Alsterbecken hinausgebauten Glasveranda saßen außer zwei älteren Damen nur Ernst Timm und eine zwar nicht mehr junge, aber immer noch recht ansehnliche Frau.

Timm betrachtete mit freundlichem Lächeln seine Begleiterin und beteuerte: „Wirklich, Klara, du siehst wunderbar aus! Was willst du, wir sind beide nicht mehr erster Aufguß, aber – zum Alteisen gehören wir deshalb doch noch nicht."

„Das wichtigste ist jedenfalls, daß wir nicht auffallen."

„Das beste ist immer noch, in die Höhle des Löwen zu gehn; da ist man am sichersten."

Ernst Timm, nicht schlank, doch auch keineswegs korpulent, immer noch sehr elastisch, war ein Mann in den besten

Jahren, wie man zu sagen pflegt. Er wirkte in seinem hellen Sommeranzug in dieser Umgebung wie ein passionierter Segler, der hier Station gemacht hatte.

Er holte eine kurze Shagpfeife aus der Tasche und sagte, während er sie umständlich stopfte: „... Die Gewerkschaften gleichgeschaltet. Das Arbeitervermögen geraubt. Wenn etwas die Arbeiter in Wut versetzen kann, dann dies. Jahrzehntelang haben sie unter Opfern und Mühen sich ihre Gewerkschaften, ihre Klassenorganisationen geschaffen. Innerhalb der Arbeitsfront werden wir den Klassenkampf fortsetzen. Diese Frage steht in der augenblicklichen Situation im Mittelpunkt. Derselben Ansicht wird auch Philipp sein, bestärke ihn darin. Das Nächstwichtige ist das Weitererscheinen der ,Volkszeitung', unter entsprechenden Sicherungsmaßnahmen, versteht sich. Walter Brenten muß verraten worden sein, davon bin ich immer mehr überzeugt. Alle, die mit ihm zusammengearbeitet haben, müssen wir entfernen, auswechseln und – beobachten. Philipp fragt, was mit Martin werden soll? Er schwört auf ihn. Ich, offen gesagt, auch. Aus prinzipiellen Erwägungen aber sage ich, auch er muß ausgewechselt werden, auch er ist zu beobachten. Daß trotz des Unfalls die Zeitung noch zum 1. Mai erscheinen und verbreitet werden konnte, das ist, ich weiß, vor allem Martins Verdienst, und es verdient höchste Anerkennung."

„Haben wir wirklich gar keine Anhaltspunkte für Brentens Verhaftung?" fragte die Frau. „Er hatte mit Martin den üblichen Treff vereinbart, nicht wahr? Ist aber vorher, möglicherweise auf dem Weg dahin, verhaftet worden."

Ernst Timm, der von seinem Platz am Ecktisch die ganze Veranda überblicken konnte, paffte aus seiner Pfeife, nickte und sagte: „Du hast alle Angaben, Klara. Er wohnte bei einem Onkel, der sehr alt, schon absonderlich ist, sich mit Astronomie abgibt. Aber an Walters Mutter, die seinen Jungen betreut, wird man nicht so ohne weiteres herankönnen."

„Da bleibt manches unerklärlich!"

Timm bedeutete ihr mit den Augen, zu schweigen. Der Kellner kam auf die Veranda, blieb vor einem leeren Tisch stehen und blickte gelangweilt aufs Wasser.

„Herr Ober!" Ernst Timm bestellte noch einen Whisky mit Soda.

„So, du kannst weitererzählen, Klara!"

„Wir haben Bericht, daß er ins Stadthaus eingeliefert wurde, und dann ist er vom Stadthaus nach Fuhlsbüttel gebracht worden. In Fuhlsbüttel aber ist er nicht angekommen. Durch die Aufnahme ist er nicht gegangen. Wir wissen bis heute nicht, wo er ist."

„Ja, ja, ich weiß", flüsterte Timm. „Wie mag das alles zusammenhängen? Womöglich haben sie ihn irgendwohin verschleppt, erschossen und verscharrt."

„Wenn es so ist, oder auch nur wahrscheinlich, dann . . .", Klara las „Achtung!" in Timms Gesicht und fuhr fort: „. . . das – das wäre natürlich etwas anderes."

Der Kellner brachte das Bestellte, und die Frau sprach unbekümmert weiter: „Eine Wasserpartie wollten sie schon seit langem machen."

Timm bereitete sich sein Getränk. Der Kellner hatte die Veranda wieder verlassen. Die beiden alten Damen verspeisten schweigend ihre Riesenportionen Torte.

„Ernst, da stimmt etwas nicht – aber was? Bisher hat unser Nachrichtendienst aus dem Stadthaus, dem UG und aus Fuhlsbüttel geklappt. Du kannst mit deiner Befürchtung recht haben. Das heißt dann aber, daß wir darauf antworten müssen."

„Der letzte Beweis fehlt", erwiderte Timm.

„Vielleicht bekommen wir auf die Art den fehlenden Beweis!"

„Also gut, ich selber werde für die nächste Ausgabe einen Nachruf schreiben. Der muß gleichzeitig in allen Betriebszeitungen erscheinen, denn Walter war bei den Gewerkschaftlern, besonders bei den Metallarbeitern, sehr beliebt."

Frieda Brenten hatte mit ihrem kleinen Enkelkind am Planschbecken der Heinrich-Hertz-Straße gesessen, wo sich jeden Tag Kinder in Obhut von Müttern oder Großmüttern trafen. Spätnachmittags auf dem Nachhauseweg ging sie noch zum Kolonialwarenhändler, um Seife und Persil für den morgigen Waschtag einzukaufen.

„Guten Tag, Herr Repsold!" Und die kleine, immer freundliche Frieda Brenten lachte den Kolonialwarenhändler mit ihren noch so jugendblanken Augen an, daß er wie ein Spiegel das Lächeln zurückgab. Dabei war ihm gar nicht nach Lächeln zumute, denn er wußte bereits, was Frieda Brenten gleich erfahren sollte.

„Guten Tag, liebe Frau Brenten! Kommen Sie doch, bitte, gleich mal um die Tonbank herum. Drinnen im Zimmer wartet jemand auf Sie."

Frieda Brentens Augen strahlten noch mehr. Das ist Walter! – Der Repsold ist doch ein feiner Mensch!

In dem kleinen, hinter dem Ladenraum gelegenen Zimmer, das vollgestopft war mit Möbelstücken, fand sie aber nicht ihren Sohn vor, sondern eine kräftige Frau in ihren Jahren, die sich bei ihrem Eintreten erhob und sie herzlich begrüßte.

„Ja, Sie sind Frau Brenten, das sieht man gleich."

„Woher kennen Sie mich?"

„Ich kenne Ihren Sohn."

„Wo ist er? Wie geht es ihm? Ich hoffte schon, er wäre hier."

„Setzen Sie sich doch, Frau Brenten. Und nun seien Sie sehr tapfer."

Frieda Brenten starrte mit ahnungsvoll aufgerissenen Augen auf die fremde Frau ...

„Ihr Sohn Walter ist verhaftet worden, und – ja, liebe Frau Brenten, wir müssen mit dem Schlimmsten rechnen ..."

„O–oh!" sagte Frieda Brenten nur, den Mund offen, die Augen groß auf die Frau gerichtet.

Erst als die Genossin Klara die kleine Frau Brenten umarmte und an sich drückte, rannen ihr die Tränen, und sie bebte und schluchzte, daß auch der kleine Peter vor Angst zu weinen anfing und die Beine seiner Oma umklammerte.

Frieda Brenten nahm das Kind auf den Schoß, drückte es an sich, und unter Weinen und Schlucken klagte sie: „Ist das ein Leben ... Warum läßt man so was zu?"

Sie wischte sich mit dem Handrücken die Tränen aus dem Gesicht.

„Frau Brenten, wollen wir die Hoffnung noch nicht aufgeben. Sie sollen auch wissen, daß Sie und auch Walter nicht allein sind ... Aber Sie dürfen sich unter keinen Umständen etwas anmerken lassen. Diese Gestapo-Banditen kriegen es fertig und verhaften auch Sie."

„Solln sie doch!"

„Was wird dann aus den Kindern? Nein, liebe Frau Brenten, Sie müssen jetzt sehr klug und sehr stark sein. Wir werden Sie unterstützen, so gut wir können. Herr Repsold ist unser guter Freund, und auch er wird helfen. Sie sind nicht allein, Frau Brenten. Wir dürfen aber niemand, vor allem Repsold nicht gefährden. Ein unbedachtes Wort kann schon verhängnisvoll werden."

Frieda Brenten nickte und wischte sich immer wieder die Augen.

„Noch etwas, Frau Brenten. Sie haben doch einen Schwager, der schon sehr alt ist. Man sagt, er soll sich mit Sternkunde beschäftigen."

„Sie meinen Gustav Stürck. Woher kennen Sie ihn?"

„Ich kenne ihn noch nicht. Wo wohnt er?"

„Wo er wohnt? Raboisen 43."

„Danke schön, Frau Brenten."

„Wollen Sie mir nicht sagen, was Sie von ihm wollen?"

„Ihr Sohn hat dort gewohnt, Frau Brenten."

„Bei Gustav? Heute noch geh ich zu ihm."

„Sehn Sie, liebe Frau Brenten, das wäre das Törichtste und Gefährlichste, was Sie tun könnten. Nein, Sie dürfen nicht heute, nicht morgen, höchstens einmal in den nächsten Wochen hingehn, sonst gefährden Sie ihn."

„Wie sollte ich ihn gefährden? Darf ich denn keinen mehr besuchen?"

„Natürlich dürfen Sie das, liebe Frau Brenten. Nur Ihren Schwager Stürck nicht. Wenigstens die nächsten Tage nicht... Sie müssen sehr vorsichtig sein, Frau Brenten. Nicht nur Ihretwegen. Die Schnüffler und Büttel der Gestapo lauern überall. Wir leben in einer bösen Zeit."

„Das kann man wohl sagen! In einer bitterbösen Zeit!"

III

In den Abendstunden saß Frieda Brenten mit rotgeweinten Augen in der Sofaecke ihrer guten Stube und sann, überlegte, plante. Sie wollte versuchen, ihren Mann herauszubekommen, ehe sie auch ihn totschlugen, und sie überlegte nun, wer dabei helfen könnte. Falschen Stolz – wie sie es nannte – sollte es nicht mehr geben; sie wollte, wenn nicht anders möglich, bitten und betteln, sich erniedrigen; sie war zu allem bereit. Paul Papke war seit kurzem wieder am Hamburger Stadttheater, das jetzt Staatsoper hieß, und er sollte, wie ihr Schwiegersohn Paul Gehl erzählt hatte, sogar Direktor geworden sein. Papke mußte dann doch einflußreiche Leute kennen, die sich für Carl einsetzen konnten. Willmers' Schwiegersöhne mußten doch ein gutes Wort für Carl einlegen können, sie kannten sicher viele, die heute zu bestimmen hatten. Vielleicht wußte auch Carls Bruder Matthias, wenn der auch nicht mehr im Staatsdienst war, einen Weg, ihm zu helfen. Nichts durfte unversucht bleiben. Jetzt erst begriff sie, in welcher Gefahr ihr Mann schwebte.

Sie blickte auf Viktor, ihren Enkel, der am Tisch vor einem Buch saß.

„Viktor!"

Der Junge blickte von seinem Buch auf.

„Hast du eigentlich in der Schule noch Schwierigkeiten? Da war doch ein Lehrer – wie hieß er doch? –, der dich nicht leiden konnte, vor dem du solche Angst hattest."

„Du meinst Rochwitz, Omi?"

„Ja, schikaniert er dich noch?"

„Nee, Omi! Der ist doch Rektor geworden."

„Und dein neuer Klassenlehrer?"

„Streng ist er, aber nicht schlecht. Der will, daß wir gute Soldaten werden. Er läßt uns immer marschieren. In Gruppenkolonne. Und Sprung auf, marsch, marsch! Das gibt jedesmal ein großes Hallo."

„Das ist doch nicht schön?"

„Ach, sag das nicht, Omi, das macht schon Spaß. Natürlich wäre es schöner, wir könnten mehr Fußball spielen. Aber soviel Schularbeiten wie früher haben wir nicht mehr."

„Und von dem Klassenlehrer habt ihr nichts wieder gehört?"

„Aber, Omi, der hat sich doch erhängt!"

„Erhängt? Junge, davon hast du mir ja gar nichts erzählt. Warum denn das?"

„Der wurde verhaftet damals, Omi, und gleich darauf hat er sich erhängt. Man sagt, weil er soviel auf 'm Kerbholz hatte."

„Was soll er denn auf 'm Kerbholz gehabt haben?"

„Das hat keiner erfahren, weil er sich doch umgebracht hat. Es bringt sich aber doch keiner um, wenn er nichts auf 'm Kerbholz hat. Meinst du nicht auch, Omi?"

Frieda Brenten blieb ihrem Enkelkind die Antwort schuldig. Sehr verändert kam ihr der Junge in letzter Zeit vor; sie konnte es sich selbst nicht erklären. Der frühere Widerspruchsgeist steckte nicht mehr in ihm. Als er erfahren hatte, daß die Nazis seinem Vater sehr schlimm zugesetzt, ja ihn vielleicht sogar umgebracht hatten, war er bleich geworden wie die Wand und hatte lange kein Wort hervorbringen können, aber geweint hatte er nicht, auch dann nicht, als sie wieder in Tränen ausgebrochen war. Hart war der Junge geworden, und schweigsam. Ob das der Einfluß des neuen Lehrers war, der sie zu Soldaten erziehen wollte?

IV

Zweimal hatte Frieda Brenten schon versucht, Paul Papke zu erreichen, einmal in der Staatsoper, einmal in seiner Wohnung am Schlump; beide Male vergeblich. Unverdrossen lief sie am Sonntagvormittag wieder nach dem Schlump. Diesmal hatte sie Glück; sie traf ihn an. Er war gerade im Begriff, mit seinem Schäferhund einen Spaziergang zu machen.

Sie wurde kühl und abweisend empfangen.

„Was haben Sie? Warum rennen Sie hinter mir her? Brauchen Sie Geld?"

„Nein, Herr Papke. Bitte seien Sie nicht ungehalten. Ich möchte nur Ihren Rat. Vielleicht können Sie mir helfen. Sie wissen doch..."

„Ja, ich weiß. Carl sitzt als Staatsverbrecher hinter Schloß und Riegel. Sein Sohn wird steckbrieflich gesucht. Und mich wollen Sie nun..."

„Meinen Sohn hat man bereits ermordet!"

„Wa–as... Ermordet?" Papke starrte sie entgeistert an, und zum erstenmal hatte Frieda den Eindruck, daß sein Entsetzen keine Schauspielerei war. „Um Gottes willen, wer hat ihn ermordet?"

„Die Gestapo!"

„Sind Sie von Sinnen?" schrie Papke. „Das dürfen Sie doch nicht sagen!"

„Es ist die Wahrheit, Herr Papke. Und ich frage Sie, den langjährigen Freund meines Mannes; soll er auch umgebracht werden? Wollen Sie nicht helfen, es zu verhindern?"

„Was fällt Ihnen ein! Ich hab nichts damit zu schaffen und will auch nichts mit seinem politischen Unsinn zu tun haben!"

„Sie wollen ihm also nicht helfen?"

„Wie denn? Selbst wenn ich wollte?" Papke faßte sich verzweifelt mit beiden Händen an den Kopf. Nun erkannte Frieda wieder den alten Komödianten.

„Sie sind heute wieder an der Staatsoper und kennen gewiß viele einflußreiche Leute, deren Wort was gilt. Sprechen Sie für Carl! Helfen Sie ihm!"

„Nein!" brüllte Papke auf, als peinige ihn ein großer Schmerz. „Nie ... Ich habe nichts mehr mit ihm gemein! Er hat sich zum Werkzeug staatsfeindlicher Verbrecher gemacht. Er ist selber schuld, daß es so mit ihm gekommen ist ... Keine Hand rühre ich für ihn!"

Frieda Brenten bebten die Lippen. Sie mußte sich zusammenreißen; anspucken hätte sie ihn mögen. Einfach ins Gesicht spucken.

„Sie sind ein noch größerer Schuft, als ich immer schon angenommen habe!"

Papke riß den Arm hoch und schrie mit verzerrtem Gesicht: „Machen Sie, daß Sie rauskommen ... Raus!"

„Sie Feigling! Sie erbärmlicher Feigling! Sie charakterloses Subjekt!"

Eine dicke Frau schlurfte aus der Küche auf den Flur und ging auf Frieda Brenten zu, nahm sie am Arm und sagte: „Sie haben recht, Frau Brenten. Aber gehen Sie! Gehen Sie! Der kriegt es fertig und ruft die Polizei!"

V

Abends kamen Paul und Elfriede. Frieda Brenten war recht froh darüber; sie fühlte sich einsamer und verlassener denn je. Als ihr Schwiegersohn sie umarmte, schluchzte sie: „Du bist jetzt mein einziger Sohn, Paul! Du ... du darfst mich nie verlassen!"

„Omichen", rief er, „ich verlasse dich nicht. Im Gegenteil, nun wollen wir uns noch enger zusammentun."

„Ich sag euch, die bringen Carl auch noch um."

„Aber Omi ... Wer wird gleich das Schlimmste denken ... An deiner Stelle würd ich aber nun ein Gnadengesuch einreichen."

„Ich war ja schon bei Papke."

„Na und? Was hat er gesagt? Will er was tun?"

„Der?" erwiderte Frieda Brenten in abgrundtiefer Verachtung. „Rausgeschmissen hat mich der Schuft ... Regelrecht rausgeschmissen ... Aber dem hab ich die Wahrheit gesagt, das könnt ihr mir glauben."

„Wieso konnte der dich rausschmeißen, Mutter?" fragte Elfriede. „Papke weiß doch genau, daß ..."

„Er hat's getan", unterbrach sie ihre Mutter. „Mit ausgestrecktem Arm stand er da und schrie: ‚Machen Sie, daß Sie rauskommen!' – Wenn es mal anders kommt, das sag ich euch, dann will ich dafür sorgen, daß der sein Teil kriegt."

„Omichen, die haben doch heute alle Angst vor den Nazis", sagte Paul.

„Der? Der ist doch selber ein Nazi! Einen gemeinen Charakter hat er."

Elfriede brühte in der Küche Kaffee und richtete das Abendbrot. Paul blieb bei Frieda in der Wohnstube. Er wußte nicht recht, wie er sie trösten, was er ihr sagen sollte. Er hatte die politische Ansicht seines Schwiegervaters und des Schwagers nie geteilt und hatte nie verstanden, daß sie sich wegen politischer Dinge solchen Gefahren aussetzten. Er hielt sie einfach für überspannt. Seiner Meinung nach verlief die Geschichte immer so, wie sie nun einmal verlaufen mußte; Menschen konnten da überhaupt nichts dran ändern. Hitler war eben notwendig geworden, nach all dem Durcheinander, dem Hin und Her und der ganzen Ratlosigkeit der Leute, die vor ihm an der Macht waren. Natürlich war das ein Unglück für seine politischen Gegner; ob aber für alle, wie die Kommunisten seit Jahr und Tag behaupteten, das war noch nicht bewiesen. Wirtschaftlich war es jedenfalls, seit er an der Macht war, nicht schlechter geworden. Vor ihm aber ging es von Monat zu Monat schlechter ... Daß Walter so elend ums Leben gekommen sein sollte, hatte auch Paul erschüttert. Und auch, daß sein Schwiegervater, der doch schon über die Fünfzig war, wie ein Verbrecher im Gefängnis saß.

„Die verdammte Politik", sagte plötzlich Frieda Brenten in das Schweigen hinein. „Ich hab's immer gesagt, daß es mal ein schlimmes Ende nehmen würde."

Und sie brach wieder in Weinen aus.

Paul nahm ihren Kopf in seine Hände und streichelte sie. „Nicht weinen, Omichen ... Was hilft das ... Wir müssen's hinnehmen, wie's kommt ... Nicht weinen ..."

Am Abendbrottisch platzte Elfriede heraus: „Mutter, wie ist es, muß ich Trauer tragen?"

Frieda Brenten verstand sie im ersten Augenblick gar nicht, dann antwortete sie mit Bestimmtheit: „Ich trag keine ... Nein, nein, ich trag keine."

Paul atmete erleichtert auf. Elfriede hatte schon von einem schwarzen Kleid, von schwarzen Schuhen und Strümpfen gesprochen. „Elilein, dann brauchst du es auch nicht", sagte er.

„Aber wie ist es, wollt ihr nun nicht Peter wieder zu euch nehmen?" fragte Frieda die beiden. „Ich hab wahrhaftig an Viktor genug."

„Aber Omichen, das macht dir doch bestimmt nichts aus, wenn du den Kleinen noch ein paar Wochen oder – ein paar Monate behältst. Wer weiß, wie lange Eli noch ihre Arbeit hat. Die wollen nämlich nur noch Männer einstellen, auch in den Zigarettenfabriken ... Und wenn wir unsern Hausstand mit allem Drum und Dran zusammengespart haben, dann ziehst du zu uns. Nicht wahr, Omichen?"

„Na ja, seht man zu, daß ihr eure Klamotten bald zusammen habt. Ich fühl's, ich mach es auch nicht mehr lange."

Frieda Brenten ließ nichts unversucht. Sie hetzte von einem Verwandten und Bekannten zum andern. Sie lauerte ihrem Bruder Ludwig an den Landungsbrücken auf, ohne ihn freilich in dem Gewühl der am Feierabend nach Hause eilenden Werftarbeiter zu finden. Ihn in seiner Wohnung aufzusuchen, wagte sie nicht; sie fürchtete eine Begegnung mit Hermine. Wie sie so am Elbtunnel stand und die Arbeiter in dichten Scharen an ihr vorbeiströmten, gab sie selber die Hoffnung auf, Ludwig unter ihnen zu finden. Nun erst überlegte sie, was sie eigentlich von ihm wollte. Er war doch der letzte, der ihr helfen konnte, und der wohl in dieser Angelegenheit auch nicht geneigt war, ihr zu helfen. Ach, sie wollte ihren Bruder nur sehen und sprechen. Wollte ein teilnahmsvolles Wort hören. Wollte wissen, daß sie doch nicht mutterseelenallein war.

Enttäuscht und mutlos trat sie den Heimweg an.

Ohne sich recht darüber klar zu sein, weshalb und warum, lief sie, kaum am Millerntor angekommen, zur Hochbahnstation und fuhr nach Eppendorf. Sie wollte zu ihrem Bruder Otto. Cäcilie zu besuchen, scheute sie sich nicht. Die war doch früher stets hilfsbereit gewesen und nie mißgünstig.

Otto hatte Nachtschicht. Cäcilie lud ihre Schwägerin freundlich ein, hereinzukommen. Frieda setzte sich zu ihr in die Küche, während Cäcilie Kaffee zubereitete. Eine zwar nur kleine, aber eine schmucke, saubere Küche hatte sie. Überhaupt sah Frieda auf den ersten Blick, daß Cäcilie ihre Wohnung gut in Ordnung hielt. Und was für schöne Möbel die beiden sich angeschafft hatten! Ein Wohnzimmer, ganz in Nußbaum. An den Wänden große Gemälde. Entzückend waren die mattgelben Vorhänge und die gestärkten Gardinen.

Auch Cäcilie gefiel Frieda Brenten. Die war nun ebenfalls schon eine Vierzigerin, das einstmals so heißblütige „Mädchen mit dem großen Herzen", wie sie in der Familie spöttisch genannt worden war. Sie war immer noch schlank, wenn auch nicht mehr so spindeldürr wie früher. Frisch, gesund und lebensfroh sah sie aus. Aus ihren grünlich schimmernden Augen sprachen immer noch geheimnisvolle Sehnsüchte und Wünsche. Frieda tat es wohl, daß sie nett und ungezwungen mit ihr plauderte. Dabei hatten sie sich doch viele Jahre nicht gesehen.

„Weißt du, Frieda", sagte Cäcilie, indem sie die elektrische Kaffeemühle abstellte und den gemahlenen Kaffee in die Kanne schüttete, „Otto ist in diesen Zeiten noch vorsichtiger als früher. Er geht zu niemandem. Wir haben überhaupt keine Bekannten, mit denen wir verkehren, geschweige denn Freunde ... Das ist nicht ideal, nein, wahrhaftig nicht; aber für Otto notwendig."

„Das versteh ich nicht", bekannte Frieda ehrlich. „Warum ist diese unnatürliche Zurückhaltung für Otto notwendig?"

„Aber du weißt doch, er ist Staatsangestellter. Steht im Beamtenverhältnis."

„Na und?" Frieda verstand immer noch nicht.

Cäcilie beugte sich zu ihr hin und sagte leise, obwohl außer ihnen niemand in der Küche, überhaupt niemand in der Wohnung war: „Das ist doch politisch, Frieda. Verstehst du nicht? Ein unbedachtes Wort oder eine fragwürdige Bekanntschaft und – Otto fliegt. Die Nazis wissen doch, daß er früher Sozi war, deshalb passen sie auf ihn besonders auf."

Cäcilie hob wieder ihre Stimme.

„Da sagt er sich, lieber alle Bindungen zu früheren Bekannten abbrechen. Man kann doch niemals wissen, in welche Affären alte Bekannte einen hineinziehen."

Abermals dämpfte Cäcilie ihre Stimme und fuhr, zu Frieda gewandt, fort: „Alle unsere früheren Bekannten waren doch auch Sozis. Selbst wenn sie es heute bestreiten, kann es doch bei dem einen oder andern sein, daß er heimlich – na, wie soll ich sagen – damit noch verbunden ist. So was gibt's doch, nicht wahr? Man hört es immer wieder. Denk doch nur, wie es Matthias Brenten ergangen ist!"

Frieda Brenten lächelte enttäuscht. Sie war gekommen,

Trost zu suchen, mußte aber gewärtig sein, wenn sie von Walters Schicksal und Carls Verhaftung zu erzählen begann, als gefährlicher Gast aus der Tür gewiesen zu werden. Sie beschloß deshalb, von ihren Sorgen zu schweigen.

In dem hübschen Wohnzimmer tranken sie Kaffee, und Cäcilie, stolz auf ihre Wohnung, nannte der Schwägerin den Preis, den sie für die Einrichtung gezahlt hatten. Allein das Bild über dem Vertiko, eine Waldlandschaft mit röhrenden Hirschen, ein Originalgemälde, versicherte Cäcilie, hatte, wie sie sagte, zweihundertundvierzig Mark gekostet.

„Nein, so was!" Frieda starrte bewundernd das Bild an. Zweihundertundvierzig Mark für ein einziges Bild auszugeben, das war für sie ausgesprochene Verschwendung – das war schon Luxus.

In irgendeinem Winkel ihres Herzens beneidete Frieda Brenten ihre Schwägerin um ihr Heim und ihr Leben. So zu wohnen und so zu leben, war auch einmal ihre Sehnsucht gewesen. Aber was hatte Cäcilie vorhin von Matthias, Carls Bruder, gesagt?

„Cäcilie, was ist mit Matthias Brenten? Du sagtest, ich . . ."

„Das weißt du nicht?" rief die Schwägerin erstaunt. „Dem hat die neue Regierung doch die Pension gestrichen."

„Warum denn?"

„Weiß ich nicht. Das weiß niemand. Otto sagte auch, der Fall sei ihm vollkommen unverständlich. Tatsache aber ist, daß ihm die Pension entzogen wurde . . . Schrecklich für die beiden alten Leute . . . Und die Tochter, die lungenkranke, die haben sie doch auch immer noch bei sich."

VII

Von Cäcilie eilte Frieda zu ihrem Schwager Matthias. Sie wollte hören, was geschehen war. Wollte die beiden Alten trösten und ihnen helfen, soweit es in ihrer Macht stand.

Minna Brenten, die ihr öffnete, prallte zurück, als sie ihre Schwägerin sah, und vor Staunen blieb ihr der Mund offen.

Frieda trat ein und platzte gleich in das Wohnzimmer.

Ihr Schwager saß auf dem Sofa und starrte sie an.

„Guten Tag, Matthias!" Sie reichte ihm die Hand.

Er sah sie an, erwiderte aber ihren Gruß nicht, übersah auch ihre ausgestreckte Hand.

Mein Gott, dachte Frieda, sie haben schon den Verstand verloren. Bestimmt, die sind beide nicht mehr bei sich. Ihr wurde unheimlich. Sie sah sich um. An der Zimmertür stand Minna und blickte schweigend auf sie. Vor ihr saß Matthias, der sie unverwandt anstarrte. Konnte sie davonlaufen? Einfach wieder davonlaufen? Zumute war ihr danach... Aber nein, sie mußte bleiben. Sie wollte doch hören, was geschehen war. Sie überwand ihre Angst, setzte sich in den Sessel Matthias gegenüber und begann resolut: „Ich höre, euch ist ein Mißgeschick widerfahren. Da bin ich gleich gekommen. Vielleicht... vielleicht kann ich euch... helfen..."

Kein Wort fiel. Weder ihr Schwager noch ihre Schwägerin antworteten. Sie blickten nur starr und feindlich auf sie.

„In diesen Zeiten... dacht ich... muß doch einer dem andern beistehn... Ist doch so, nicht wahr, Matthias?"

„An allem ist Carl schuld!" sagte Matthias Brenten.

„Carl?" rief Frieda erstaunt.

„Carl?" wiederholte sie, und diesmal empört. „Matthias, wie kannst du so was sagen? Carl, der jetzt im KZ ist und der dir nie Böses zugefügt hat... Hat er dir damals nicht sogar geholfen, als er noch helfen konnte? Damals, gleich nach dem Krieg. Warum fallt ihr jetzt alle über Carl her, jetzt, wo *er* Hilfe brauchen würde?"

„Carl ist schuld", begann Matthias von neuem.

Frieda betrachtete ihren Schwager genauer. Wie alt sah der aus! Sein Gesicht war eingeschrumpft. Er trug keinen Walroßbart mehr, sondern nur einen schmalen Bartfleck unter der Nase, wie Hitler

Sie drehte sich um und sah auf ihre Schwägerin, die immer noch an die Zimmertür gelehnt stand... Auch sie, dachte Frieda. Wie eine Mumie ist sie. Beide sehen wie Mumien aus... Und wieder war es ihr unheimlich, allein mit ihnen zu sein.

Sie erhob sich, trat einen Schritt auf ihren Schwager zu und sagte, während ihr vor Angst das Herz im Halse pochte: „So sag doch, woran Carl schuld sein soll! Als ihr ihn brauchtet, da seid ihr alle angekommen und habt nur Gutes über ihn geredet. Jetzt, wo er in Not ist, sprecht ihr nur Schlechtes über ihn. Ich finde das nicht schön von euch! Ihr solltet euch allesamt schämen! Carl ist bestimmt tausendmal besser als ihr alle zusammen!"

Damit kehrte sie ihrem Schwager den Rücken und verließ das Zimmer. Grußlos ging sie an ihrer Schwägerin Minna vorbei, die nicht ein einziges Wort gesagt hatte.

Froh war sie, als sie aus dem Treppenhaus auf die Straße trat. Die beiden oben waren geistesgestört, daran zweifelte sie nicht. Das Unglück, das über sie gekommen war, hatte ihnen den Verstand geraubt.

„'n Tag, Tante Frieda!"

„'n Tag!"

Frieda betrachtete die dürre, elend aussehende Frau. Und plötzlich erinnerte sie sich.

„Du bist doch Agnes, nicht wahr? Hätte dich beinahe nicht wiedererkannt."

„Du hast dich gar nicht verändert, Tante."

„Was ist bloß mit deinen Eltern passiert, Agnes?"

„Man hat Vater die Pension gestrichen."

„Warum?" fragte Frieda. „Er behauptet, Carl, mein Mann, habe schuld. Wie kann er so was sagen?"

„Tante Frieda, Thias ist damals, nach dem Krieg, in die Sozialdemokratie eingetreten. Das ist es."

„Was redest du da?" erwiderte Frieda ungläubig. „Dein Vater war in der Sozialdemokratie?"

„Heimlich, Tante! Heimlich. Er hat da nur Beiträge gezahlt. In Wirklichkeit war er Mitglied bei den Deutschnationalen. Verstehst du?"

„Nein", bekannte Frieda. „Er war heimlich Mitglied bei den Sozialdemokraten und zugleich Mitglied bei den Deutschnationalen?"

„Genauso, Tante!"

„Darf man denn das? In zwei Parteien Mitglied sein?"

„Eben nicht. Jetzt ist es rausgekommen. Und da haben sie ihm die Pension genommen. So was nennen sie Parteibuchbeamte."

„So ist das?" Frieda nickte vor sich hin. „Carl wußte also davon?"

„Das weiß ich nicht, Tante."

„Aber dein Vater behauptet doch, Carl wäre an allem schuld?"

„Ach, Tante, da meint er wohl Onkel Carls Bemühungen damals. Thias wurde doch durch ihn Direktor beim Zoll."

„So? Daß Carl ihm damals half, das wird ihm jetzt als Schuld angekreidet! Schöne Geschichte, das muß ich sagen. Heute schiebt man alles Carl in die Schuhe."

„Es ist ihm nicht auszureden, Tante Frieda."

„Was soll nun geschehen, Agnes?"

„Wenn ich das wüßte, Tante", erwiderte das Mädchen, das auch schon in den Dreißigern war. „Ich – weißt du –, ich laß mich wieder verschicken. In einer guten Heilstätte ist es doch am besten. Ich komme grade vom Arzt. Vielleicht hab ich Glück und werde in die Schweiz geschickt. Da war ich vor vielen Jahren mal, und nirgends hat es mir bisher so gut gefallen."

„Na, Agnes, da wünsch ich dir Glück!"

„Danke, Tante Frieda... Sag doch mal, wie geht es eigentlich Walter?"

„Ach, Kind!" Frieda Brenten wandte ihr Gesicht ab. „Walter ist tot... Sie haben ihn im Konzentrationslager umgebracht."

VIII

Der 12. Mai war schulfrei. Um zehn Uhr nahmen die Schüler aller Klassen auf dem Schulhof am Wiesendamm Aufstellung, und unter dem Gesang des Horst-Wessel- und des Deutschlandliedes wurden die schwarzweißrote und die Hakenkreuzfahne auf dem Schulgebäude gehißt.

Wie auf dem Opernplatz in Berlin, wurde auf dem Schulhof aus verbotenen Büchern ein Scheiterhaufen errichtet, mit Benzin übergossen und in Brand gesteckt. Gierig schlugen die Flammen hoch, und die Schüler klatschten vor Freude in die Hände. Viele darunter einfach aus Freude am Flammenspiel und manche, weil sie in Büchern ihre Quälgeister sahen, die ihnen kostbare Stunden vom Fußballspiel stahlen.

Der Hitlerjunge Rudolf Forsmann aus der Klasse 1 A trat mit einigen Büchern ans Feuer und rief: „,Das Kapital' – von Karl Marx! Ich werfe dies jüdische Hetzbuch in die Flammen! Es sterbe!"

Die Schüler klatschten und hörten erst wieder auf, als Rektor Rochwitz und die Lehrer, die vor ihnen standen, die Hände sinken ließen.

„Des Juden Heinrich Heines ‚Buch der Lieder' gehört auf den Scheiterhaufen. Es sterbe!"

„Das ‚Kommunistische Manifest', das Programm der jüdischen Weltzerstörer, es sterbe den Flammentod!"

Erneutes Klatschen. Rochwitz sagte zu dem hinter ihm stehenden Lehrer Loppert: „Großartig kommentiert!"

„‚Reden und Aufsätze', ein Buch von Ernst Thälmann, dem deutschen Kommunistenführer! Es sterbe!"

Nach jedem Buch, das der fünfzehnjährige Scharführer mit dem Ruf „Es sterbe!" in die Flammen warf, wurde frenetisch geklatscht. Das Ganze machte den Jungen und Mädeln einen Heidenspaß. Das war doch mal was anderes als der triste Klassenunterricht. Alfons Gutter aus der 2 A, der ausgerufen hatte: „Immer weg damit! Je weniger Bücher, desto besser!", war der vielbelachte Held des Tages.

Punkt zwölf Uhr war die gesamte Schülerschaft mit ihren Lehrern in der Turnhalle zu einer Feierstunde versammelt. Über dem mit einer Hakenkreuzfahne bedeckten Rednerpodium stand auf rotem Fahnentuch in großen Buchstaben:

AUS DEM CHARAKTER WIRD DIE TAT GEBOREN

Klassenweise in Karrees nahmen die Schüler in der weiten Halle Aufstellung, die Lehrer vor ihnen glichen Offizieren. Vorn standen die Abc-Schützen, ganz hinten die ältesten Schüler.

„Achtung ... Stillgestan'n!"

Auf dieses Kommando des Turnlehrers Loppert richteten Schüler und Lehrer sich auf.

Rochwitz betrat das Rednerpult.

„Rührt euch!"

Scharren geisterte durch die Turnhalle.

Rochwitz begann seine Ansprache.

Nach Pastorenart stellte er seiner Rede einen Spruch voran, jedoch nicht aus der Bibel, sondern aus dem „Zarathustra". Er deklamierte: „O meine Brüder, ich weihe und weise euch zu einem neuen Adel: ihr sollt mir Zeugen und Züchter werden und Säemänner der Zukunft!"

Dann begann er, seinen Führer nachahmend, an die zurückliegende Zeit der Schmach, des Parteienhaders, der nationalen Ohnmacht zu erinnern. Die Schule des Weimarer Parteienstaates nannte er eine Brutstätte der Falschheit und Lüge, Schwachheit und Dummheit. „Das war der Geist Judas, der Geist der Juden", rief er pathetisch, „die unser geliebtes deutsches Volk in eine geistige Zwangsjacke pressen und darin halten wollten, um es sich für alle Zeiten zu unterwerfen, als wehrloses Ausbeutungsobjekt ihrer raffgierigen Mammonherrschaft. Das war der Geist des Bolschewismus, der trügerisch vorgibt, die Menschen vom Götzen Mammon zu befreien, in Wahrheit aber eben diesem Götzen opfert, denn auch der Bolschewismus ist jüdischen Ursprungs und wird von Juden beherrscht."

Rochwitz wies weiter darauf hin, daß es im deutschen Volk immer noch Verblendete gäbe, die dem Führer mit Mißtrauen begegneten, weil sie sich noch nicht von den betörenden, aber teuflisch-verlogenen Phrasen der judäisch-bolschewistischen Götzenlehre befreit hätten. Er nannte die Bücherverbrennung einen symbolischen Reinigungsakt und rief: „Das Falsche sterbe, damit das Wahre lebe!"

Darauf folgte, was er sich für diese Veranstaltung als besonderen Clou ausgedacht hatte. Er erinnerte daran, daß auch Väter und Mütter einiger Schüler dieser Schule als Feinde des neuen Staates verhaftet werden mußten. Indes, so versicherte er, deren Söhne und Töchter sollten ihrer schuldig gewordenen Väter und Mütter wegen nicht leiden, sofern sie sich ehrlich bemühten, bessere Menschen zu werden, und bereit seien, Adolf Hitler die Treue zu halten.

„Erwin Krahler! Wo ist dein Vater?"

Fräulein Gilbert flüsterte einem Jungen ihrer Klasse zu, er solle antworten. Aber der schüttelte heftig den Kopf, und die Tränen stiegen ihm in die Augen.

Der Rektor forderte: „Wer aus Scham nicht antworten kann, für den antwortet der Klassenlehrer . . . Erwin Krahler!"

Die Lehrerin Gilbert antwortete: „Im Zuchthaus!"

„Martin Bröse!"

Eine helle Knabenstimme rief: „Im KZ!"

„Holdine Meerbach!"

Man hörte ein Aufschluchzen, dann die Stimme des Lehrers Bellmann. „Im Zuchthaus!"

„Fritz Eckehart!"

„Im KZ Fuhlsbüttel!"

„Artur Köhler!"

Lehrer Melzer antwortete: „Im KZ!"

„Marianne Leser! Wo ist deine Mutter?"

Das Mädchen und der Klassenlehrer antworteten zugleich: „Im KZ!"

„Viktor Brenten! Wo ist dein Vater?"

Lehrer Ziemer antwortete: „Im KZ!"

„Nein! Er ist schon tot!"

Eine Bewegung ging durch die Reihen. Viele drehten sich nach dem Karree der Klasse 5 B um, aus dem die Antwort gekommen war.

Lehrer Ziemer war leichenblaß geworden und starrte erschrocken nach vorn auf den Rektor. Der blickte hoch, empört über die aufgekommene Unruhe, und fuhr fort: „Edgar Prenger!"

Keine Antwort erfolgte.

Schüler und Lehrer schwiegen. Unheimlich war die Stille. Man glaubte nicht einen Atemzug zu hören, obgleich mehrere hundert Schüler in der Halle standen.

„Edgar Prenger!" Scharf wie ein Kommando klang es.

„Im KZ!" Es war eine deutlich unwillige Antwort, die der Lehrer gab.

Rochwitz merkte, daß die Wirkung eine andere war, als er erhofft hatte. Noch einige weitere Namen standen auf seiner Liste; er verzichtete darauf, sie zu verlesen, sprach ein paar abschließende Worte von menschlichem Irren, gutem Kern, ehrlichem Durchringen und von der sieghaften Wahrheit.

„Achtung ... Stillgestan'n!"

Rochwitz verließ das Rednerpult und schritt zum Erstaunen aller durch die Zwischenräume der Karrees schnurstracks davon.

„Rührt euch!"

Schüler wie Lehrer blickten sich ratlos an. Kichern flakkerte auf, Flüstern und Lachen.

Lehrer Loppert rettete die Situation. Er befahl: „Achtung ... Stillgestan'n ... Klassenweise abmarschieren! Klasse 1 A beginnt. Vorwärts – marsch!"

Einer Kompanie Soldaten gleich, marschierten als erste die älteren Schüler im Gleichschritt aus der Halle.

SECHSTES KAPITEL

I

Stunden können eine Ewigkeit währen und Tage wie im Fluge vergehen. Der erste Tag in der Finsternis war nicht der schwerste; der zwanzigste fast schon erträglich; die Tage jedoch, die dazwischenlagen, besonders der dritte, vierte, fünfte, waren verzweiflungsvoll schwer gewesen. Walter hatte mehrmals die Gewalt über sich verloren. Wie ein Tobsüchtiger war er mit dem Kopf gegen die stummen, dunklen, kalten Wände gestoßen, er war entschlossen gewesen, einem Amokläufer gleich, den ersten SS-Mann anzuspringen und ihm die Kehle zu zerfleischen. Aber weder morgens noch mittags, noch abends war jemand in den Keller und in seine Zelle gekommen, wohl nicht einmal in den Gefängnisblock. Niemand hatte ihm gesagt, daß die Haft durch Essenentzug verschärft worden war und er drei Tage hungern müßte; so glaubte er sich vergessen oder mit Absicht dem Hungertode ausgeliefert.

Als am vierten Tag frühmorgens der SS-Wachtmeister aufschloß und der Kalfaktor ihm eine Kumme heißen Zichorienkaffee und einen Kanten Brot reichte, erklärte der Wachtmeister auf Walters Frage höhnisch: „Vergessen? Bei uns wird keiner vergessen! Hat alles seine Ordnung! Wir leben schließlich in Mitteleuropa und nicht in Afrika!"

Walter setzte mit zitternden, frostklammen Händen die Schale an den Mund, und das bittere Getränk rann wie ein Lebenselixier durch seinen Körper. Während er hastig trank, blinzelte er die Glühbirne oben an der Zellendecke an, als wär's ein Wunderding.

Nach fünf Minuten kam der Kalfaktor in seinen Holzpantinen die Kellertreppe heruntergepoltert. Walter ging an die Zellentür, rief leise: „He ... He ... Hör doch!"

Der Kalfaktor antwortete nicht, knipste das Licht aus und klapperte wieder davon.

Walter schlug sich die Arme um den Leib, wie ein frierender Fuhrmann zur Winterszeit. Draußen war Mai, die Sonne schien, Bäume und Sträucher grünten und blühten – in seiner Kellerzelle aber waren die Steine von erbarmungsloser Kälte.

Und doch, an diesem Tage glaubte er das Schwerste überstanden zu haben. Er hatte anfangs in der Dunkelheit nicht das geringste erkennen können; um ihn war es finster, als hätte er die Augen geschlossen. Auch hörte er nichts, nicht einen Laut; ihm war, als sei er lebendig begraben. Allmählich jedoch, nach Tagen und Nächten, die er in ihrer gleichbleibenden Dunkelheit auseinanderzuhalten bemüht war, empfanden seine Augen tags einen schwachen Schein von Helligkeit, so, als ließe das Brett vor dem letzten Drittel des Zellenfensters eine kaum wahrnehmbare Spur Licht herein. Er konnte auch bald, trat er nah genug heran, die kahle Steinwand von der eisenbeschlagenen Zellentür unterscheiden. Sein Gehör schärfte sich von Tag zu Tag. Er hörte genau, wenn jemand über den Hof ging; hörte sogar, wenn außerhalb der Gefängnismauern ein Fuhrwerk vorüberfuhr. Das regte seine Phantasie an, ließ ihn träumen von Menschen, Landstraßen, Siedlungshäusern und Gärten. Dieses Träumen war in seiner Dunkelheit mehr als Beschäftigung und Ablenkung, es war Leben. Es sollten Tage kommen, da er träumend die Dunkelheit überwand, in Träumen ein reiches Leben führte.

Walter hatte eine überraschende Entdeckung gemacht: der Kübel war ein WC; es war lediglich in der Art eines Kübels gebaut. Und neben dem Klosett ragte ein Wasserhahn aus der Wand. Er konnte sich zu jeder Tageszeit waschen. Bald hatte er ausprobiert, daß es eine Wohltat war, wenn er sich trotz der Kälte splitternackt auszog und mit kaltem Wasser abrieb. Er nahm sich vor, es immer so zu machen. Aber es gab Tage, an denen ihm davor schauderte.

Dann geschah eines Abends etwas, was ihn vor Entsetzen in die äußerste Ecke der Zelle jagte. Im Rohr der Klosettleitung quirlte und plantschte es ... eine Ratte! Dieser Gefängnisbau war jahrelang nicht belegt gewesen; da hatten Ratten, die aus den Abwässern, Kanälen oder den Wasserläufen der nahen Alster kommen mochten, von dem Bau Besitz ergriffen. Nunmehr war er ängstlich darauf bedacht, daß der Kübeldeckel stets fest auflag.

Die ersten Hafttage hatte er nur in einer Ecke gehockt und vor sich hin gebrütet; nach und nach war er dazu gekommen, die Zeit einzuteilen. Zwar vermochte er die Stunden nicht auf den Glockenschlag genau zu bestimmen; jedoch wurde sein Zeitgefühl von Tag zu Tag sicherer.

Der Tag begann mit Waschen. Dann kam der „Morgenspaziergang" an den Wänden entlang, dreiundzwanzig kleine Schritte im Rechteck herum machten bei hundert Rundgängen zweitausenddreihundert. Dem schloß sich eine Ruhestunde an, die er in einer Ecke hingekauert verbrachte und während der er nach draußen lauschte. Jedes Geräusch, jeder Laut wurde aufgefangen, seiner Art nach bestimmt und eingegliedert. Das war seine Verbindung mit dem Leben. Zwischen zwölf und ein Uhr kamen Wachtmeister und Kalfaktor und brachten ihm die Atzung, wie der SS-Mann sagte, eine Kumme Zichorienkaffee, einen Kanten Brot und jeden dritten Tag eine Kumme warmes Essen. Den Weg morgens sparten sie ein. Während der Mittagszeit brannte für fünf Minuten die elektrische Glühbirne. Es kam vor, daß der Kalfaktor, anderweitig beschäftigt, vergaß, sie vorschriftsmäßig auszuknipsen, und das trübe, für Walter aber strahlende Licht leuchtete dann volle zehn oder fünfzehn Minuten. Nach dem Mittagsmahl wurden wieder zweitausenddreihundert Schritte Rundgang zurückgelegt, je nach Stimmung lautlos oder mit Rezitationen und Melodienfolgen ausgefüllt. Ein auf dem Klosettkübel sitzend abgehaltenes Mittagsschläfchen zog sich gewöhnlich so lange hin, bis Wachtmeister und Kalfaktor am Abend eine Kumme Getränk und einen Kanten Brot hineinreichten und wieder für fünf Minuten die Zelle erhellten. Darauf folgte die Schlafenszeit. In seinen Kleidern legte er sich auf den Steinboden neben die Zellentür, dem Klosett gegenüber, steckte die Hände in die Hosentaschen, zog die Beine an den Körper und wartete auf den Schlaf, der gewöhnlich nicht kommen wollte, besonders, wenn in seinem Kopf die Erinnerungen und Überlegungen gar zu lebhaft waren.

II

In den ersten Tagen dieser Dunkelhaft beschäftigte ihn vorwiegend der Gedanke, wie lange sie wohl dauern könne. Eine Woche? Zwei Wochen? Einen Monat? Allerhöchstens vier Wochen... Er überlegte, grübelte, wo er schon etwas über Dunkelarrest gehört oder gelesen hatte. Immer wieder kam er darauf zurück, daß sie nicht für länger als vier Wochen verhängt werden könnte. Vier Wochen auf nacktem Steinboden bei völliger Dunkelheit... Nein, vier Wochen, mehr war undenkbar, war unmöglich.

Aber was war bei den Nazis unmöglich? Hatten sie nicht schon auf vielen Gebieten für unmöglich Gehaltenes unter Mißachtung von Recht und Gerechtigkeit durchgeführt? Unter dem Vorwand, Recht und Ordnung wiederherzustellen, taten sie doch das genaue Gegenteil von dem, was jedermann bisher darunter verstanden hatte, was allen als unantastbares Gesetz galt. Verleumdung, Lüge, Betrug, Mord — boten sie nicht alles auf, zeigten sie sich nicht zu jedem Verbrechen fähig? Weshalb sollten sie nicht auch ihn, wie der Nazi-Senator ihm angedroht hatte, so lange in diesem Steingrab liegenlassen, bis er zerbrochen, verfault, vermodert war?

104

Nein, lieber ein schnelles Ende als diese lange, grauenvolle Qual! Es gab nur eine Möglichkeit, das Leben zu töten: sich zu erdrosseln. Sie hatten ihm seinen Leibriemen gelassen. Man konnte sich aber auch aus dem Anzugstoff, aus dem Hemd oder der Unterwäsche einen Strick anfertigen.

Walter sah zu den Gitterstäben am Zellenfenster hoch. Am Wasserleitungsrohr über dem Klosett wäre es möglich, denn es machte unterhalb der Decke einen Knick nach der über ihm liegenden Zelle.

Dann wieder schämte er sich. Er dachte an andere eingesperrte Revolutionäre, die noch ungleich Härteres ertragen hatten und standhaft geblieben waren bis zu ihrem letzten Atemzug; die trotz grausamster Mißhandlungen ihren Henkern die Blutarbeit nicht abgenommen hatten. An die Unglücklichen in der Bastille des feudalen Frankreichs dachte er, die zehn, zwanzig Jahre, ja ein ganzes Menschenleben in Steinkäfigen verbracht hatten. Die Gefangenen des Zarismus in der Peter-Paul-Festung: wie hatten sie mutig den an ihnen verübten Bestialitäten widerstanden und so nicht wenig dazu beigetragen, die Seele ihres Volkes zu wappnen. Die Gefangenen in Horthy-Ungarn, Pilsudski-Polen, Tschiang-Kaischek-China ertrugen Unsägliches an Qualen und Leiden und blieben dennoch standhaft.

Der Weg zur Menschlichkeit war ein langer Golgathaweg, gepflastert mit den Leibern der besten Menschen aller Zeiten. Im Dunkeln sah er die „drei Thomasse": Thomas Campanella, Thomas Morus, Thomas Münzer ... Fünfundzwanzig Jahre im Kerkerverlies. Fünfundzwanzig Jahre von Folterbank zu Folterbank geschleppt. Als Greis mit wunder Seele befreit, schenkte Thomas Campanella der Menschheit seine in der Kerkerhaft erträumte Utopie von einem glücklichen Dasein in einem glücklichen Staat, die „Civitas solis", den „Sonnenstaat"! – Sein nordischer Bruder im Geiste, der Sozialreformer und Schöpfer der „Utopia", Thomas Morus, endete auf dem Richtblock wie der deutsche Thomas, der Führer der aufständischen Bauern, der Prophet mit dem

Hammer, der nicht nur predigen wollte, sondern handeln, und der darangegangen war, ein „christliches Reich der Gerechtigkeit und Glückseligkeit" auf Erden zu errichten. Wer kannte noch ihre Mörder, ihre Henker? Niemand. Sie aber blieben unsterblich, ihr Name, ihr Werk, ihr Heldentum lebt fort durch die Jahrhunderte.

Klein und schwächlich schalt sich Walter, wenn er an diese großen Märtyrer dachte... Welch ein Riese an Mut, Standhaftigkeit und Charakter war auch jener ungarische Bauernführer Georg Dózsa, den die Ritter und Fürsten auf einem glühend gemachten eisernen Thron lebendig brieten. Welche Helden Stenka Rasin, der russische Bauernrebell, Ludeke Holland, der Zunftbürger und Reformer von Braunschweig, Michael Geismaier, der Bauernhauptmann von Tirol, die revolutionären Patrioten gegen Krone und Militär, Weidig und Schloeffel! Sie alle rief er an in seiner nachtdunklen Zelle, und sie gaben ihm von ihrer Kraft und Härte.

III

Am Abend prasselte starker Regen gegen die Holzverschalung vor dem Zellenfenster, erst heftig, dann nachlassend. Walter hörte den Sturm gegen die Mauern fauchen. Es zischte und pfiff, als ob die Wände bersten würden. Er freute sich über das Unwetter, obgleich es für ihn bedeutete, daß er weder Kaffee noch Brot bekam. Der Wachtmeister hatte offenbar keine Lust, in Sturm und Regen über zwei Gefängnishöfe zu gehen.

Nasse Kälte drang herein. Die Steinwände waren feucht, sie tropften, und von unten her zog Grabeskühle herauf. Walter machte zusätzlich fünfzig Rundgänge, trat möglichst fest auf und schwenkte dabei den Arm nach der Mitte der Zelle weit aus. Das steigerte die Blutzirkulation, wärmte den Körper. Vor der Nacht aber grauste ihm heute mehr als sonst. Hätte er wenigstens eine Decke, um sich einzuwickeln.

Er wollte lange wach bleiben, überlegte dann aber, daß es, je mehr die Nacht vorrückte, nur um so kälter würde und er dann vielleicht überhaupt nicht mehr einschlafen könnte. Das beste würde doch wohl sein, zu versuchen, die nächtliche Kälte schlafend zu überwinden.

Er legte sich in die Zellenecke, rollte sich zusammen, zerrte das Jackett über Schulter und Rücken und versuchte, mit zugekniffenen Augen den Schlaf zu erzwingen.

In dieser Nacht gelang es ihm nicht. Gedanken, Gedanken, Gedanken jagten ihm durch den Kopf, sprunghaft wirr, kunterbunt durcheinander ... Ob sie wohl endlich Vater entlassen haben? Er hatte ihm doch unrecht getan. Hatte ihn oft einen Kleinbürger und Philister gescholten ... über Politik mit ihm gestritten und wiederholt behauptet, Vater rede nur, handeln überließe er anderen ... Nun hatte sich gezeigt, daß er auf seine alten Tage treu zu seiner Überzeugung gestanden hatte ... Damals, in den Tagen der „Maienblüte", da ging es noch hoch her, da war wirklich alles noch in rosiger Maienblüte, da schwelgte auch er in utopischen Träumen. Damals hieß es: Bald haben wir die Mehrheit, und dann beginnen wir mit dem Sozialismus. So einfach war das alles und – so bequem ... Nun hatten sie ihn auf seine alten Tage ins Gefängnis geworfen. Hoffentlich hielt er durch mit seinen kranken Augen. Hoffentlich haben sie den alten Mann nicht auch in Dunkelhaft gesteckt ... Vielleicht saß er schon zu Hause auf dem Sofa, hörte Radio oder auf das, was Mutter ihm aus der Zeitung vorlas ... Oder las sie – zum wievielten Male wohl? – in ihrem Lieblingsbuch „Robinson Crusoe"? Ja, Mutter hatte es jetzt auch schwer. Ob sie noch den Jungen versorgte oder ob Cat ihn wieder zu sich genommen hatte? Was konnten die beiden Alten eigentlich verdienen? Ja, wovon lebten sie? Vater war in der Haft wohl nicht widerstandsfähiger geworden, und gekränkelt hatte er die letzten Jahre schon ... Vielleicht half die Partei oder die Rote Hilfe. Bestimmt unterstützte Cat die beiden ... Cat ... Wie sich die Dinge zwischen ihm und Cat in all den Jahren gewandelt hatten ... Ihre Wege waren auscinandergegangen, und doch waren sie auch immer irgendwie zusammengeblieben ... Cat war in der Partei und eine rührige Genossin. Sie arbeitete bestimmt auch jetzt ... Sie waren zusammen Ende der zwanziger Jahre auf der Bezirksparteischule gewesen, hatten noch vor zwei Jahren den gesellschaftswissenschaftlichen Lehrgang bei Dr. Berg besucht ... Politisch standen sie all die Jahre zueinander, aber sonst hatten sie sich auseinandergelebt ... Hatte es so kommen müssen? Wer trug daran die Schuld? Gab es für so etwas überhaupt eine Schuld, eine Schuldfrage? Gewiß. Wer aber wollte richten?

Ihn fror entsetzlich. Wenn er sich jetzt gehenließe, fing das Zähneklappern an, als hätte ihn Schüttelfrost gepackt. Er riß sich zusammen, preßte die Kiefer aufeinander, wälzte sich von der einen Seite auf die andere, nahm sich vor, an nichts, aber auch an gar nichts mehr zu denken, damit der Schlaf kommen konnte.

Doch der kam nicht ... Plötzlich stand Timm, Ernst Timm vor ihm ... Ja, Ernst, wer hätte gedacht, daß sie mich so schnell schon nach unserem letzten Treff erwischen würden? Man rechnete immer damit und glaubte doch nie daran ... Ob Timm noch in Hamburg war? Wahrscheinlich nicht. Die Partei wird ihn gewiß in einer anderen Stadt eingesetzt haben. Wie leicht könnte auch er jemandem in die Arme laufen, der nichts Eiligeres zu tun hatte, als die Polizei auf ihn zu hetzen? Er war immer ein guter Freund gewesen, vom ersten Tage an, damals in der Werkstatt, als sie Drehbank an Drehbank standen ... Dann in der Partei ... Die Agitationsreise durch Holstein ... Wie er von Karl Marx gesprochen hatte? Mit welcher Liebe, welcher Ehrfurcht! Daß gerade ein Deutscher der geistige Vater des Sozialismus war, gleich groß als Philosoph, Ökonom, Gesellschaftskritiker, Politiker, Publizist, Organisator und in allem, bis zu seinem letzten Atemzug, Revolutionär! Erstaunlich, wie Timm die Werke von Marx kannte ... Ernst hatte ihn damals für das nicht leichte Studium des „Kapital" zu begeistern verstanden. Er hatte ihm regelrechte Lektionen erteilt... So hatte Walter freudig gelernt. Und wahrscheinlich hatte auch Ernst Timm bei diesem gemeinsamen Studium hinzugelernt... Über die Oktoberrevolution hatten sie oft gesprochen. Welche Hoffnung hatte sich da aufgetan. War es nicht, als wäre plötzlich aus dunkelstem Himmel strahlendheller Lichtschein auf die ganze Menschheit gefallen? Der Beginn der Verwirklichung des geistigen Werkes von Karl Marx...

Was für Tage waren das. Welche Kraft, Zuversicht und welche Energien gaben sie und der Name, der damals in aller Munde war: LENIN...

Wie viele Jahre lag das zurück? Viele, viele Jahre. In all diesen Jahren war es trotz größter Anstrengungen in Deutschland, dem Geburtsland von Karl Marx, nicht gelungen, den Sieg der Arbeiterklasse zu erringen... Aber immer neue Freunde waren gekommen, neue Lehrer, neue Führer... Ernst Thälmann war es, der immer wieder gelehrt hatte, nicht an der Oberfläche zu bleiben, sondern ernst und gründlich zu lernen... Walter dachte an die Jahre seiner Erwerbslosigkeit, an die Wochen und Monate im Johanneum und an die Zeit, als er Parteiredakteur war. Das Wirken in der Partei und für die Partei war ein ununterbrochenes Studium geworden. Es hatte kein Gebiet in der Wissenschaft und in der Kunst gegeben, das nicht durchforscht worden war... Er hatte der Partei viel zu verdanken, er verdankte ihr eigentlich alles. Sein Leben, wie er es geführt, war reich und schön und gut gewesen; er würde noch mit dem letzten Atemzug der Partei danken, daß sie ihm dazu verholfen hatte...

Plötzlich schreckte er auf. Er hatte das Gefühl, zu versteinern. Die tückische Kälte aus dem eisigen Boden hatte seinen Körper ganz durchdrungen. Die Zähne begannen aufeinanderzuschlagen. Er versuchte, sich auszustrecken, aber es wollte nicht gehen, Beine und Arme waren erstarrt, die Gelenke von Schmerzen gepeinigt.

An Schlaf war nicht mehr zu denken, er erhob sich, zog das Jackett an und begann hundert Runden „Nachtmarsch".

Nach fünfzig Runden fand er, daß es genug sei. Aber dann riß er sich zusammen und nahm die zweiten fünfzig in Angriff. So wurde ihm wieder warm, aber er war erschöpft. Nur nicht weich werden, sagte er sich. Nicht schlappmachen. Er gelobte, von morgen an täglich Gymnastik zu treiben, und überlegte, ob er diese Nacht nicht durchwachen sollte. Wenn er jetzt noch einschlafen würde, überhörte er womöglich den Wachtmeister.

Nein, Walter konnte in dieser Nacht keinen Schlaf finden. Die frostige Kälte bohrte und sägte. Die Gliedmaßen starben ab. Der Atem fing an, schwer zu gehen. Er rappelte sich ein zweites Mal hoch, dehnte sich, reckte sich, begann abermals seinen „Nachtmarsch", dreiundzwanzig Schritte die Runde. Würde er eben den Tag zur Nacht machen?

Er mußte lachen. Wo lag für ihn der Unterschied?

Er stampfte auf. „Eins, zwei, drei!", rieb sich die klammen Hände, murmelte immer wieder: „Eins, zwei, drei ... Eins, zwei, drei!" Fünfzig Runden, und es wurde ihm wieder warm. „Eins, zwei, drei!" Eintausendeinhundertfünfzig kleine Stampfschritte ...

IV

Bis auf die Fenster der Wachtmeisterbude im Erdgeschoß erlosch das Licht in allen Fenstern des sogenannten Industriebaues. In der Wachtmeisterstube aber herrschte lauter Betrieb. Die Skatbesessenen führten das Wort. Scharführer Hieler saß am Rundfunkgerät. Er würde wieder so lange daran herumfingern, bis die Kartenspieler das Gepiepse und Gejaule satt hatten und den Blassen aus der Stube jagten. SS-Mann Lehnsal hatte sich seinen bequemen Stuhl, den er zurückklappen konnte und der den Füßen eine Stütze gab, unter die Deckenlampe gestellt. Er fieberte danach, seinen Schmöker „Jack Mirall, der Frauenjäger" zu Ende zu lesen. SS-Wachtmeister Edmond Hardekopf, der Nachtdienst hatte, kam von seinem Pflichtrundgang durch die einzelnen Stationen, trat in die Wachtstube und ging gleich an den Tisch der Spieler. Er kiebitzte für sein Leben gern, wenngleich – oder weil er selber nicht spielte.

Oberscharführer Thieme schrie: „Öl dir die Finger, Hieler, oder laß den Kasten in Ruh!" Er warf das Karo-As auf den Tisch. „So, und jetzt kommt die Karoflöte!"

Regen prasselte gegen die Fenster; Wasser plätscherte durchs Regenrohr. Dann und wann, wie von weit her kommend, fegten heulende Winde um das Gemäuer, trieben Regenmassen gegen Stein und Fenster.

„Möcht jetzt nicht in einem Fischerboot sitzen. Das wird in der Nordsee hoch hergehn!"

„Windstärke 9!" rief Kurt Hieler vom Rundfunkapparat. „Hat Borkum eben durchgegeben."

„Stimmt das, Hieler, was der Kalfaktor sagte, der Dunkelhäftling drüben hat heute nichts zu fressen gekriegt?"

„Stimmt!" erwiderte der. „Bei solchem Wetter laufe ich seinetwegen nicht hin!"

„Was ist das für eine Dienstauffassung?"

„Soll mir wohl 'nen Schnupfen holn?"

„Der sitzt doch nun schon drei Wochen in Dunkelarrest, nüch?" fragte Scheuber.

„Geht in die vierte!"

„Dicker Knast! Und ganz allein drüben?! Was mag der ausgefressen haben?"

„Soll 'n Redakteur von der Kommune sein! Von der ‚Volkszeitung‘."

„Aber der muß doch was Besonderes auf 'm Kerbholz haben?"

„Hat vielleicht einen von unseren Jungen umgelegt?"

„Dann soll man ihm die Rübe runterreißen! Aber wochenlangen Dunkelarrest? Das ist Tierquälerei!"

„Darüber haben andere zu entscheiden!" Thieme suchte das Gespräch zu beenden. „Sich totmischen ist auch kein schöner Tod!"

Scheuber legte die Karten auf den Tisch. „Nimm ab!" Er

gab und sagte: „Dabei sieht er gar nicht so wild aus. Ist so 'n Kleiner, Dicker!"

„Klein ist er noch", bemerkte Hieler vom Rundfunkempfänger, „dick aber schon nicht mehr!"

„Also, reiz mich!"

Weit über Mitternacht war es. In der Wachtstube war es dunkel und still geworden.

SS-Wachtmeister Edmond Hardekopf ging langsam die Stationen A 1 und A 2 entlang. Aus den dunklen Gemeinschaftszellen hörte man nur laute Schnarchtöne. Am Ende des Ganges brannte eine elektrische Lampe. Er stellte sich darunter, holte aus der Hosentasche ein kleines, zerknittertes Papier hervor, faltete es sorgfältig auseinander und las die Schlagzeile auf der ersten Seite: „Einheitsaktionen in Betrieben gegen Hitlerterror!" Er schlug die erste Seite des kleinen, etwa handgroßen Blattes um und fand auf der zweiten Seite, was er suchte. „Genosse Walter Brenten ermordet!" Noch einmal streifte sein prüfender Blick den langen Korridor entlang. Er horchte. Vollkommen still war es auf allen Stationen. Er las: „Zweiunddreißig Jahre alt ..." (Das wird stimmen.) „Schon seit dem Weltkrieg in der Arbeiterbewegung ... Metallarbeiter ..." (Nanu, ich denk, der ist Redakteur?) „Aha, jetzt ... Redakteur der ‚Hamburger Volkszeitung' ... Mitkämpfer Ernst Thälmanns ... Vom Stadthaus angeblich nach Fuhlsbüttel gebracht, dort aber nicht angekommen" ... (Nun, das ist nicht richtig.) „Allem Anschein nach von Angehörigen des berüchtigten KzbV auf dem Wege nach Fuhlsbüttel ermordet ..."

Edmond Hardekopf ließ die Hand mit dem Blatt sinken und sann eine Weile vor sich hin. Nicht an seinen Cousin in der Dunkelhaft dachte er – er kannte ihn kaum –, sondern an Fritz Irmscher, der einmal sein Freund gewesen war, auch er war Kommunist. Als Edmond Hardekopf damals, nach den Septemberwahlen, zur SA gegangen war, hatte ihre Freundschaft ein Ende gefunden. Fritz war Kommunist geblieben, und Hardekopf erwartete jeden Tag, ihn hier als Gefangenen wiederzutreffen. Ein fanatischer Kommunist, aber ein prima Kerl, Idealist durch und durch. Und Walter Brenten, Tante Friedas Sohn? Wenn sie den noch lange da unten liegenließen, krepierte er wirklich, das war gewiß...

Edmond Hardekopf holte eine Zigarette aus der Tasche, zündete ein Streichholz an und setzte sie in Brand. Dann hielt er die kleine gefährliche Zeitung über die Flamme. Das dünne Papier fing rasch Feuer; eine helle Flamme schoß hoch. Er drehte und wendete das Blatt, bis auch der letzte Rest verkohlt war.

Sinnend, nicht ganz im reinen mit sich, setzte er seinen Rundgang fort. Plötzlich jedoch kehrte er um, ging schnell zurück und suchte den Boden ab. Er sah einige winzige Reste verbrannten Papiers auf dem Linoleum, holte sein Taschentuch hervor und fächelte die Aschenreste nach allen Seiten auseinander.

V

In der ersten Begeisterung während des sogenannten Hitlerfrühlings hatte Edmond Hardekopf sich in seinem SS-Sturm zum Wachtdienst in Fuhlsbüttel gemeldet. Einige Wochen erst war er dabei, doch schon bereute er seinen übereilten Schritt. Er hatte Karriere machen wollen, ja. Was aber konnte er in dem Gefängnisbau noch werden? Scharführer? Sturmführer? Er wollte in die Verwaltung, die Beamtenlaufbahn einschlagen. Heutzutage wurden alle möglichen Leute Staatsbeamte; es kam nur auf Beziehungen und Fürsprache an. Als Gefängniswachtmeister konnte man zwar auch in das Beamtenverhältnis überwechseln. Aber Gefängniswachtmeister als Beruf? Da war man doch auch ein halber Gefangener. Es konnte unerfreuliche Begegnungen geben. Er dachte wieder an Walter Brenten. So gleichgültig ihm dieser auch war, es wäre ihm doch peinlich, wenn er ihm als Gefängniswachtmeister gegenübertreten müßte. Und wenn Fritz Irmscher eines Tages als Gefangener eingeliefert würde und womöglich auf seine Station käme – also, das wäre unvorstellbar... Raus aus dem Bau – das war das Richtige. Zum Aufpasser hatte er nie getaugt, und an die Gefängnisluft konnte er sich absolut nicht gewöhnen.

Edmond Hardekopf war mit einer Kaufmannstochter verheiratet, und er hatte einmal gehofft, sie würde das nicht unbeträchtliche Vermögen ihres Vaters erben, denn sie war die einzige Tochter gewesen. Gewesen – der Kaufmann Andreas Thormehl hatte nämlich zu Edmonds und seiner Frau Lissy Entsetzen mit zweiundsechzig Jahren noch eine kesse Dreißigerin geheiratet und mit der einen Sohn – einen Erben bekommen. Seitdem bestand Haß und Feindschaft zwischen der Tochter und dem Schwiegersohn auf der einen, dem alten Thormehl und seiner jungen Frau auf der anderen Seite.

Lissy Hardekopf sagte einmal zu ihrem Mann: „Wenn schon arm, dann wenigstens sauber!"

Er hatte zustimmend genickt, aber zugleich gedacht: Schmutz mit viel Geld wär mir lieber.

An diesem Vormittag empfing seine Frau ihn mit den Worten: „Du hast es gewiß auch vergessen, nicht wahr?"

„Was?" fragte er.

„Den Geburtstag deiner Mutter."

„Heute... Ja, tatsächlich!"

„Wir sind zum Mittagessen eingeladen. Paßt mir großartig, brauch ich nicht zu kochen... Aber, was schenken wir bloß?"

Edmond Hardekopf kaufte eine Dielengarderobe, die sich seine Mutter schon immer gewünscht hatte.

Emil und Anita Hardekopf hatten ihre Sturm-und-Drang-Jahre hinter sich, ihren vielen Alleintouren Valet gesagt und sich auf ihre alten Tage in ein solides Ehepaar verwandelt. Emil Hardekopf verwaltete im Freihafen einige Lagerschuppen und hatte sein gutes Auskommen. Wie ein Abenteurer, der auf seine alten Tage einen stillen Hafen angelaufen ist, war er seßhaft und behäbig geworden. Es war ihm sehr recht, daß sein Sohn Edmond in die SS eingetreten war. Er selber aber sträubte sich, Mitglied der Hitlerpartei zu werden. Er glaubte nicht an eine lange Dauer ihrer politischen Macht. Durch übereilte Entscheidungen wollte er es sich nicht mit denen verderben, die nach den Hitlerleuten kommen würden.

Anita bewirtete Sohn und Schwiegertochter. Sie war mit den Jahren rundlich geworden, hatte aber das Zigeunerhafte in ihrem Aussehen nicht verloren. War ihr Gesicht auch schon recht alt und welk geworden, ihre großen dunklen Augen glühten immer noch. Zu ihrem Geburtstag hatte sie sich festlich herausgeputzt.

Emil Hardekopf war ein passionierter Angler, und seine Frau prahlte vor ihrem Sohne mit der Geburtstagsbeute, die er aus Plön mitgebracht hatte.

„Zwei große Hechte. Einer sechs Pfund schwer. Ein Mordskerl. Hat der um seine Freiheit und sein Leben gekämpft! Emil hatte seine liebe Not, ihn aus dem Wasser zu bekommen ..."

„Da fällt mir ein, Mutter", sagte Edmond, „Walter Brenten ist gar nicht tot, wie geredet wird. Der sitzt bei uns in Fuhlsbüttel in Einzelarrest. Muß was ausgefressen haben."

„Was du nicht sagst", erwiderte seine Mutter. Sie schien aber nicht sonderlich erfreut über diese Nachricht. „Und sein Vater? Sitzt der auch noch?"

„Von dem hab ich nichts gehört. Das mit Walter ist aber amtlich."

„Erzähl das Vater nicht. Der macht sich gleich wieder Gedanken."

„Meinst du, daß es ihm nahegeht?"

„Nahegeht? Quatsch! Seinetwegen sorgt er sich. Solche Verwandtschaft ist heutzutage gefährlich!"

„Mutter, den Fisch hast du prima zubereitet", lobte Lissy.

„Ich dank dir, Kind. Ach, wenn doch die Mannsleute auch mal ein anerkennendes Wort über das Essen finden würden, das man ihnen vorsetzt. Die schlingen nur alles in sich hinein."

„Was macht Heini?" erkundigte sich Edmond nach seinem Bruder. „Wie geht's ihm, und wie gefällt es ihm in Leipzig?"

„Der ist jetzt in Dresden ... Laß nur, der Junge macht seinen Weg. Ist nicht so ein Tausendsasa wie du, aber er weiß, was er will."

„Will er immer noch auswandern?"

„Und ob er will. Seine Firma wird ihn auch wohl eines Tages nach Südamerika schicken. Er braucht nur noch Praxis. Aber in einigen Jahren ist er bestimmt ein ausgezeichneter Monteur."

„Ich finde, er sollte lieber im Lande bleiben. Wir brauchen auch Monteure", sagte Edmond.

„Laß ihn nur seinen Weg gehen. Er ist strebsam, er wird schaffen, was er will. Wenn er nur nicht heiratet. Solange er ledig ist, steht ihm die Welt offen", verteidigte Anita ihren Jüngsten.

„Er hat kein politisches Verantwortungsgefühl dem Führer und dem Volk gegenüber", ereiferte sich Edmond.

„Dafür hast du um so mehr davon", entgegnete seine Mutter.

Edmond Hardekopf sah sie mit mißtrauischen, zusammengekniffenen Augen an. Er wußte nicht recht, waren ihre Worte anerkennend oder ironisch gemeint.

Sie bemerkte den Unwillen des Sohnes und fuhr fort: „Es genügt, wenn einer in der Familie das Politische verkörpert. Und dir, mein Sohn, steht es ausgezeichnet."

Edmond Hardekopf wandte sich lachend an seine Frau. „Hörst du? Komplimente sollen davon ablenken, daß sie Heini in allem freie Hand läßt ... Im vorigen Jahr noch himmelte der seinen Cousin Walter Brenten an. Täte er es heute noch, sie würde ihn, wett ich, auch darin unterstützen."

116

„Du irrst und du unterschätzt deinen Bruder", antwortete seine Mutter. „Aber wenn ich mich recht erinnere, hattest du im vorigen Jahr einen Freund – hieß er nicht Fritz? –, der auch bei den Kommunisten war? Deinem Bruder wirfst du vor, was du selber getan hast... Und Friedas Sohn lebt? Na, da wird sie sich freuen, wenn sie es erfährt."

„Noch lebt er", sagte Edmond.

SIEBENTES KAPITEL

I

„Ob wir diesen Brenten aus der Strafe nehmen, ist die *eine* Sache, Herr Oberkommissar. Im Augenblick interessiert mich etwas *anderes* weit mehr, und ich wundere mich, daß Sie dem bislang sowenig Beachtung widmeten."

Polizeisenator Pichter legte die linke Hand auf Akten und Papiere, die vor ihm auf dem Schreibtisch lagen, fixierte hinter seinen Gläsern den steif wie eine Kerze vor ihm dasitzenden Kommissar der Gestapo, einen athletisch gebauten Mann mit kahlem, glattrasiertem Kopf.

Der Senator zählte auf: „Erstens: Wie konnte dieser Dunkelarrest bekannt werden und durch wen? So bekannt, daß sich illegale Elaborate mit dem Fall beschäftigen. Zweitens: Wie kommt die Todesnachricht in die Zeitung, ohne daß sie Ihrerseits — oder sagen wir: unsererseits — sofort dementiert wurde? Haben Sie sich über diese beiden Fragen Gedanken gemacht?"

„Gewiß, Herr Senator", erwiderte der Oberkommissar. „Zehn Wochen Dunkelarrest lassen sich kaum geheimhalten, insbesondere nicht bei ständigem Zu- und Abgang, wie in den zurückliegenden Wochen und Monaten."

„Der Gefängnisbau, das frühere Frauengefängnis, war, wenn ich nicht irre, unbelegt und von den übrigen Abteilungen isoliert."

„Wurde kürzlich bezogen, Herr Senator."

„Ja, vorgestern."

„Die notwendigen Vorbereitungen laufen länger. Außerdem wußten natürlich einige Kalfaktoren davon."

„Die Kalfaktoren sind langjährig verurteilte Kriminelle. Jedenfalls haben Sie keine Untersuchungen angestellt, Herr Oberkommissar?"

„Gerüchte sickern immer wieder durch ... Auch hält oftmals die Wachmannschaft nicht dicht, Herr Senator."

„Und einer hat Selbstmord verübt?"

„Jawohl, Herr Senator! Arnold Lehrke, ein Reichsbannerfunktionär. Sehr renitent. Leistete Widerstand und hat sich am Klosettrohr erhängt."

Senator Pichter breitete die „Hamburger Nachrichten" aus. „Der Vorfall steht schon als Sensationsmeldung in der Zeitung. Da sind tüchtige Leute am Werk!"

„So tüchtig nun wieder nicht, Herr Senator. Man hat den Selbstmörder mit dem Dunkelhäftling verwechselt."

„Wenn das nun Absicht wäre? Haben Sie das bedacht? Vorher diese Kampagne. Hinterher eine falsche Zwecknachricht, um noch mehr schüren zu können."

„Erscheint mir nicht sehr wahrscheinlich, Herr Senator! Sie können doch nun diese Kampagne nicht fortführen, da der Häftling nach ihren eigenen Angaben tot ist."

„Wieso eigene Angaben? Das haben die ‚Hamburger Nachrichten' berichtet, nicht die Kommunisten."

Pichter schüttelte unzufrieden den Kopf, lehnte sich in seinem Stuhl zurück und sagte: „Gefällt mir ganz und gar nicht! Da stimmt was nicht ... Wie lange sitzt der Bursche in Dunkelarrest?"

„Zehn Wochen, Herr Senator!"

„Und hat sich nie gemeldet, um eine Erklärung zu unterschreiben?"

„Nein!"

„Hm ... Wir müssen den ‚Nachrichten' eine geharnischte Berichtigung schicken. Aber nicht etwa erklären, daß es sich um eine Personenverwechslung handelt. Das wäre noch schöner. Mitteilen, daß es unwahr ist, was sie gemeldet haben; der Schutzhäftling Brende ..."

„Brenten, Herr Senator! Walter Brenten."

„Der Schutzhäftling Walter Brenten lebt. Lassen Sie sich das von dem Häftling schriftlich bestätigen. Schicken Sie es der Zeitung. Und dann könnte man ihn aus der Dunkelhaft rausnehmen."

„Wenn er sich aber weigert, Herr Senator?"

„Der kann sich doch nicht weigern, zu bestätigen, daß er lebt?"

„Kommunisten kriegen alles fertig, Herr Senator!"

„So was höre ich gern von meinen Mitarbeitern..."

II

In den Nachmittagsstunden dieses Tages kam der SS-Sturmführer in den Keller und ließ Walters Zelle öffnen. Wie zögernd machte er einen Schritt in die Zelle und fragte, den lauernden und zugleich prüfenden Blick auf Walter gerichtet: „Wie geht es dir?"

„Gut, Herr Sturmführer!"

„Nur gut?"

„Sehr gut, Herr Sturmführer!"

„Na, das freut ein'n denn ja auch..."

Er wandte sich an den SS-Wachtmeister. „Rasieren und Haare schneiden! Dann zur Vernehmung vorführen! In meinem Zimmer!"

„Jawoll, Herr Sturmführer!"

Sie gingen.

Walter schloß die Augen und holte tief Atem. Ihm war, als fiele eine unsichtbare, schwere, schwere Last von ihm ab... Was konnte das anderes bedeuten als das Ende der Keller- und Dunkelhaft? Die Freude in ihm war so stark, daß er sich schwach werden spürte. Er riß sich zusammen, reckte sich, wie aus langem Schlaf erwacht, und lächelte. Zehn Wochen hatte er durchgehalten, und nun würde es, was immer auch kommen mochte, leichter werden.

Der SS-Wachtmeister trat ein und ein Kalfaktor, den Walter bisher noch nicht gesehen hatte. Der Kalfaktor stellte einen Hocker in die Mitte der Zelle.

„Wie lange wird es dauern?"

„Zehn bis fünfzehn Minuten, Herr Wachtmeister!"

„Nicht miteinander reden, verstanden?"

„Nein, Herr Wachtmeister!"

Die Zelle wurde verriegelt.

Man hörte die Schritte des Wachtmeisters noch auf der Kellertreppe, als der Kalfaktor schon fragte: „Wie lange sitzt du hier?"

„Zehn Wochen!"

„Gott soll mich bewahren!" Er packte Haarschneidemaschine, Scheren, Kamm, Rasierpinsel und eine Dose aus einem grauen Sacktuch und sagte: „Setz dich schon!"

Walter setzte sich auf den Hocker. Er betrachtete den Gefangenen, der in seiner blauen Arbeitskleidung wie ein Mechaniker aussah. Noch jung war er, höchstens achtundzwanzig Jahre alt. Käsig, bleiern war seine Gesichtshaut, und um die Mundwinkel lagen tiefe Falten. „Bist du ein Politischer?"

„Meschugge, was?" Der Gefangene nahm den Deckel der Dose ab, schüttete Seifenpulver hinein und ging an den Wasserhahn. „Politischer? Nee! So verrückt bin ich denn doch nicht. Und außerdem..."

Walter sah ihm, den Kopf zurückgeneigt, ins Gesicht. Graue, kalte, gleichgültig dreinblickende Augen hatte der Gefangene, aber herrliches, kastanienbraun glänzendes Haar, sorgfältig gescheitelt und gewellt. „Was außerdem?"

„Außerdem seid ihr allesamt Scheißkerle!"

„Wieso denn das?"

„Na, Mensch! Ihr laßt euch schlimmer als Vieh behandeln, mißhandeln, totprügeln! Und was tut ihr? Nichts tut ihr! Laßt euch abstechen wie die Kälber!"

„Was sollten wir deiner Meinung nach tun?"

„Ihr? Na ja, ihr könnt nicht mehr viel tun. Aber eure Herren Genossen draußen."

„Die tun auch was."

„Frag mich bloß nicht, was! Vielleicht ärgern sie die Nazis und kritzeln die Wände voll."

„Und was sollten sie tun?"

„Rundheraus gesagt: Für jeden, den die Nazis von euch umlegen, einen von den Nazis zur Strecke bringen. Schlag um Schlag, Tag für Tag, dann würd ich sagen: ‚Alle Achtung!' Und die Nazis würden sich sehr rasch bessere Manieren zulegen."

Ein Provokateur! dachte Walter. Ein Achtgroschenjunge! Aufpassen! Jedes Wort gut überlegen!

„Ich hätt dir mit der Haarmaschine den Bart wegnehmen sollen. Da wird ja das schärfste Messer stumpf." Er setzte aber doch das Messer an und begann vorsichtig zu schaben. Es riß, schmerzte, Walter zuckte wiederholt zusammen. „Ich soll dich grüßen", fuhr der Gefängnisfriseur fort, ohne seine Arbeit zu unterbrechen.

„Von wem?"

„Bleib ruhig, sonst schneide ich dich ... Von deinen Genossen natürlich. Dein Vater, der hat wohl auch gesessen."

„Ja, was ist mit ihm?"

„Menschenskind, bleib doch bloß ruhig und hör zu, will dir's ja erzählen ... Er ist im vorigen Monat aus dem UG-Krankenhaus entlassen worden."

„Der ist entlassen? Gott sei Dank!"

„Ja! Deine Genossen hier im Bau lassen dir sagen, du sollst nicht schlappmachen. Wenn du ihnen eine Nachricht zukommen lassen willst, sollst du sie mir geben ..."

„Nicht nötig."

„Na, Menschenskind, ich bin doch extra damit beauftragt worden ... Jedenfalls lebst du."

„Das siehst du ja."

„Kann ich wenigstens das deinen Genossen berichten?"

„Das kannst du", erwiderte leicht lächelnd Walter.

„Und sonst? – Du hast doch bestimmt was, was du ihnen gerne mitteilen möchtest?"

„Nein!"

„Na schön... Wie du willst. Mir egal. Dreh den Kopf auf die andere Seite... Das Messer ist stumpf geworden wie ein Stück Holz." Er band seinen Leibriemen ab, gab das eine Ende Walter zum Halten und zog das Rasiermesser daran ab.

Sekundenlang schwiegen beide. Schließlich fragte Walter: „Warum bist du hier?"

„Ist nicht interessant."

„Wieso nicht? Mich interessiert's!"

„Einbruch! Haben aber 'n Totschlag daraus konstruiert. Dabei lebt das alte Weib noch. Von Totschlag also keine Rede."

„Dann hast du gewiß dicken Knast?"

„Sieben Jahre Zet. Vier hab ich schon rum. Aber wenn die mich noch ins KZ stecken, dann häng ich mich auf. Garantiert, dann mach ich Schluß!"

„Bist du denn vorbestraft?"

„Dreimal. Die Schweine kriegen es fertig und stempeln einen zum Berufsverbrecher."

„Aber sie lassen dich in Ruh?"

„Will ich meinen! Bin doch kein Politischer!"

Walter befühlte sein glattes und sauberes Gesicht. Schmal war er geworden; er möchte sich schrecklich gern in einem Spiegel sehen. Auch sein Hals kam ihm dünner vor. Jedoch fühlte er sich, so rasiert und mit gestutzten Haaren, unbeschreiblich wohl. Jetzt fehlte nur noch ein heißes Bad.

Der Friseur packte sein Handwerkszeug wieder zusammen. „Was sag ich deinen Genossen?" fragte er.

„Grüß sie", antwortete Walter.

„Ist das alles?"

„Sag ihnen, ich werde nie schlappmachen."

„Ich werde ihnen sagen, daß du lebst."

Walter stand am Schreibtisch vor dem SS-Hauptsturmführer, der ein Bein über das andere geschlagen hatte, eine lange Zigarettenspitze zwischen den Zähnen hielt und ihm den Rauch ins Gesicht paffte. An der Seite in einem Sessel saß ein schwerer, kahlköpfiger Mann in Zivil.

„Dein Gedächtnis hat sich also in der Arrestzeit nicht gebessert?" fragte der Hauptsturmführer.

Walter schwieg.

„Dir sind die Namen deiner Mitarbeiter inzwischen nicht eingefallen?"

Walter schwieg.

„Antworte gefälligst!"

„Mir konnte nicht einfallen, was ich nicht weiß."

„Warum blinzeln Sie dauernd?" fragte der Zivilist.

„Ich habe zehn Wochen kein Tageslicht gesehen."

„Ach so!"

„War nicht schön, was? Zehn Wochen Nacht?"

„Nein!"

„Möchtest du wieder runter?"

„Nein."

„Na, dann streng mal dein Köpfchen an; vielleicht fällt dir doch noch was ein?"

Walter sah den selbstgefälligen SS-Mann an und schwieg.

„Hängt alles von dir selber ab. So oder so."

„Sie leben jedenfalls", sagte der Zivilist.

Walter wendete sich ihm zu.

„Lebst du oder lebst du nicht?" herrschte ihn der SS-Hauptsturmführer an.

„Ich lebe!"

„Das will ich schriftlich von Ihnen haben."

Der Zivilist nahm aus einem Aktendeckel ein Blatt Papier, blickte Walter an und las: „Ich erkläre hiermit durch eigenhändige Unterschrift, daß ich am Leben bin und daß alle anderslautenden Gerüchte böswillige Lügen sind. Hamburg, 29. August 1933. – Hier! Unterschreiben Sie!"

Was konnte das bedeuten? Warum lag der Gestapo daran, mitzuteilen, daß er nicht tot war? Für die Genossen könnte es wichtig sein, zu erfahren, daß er noch lebte. Was mochte dahinterstecken?

„Nun, unterschreiben Sie!"

„Nein! Ich werde nicht unterschreiben!"

„Du willst nicht unterschreiben?" Der Hauptsturmführer rekelte sich auf. „Aus welchem Grunde nicht?"

„Vielleicht lebe ich morgen nicht mehr."

„Traust du uns *das* zu?" Der SS-Mann kniff die Augen lauernd zu.

„Es könnte doch passieren."

„Reden Sie keinen Unsinn", nahm der Zivilist wieder das Wort. „Verschlechtern Sie sich doch Ihre Lage nicht noch mehr."

„Klar, wenn du nicht unterschreibst, wanderst du wieder in den Keller. Also, überleg es dir ... Wirst du unterschreiben?"

„Nein!"

„Du Idiot! Rennst mit offenen Augen in dein Verderben!"

Walter atmete schwer. Er hatte grauenvolle Angst vor Keller und Dunkelheit. Er sah auf den Hauptsturmführer, dann auf den Zivilisten.

„Hörn Sie! Ihr letztes Wort!"

„Nein!"

Es klang fester und entschlossener, als Walter zumute war.

„Ab in den Keller!" schrie der SS-Hauptsturmführer.

IV

Die Tage krochen dahin. Für Walter waren sie eine einzige lange Nacht. Was Licht ist, weiß nur der, der die Finsternis kennt. Walter wußte es, und auch, daß er es bisher nicht gut genug gewußt hatte. Er hatte, trotz seiner Ablehnung, zu unterschreiben, nicht geglaubt, daß sie ihn wieder in die Finsternis zurückschicken würden. Aber den Genossen hatte er versprochen, nicht schlappzumachen, und sein Versprechen wollte er halten, bis zuletzt.

Nein, er hatte nicht schlappgemacht; aber ihm war hundeelend. Er empfand Mitleid mit sich selbst, wie mit einer fremden Kreatur. Immer wieder beschäftigte ihn, warum sie so versessen darauf waren, von ihm eine Erklärung zu bekommen, daß er am Leben sei. Er hatte in Gedanken alles erwogen, jede Möglichkeit durchdacht – einen plausiblen Grund hatte er nicht herausgefunden. Eines nur schien gewiß, draußen hatte man ihn nicht vergessen. Die Genossen kämpften mit ihm und um ihn ... O ja, Timm würde nichts unversucht lassen, würde alles nur Menschenmögliche unternehmen. Sie hatten gewiß auch erfahren, daß er lebte, daß auch um ihn weiterzukämpfen notwendig war. Nichts gibt es, nichts, was die Nazis auf die Dauer verheimlichen könnten. Zuerst hatte er sich noch gefragt, ob er wirklich der Sache Schaden zugefügt hätte, wenn eine von ihm unterzeichnete Erklärung veröffentlicht worden wäre? Aber längst war er zu dem Schluß gekommen, daß er das von seiner Kellerzelle aus gar nicht beurteilen konnte. So war es schon besser gewesen, nichts zu unterschreiben. Daß der Gestapo daran lag, seine Unterschrift zu bekommen, sagte genug.

Die Dunkelheit war nach der erloschenen Hoffnung noch schwerer zu ertragen. Zuerst hatte er gefürchtet, sie würden kommen und ihn mißhandeln, ihn in den Tod treiben. Aber sie ließen ihn unbehelligt in seinem dunklen Grab.

Seine Welt wurde wieder die Welt der Erinnerungen und des Träumens, des Erträumens einer Zukunft, die die Gegenwart mit ihren Qualen erträglich machte ... Sie war kaum noch erträglich. Mußte er weitere zehn Wochen so hindämmern? Würde er je wieder aus diesem Dunkel herauskommen? Wie lange würden seine Kräfte reichen? Versagten sie schon? Sosehr er sich auch zusammenriß, immer öfter kam das „heulende Elend" ihn an, zerrte ihn hin und her, untergrub seinen Willen, nagte und fraß an ihm, würgte ihn in der Kehle. Obwohl er wußte, daß es das Dümmste war, was er tun konnte, blieb er auch tagsüber stundenlang apathisch auf dem Boden der Zelle liegen, dumpf vor sich hin brütend, unfähig, einen Gedanken zu Ende zu denken.

Wofür das alles? Für den Sozialismus... Sozialismus in Deutschland? Es klang wie ein Zukunftsmärchen, wie etwas, das in weiter, weiter Ferne lag...

Ach, wenn die deutschen Arbeiter doch die Größe ihrer geschichtlichen Aufgabe erkennen wollten und auch die Größe der Gefahr, die auf ihnen und dem Volke lag. Barbarei, Ausrottung der Menschen, oder Sozialismus, sinnvolle Ordnung, Humanismus und Frieden – den einen oder den anderen Weg... Walter rief in die Finsternis hinein, eindringlich, beschwörend, flehend fast: „Besinnt euch! Widersteht! Erhebt euch! Kein Tropfen Blut und keine Träne ist dann umsonst geflossen!"

Er ging in der Zelle auf und ab und sprach vor sich hin, was ihm gerade in den Sinn kam... „Vom Eise befreit sind Strom und Bäche durch des Frühlings holden, belebenden Blick"... „Geh unter, schöne Sonne, sie achteten nur wenig dein, sie kannten dich, Heilige, nicht"... „Ich bin das Schwert, ich bin die Flamme. Ich habe euch erleuchtet in der Dunkelheit, und als die Schlacht begann, focht ich voran, in der ersten Reihe"...

Gedichte, Aussprüche, Epigramme, die ihm im Gedächtnis haftengeblieben waren, rezitierte er. Er grübelte nicht lange, wenn er den Faden verlor, sondern sprach weiter, sprach etwas Neues, das, was ihm gerade einfiel...

Und Tag auf Tag verging, und jeder Tag war eine neue Nacht.

Eines Nachmittags kam es zu ungewohnter Stunde lärmend die Kellertreppe heruntergetrampelt. Brachten sie einen neuen Gefangenen? Wollten sie zu ihm? Walter erhob sich und lauschte angestrengt. Die schweren Schritte näherten sich. Er stellte sich am äußersten Ende der Zelle an die Wand.

Die Zelle wurde geöffnet. Licht angeknipst. Walter erkannte unter den SS-Leuten an der Zellentür den Oberscharführer. Der trat dicht an ihn heran. Musterte ihn prüfend. Walter war, als schimmere in des SS-Mannes Augen so etwas wie Mitgefühl.

„Sind Sie fertig?"

Walter nickte, obwohl er nicht wußte, wozu.

„Kommen Sie!"

Walter verließ hinter ihm die Zelle.

Er stieg hinter dem Oberscharführer die Kellertreppe hoch und schützte unwillkürlich seine Augen vor dem durch das Treppenfenster einfallenden Licht. Sie blieben nicht vor der Wachtstube stehen, sondern gingen den Gang entlang. Der SS-Mann öffnete die dritte Tür hinter der Wachtstube. Walter stand wie im Traum. Gefangene sprangen auf und nahmen Haltung an. Er hörte eine Stimme schreien: „Achtung! Gemeinschaftsstube drei! Achtundvierzig Mann!"

„Rühren ... Ein Zugang!"

Darauf drehte der SS-Mann sich um, verließ die Zelle und schloß sie hinter sich ab. Im Gang gab er den anderen SS-Wachtmeistern mit der Hand ein Zeichen weiterzugehen. Er selbst blieb an der Zellentür stehen, schob leise die Klappe vom Spion und spähte hinein.

Walter Brenten stand noch immer an derselben Stelle und blickte unter der vorgehaltenen Hand rundum in die Gesichter der Gefangenen, unter denen er manches bekannte fand ...

Hans Bruhns, der Stadtteilleiter von St.-Pauli-Nord gewesen war, trat langsam auf ihn zu.

„Mensch, Walter!" Er umarmte ihn, streichelte ihm Schulter und Rücken.

Der SS-Mann schob den Deckel vorsichtig vor das Glasauge und entfernte sich auf Zehenspitzen.

Walter Brenten seufzte tief auf. War das ein Leben ...

Die Genossen in der Gemeinschaftszelle hatten Licht! Sonniges Tageslicht! Unter Menschen, unter Genossen waren sie, konnten miteinander reden, sich aussprechen. Sogar verbotene Spiele hatten sie, selbstgezeichnete Skatkarten, aus Brot geknetete Schachfiguren, aus Holz geschnitzte Würfel.

Viele alte Funktionäre fand Walter wieder, und manche, die er nicht kannte, kannten ihn. Jeder hatte sein eigenes Schicksal innerhalb des großen tragischen, das alle gemeinsam trugen, und jeder wollte so rasch wie möglich Walter seine Geschichte erzählen. Von standhaften Genossen hörte er, von dem tapferen Edgar André, dem unerschütterlichen Fiete Schulze.

Walter erfuhr gute Kameradschaft. Wer vom Überfluß gibt, kann leicht geben; jeder in der Zelle hatte nur wenig, aber doch hatte jeder mehr als er. Sie wetteiferten, ihm von ihrem bißchen abzugeben, damit er rasch wieder zu Kräften käme. Von dem einen erhielt er ein Stückchen Wurst, von dem anderen etwas Käse, wieder ein anderer schob ihm seinen Würfel Kunsthonig zu, und wenn er ablehnte, wurde es ihm aufgedrängt. Häftlinge in Gemeinschaft konnten sich Geld schicken lassen, monatlich bis zu zehn Mark, und dafür in der Anstaltskantine einkaufen.

Als Härte empfanden alle ihre Beschäftigungslosigkeit, das untätige Herumsitzen von früh bis spät. Selbst die in militärischem Drill durchgeführten sogenannten Freistunden wurden als willkommene Abwechslung empfunden, trotz des: Auf ... Nieder! Laufschritt, marsch, marsch! Kniebeuge! Liegestütze!

Alle waren verwundert, daß Walter nach elfwöchiger Dunkelhaft auf eine Gemeinschaftsstube gekommen war. Er selbst wunderte sich am meisten. Es gab bekannte Funktionäre, die in streng isolierter Einzelhaft saßen. Mitunter – beileibe nicht jeden Tag – wurden sie auf den Hof zur

Freistunde geführt. Obgleich es streng verboten war, aus dem Fenster zu sehen und den dabei Erwischten Arrest und Prügel drohten, blickten sie hinaus, wenn die Einzelhäftlinge in zehn Meter Abstand voneinander auf dem Hof herumgeführt wurden. Einer hatte dann die Aufgabe, sich vor die Zellentür zu stellen, einmal, um zu warnen, wenn jemand kam, zum anderen, um den Spion in der Tür zu verdecken.

An Hans Bruhns schloß Walter sich enger an. Sie sprachen miteinander über die Politik der Partei, über Methoden der illegalen Arbeit, über theoretische Probleme. Hans war einige Jahre jünger als Walter, noch keine dreißig Jahre alt, jedoch auch schon seit zehn Jahren in der Partei. Als Tischlerlehrling war er in den Kommunistischen Jugendverband eingetreten und später in die Partei. Nach dem Oktoberaufstand 1923 in Hamburg hatte er, kaum aus der Lehre, ein Jahr im Jugendgefängnis gesessen. Durch sein offenes, ehrliches Wesen, seinen Ernst und seine Bescheidenheit hatte er sich das Vertrauen und die Achtung aller Genossen in der Zelle erworben.

Walter merkte bald, daß Hans die Politik der Partei nach dem Machtantritt der Nazis nicht in allen Punkten verstand. Er meinte, die Partei hätte im Januar den bewaffneten Aufstand auslösen müssen, auch, nachdem die Führer der Sozialdemokratie jede gemeinsame Aktion abgelehnt hatten, ja sogar dann, wenn mit ziemlicher Sicherheit ein Mißerfolg erwartet werden mußte. Eine im Kampf erlittene Niederlage, so argumentierte er, könne den Keim des kommenden Sieges in sich tragen; eine kampflose Niederlage hingegen ließe nichts zurück als Niedergeschlagenheit und Hoffnungslosigkeit. Größere Opfer, als jetzt gebracht werden müßten, meinte Hans, hätte auch ein bewaffneter Kampf nicht erfordert.

Walter wandte sich gegen eine solche Auffassung. „Nein, Hans", sagte er, „ohne Einheitsaktionen mit wenigstens einem bedeutenden Teil sozialdemokratischer Arbeiter wäre jeder bewaffnete Kampf von vornherein zur Niederlage verurteilt gewesen. Revolutionsromantik, Putschismus führen nicht zum Sieg, sondern nur der von der Partei geführte Massenkampf der Arbeiterklasse."

„Du kannst sagen, was du willst, die Parole: Schlagt die Faschisten, wo ihr sie trefft! – hatte Zugkraft und war populär."

„Sie war nur eine Phrase", entgegnete Walter. „Nicht schlagt die Faschisten, wo ihr sie trefft, sondern schlagt die Faschisten so, daß ihr sie besiegt, das muß die Losung sein."

Hans Bruhns lachte. „Ganz raffiniert hingebogen."

„Das hat doch mit Hinbiegen nichts zu tun, Hans. Erinnere dich, was Lenin über die Voraussetzungen eines bewaffneten Aufstandes gesagt hat. Erstens, so hat er uns gelehrt, muß die Lage so sein, daß die Bourgeoisie in der bisherigen Weise nicht weiterregieren *kann* und das Proletariat in der bisherigen Weise nicht weiterleben *will*. Zweitens muß die Mehrheit der Arbeiterklasse hinter der revolutionären Avantgarde stehen. Waren diese Voraussetzungen im Januar gegeben? Wir kämpfen schließlich nicht nur, um zu kämpfen; wir wollen doch siegen."

„Und was können wir *jetzt* dafür tun?"

„Den Einfluß der rechten Sozialdemokraten auf die Arbeiterklasse brechen und die Mehrheit der Arbeiter für den revolutionären Kampf gewinnen. Die Aufgabe stand vor dem Januar und steht auch heute."

„Wenn das schon vorher nicht möglich war, so wird es uns jetzt in der Illegalität nie und nimmer gelingen", erwiderte Hans.

„Wir müssen versuchen, wenigstens die aktivsten, die entschlossensten Arbeiter zu sammeln. Bedenke, was es bedeutet, wenn das nicht gelingt: es heißt Krieg. Der Faschismus treibt zum Krieg. Zum Krieg gegen die Sowjetunion. Sollen deutsche Arbeiter als Soldaten Hitlers gegen die russischen Arbeiter kämpfen, die den Kapitalismus bei sich beseitigt haben und den Sozialismus aufbauen?"

Hans Bruhns winkte ab und sagte: „Hier brauchst du doch nicht zu agitieren! Ich weiß! Ja, das sind die Perspektiven. So wird's wohl auch kommen! Zu viele Arbeiter haben immer noch nicht begriffen, um was es eigentlich geht."

„Du glaubst doch hoffentlich nicht, daß der Faschismus über die Sowjetunion siegen kann?"

„Nein, gewiß nicht! Aber das Gemetzel wird furchtbar..."

„Wir können viel dazu beitragen, es zu verhindern, indem wir dem Faschismus so schnell wie möglich den Garaus machen."

„So?" meinte Hans Bruhns mit lachendem Gesicht. „Wir können einstweilen gar nichts; wir sitzen in der Mausefalle."

„Ich meinte: wir Arbeiter, die deutsche Arbeiterklasse."

Richard Bergemann, ein Genosse aus Barmbeck, trat zu ihnen. „Ihr seid so lebhaft im Gespräch, kann man daran teilnehmen?"

„Gewiß", erwiderte Hans hastig, aber nicht ganz von Herzen. „Wir sprechen über alle möglichen Zufälle, die zu Verhaftungen führen können. Manchmal genügt ein unbedachtes, unüberlegtes Wort, manchmal nur ein Mißverständnis. Stimmt doch, nicht wahr?"

„Und ob das stimmt", entgegnete Bergemann, sichtlich erfreut, ins Gespräch zu kommen. „Da saß mit uns im Industriebau ein Kellner. Wenn ich erzähle, warum der vom KzbV verhaftet und im Stadthaus jämmerlich verprügelt worden ist, so klingt es wie ein Witz. Der Mann war Kellner im ‚Kronprinz' am Hauptbahnhof. Kommt da ein Gast, liest die Speisekarte und fragt: ‚Hier steht Ministerschnitzel. Was ist denn das?' Unser Kellner antwortet: ‚Das sind Schweineschnitzel!' Bautz! Schon war es geschehen. Das KzbV kam und nahm ihn mit. Noch im Bau beteuerte dieser Unglücksrabe, Ministerschnitzel seien Schnitzel aus Schweinefleisch und hießen seit Jahr und Tag im ‚Kronprinzen' so."

„Das klingt wirklich wie ein Witz", sagte Walter lächelnd. „Sitzt der immer noch?"

„Wahrscheinlich! Denkt aber nicht, das sei ein Einzelfall. I wo! Wir hatten in der Zelle einen Schullehrer, reaktionär bis auf die Knochen. Der hatte, wie er erzählte, jede Klassenstunde geschlossen mit den Worten: ‚Schluß also! Heil Hitler!' Irgendein Mistvieh von Nazilehrer, der diesem alten Pauker übelwollte, zeigte ihn an und behauptete, er sage am Schluß der Klassenstunde: ‚Schluß also mit Heil Hitler!' Den haben sie entsetzlich verprügelt, und eines Tages hat er sich erhängt."

Hans Bruhns begab sich zu anderen Genossen. Auch Walter gelang es schließlich, den redseligen Genossen loszuwerden.

Er flüsterte Hans zu: „Traust du dem Bergemann nicht?"

„Er redet mir zuviel", erwiderte Hans, „kennt auch einen dieser Nazistrolche, einen Oberschar- oder Obertruppführer, der am Barmbecker Markt einen Wurststand hatte. Und es heißt, der ist schwul."

„Und du meinst nun..."

„Ich weiß nichts, aber er gefällt mir nicht!"

VI

Die Älteren fanden sich im allgemeinen leichter mit der Haft ab als die Jüngeren. Sie saßen beisammen, erzählten, droschen heimlich in der Zellenecke auf den Pritschen, die man durch den Spion in der Zellentür nicht sehen konnte, einen Dauerskat, oft vom Aufschluß bis zum Einschluß. Die Jungen hingegen waren voller Unrast, stänkerten, suchten Streit und erzählten schlüpfrige Witze. Hans Bruhns als Stubenältester hatte es nicht immer leicht, Eintracht und Disziplin aufrechtzuerhalten. Hinzu kam, daß sich unter der Stubenbelegschaft drei Sozialdemokraten befanden und die politischen Streitgespräche mitunter einen bösen Ausklang hatten. Bruhns mußte schlichten, auf die Genossen einwirken, damit sie sich auch den Sozialdemokraten gegenüber korrekt verhielten. Übrigens waren zwei von ihnen ruhige, zugängliche Menschen. Nur der dritte, ein Gastwirt aus Eimsbüttel, hatte eine Revolverschnauze, die genauso groß war wie seine Dummheit. Er war gewöhnlich der Streithahn und fand immer wieder einige, die auf ihn hereinfielen.

Hans Bruhns und Walter Brenten kamen überein, die besten Genossen zusammenzufassen. Sie wollten einen Schulungszirkel einrichten, und sie berieten, wie man sich gegen Überraschungen und Verrat sichern könne. Von den neunundvierzig Häftlingen spielten zweiundzwanzig Schach und zwölf Skat. Hans und Walter wollten in beiden Spielen Wettkämpfe um eine Stubenmeisterschaft organisieren. Auch Rezitationsveranstaltungen erwogen sie. Jeder sollte vortragen, was er auswendig konnte. Tischerzählungen wollten sie durchführen. Alle, die mit am Tisch saßen, sollten reihum eine Geschichte erzählen. Die Untätigkeit mußte überwunden, die Tage mußten einigermaßen sinnvoll ausgefüllt werden.

„Achtung! Gemeinschaftsstube drei. Neunundvierzig Mann!"

Alle Gefangenen sprangen von ihren Plätzen auf und standen kerzengerade. Drei SS-Wachtmeister traten in die Zelle. Einer von ihnen, ein Hochaufgeschossener mit kleinem, gleichsam eingeschrumpftem Gesicht und auffallend spitzer Nase, stolzierte langsam von einem Gefangenen zum anderen und musterte jeden von oben bis unten.

„Der Wurstheini!" flüsterte Bruhns.

Der Wachtmeister kam jedem Gefangenen derart nahe, als wollte er ihn beriechen. Walter wurde auch von dem Langen eingehend beschnuppert. Ein frecher Einfall schoß ihm durch den Kopf. Er sagte: „Herr Obertruppführer kennen mich nicht wieder?"

Der Lange fuhr betroffen zurück und glotzte Walter prüfend an. Der hielt seinem Blick stand.

„Sie kennen mich?"

„Jawoll, Herr Obertruppführer!"

„Woher?"

„Vom ... Vom Barmbecker Markt, Herr Obertruppführer!"

Hans Bruhns traute seinen Augen und Ohren nicht.

„Soso ... Kunde?"

„Jawoll, Herr Obertruppführer! Stammkunde!"

„Soso ... Tut mir leid, Sie hier zu finden ... Wie heißen Sie doch?"

„Walter Brenten, Herr Obertruppführer!"

Der lange SS-Obertruppführer richtete sich auf, drehte wie eine Giraffe den kleinen Kopf von einer Ecke der Zelle zur anderen und befahl: „Rührt euch! Mal herhören ... Ein Kommando für Außenarbeit wird zusammengestellt. Moorarbeit. Keine leichte Sache, aber in frischer Luft. Und ihr wißt, bei mir habt ihr es gut. Wer Lust hat, muß sich beim Heildiener melden. Verstanden?"

Ein Chor von neunundvierzig Stimmen brüllte: „Jawoll, Herr Obertruppführer!"

Gemessenen Schrittes und mit einem wie bekümmert dreinblickenden Gesicht verließ der Lange die Stube.

„Achtung!" kommandierte Bruhns. Und – als die Zellentür geschlossen und verriegelt war: „Rühren!"

Richard Bergemann schoß wie ein Habicht auf Walter. „Du kennst ihn auch? Du, bei dem Wurstheini hab ich manche Bockwurst verdrückt. Hatte ja keine Ahnung, daß der Nazi war."

„Warum Wurstheini?" fragte Walter. Hans nannte ihn auch schon so.

„So wurde er doch genannt. Hein Bohrmann heißt er ... Die lange Latte erkennt man sofort wieder, was?"

Hans Bruhns nahm Walter beiseite.

„Was versprichst du dir davon?"

„Nichts!" erwiderte Walter lächelnd. „Kam mir nur plötzlich so in den Sinn ... Schaden wird es nicht, verlaß dich darauf."

„Einfälle hast du!"

ACHTES KAPITEL

I

In rasendem Tempo ging die Fahrt durch eine neuerbaute Wohnkolonie zwischen Eppendorf und Lokstedt.

Der Tag war längst erwacht. Er erwachte früh, selbst im September, aber die Straßen waren noch wie schlaftrunken, die Fenster in den Häusern dicht verhangen. Nur wenige Männer und Frauen standen an den Haltestellen der Straßenbahn. Es war drei Minuten nach sechs Uhr. Die fünf offenen Lastwagen mit ihrer Gefangenenfracht wollten um sechs Uhr dreißig in Stellingen sein. Um sieben Uhr sollte die Arbeit im Torfstich beginnen.

Es war ganz überraschend gekommen. Tagelang war nach dem Besuch des langen Obertruppführers über die Arbeit im Moor geredet worden. Damit die Gefängnisleitung keinen Keil zwischen die Gefangenen treiben konnte, war beschlossen worden, daß sich alle melden sollten. Der Heildiener hatte drei Tage mit Untersuchungen zu tun gehabt. Dann war es eine Woche lang still geblieben. Das Thema aber war von früh bis spät in allen Abwandlungen erörtert worden. Nachdem vierzehn Tage verstrichen waren, war jeder in der Zelle überzeugt gewesen, die „oben" hätten es sich inzwischen anders überlegt. Gestern abend, kurz vor Einschluß, waren von dem Stationswachtmeister die Namen der zwölf verlesen worden, die von der Gemeinschaftsstube drei um fünf Uhr morgens ins Moorlager fahren sollten.

Ein Geprassel von Fragen war auf den Wachtmeister niedergegangen. „Bleiben wir dort, Herr Wachtmeister?" – „Bekommen wir Kleidung und Schuhe?" – „Wie steht es mit dem Handwerkszeug?" – „Wo liegt das Moor?" – „Wie lange wird die Arbeitszeit sein?" – „Bekommen wir auch Zusatzverpflegung?"

„Ruhe ... Gottverdammich! Bin ich in einer Judenschule?" hatte Wachtmeister Schöpfler gebrüllt. „Ruhe! Alle Moorindianer bleiben im Bau. Morgens gegen sechs Uhr geht's ab, und abends gegen sieben seid ihr zurück. Kleidung, Stiefel, Handwerkszeug liegen in den Moorbaracken. Das Kommando hat Obertruppführer Bohrmann. Alles klar?"

„Jawoll!"

Walter Brenten war auf der Liste der fünfte.

„Bestimmt ein Irrtum", sagte Hans Bruhns.

„Der Wurstheini!" erwiderte Walter und grübelte vor sich hin.

Hans Bruhns betrachtete ihn aufmerksam. „Ich weiß, was du denkst. Ist natürlich eine große Chance. Aber sei vorsichtig."

„Übermorgen bin ich von der Liste gestrichen."

„Anzunehmen."

Einschluß – alle lagen auf ihren Pritschen. Die Erregung war noch nicht verebbt. Im Flüsterton wurden die Unterhaltungen fortgesetzt. Walter Brenten, auf der Pritsche über Hans Bruhns, starrte mit offenen Augen gegen die gekalkte Decke ... Schade ich den Genossen nicht? überlegte er. Es war eine nie wiederkehrende Gelegenheit. Möglicherweise aber waren der Transport und die Arbeit im Moor derartig gesichert, daß es gar keine Gelegenheit gab ... Doch je mehr er darüber nachdachte, desto fester wurde sein Entschluß, das Äußerste zu wagen. Entweder morgen abend tot oder frei ... Ihm wurde ganz heiß bei diesem Gedanken.

Hans Bruhns hatte die Arme unterm Kopf verschränkt und dachte: Das hat der Lange durchgesetzt. Mein Gott, sind die Kerle blöd ... Allerdings, wenn es Walter gelingt, wird man es uns heimzahlen. Was können sie tun? Prügel, Einzelhaft, Kerker...

Walter beugte sich über den Rand seiner Schlafkiste und flüsterte: „Und du? Und ihr?"

Hans zischelte zurück: „Kümmere dich nicht um uns!"

Auf allen Pritschen wurde geflüstert, gescherzt, leise gelacht.

„Walter!" Hans Bruhns' Hand tastete zu Walters Hand.

„Ja! Was?" Walter beugte sich hinab.

„Nimm... Wirst es brauchen können!"

Drei Mark.

„Danke, Hans!"

Und nun rasten die schweren Lastwagen in beängstigend schnellem Tempo durch die morgenleeren Straßen, an unbebautem Siedlungsgelände, an Feldern und Wiesen vorbei in Richtung auf Stellingen. Walter Brenten stand eingezwängt unter den Genossen im ersten Wagen. Beim Fahrer saß Obertruppführer Bohrmann. Am Ende des Wagens, angelehnt an die niederklappbare Wagenrückwand, standen zwei SS-Posten mit Karabinern.

Die Wagen fuhren an Hagenbecks Tierpark vorbei. Walter versuchte, sich die Gegend genau einzuprägen. Hierheraus fuhren nur Straßenbahnen und Omnibusse. Nein, auch die Vorortbahn über Eidelstedt. Das war zugleich Fernbahnstrecke. Hätte man mehr Geld in der Tasche, würde es das klügste sein, nicht gleich in die Stadt zu fahren, sondern nach Neumünster oder Kiel. Die Stadtbahnhöfe würden sie natürlich sofort überwachen. Und die Kleidung? Wenn die Moorarbeiter auch keine Zebrasachen trugen, das blaue Drillichzeug war verräterisch genug, zumal auf den Rücken der Jacken große Nummern angebracht waren.

Der Wagen passierte eine Bahnüberführung. Die Bahnstrecke nach Elmshorn. Dort lag der Bahnhof Eidelstedt. Bis hierher fuhr die Vorortbahn.

Nun war das Moorland erreicht, schwarzer, morastiger

Boden, durchzogen von Kanälen. Sollte das Moorlager so nah der Bahn liegen? Walter merkte sich den Damm als Orientierungspunkt. Einzelne Häuser, auch kleinere Häuserblocks ragten aus der kahlen, fast baumlosen Landschaft hervor. Ungünstig, dachte er, sehr ungünstig. Ausgedehnte Wälder wären besser... Dort hinten lag ein Wald, vielleicht war es auch nur eine Schonung; wahrscheinlich die Parkanlage von Bahrenfeld.

Der Wagen machte eine kurze, harte Biegung, nahm wieder die Richtung auf den Bahndamm durch öde, baum- und strauchlose Moor- und Heidelandschaft.

Dann erblickten sie hölzerne Wachttürme und mannshohe Drahtzäune – sie waren im Moorlager.

II

„Antreten! Abzählen!"

Achtzig Moorsklaven waren in zwei Gliedern angetreten. Der lange, mißmutige Obertruppführer schritt stelzend die Front ab und stierte jedem Gefangenen ins Gesicht, als wolle er die allergeheimsten Gedanken ergründen.

„Achtung!"

Die Körper zuckten, standen wie aus Stein, die Augen starr geradeaus gerichtet, als hätte ein ungeheures, unsichtbares Fabeltier diese achtzig Menschen hypnotisiert.

„Rührt euch!"

Die Starre fiel von den Körpern, die Arme hingen lasch herab, die Blicke belebten sich wieder.

„Mal herhören!"

Die Arme auf dem Rücken verschränkt, den Oberkörper vorgebeugt, stand der schwarzuniformierte Lange vor der Front, drehte noch einige Male den Kopf von einem Ende der Reihe zum anderen und begann mit müder Stimme: „Ihr habt jetzt Gelegenheit, euch zu bewähren. Vor euch waren andere hier, die strafversetzt werden mußten, da sie die Bewährung nicht bestanden... Die Torfmaschine ist defekt,

139

es muß mit der Hand gestochen werden. Wenn einer glaubt, hier kann er faulenzen, wird ihm der Arsch versohlt. Wenn einer glaubt, hier kann er stiftengehn, kriegt er 'ne blaue Bohne ins Gedärm ... Ich denke, ich habe mich deutlich genug ausgedrückt. Und nun an die Arbeit!"

Arbeitskolonnen wurden gebildet. Kolonnenführer bestimmt, wasserdichte Stiefel, Torfspaten, angespitzte Holzpfähle verteilt. Der Lange betraute Walter Brenten mit der Ausgabe des Materials und schärfte ihm ein, über jedes ausgegebene Stück genau Buch zu führen, damit nichts verlorenginge. Außerdem sollte Walter den Innendienst in den Baracken übernehmen.

Das bedeutete einen dicken Strich durch seine Pläne. Er hatte gehofft, mit hinaus ins Moor zu kommen. Aus damit, er mußte hinter Stacheldraht bleiben.

Es waren nur zwölf Paar hohe, wasserdichte Stiefel vorhanden, für jede Kolonne drei Paar. Stechspaten aber gab's mehr, als benötigt wurden. Walter trug alles ins Materialbuch ein. Der Lange blickte ihm dabei über die Schulter, sagte nichts, schien mit der Buchführung einverstanden. Als Walter mit heimlichem Augenzwinkern zu einigen Genossen in etwas strengem Ton sagte: „Das Werkzeug gut behandeln, Kameraden! Jeder ist für seins verantwortlich!", da nickte der Lange und warf Walter einen anerkennenden Blick zu. Walter flüsterte mit verschmitztem Lächeln den Genossen zu: „So ein Stechspaten ist was wert! Jedenfalls besser als gar nichts in den Händen!" Lächeln und Augenzwinkern sagten ihm, daß er verstanden worden war. Für sich sah er alle Möglichkeit geschwunden, er sah sich abends zurück ins Zuchthaus Fuhlsbüttel fahren, sah Hans Bruhns' traurigen Blick und hörte den Langen sagen: „Sie sind zu meinem Bedauern auf höhere Anweisung von der Liste gestrichen!"

Walter hielt sich an der Barackentür auf. Vier Arbeitskolonnen marschierten mit geschultertem Stechspaten aus dem Lager, jede Kolonne von drei bewaffneten SS-Leuten bewacht. Draußen im Moor mußte es doch eine Gelegenheit geben, sich zu verkrümeln. Drei konnten doch unmöglich auf Schritt und Tritt achtzehn bis zwanzig Mann im Auge behalten.

Die Sonne lag in den Dunstschwaden, die über der Stadt standen, wie hinter einem Vorhang. Aber sie versprach wieder große Hitze, denn der Himmel war ohne Wolken. Obgleich es kaum noch Sinn haben konnte, vergewisserte sich Walter, daß vor diesem Barackenlager, knapp einen Kilometer entfernt, die Bahnstrecke lag. Dann kamen die Häuserblocks von Stellingen und der Tierpark. In entgegengesetzter Richtung Othmarschen, die Elbchaussee. Ja, die Elbchaussee! Vor einigen Monaten erst war er dort gewesen, mit Ernst Timm ... Sechs, sieben Kilometer nur, und er wäre wieder an der Elbchaussee. Was dort am Elbstrand an solchem schönen Tag für ein Gewimmel sein mochte. Gelänge es, bis dorthin zu kommen, dann könnte man unter den vielen Menschen leicht untertauchen. Sicherlich hatte um diese Jahreszeit auch der Hagenbecksche Tierpark Rekordbesuch. In dieser Kluft aber? Eine weiße Nummer auf dem Rücken?

„He ... Träumst du? Hast du nichts zu tun?"

Ein SS-Posten schrie Walter an. Walter ging in die Baracke, blickte sich darin um und wußte wirklich nicht, wie und womit er sich beschäftigen konnte. Nebenan war eine primitive Küche, und er hörte Kurt Hemmberger wirtschaften. Das Essen für alle wurde von Fuhlsbüttel gebracht, hier aufgewärmt und ausgegeben. Viel würde auch Hemmberger nicht zu tun haben. Walter schlich in die Küche. Hemmberger zerkleinerte Holz, um die Zichorienbrühe aufzuwärmen. Noch keine zwanzig Jahre alt war er, aber ein Hüne von Mensch, ein leidenschaftlicher Fußballspieler. Als die Nazis die Arbeitersportorganisationen auflösten, schloß er sich dem illegalen Kommunistischen Jugendverband an. Beim Flugblattverteilen war er erwischt worden.

„Weißt du, wo wir sind?" fragte ihn Walter.

„Ja", erwiderte der. „Im Moor!"

„Blödkopp ... Sind wir weit von Eidelstedt?"

„Knapp 'n Kilometer."

„Zum Wahnsinnigwerden!"

„Ja, man sieht den Himmel, riecht die Erde, fühlt sich frei und ist es doch nicht."

„Ich sag dir, mir kribbelt's in allen Gliedern!"

„Mir auch. Und ich sag dir, ich hau ab. Heute noch."

III

Walter ordnete im Geräteschuppen die Stechspaten, die Holzpfähle, legte sie einmal dahin, einmal dorthin, zählte sie, zählte sie abermals, machte eine Bestandsaufnahme. Bei dieser Beschäftigung überraschte ihn der Lange. Der mußte seinen Kopf tief einziehen, wollte er durch die niedrige Barackentür.

„Sie überprüfen alles, Brenten?"

„Jawoll, Herr Obertruppführer!"

„Sehr gut! Machen Sie weiter. Halten Sie auf Ordnung!"

„Jawoll, Herr Obertruppführer!"

Walter sah Hemmberger in Begleitung eines SS-Postens aus dem Lager gehen. Hemmberger trug eine große Kanne heißen Zichorienkaffee. Auf einem Rollwagen fuhr er die Frühstücksrationen ins Moor. Hinter ihm stampfte der SS-Mann, den Karabiner im Arm.

„Wünsche dir Erfolg!" murmelte Walter.

Er hatte gehofft, zusammen mit Hemmberger fliehen zu können. Der schien zu allem entschlossen.

Zu Walters Überraschung kam Hemmberger kurz danach an der Seite des SS-Postens ins Barackenlager zurück.

Er schlich hinüber in die Küche.

Hemmberger war in fiebernder Aufregung.

„Dort, die Richtung, der schmale Strich. Das ist doch die Bahn, nicht wahr?"

„Ich glaube, ja … Willst du mit der Bahn fahren?"
„Vielleicht!"
„In deinem Zeug? Nummer 517?"

Kurt Hemmberger zog seine blaue Jacke aus, drehte das Äußere nach innen, krempelte auch die Ärmel um und zog sie wieder an. „Na, welche Nummer bin ich?"

„Großartig!" rief Walter. Die Nummer war verschwunden, und die blaue Jacke sah beinahe wie eine Lüsterjacke aus. Nur an den Ärmeln unten erkannte man, daß es die verkehrte Seite war. Walter lächelte. „Bist ein Pfiffikus!"

Hemmberger brachte seine Jacke wieder in Ordnung.

Walter fragte: „Wollen wir es nicht zusammen wagen?"

„Warum nicht?" sagte Hemmberger. „Aber ich nehme jede Gelegenheit wahr, auch allein."

„Kann ich dir nicht verdenken!"

In der Materialkammer sortierte und zählte Walter zum vierten Male Torfspaten, Stechgeräte und Holzpfähle und überprüfte abermals und abermals seine Buchführung. Er entdeckte auf einem Bord eine Dose mit Staufferfett und machte sich daran, die blanken Teile der Stechspaten einzufetten. Mittlerweile kamen die einzelnen Arbeitskolonnen anmarschiert.

Die Genossen erzählten einander von ihrer Arbeit, zeigten die Ansätze von Schwielen in ihren Handflächen. Einer tauschte bei Walter einen Stechspaten um. Das Eisen saß locker am Stiel. Walter sah, alle waren zufrieden, arbeiten zu können, obgleich es doch Sklavenarbeit war. Nichts ist eben zermürbender als Untätigkeit. Er wußte es. Und außerdem … Er überlegte wieder, ob er den Langen nicht bitten sollte, mit ins Moor zu dürfen.

Nach einer Stunde Mittagspause marschierten die Kolonnen zurück ins Moor. Walter blickte ihnen nach. Für heute war sein Plan mißlungen. Was aber heute nicht gelang, würde morgen nimmermehr gelingen. Dennoch zog er seine Jacke aus, drehte sie um, auch die Ärmel. Die Farbe der

Nummer schien bei ihm durch. Doch wenig nur. Er streifte sein Hemd ab. Ein schwarzer Stempel saß auf dem Rücken unterhalb des Kragenrandes ... Wie diesen Schandfleck wegbekommen? Der war waschecht ... Aber ihn freute, daß er kein zu grobes, sondern ein Hemd aus feinfädigem Leinen bekommen hatte, freilich eins ohne Kragen, eben ein Anstaltshemd. Auch bei Sonnenschein und Hitze konnte er also nicht ohne Jacke durch die Straßen gehn. Wäre alles nicht so überraschend gekommen, hätte er sich besser vorbereiten und ausstaffieren können.

Walter sah den Langen kommen. Er holte sich aus dem Werkzeugkasten einen Hammer und einige Nägel, nahm den schadhaften Torfstecher und befestigte das Sticheisen an dem Stiel. Er spürte, daß jemand ihm zusah, tat aber, als wäre er völlig in seine Arbeit vertieft.

„Was machen Sie da?"

Walter sprang auf und nahm stramme Haltung an. An der Tür stand der Lange, der Wurstheini.

„Repariere einen Torfstecher, Herr Obertruppführer! Mußte mittags einen umtauschen!"

„Gut!" Der Lange glotzte Walter aufmerksam an, schob sein Gesicht dicht an Brentens Gesicht. „Sie gefallen mir, Brenten. Sie werden Lagerältester."

IV

Es ging auf den Abend zu, als eine ungewöhnliche Aufregung unter der SS-Mannschaft aufkam.

Walter hörte laute Rufe. Bewaffnete SS-Leute rannten an den Baracken vorbei.

Da hörte er seinen Namen. Er trat aus der Baracke und sah vor der Wachtmeisterbaracke den Langen stehen, der ihn heranwinkte.

„Sagen Sie mal, Brenten, hat dieser Hemmberger Ihnen irgend etwas gesagt, was Ihren Verdacht erregen konnte?"

Schon passiert, dachte Walter und antwortete fest: „Nein, Herr Obertruppführer!"

„Eine tolle Schweinerei! Der Strolch hat den Posten angegriffen und schwer verletzt."

Zwei SS-Leute kamen gelaufen.

„Kommen Sie mit, Brenten!"

Einen Augenblick war Walter perplex. Doch einen kurzen Augenblick nur. Dann antwortete er hastig: „Ja, Herr Obertruppführer ... Aber in ... So?"

„Nehmen Sie einen Rock und kommen Sie!"

Der Lange lief davon. Walter stürzte in die Wachtmeisterbaracke, riß eine Uniformjacke und eine Mütze vom Kleiderhaken und rannte hinter ihm her ...

Chance ... Nie wiederkehrende Chance ... Nur die Nerven nicht verlieren ... Kühle Überlegung ... Menschenskind, ist das 'ne Gelegenheit ...

Walter blieb unmerklich hinter dem mit langen Beinen ausholenden Obertruppführer zurück. Der rief: „In meiner Nähe bleiben!"

Walter rannte zu ihm.

„Bahn!" keuchte der Lange. „Der kommt nicht weit ... Dort ... in dem Häuserblock ... vermute ich ..."

Sie liefen auf einen großen Häuserblock zu.

Sechs, sieben Kilometer! Das ist eine, das sind anderthalb Stunden ... Um Gottes willen, diese Chance nicht auslassen ... Doch keine Dummheiten ... Sechs, sieben Kilometer und – gerettet ...

„Um den Block rum!" befahl der Obertruppführer den beiden SS-Leuten.

Walter blieb bei dem Langen. Sie liefen auf das Eckhaus zu. Beide atmeten schwer.

„Will mal fragen, ob die was Verdächtiges bemerkt haben!" Damit ging der Obertruppführer in das Kolonialwarengeschäft an der Ecke. Walter zog die Wachtmeisterjacke über seinen blauen Gefangenenkittel. Sie paßte leidlich. Er blickte die Straße hinauf und hinunter. Aus der

Nebenstraße näherte sich ein Motorradfahrer. Walter setzte die SS-Mütze auf und trat dem Motorradfahrer entgegen, hielt ihn an. Der Soziussitz war frei. Er sagte in einem Ton, der keinen Widerspruch duldete: „Los, fahren Sie mich zur Elbchaussee!"

Er stieg auf und blickte dabei angstvoll auf die Tür des Kolonialwarengeschäftes... Nur zwei Minuten bleib noch drin... Nur ein paar Sekunden...

Der Motorradfahrer fuhr los. Walter sah im Vorbeifahren den Langen im Gespräch mit der Geschäftsfrau.

„Fahren Sie über Othmarschen... Schneller... Fahren Sie doch schneller!"

Das Motorrad raste die schmale Asphaltstraße hinunter.

„Ist was passiert, Herr Wachtmeister?" Der Motorradfahrer, ein noch blutjunger Bursche, hatte ein tolles Tempo aufgedreht.

„Ja, ein Gefangener ist geflohen!"

„Ach so–o..."

Sie fuhren am Bahrenfelder Volkspark, an Sportplätzen vorbei. Walter erkannte vor sich die Rennbahnanlage.

„Ein Politischer, Herr Wachtmeister?" fragte der junge Mann.

„Natürlich!"

„Und Sie meinen, der ist an der Elbchaussee?"

„Was sagen Sie?"

„Ich frage, ob Sie annehmen, daß er an der Elbchaussee ist?"

„Er wird sich unter die Menschen am Badestrand mischen wollen... Bin fest überzeugt davon!" brüllte Walter dem Motorradfahrer in die Ohren und dachte: Wenn es schiefgehn sollte, hab ich ein Alibi. Der Fahrer kann nur aussagen, daß ich einen Gefangenen suchen wollte. Aber Unsinn, es darf nichts schiefgehn! Es gibt kein Zurück... Wieviel Zeit braucht der Lange, um die Polizei zu alarmieren?

Sie fuhren durch Bahrenfeld, kamen durch Geschäftsstraßen. An jeder Straßenkreuzung Polizisten.

Nanu, die Geschwindigkeit wurde merkwürdig langsam, wurde immer langsamer...

„Was ist?" fragte Walter.

„Weiß auch nicht, was mit der Karre los ist!" Der Bursche trat auf die Pedale, drehte die Griffe an der Lenkstange; der Motor kam aber nicht mehr auf Touren. Er lenkte das Rad an die Straßenkante.

„Verflucht, was mag mit dem Biest los sein!"

Walter stieg vom Soziussitz.

„Kann ich nicht eine Straßenbahn nehmen?"

„Ja, die da kommt! Nummer 32! Fährt direkt nach Othmarschen!"

„Danke schön!" Walter lief zur Haltestelle, sprang auf die schon fahrende Bahn und blieb auf der vorderen Plattform stehen.

Merkwürdig! Ob der nicht nach Othmarschen wollte? Der konnte doch nicht plötzlich Motorschaden haben?

Die Straßenbahn ratterte eine lange, breite Straße hinunter, die Walter nicht kannte.

Er fragte den Fahrer: „Sie fahren nach Othmarschen, nicht wahr?"

„Nee, nach Altona... Sie hätten die 43 nehmen müssen!"

Walter wurde es ganz warm ums Herz. Er lächelte vor sich hin. Der Motorradfahrer hatte ihm nicht helfen wollen, einen geflohenen Kommunisten einzufangen. Klar! Er drückte mit der rechten seine linke Hand und sagte in Gedanken: Ich danke dir, lieber Freund!

V

Es konnte nicht mehr weit bis Mitternacht sein, als Walter, immer noch in der SS-Jacke, vor der Bodentür stand und wartete...

Wenn Onkel Gustav nun gar nicht käme? Wenn er krank, wenn er vielleicht inzwischen gestorben war? Ja, was dann?

Bei Tage konnte er sich in seinem Aufzug nicht auf die Straße wagen. Und wie fand er Verbindung mit den Genossen? Zur Mutter durfte er unter keinen Umständen. Sie wurde bestimmt überwacht. Heute abend schon ... Was jetzt wohl die Genossen auf Stube drei von Pritsche zu Pritsche tuschelten? Hans würde sich freuen. Ja, soweit war es gelungen; nun kam es darauf an, eine Zeitlang unterzutauchen, möglichst woanders ... Er überlegte, ob er nicht zu Peter Kagelmann gehen sollte. Er wußte seine Adresse ... Hemmberger war ihnen gewiß auch entkommen ... Gleich zwei am ersten Tag ... Wenn der nur nicht versucht hatte, mit der Vorortbahn in die Stadt zu gelangen!

Walter hörte eine Uhr schlagen. Er zählte die Schläge. Zwölf – Mitternacht ... Wie kann ich zu Peter Kagelmann gehen, überlegte Walter. Hab ihn jahrelang nicht gesehen ... Ihm blieb doch nichts anderes übrig, als unten bei Stürck zu klingeln ... Dreimal hintereinander. Lebte Onkel Gustav noch? Kam er selber öffnen?

Er tappte leise die Treppe hinunter, zögerte noch einen Augenblick vor der Wohnungstür, drückte dann aber dreimal nacheinander den Klingelknopf. Nun mußte es sich entscheiden. Er horchte, wagte kaum zu atmen. Eine Tür knarrte. War das Stürck oder einer der beiden Haberlands?

„Wer ist da?"

Gott sei Dank, Stürcks Stimme.

„Ich, Onkel Gustav!" flüsterte Walter hastig.

Die Tür wurde aufgeschlossen, abgekettet. Walter blickte in Stürcks Gesicht, lächelte und flüsterte: „Ich geh schon nach oben!"

Er flog die Treppe hoch, hätte jauchzen mögen vor Freude. Alles ist gut! Gerettet ... Wenn sich nichts anderes fände, würde er hier oben Wochen verbringen und keinen Schritt vor die Tür setzen. Herrliche Wochen sollten das werden. Das Gesicht des Wurstheini möchte ich sehen, das war gewiß noch länger und noch blöder geworden ... Wie der Polizeisenator wohl toben würde! Und der SS-Hauptsturmführer? Ihr Halunken, ich bin euch entkommen! Euren Mörderhänden entwischt!

Stürck schloß die Bodentür auf und ging voraus in die Kammer. Walter folgte ihm.

In der Kammer betrachtete Stürck seinen Neffen. Walter sah nun erst, wie leidend der Alte war. Sein Gesicht war quittengelb und noch lederner geworden.

„Onkel Gustav, was ist mit dir? Bist du krank?"

„Was hast du an?" fragte Stürck, seine Augen auf die Spiegel der schwarzen Uniform gerichtet.

„Mein Fluchtkostüm!"

„Hast du jemanden umgebracht?"

„Nein, das hat man mir geborgt. Es war eine einmalige, eine einzigartige Gelegenheit, Onkel Gustav, und – es hat geklappt!" Er zog die Uniformjacke aus. „Runter mit dem Mistfetzen!"

„Dein Vater liegt im Sterben!"

„Was sagst du, Onkel Gustav? Das kann doch nicht sein. Ich hörte, sie haben ihn freigelassen?"

„Ja, als todkranken Menschen ... Niere ... Ich weiß, was das heißt ..."

„Diese Hunde!"

„Er liegt im Barmbecker Krankenhaus."

„Und ich kann ihn nicht einmal besuchen."

„Hat man dich auch mißhandelt?"

„Elf Wochen lag ich in Dunkelhaft."

„E-l-f W-o-c-h-e-n?"

„Ja, siebenundsiebzig Tage. Eintausendachthundertachtundvierzig Stunden ..." Walter ergriff die Hand, die langfingrige, knochige Hand des Greises. „Ach, Onkel Gustav, bin ich froh, dich wiederzusehen! Ich hab in jener langen Nacht viel an dich gedacht ... Auch an die Beteigeuze und an das Sternbild der Kassiopeia."

Nun huschte doch ein leises Lächeln über das leidende Gesicht des Alten. Er hatte sich auf die Bettkante gesetzt und blickte zu dem Neffen auf, der vor ihm stand.

149

„Ich hatte Besuch von deinen Genossen."

„Was? Wer war hier?"

„Eine Frau."

„Was wollte sie?"

„Ich weiß, wie man sie erreicht."

„Wunderbar, Onkel Gustav! Du bist großartig! Hast also von deinen Sternen zur Erde zurückgefunden?"

„Du denkst gewiß, das ist was Gutes? Die Erde ist mir seit langem gleichgültig."

Walter blickte sich im Zimmer um und fand alles so, wie er es verlassen hatte. Stürck konnte doch nicht die ganze Zeit krank gewesen sein.

Er fragte ihn, ob er inzwischen nicht hier oben gewesen sei. Ja, doch nicht oft.

„Onkel Gustav, weißt du eigentlich, durch wen ich in die Hände der Gestapo fiel?"

„Wie soll ich das wissen?"

„Durch Tante Mimi! Durch Willmers!"

Stürck starrte ihn aus übernatürlich großen Augen an. Er schüttelte den Kopf. „Nein, du wirst dich irren!"

„Der Gestapokommissar hat mir Merkenthals Visitenkarte gezeigt..."

Walter erzählte nun, wie er verhaftet worden war.

„Du irrst dich nicht?" fragte Stürck immer noch ungläubig.

„Bestimmt nicht... Merkenthal ist der Denunziant."

Der Greis wollte sich erheben, Walter mußte zuspringen und ihm helfen, hochzukommen.

„So, nun schlaf dich gründlich aus!"

„Und du, Onkel?"

„Ich auch."

Der Alte ging.

Walter blickte ihm verwundert nach. Die brave Seele glaubte es natürlich immer noch nicht. Wie plötzlich er das Gespräch abgebrochen hatte... Na ja, vielleicht hätte er es ihm gar nicht sagen sollen.

Alles war am alten Platz: die Bettwäsche, die Decke, sein Schlafanzug... Wieder überwältigte Walter das Glücks- gefühl, frei zu sein... Den Schindern und Mördern entkom- men... Ach, wird sich Bruhns, wird sich Hemmberger freuen, das heißt, wenn auch ihm die Flucht gelungen war. Wie werden sich Mutter und Vater freuen...

Walter lag auf seiner Bettstatt, starrte in die Dunkelheit, wie er es so oft getan... Vater lag im Sterben?! Was sie wohl mit ihm angestellt hatten? Er war alt und hinfällig... Schwer mußte gezahlt werden für alles, was versäumt wurde. Er dachte wieder an die langen Nächte, die langen nachtdunklen Tage... Vorbei... Er war entronnen...

Schritte näherten sich. Walter mit seinem geschärften Ge- hör erkannte sofort Stürcks schlürfenden Gang. Was wollte er noch? Sollte es Gefahr geben?

Stürck trat in die Dachkammer, knipste das Licht an. Er trug ein großes Paket und legte es auf den Tisch.

Walter schlüpfte aus dem Bett.

„Was bringst du, Onkel?"

„Zu essen und zu trinken, ich will morgen früh gleich los und weiß nicht, wann ich zurück bin... Halte dich tagsüber leise. Am besten, du schläfst."

„Wohin willst du?"

„Deine Genossen aufsuchen."

„O ja, das ist gut, Onkel Gustav! Tu das!"

Und Willmers besuchen, nahm der Greis sich vor. Aber davon sagte er seinem Neffen nichts.

NEUNTES KAPITEL

I

Gustav Stürck stand vor dem Eckhaus Feldstraße-Glashüttenstraße. Er las: „Friseur-Salon für Damen und Herren!" Nein, das konnte es nicht sein. Dann fand er ein kleines Schild neben dem Hauseingang. „Massage. Klara Peemöller, staatlich geprüfte Masseuse. 2. Stock rechts." Er trat ins Haus.

An der Tür im zweiten Stock empfing ihn ein junges Mädchen.

„Ich möchte Frau Peemöller sprechen!"

„Kommen Sie von der Krankenkasse?"

„Nein!"

„Können Sie nicht morgen zwischen acht und zwölf Uhr kommen?"

„Nein!"

„Aber Frau Peemöller ist jetzt nicht zu sprechen."

„Ich muß sie sprechen."

„Augenblick bitte!"

Stürck stand vor der Wohnungstür und wartete. Als abermals geöffnet wurde, stand Klara Peemöller in der Tür. Sie zuckte ein wenig zusammen, faßte sich aber sofort und rief: „Ach, Sie sind es, lieber..." Den Namen verschluckte sie. „Wie geht es Ihnen? Haben Ihnen die Bäder geholfen? Aber kommen Sie doch bitte herein... Nein, hier, in mein Wohnzimmer."

Stürck trat ein. Frau Peemöller zischelte dem Mädchen ärgerlich zu: „Sie wissen doch, ich bin außerhalb der Sprechstunden für niemanden da. Lassen Sie keinen mehr rein, verstanden?"

Sie schloß die Tür, zog den Türvorhang vor und wandte sich zu Stürck um.

„Ist was passiert?"

„Ja", nickte der. „Aber etwas Erfreuliches. Mein Neffe ist da."

„Was Sie nicht sagen? Das ist ja wunderbar! Seit langer, langer Zeit mal eine erfreuliche Nachricht... Hat man ihn entlassen?"

„Er ist geflohen."

„Und wohnt bei Ihnen?"

„Ja."

Klara Peemöller trat an Stürck heran und ergriff seine Hand. „Kommen Sie, ich muß Ihnen die Hand drücken... Aber setzen Sie sich doch."

Nein, nein, er wolle gleich weiter, habe noch einiges zu erledigen... „Wissen Sie eigentlich, wie er damals denen in die Hände fiel? Der Mann seiner Kusine, ein gewisser Steeven Merkenthal, hat ihn verhaften lassen. Was es doch für Lumpen gibt... Ja, ich will gehen... Soll ich Walter was bestellen?"

„Grüßen Sie ihn selbstverständlich, und sagen Sie ihm, wir alle, seine Genossen, freuen uns riesig. Und er soll nicht ungeduldig und nicht leichtsinnig sein, soll in Gottes Namen einige Wochen auf dem Boden ausharren. Alles Weitere wird die Partei veranlassen... Brauchen Sie Geld?"

„Geld? Wozu?"

„Nun, für Beköstigung, sonstige Ausgaben."

„Ich brauche nichts."

II

Nachdem Stürck gegangen war, machte sich auch Klara Peemöller bereit, fortzugehen. Sie hatte an diesem sprechstundenfreien Tag Patienten aufzusuchen; heute aber wollte sie zuallererst dem Parteileiter die gute Nachricht bringen.

Es war zweifelhaft, ob sie ihn antreffen würde, aber sie hoffte eine Möglichkeit zu finden, es ihm mitteilen zu lassen.

Walter Brenten frei ... Wer hätte das zu hoffen gewagt? Wir hatten ihn schon für tot erklärt ... Würde sich Ernst Timm freuen! Aber ob der es erfuhr? Sie wußte nicht, wo Timm war, sie wußte nur, daß er nicht mehr in Hamburg arbeitete ... Verraten worden war Brenten. Von einem Verwandten ... Und sie hatten damals die ganze Organisation auf den Kopf gestellt und alle Kader ausgewechselt ... Wer konnte auch annehmen, daß ein Verwandter ihn der Polizei ausgeliefert hatte?

Klara Peemöller stand auf dem Perron der Straßenbahn, die zur Grindelallee fuhr. Sie wollte in die Parkallee, zur illegalen Verbindungsstelle.

Plötzlich kam ihr ein Verdacht. Wenn nun der Alte zu diesem Kerl von Denunzianten ging, um ihn zur Rede zu stellen? Er hatte es so eilig, war so voller Zorn ... Mein Gott, das wäre eine solche Dummheit, daß es ihn den Kopf kosten könnte, und Walter auch ... Mit einemmal war sie überzeugt, Stürck war auf dem Weg dahin. Das bedeutete aber, daß Walter in Gefahr war, erneut verhaftet zu werden ... Ganz heiß wurde ihr bei diesen Überlegungen ... Was sollte sie tun? – Es gleich mitteilen? War es dann nicht vielleicht schon zu spät? Aber was konnte sie tun, die Bodenkammer hatte der Alte doch bestimmt abgeschlossen?

An der Grindelallee verließ sie die Straßenbahn. Am Dammtor bei der Universität wußte sie einen Taxistand. Sie rannte die Straße hinunter. Sie hatte Glück, auf dem Wege dahin konnte sie eine freie Autodroschke anhalten.

„Zur Ferdinandstraße!" rief sie dem Fahrer zu. „So schnell Sie können!"

Klara Peemöller hatte instinktiv die Absicht Gustav Stürcks erraten. Aber er fuhr nicht zu Steeven Merkenthal – er kannte nicht dessen Adresse –, sondern zu seinem Schwager Hinrich Willmers. Dem und seiner Frau Mimi wollte er sagen, was für ein Subjekt von Schwiegersohn sie hatten. Erfahren sollten sie, daß durch ihn ihr Neffe der Gestapo ausgeliefert worden war. Sagen wollte er ihnen, daß er dafür sorgen würde, daß die ganze Verwandtschaft es erfuhr. Wer künftighin noch mit ihnen verkehrte, sofern sie sich nicht von diesem Verbrecher trennten, sollte als Lump angeprangert und geächtet werden.

Willmers wohnten weit draußen in Rahlstedt. Der alte Tischlermeister hatte seit langem keine so beschwerliche Bahnfahrt mehr gemacht, aber Zorn und Empörung ließen ihn alle Strapazen ertragen. Mit keinem Gedanken kam ihm in den Sinn, daß er nicht nur sich, sondern auch Walter durch diesen Besuch gefährden könnte. Er war überzeugt, Hinrich würde, wenn er von der Untat seines Schwiegersohns erführe, entsetzt die Hände über dem Kopf zusammenschlagen. Mimi würde dieses Scheusal verfluchen und von ihrer Tochter verlangen, daß sie sich von diesem Kerl trenne...

Hinrich Willmers war sehr erstaunt, als plötzlich sein Schwager Stürck vor ihm stand.

„Du, Gustav? Das nenn ich eine Überraschung... Tritt ein! Schade, daß Mimi nicht hier ist. Sie ist heute zu ihrer Tochter nach Flottbek gefahren."

„Zu Merkenthal?"

„Jaja, so heißt sie jetzt... Was kann ich dir anbieten? Ein Glas Burgunder? Eine Brasil?"

„Danke, ich will nichts."

Gustav Stürck setzte sich in einen der Sessel. Die Fahrt hatte ihn doch recht mitgenommen, und er fühlte seine Schwäche. Er saß da, mied es aber, den Schwager anzublikken; er überlegte, wie er beginnen könnte.

Hinrich Willmers betrachtete seinen Schwager und dachte: Mein Gott, ist der klapprig geworden. Der macht's nicht mehr lange. Er selber war auch nicht mehr der Jüngste, hatte die Sechzig schon hinter sich, aber angesichts dieses Greises kam er sich mobil und rüstig vor. Was mag er nur wollen? überlegte er. Will er mich anpumpen? Und da Stürck immer noch schwieg, fragte er: „Na, Gustav, ich seh dir doch an, du hast was auf dem Herzen. Bedrückt dich was? Brauchst du Hilfe?"

„Ja, Hinrich, mich bedrückt etwas. Das ist es. Deshalb komme ich."

„Sprich! Du weißt, ich helfe dir, wenn ich kann."

„Du weißt doch, Carl ist gestorben."

Hinrich Willmers' Gesicht erstarrte. Das ist es, dachte er. Er macht für andere den Fürsprecher.

„Du weißt es doch, nicht wahr?" wiederholte Stürck.

„Natürlich weiß ich es."

„Auch wie und woran?"

„Ich kann mir's denken."

„Dann weißt du wohl auch, daß Carls Sohn ebenfalls ins Konzentrationslager gesteckt wurde, nicht wahr?"

„Ja, ich hab davon gehört."

„Weißt du auch, wer ihn der Gestapo denunziert hat?"

„Nein, das weiß ich wahrhaftig nicht. Soweit interessiert es mich, ehrlich herausgesagt, auch nicht."

„Ich glaube doch, daß es dich interessieren wird, Hinrich."

„Wieso nimmst du das an?"

„Weil dein Schwiegersohn Steeven Merkenthal ihn denunziert hat."

Hinrich Willmers sprang auf. „Was sagst du da? Steeven hätte Carl denunziert?"

„Nein, nicht Carl, aber seinen Sohn Walter."

„Weißt du eigentlich, was du sprichst?" Hinrich Willmers war aschfahl geworden.

„Ja, Hinrich, über eine schmutzige, eine gemeine Sache. Es tut mir um dich leid, aber ich konnte nicht anders, ich mußte es dir sagen. Du mußt doch wissen, was dein Schwiegersohn für ein Lump ist."

„Ich muß dich bitten, nicht beleidigend und ausfallend zu werden. Hast du Beweise für deine Behauptungen?"

„Die Beweise sind da. Am besten aber, du fragst ihn selber. Ich vermute, er wird es nicht bestreiten. Er wird es nicht bestreiten können."

„Würdest du das, was du mir hier gesagt hast, ihm auch ins Gesicht sagen?"

„Jederzeit ... Sogar gerne. Du weißt, ich bin kein Kommunist, bin es nie gewesen, aber ein Denunziant ist in meinen Augen immer noch ein erbärmlicher Lump."

„Ich kann nicht dulden, daß in meinem Hause über den Mann meiner Tochter, den ich nur als Ehrenmann kenne, so gesprochen wird."

Stürck erhob sich schwerfällig. Ohne Hinrich Willmers anzublicken, sagte er ruhig: „Ich gehe schon, Hinrich. Was ich dir habe sagen wollen, hab ich gesagt. Alles Weitere liegt bei dir."

Damit ging er aus dem Zimmer. Hinrich Willmers sah ihm nach. Er hatte sich wieder ganz in der Gewalt. Er zweifelte auch nicht mehr an dem, was Stürck ihm mitgeteilt hatte, und dachte: Gut, daß Mimi das nicht mit anzuhören brauchte.

„Ich werde mit Steeven sprechen!" rief er Stürck nach.

Der hatte die Wohnung schon verlassen.

IV

Klara Peemöller hatte unterdessen in der Ferdinandstraße die Taxe bezahlt und war in die Nebenstraße, die Raboisen, geeilt. Einen kurzen Augenblick überlegte sie, ob sie nicht doch erst nachsehn sollte, ob Stürck zu Hause war. War er jedoch nicht da, was sie für wahrscheinlicher hielt, dann konnte sie kaum noch auf den Boden gehen, ohne bemerkt zu werden. Sie entschloß sich, gleich auf den Boden zu gehen. Ungewiß war nur, ob Walter einen Schlüssel hatte und öffnen konnte. Ungewiß auch, ob er überhaupt öffnen würde, wenn sie klopfte. Und sie mußte sehr vorsichtig vorgehen, damit Hausbewohner nicht auf sie aufmerksam wurden.

Niemand begegnete ihr auf der Treppe. Ruhig, aber so leise wie nur möglich, stieg sie eine Treppe nach der andern hinauf. Die Tür zum Boden war, wie sie erwartet hatte, abgeschlossen. Als im Treppenhaus alles stillblieb, klopfte sie leise, aber hastig mehrere Male hintereinander. Sie horchte. Nichts bewegte sich. Kein Laut war zu hören. Sie klopfte wieder, und in der Erregung hastiger und heftiger, als sie wollte. Walter meldete sich nicht. Er mußte sie gehört haben. Rufen aber durfte sie nicht. Sie zitterte vor Aufregung, klopfte wieder und noch einmal. Als Walter immer noch nicht kam, ließ sie ratlos die Hände sinken und starrte die Bodentür an.

Da hörte sie leise Schritte, so, als schliche jemand drinnen zur Tür. Sie horchte, und nun hatte sie das Gefühl, hinter der Tür stehe ein Mensch. Das konnte doch nur er sein. Sie flüsterte: „Walter, mach auf! Gefahr!"

Deutlich hörte sie, wie der Mensch hinter der Tür sich wieder entfernte. Um Gottes willen, er glaubte ihr nicht?

Doch dann nahten wieder Schritte. Und nun wurde vorsichtig ein Schlüssel ins Schloß gesteckt.

Walter Brenten öffnete und sah mit forschendem Blick die Frau an.

„Gott sei Dank!" stieß Klara Peemöller aus und drängte ungestüm an Walter vorbei durch die Tür.

„Guten Tag", Walter reichte ihr die Hand. „Hab mir schon gedacht, daß du es bist."

„Schnell, pack das Notwendigste zusammen; wir müssen sofort gehn. Jeden Augenblick kann die Gestapo kommen."

„Gestapo? Was ist denn vorgefallen?"

„Frag jetzt nicht, sondern beeil dich."

„Und wohin?"

„Vorläufig ausnahmsweise zu mir! Los doch! Ich erzähle dir alles später!"

Als Gustav Stürck nach Hause kam, fand er das Bodennest leer. Er konnte nicht fassen, daß Walter gegen seinen Rat auf die Straße gegangen war.

„Solch ein Leichtsinn!" knurrte er verdrossen.

An diesem Abend blieb er bis Mitternacht wach. Als Walter dann immer noch nicht gekommen war, legte er sich in der Bodenkammer schlafen. Wenn er kommt, wird er hereinkönnen, sagte er sich, er hat den Schlüssel ja mitgenommen.

Viele Tage später erst erfuhr er, daß sein Leichtsinn Walter vertrieben hatte.

Eines Abends besuchte ihn Frieda Brenten. Er behielt ihre kleine Hand in der seinen, streichelte sie und sagte: „Daß du mich auch einmal besuchst, Frieda, freut mich ganz besonders." Er war überzeugt, sie brachte Nachricht von Walter.

Sie blinzelte ihn schelmisch an und meinte: „Gustav, du weißt wohl, weshalb ich komme, nicht wahr?"

„Ich kann es mir denken", erwiderte er.

„Kann ich ihn sehen?"

„Wen?"

„Walter."

„Ach so-o ... Ich dachte, er hat dich zu mir geschickt."

Stürck setzte sich, ratlos und enttäuscht. Dann sah er wieder auf zu seiner Schwägerin, die genauso enttäuscht war. „Wie kommst du überhaupt darauf, daß er bei mir sein könnte?"

„Von der Gestapo waren sie bei mir und haben ihn gesucht."

„Wann?" fragte lebhaft der Alte.

„Letzten Sonntag."

Stürck atmete erleichtert auf. „Dann haben sie ihn also nicht. Da fällt mir eine Zentnerlast von der Seele."

Walter Brenten war frei, aber er führte das Dasein eines Gefangenen. Er wohnte in Bremen, bei einem Genossen, der Kurt Hielscher hieß und ein Lampengeschäft in der Pelzerstraße, nahe dem Rathaus, besaß. Tagelang verließ er sein Hinterstübchen nicht, und wenn doch einmal, dann nur für einen kurzen Spaziergang oder wenn die Parteileitung eine wichtige Besprechung angesetzt hatte. Die „Bremer Arbeiterzeitung" erschien illegal, nicht täglich, doch wenigstens einige Male in der Woche. Jede Möglichkeit galt es wahrzunehmen, um den Lügen und Verleumdungen der Nazis entgegenzutreten und den Genossen im illegalen Kampf die nötigen Argumente in die Hand zu geben. Walter bekam alle wichtigen Nazizeitungen sowie die Berichte aus den Betrieben. Sie auszuwerten, war seine Aufgabe.

Nach langer, hartnäckiger Arbeit in den Wintermonaten war es endlich gelungen, ein illegales Aktionskomitee sozialdemokratischer und kommunistischer Genossen zu bilden. Und von dem Tag an wurde auch die politische Arbeit leichter und erfolgreicher. Auf den Werften wuchs der Einfluß der Nazigegner. Die Nachfrage nach der illegalen „Arbeiterzeitung" wurde größer; die Auflage mußte verdreifacht werden, was bei den schwierigen illegalen Druckverhältnissen nicht leicht zu bewerkstelligen war. Wenn es Walter zuweilen auch viel zu langsam voranging, er empfand doch Befriedigung bei seiner gefährlichen Tätigkeit, denn jedermann sah, daß sie nicht erfolglos war.

Auch die Gestapo sah es und war nicht untätig. Je mehr die illegale Arbeit in den Betrieben und auf den Werften, bei den Hafen- und den Fischereiarbeitern wuchs, desto brutaler ging sie vor. Fast täglich wurden Genossen, mitunter nur auf Verdacht hin, verhaftet. Das Denunziantentum blühte. Der Nachbar verriet den Nachbarn, der Trinkkumpan den Trinkkumpanen. Und mitunter, bei ehelichen Zerwürfnissen, auch die Frau den Mann oder der Mann die Frau. Niemand fühlte sich vor dem andern noch sicher. Jeder hütete sich, zu sagen, was er dachte. Jeder mißtraute dem anderen.

Wenn wieder Genossen, die er im Laufe der Arbeit kennengelernt hatte, in den Gestapokellern verschwanden, dann konnte es vorkommen, daß Walter Brenten das Grauen ankam. Er wußte, was ihm bevorstand, wenn sie ihn erneut fangen sollten. Er hatte Phantasie genug, sich auszumalen, daß es dann noch ungleich schlimmer sein würde als in der Dunkelhaft in Fuhlsbüttel. Sie würden ihn unter sadistischem Frohlocken systematisch zu Tode quälen. Und er fragte sich, ob das, was er leisten konnte, diesen Preis rechtfertige. Die Hitlerleute hatten die Arbeiterbewegung zerschlagen und vernichteten Stück um Stück jede andere fortschrittliche Bewegung, sogar die bürgerlich-humanistischen Vereinigungen. Sie würden fieberhaft aufrüsten und alles auf die Entfesselung eines neuen Weltkrieges anlegen, vor allem auf einen Krieg gegen die Sowjetunion. Könnte er unter solchen Verhältnissen ruhig und untätig bleiben, es hinnehmen und hingehn lassen? Diese Frage stellte er sich; die Antwort war eindeutig. Der Kampf der Arbeiterklasse für den Frieden und für den Sturz des Faschismus durfte nicht eine Stunde aufhören, mochte er auch noch so viele Opfer fordern. Lernen mußte man, die illegale Arbeit so zu sichern, daß die Genossen vor Verrat geschützt waren und niemand mehr über illegale Verbindungen erfuhr, als für seine Aufgabe nötig war. Dieses Prinzip wurde leider bei weitem noch nicht immer befolgt. Es fehlte an Erfahrung. Man mußte erst noch lernen. Das Lehrgeld aber wurde mit Blut bezahlt.

Erhebende Momente in diesen gefährlichen und trüben Tagen gab es für Walter Brenten vor dem Rundfunkgerät, das Kurt Hielscher ihm überlassen hatte. Aus dem Gerichtssaal in Leipzig wurden die Verhandlungen des Reichstagsbrandprozesses übertragen. Das Herz schlug ihm vor Erregung und Freude, wenn der angeklagte bulgarische Genosse Dimitroff mit seinen Fragen die Nazizeugen und die

Nazirichter in Verlegenheit und in Verwirrung brachte. Er jubelte auf, wenn Dimitroff Antworten gab, die nicht nur eine Ehrenrettung des Kommunismus waren, sondern auch zugleich eine Anleitung für den Kampf gegen den Hitlerfaschismus.

An einem Märzabend saß Walter Brenten – wie gewöhnlich – an seinem Schreibtisch beim Schein der kleinen Tischlampe, als im Signalkasten vor ihm die rote Lampe aufflammte.

Er sprang auf, griff mit der Linken nach seiner Brusttasche und vergewisserte sich, daß er Papiere und Geld hatte, riß seinen Mantel vom Haken, öffnete das Fenster und sprang in den Hinterhof. Nur wenige Schritte und er war am angrenzenden Haus. Er kletterte durch ein kleines Fenster in das Treppenhaus, gelangte in einen Torweg, lief hindurch und stand an der Sögestraße. Bevor er sie betrat, blickte er nach links und nach rechts, nichts Verdächtiges war zu bemerken. Er bog in die Straße ein, stieg in die nächstbeste Straßenbahn, die in östlicher Richtung fuhr. Am Steintor nahm er die Straßenbahn nach Hastedt. Hier wußte er für den Fall äußerster Gefahr eine Adresse.

Der Eisenbahnarbeiter Richard Kröger wohnte am Weserufer in einer langgestreckten Mietskaserne im ersten Stock. Er war nicht zu Hause, aber die Frau ließ Walter eintreten. Schweigend hörte sie seine hastig vorgestoßenen Worte an.

„Die Kinder schlafen schon", sagte sie, „seien Sie recht leise. Am besten, Sie legen sich gleich schlafen ... Ziehn Sie sich man schon aus, ich hole Decken. Sauberes Bettzeug hab ich leider nicht. Aber das geht wohl auch mal so?"

Sie ging in die Nebenstube. Walter zog sich Mantel und Jackett aus, streifte die Schuhe von den Füßen.

Als er auf dem kurzen Sofa lag, die Beine angezogen, wurde er allmählich ruhiger. Hier vermuteten sie ihn bestimmt nicht. Er war ihnen wieder einmal entwischt. Kurt hatte ihn gerettet. Was wohl geschehen war? Sicherlich hatten sie ihn verhaftet. Aber er hatte auch im Augenblick der Gefahr seinen Schützling in der Hinterstube nicht vergessen... Ob sie hinter mehreren her waren? Hatten sie nur sein Quartier ausspioniert?

Walter lag mit offenen Augen da. An Schlaf war nicht zu denken. Er blickte sich nun erst in der Stube um und konnte im Dunkeln an der gegenüberliegenden Wand ein Kinderbett erkennen. Auf dem Tisch lagen Spielsachen. Neben der Tür stand ein Schrank, der fast bis an die Decke reichte... Er war gerettet, ja, aber die Gefahr war nicht vorbei. Sie würden alle Bahnhöfe, alle Züge doppelt und dreifach kontrollieren... Und hier konnte er auch nicht lange bleiben. In solcher Mietskaserne gab es viele neugierige Augen. Er gefährdete nicht nur sich, sondern auch die Familie des Genossen... Richard Kröger... – Walter hatte ihn nie gesehen. Überall haben wir doch Freunde, obwohl solche Freundschaft das Leben kosten könnte... Als Frau Kröger so vor ihm stand, die Arme in den Hüften, schweigend, finster, da hatte er kaum gehofft, von ihr aufgenommen zu werden. Und wie selbstverständlich sie es dann tat... Aber wo sollte er morgen hingehen? Wie die Genossen informieren und mit ihnen wieder in Verbindung kommen?

Im ersten Augenblick war er entschlossen, nach Hamburg zu fahren und erneut bei dem guten Stürck das Bodenquartier zu beziehen... Das Sicherste war es zweifelsohne. Auch könnte er so am besten über die Genossin Klara die Verbindung mit der Parteileitung aufnehmen... Aber würde die Gestapo nicht gerade den Hamburger Hauptbahnhof beobachten lassen? Ich brauchte ja nur bis Harburg zu fahren und dann die Straßenbahn zu nehmen... Schließlich würden sie seinetwegen nicht Großalarm schlagen...

Endlich schlief er ein. Aber er erwachte sofort, als leise die Zimmertür geöffnet wurde. Er hielt die Augen geschlossen und stellte sich schlafend. Jemand trat ans Sofa und beugte sich über ihn. Er hörte eine leise Männerstimme. „Ja, Martha, das hast du richtig gemacht."

Walter mußte länger bei der Familie Kröger ausharren, als er für möglich gehalten und als ihm und besonders auch der Frau lieb war. Mit jedem Tag wurde sie verbitterter und unwirscher und er schweigsamer und duldsamer. Kröger kam nach Hause und zuckte mit den Schultern. Er hatte alle Stellen informiert, aber nichts rührte sich. Walter wurde Zeuge von ehelichen Auseinandersetzungen, deren Ursache er war. Einmal hörte er den Mann ausrufen: „Aber was kann ich denn machen? Wir können ihn doch nicht auf die Straße setzen?" Walter war schon oft daran, einfach fortzugehn, nach Hamburg, zu Stürck. Wiederum erforderte die illegale Disziplin zu warten. Er hatte den Bescheid erhalten zu warten.

Stundenlang spielte er im Zimmer mit den beiden Kindern, der zweijährigen Gusti und dem vierjährigen Toni. Der Junge hatte schon, wie die Genossin Kröger Walter erzählte, im Hausflur anderen Kindern von dem Onkel erzählt, der bei ihnen wohne und immer mit ihnen spiele.

Fünf Tage hockte Walter auf dem Sofa bei den Krögers. Dann kam endlich ein junger Bursche von kaum zwanzig Jahren, mit blauer Schiffermütze und knallgelbem Schal. Walter verabschiedete sich von der Genossin Kröger und dankte ihr. Er sagte auch, daß er gut wisse, was sie seinetwegen gewagt und gelitten habe. Nun hatte die kleine, verhärmte Arbeiterfrau feuchte Augen und bat ihrerseits um Entschuldigung, daß sie mitunter so ungehalten war und es ihn hatte merken lassen.

Wieder kam es anders, als Walter gehofft hatte. Der junge Genosse, Edi nannte er sich, hatte den Auftrag, ihn zu einem Bauern nach Timmersloh zu bringen, das etwa zwanzig Kilometer entfernt lag. Nichts anderes wüßte er. Was blieb Walter übrig, als zu folgen. Sie marschierten aus der Stadt querfeldein.

Von seinem jungen Begleiter erfuhr Walter, daß bei dem

Schlag der Gestapo vor fünf Tagen siebzehn Genossen verhaftet worden seien, auch der Geschäftsmann Kurt Hielscher. Aus diesen Angaben entnahm Walter, daß nahezu die gesamte Stadtleitung der Partei verhaftet worden war. Aber daß Edi gekommen war, deutete darauf hin, daß sich bereits eine neue Leitung gebildet hatte.

Bis Ende April mußte Walter bei dem Bauern Heinrich Haberland in Timmersloh bleiben. Es war dort zwar ungleich angenehmer als in der engen Kinderstube bei dem Eisenbahnarbeiter Kröger, doch qualvoll durch die Ungewißheit.

Haberland kam schließlich eines Abends mit seinem Fuhrwerk aus der Stadt und zwinkerte Walter zu; gute Nachricht. Er legte zweihundert Mark vor ihm auf den Tisch und einen kleinen Fetzen Papier, ein Stück vom weißen Rand eines „Völkischen Beobachters". Darauf stand: „Dresden, Brühlsche Terrasse, geöffnet ab zehn Uhr."

Walter strahlte. Timm, dachte er sofort, Ernst Timm. Das war wirklich eine gute Nachricht. Als Walter seinen Gastgeber anblickte und für diese gute Nachricht danken wollte, sah er, wie auch der sich mit ihm freute.

Der Zug über Ülzen, Stendal, Magdeburg fuhr abends neun Uhr zehn von Bremen ab, hielt neun Uhr zweiunddreißig in Arbergen, einer Vorortstation von Bremen, und war am andern Tag in der Frühe in Dresden. Alle diese Einzelheiten brachte Haberland mit. Anderntags gleich nach dem Mittagessen ließ er anspannen und brachte Walter selber an die Bahn. Von Timmersloh bis Arbergen waren es gut fünf Stunden Wagenfahrt, und Walter konnte sich ausrechnen, daß Haberland erst nach Mitternacht wieder auf seinem Hof ankommen würde, wenn er nicht, um die Pferde zu schonen, es vorzog, in Arbergen zu übernachten. Doch der Bauer war in denkbar bester Stimmung; er freue sich, wie er Walter sagte, der guten Sache einen kleinen Dienst geleistet zu haben. Gewiß war er aber auch froh, einen so gefährlichen Gast wieder loszuwerden.

Am Morgen gegen zehn Uhr stand Walter am Ufer der Elbe vor dem prächtigen Dresdner Palais. Er stieg Schlag zehn die Stufen der Brühlschen Terrasse hoch und las an einem Anschlag zu seiner Bestürzung, daß die Räume vorübergehend geschlossen seien. Doch dann sagte er sich, geöffnet oder nicht geöffnet, das konnte nicht entscheidend sein, hier war jedenfalls der Treff vereinbart. Er ging langsam die Steintreppe wieder hinab und sah einen Mann in einem gutsitzenden Paletot auf sich zukommen. Und richtig, er zog vor ihm den Hut und sagte: „Guten Tag, Walter. Ich freue mich, daß du so pünktlich bist!"

Auch Walter Brenten zog seinen Hut, schüttelte dem Menschen, den er noch nie gesehen hatte, wie einem guten Bekannten die Hand.

Gemeinsam gingen sie die herrliche Uferstraße entlang.

„Woran hast du mich eigentlich gleich erkannt?" fragte Walter.

„Ach, weißt du, von solchen Dingen sprechen wir lieber später", sagte der fremde Genosse. „Eine gute Reise gehabt?"

„Ja, danke."

„Gefällt dir Dresden?"

„Sehr! Wenn ich auch bisher nur wenig von der Stadt gesehen habe."

„Eine der schönsten Städte in der Welt. Dresden ist im Laufe der Jahrhunderte natürlich gewachsen wie ein besonders gutgeratener Baum. Ich bin auch nicht aus dieser Stadt, aber ich liebe sie sehr."

Walter betrachtete seinen Begleiter von der Seite. Er mochte Mitte der Dreißig sein. Sein glattes, angenehmes Gesicht ließ auf einen Architekten, Künstler, vielleicht Kunstmaler schließen, aber ebensogut konnte er auch Arzt sein. Als sie in der Straße, durch die sie gingen, niemanden trafen, konnte Walter nicht mehr an sich halten, er fragte leise: „Sag, bringst du mich zu Ernst?"

„Ich weiß nicht, wovon du sprichst", antwortete sein Begleiter. „Aber haben wir in diesem Jahr nicht einen schönen Vorfrühling? Nur wenige Tage noch, und du wirst hier eine Blütenpracht erleben, wie du sie selten findest. Dresden hat einzig schöne Ausflugsorte. Das Elbtal. Die Bastei. Besonders schön ist es im Gebirge, in Oberbärenburg beispielsweise. Und alles liegt vor den Toren der Stadt."

An einem großen, runden Platz, um den vornehme Bürgerhäuser standen, trat Walters Begleiter auf einen Hauseingang zu. „Ich geh voraus", sagte er lächelnd.

Im dritten Stockwerk des sehr gepflegten Hauses klingelte er an einer Tür mit einem Schild: „Dr. Biele, Wirtschaftsprüfer". Eine junge Frau mit einer schwarzen Ponyfrisur öffnete.

„Leg ab und geh einstweilen dort ins Zimmer."

Walter hängte Hut und Mantel an den Garderobenständer und trat in das ihm bezeichnete Zimmer. Mitten im Raum stand mit strahlendem Gesicht – Ernst Timm.

„Ernst!"

„Walter! Lieber alter Freund!"

„Ich hab's gewußt ... Ich wußte, daß ich dich treffen würde, Ernst."

„Nun laß dich mal ansehn? Wie siehst du aus? Bißchen dünner geworden, scheint mir. Aber sonst ... Gut siehst du aus."

Walter lächelte und blickte Timm an, der sich nicht verändert hatte seit dem letzten Treff. Wie seine klaren, klugen, ungewöhnlich hellen Augen lachten! Die Falten um den Mund mochten eine Spur tiefer geworden sein. Aber das war auch die einzige Veränderung, die Walter an dem Freund feststellen konnte. Ihm war, als hätten sie sich gestern erst an der Elbchaussee getrennt und nichts, nichts hätte sich inzwischen zugetragen. Von dieser Begegnung hatte er geträumt, in den langen Nächten der Dunkelheit. Nun war sie Wirklichkeit geworden. Sie waren wieder beisammen, Ernst Timm und er ...

Es wurde leise an die Tür geklopft.

„Unser Gastgeber ruft uns zum Frühstück", sagte Timm.

„Laß uns noch ein paar Minuten allein bleiben, Ernst."

„Gern, Walter."

Sie saßen da und schwiegen. Sahen sich nicht einmal an. Nach einer Weile fragte Timm: „War es sehr schwer? Wir waren alle elend und krank, als du plötzlich verschwunden warst... Und dann hörten wir: Dunkelarrest, wochenlang... Schwer, was?"

„Ja, Ernst!" Doch sofort besann Walter sich und rief, als hätte er etwas Falsches gesagt: „Wieso? Nein, nein, andere haben doch noch viel Schwereres durchzumachen... Aber das ist wahr, Ernst, jetzt weiß ich, der Tod ist nicht das Schwerste."

„Nun, das liegt hinter dir. Nun wirst du dich erst einmal von diesem Alpdruck befreien und aus dem Bereich der Gestapo verschwinden."

„Was heißt das, Ernst?"

„Die Leitung hat beschlossen, dich ins Ausland zu schik-ken – nach Prag."

„Nach Prag? Und wenn ich nicht will?"

„Die Parteileitung hat es beschlossen."

„Und was soll ich da? Mich erholen?"

„Dort gibt es mehr Arbeit und wichtigere, als du ahnst", erwiderte Timm. „Im übrigen wirst du nicht immer da blei-ben. Wenn du wieder im Lande gebraucht wirst, wird die Partei es dir schon sagen."

Als Ernst Timm und Walter ins Eßzimmer traten, saß nur der Mann am Frühstückstisch, der Walter hergebracht hatte.

Timm sagte, als sie sich setzten: „Walter, unser Gastgeber heißt auch Walter. Genosse Walter Biele. Dich kennt er schon zur Genüge – durch mich."

„Scheint mir auch. Der Genosse Biele hat mich sofort er-kannt."

„Dessen war ich nun doch nicht so ganz sicher. Deshalb

waren wir zusammen unten an der Terrasse. Ich bin nur vorausgegangen."

„Du hast mich an der Brühlschen Terrasse schon gesehn?"

„Natürlich", antwortete Timm. „Vergiß aber nun das Essen nicht. Hier tut jeder so, als sei er zu Hause."

„Wann fährt der Genosse Brenten?" fragte Dr. Biele.

„Sowie er der Grenzstelle gemeldet ist."

„Wenn es dir recht ist, fahre ich bis zur ersten Anlaufstelle mit."

„Sehr einverstanden, Walter", erwiderte Timm. „Aber bedenke, er geht nicht an dieser Ecke über die Grenze, sondern bei der Elbquelle im Riesengebirge. Das ist gegenwärtig der sicherste Übergang."

„Ich fahre dann mit bis Hirschberg."

ZEHNTES KAPITEL

I

Wer über die Grenzen seines Vaterlandes ins Exil geht, hat viel zu denken und schwer zu tragen an unsichtbarem Gepäck. Doch muß er leichtfüßig dahinwandern und ein heiteres, unbekümmertes Gesicht zeigen, um argwöhnisch lauernde Augen zu täuschen. Walter Brenten hatte sich bis ins kleinste in diese Aufgabe hineingedacht und würde, wie er glaubte, seine Rolle nicht schlecht spielen.

Ausgedacht war alles vorzüglich und gewiß auch gut vorbereitet; was dann geschah, war ein Mißgeschick und schwerlich vorauszusehen. Das entsetzte Gesicht der Frau in der Berggasse, als er vor ihrer Haustür stand und sein Kennwort gab, sagte genug. Etwas war schiefgegangen. Indessen, er hatte seine Lehrzeit der Illegalität hinter sich und zu lächeln gelernt, wenn vor ihm ein Abgrund sich auftat. So machte er denn ein unbefangenes Gesicht, zog seine Wanderkarte aus der Tasche und hielt sie der Frau hin, die, ohne den Kopf zu bewegen, mit ängstlichen Augen die Gasse absuchte.

„Ich will also zur Elbquelle", flüsterte Walter. „Was ist passiert?"

„Er ist gestern verhaftet worden!"

„O–oh!" Walter wies in die Richtung, wo er die Elbquelle wußte. „Also dort hinunter, nicht wahr?" Er dankte mit einem Kopfnicken.

Die steil abfallende Berggasse hatte ein scheußliches Kopfsteinpflaster, es behinderte das Gehen. Walter jedoch trieb den jungenhaften Spaß, von einem Stein zum andern zu hüpfen, wie die Gassenbuben bei ihren Spielen. Dabei war er mit allen Sinnen hellwach und darauf gefaßt, jeden Augenblick eine Hand auf seiner Schulter zu fühlen und zu hören: Kommen Sie mit!

Gott verflucht, war das ein Pech! Ganz sicher stand die Wohnung des verhafteten Holzarbeiters unter Bewachung. Wenn nur die Frau sich in der Gewalt behielt und nichts verriet.

Er erreichte den Marktplatz, mischte sich unter die Leute, wagte aber nicht, sich umzusehen. Die kleinste Unsicherheit mußte auffallen. Das Gasthaus „Zum Rübezahl" sah recht einladend aus. Walter überflog die Speisekarte, die am Eingang angebracht war, und trat ein. Um keinen Preis auffallen, unter keinen Umständen!

Ein Fensterplatz war noch frei.

„Ich möchte etwas Gutes essen", sagte er zum herbeieilenden Kellner und bestellte, ohne den Gast, der in diesem Augenblick das Restaurant betrat, auch nur mit einem flüchtigen Blick zu beachten: „Fleischbrühe mit Einlage, Lendenschnitte mit Rotkohl und Salzkartoffeln. Und Pflaumenkompott. Nicht zu vergessen ein Glas helles Bier ... Recht große Portion, Herr Ober! Hab einen Mordshunger!" Er lachte dem Kellner zu, dabei fühlte er, ohne hinzublicken, daß der neue Gast hinter ihm Platz nahm.

Der Kellner begab sich an diesen Tisch. Walter zog seinen Reiseführer heraus, breitete eine Karte aus und vertiefte sich darin.

Es kam, wie er erwartet. Der Fremde sprach ihn an, fragte, ob er Norddeutscher sei? Er höre das spitze St und Sp so gern! Niederdeutsche sprächen doch das reinste Hochdeutsch. Ob er sich an seinen Tisch setzen dürfe?

Rasch kamen sie in ein lebhaftes Gespräch über das prächtige Pfingstwetter, über die vielen Gäste in diesem Jahr, über die Schönheiten des Riesengebirges. Walter erfuhr, daß die Elbe westlich vom Hohen Rad am Gebirgskamm das Licht der Welt erblickt, leider, wie sein Tischnachbar bekümmert hinzusetzte, auf der böhmischen Seite! (Auf der böhmischen, sagte er, nicht auf der tschechischen!) Er riet Walter, sich vom Bürgermeister in Schreiberhau einen Grenzpassierschein ausstellen zu lassen und einen Ausflug auf die böhmische Seite in den Elbgrund zu unternehmen. Im „Rübezahl" könne man ganz vortrefflich übernachten; er erbot sich, behilflich zu sein, den Grenzschein zu beschaffen. Frühmorgens sei solch ein Ausflug am angenehmsten.

Diesen Vorschlag fand Walter verlockend, und er dankte für die Freundlichkeit und Hilfsbereitschaft.

Nun stellte sich der Fremde vor: Franz Kirsei.

Walter nannte seinen Namen: Dietrich Pelten.

Sie stießen an und tranken auf den guten Schutzgeist der hiesigen Landschaft, auf Rübezahl.

„Moment mal!" sagte Herr Kirsei, ging an den Schanktisch und verhandelte mit dem Wirt.

Walter studierte unterdessen wieder seine Karte, mit den Gedanken jedoch war er bei seinem Gepäck. Wer dieser Kirsei war, darüber gab es für ihn keinen Zweifel. Wie kam es nur, daß nahezu alle diese Achtgroschenjungen die gleichen faden Gesichter hatten, die gleichen dünnen, spitzen Nasen? Er lachte vor sich hin; er mußte an Hans Bruhns' Nasenpsychologie denken. Der behauptet, den Charakter eines Menschen mit absoluter Sicherheit an der Beschaffenheit seiner Nase erkennen zu können.

Herr Kirsei erklärte bedauernd, der Wirt hätte nur noch ein Doppelzimmer frei. Das überraschte Walter nicht, und er erwiderte, wenn es Herrn Kirsei nichts ausmache, wolle er gern mit ihm das Zimmer teilen.

Und so verblieben sie.

Herr Kirsei machte sich nach dem Essen zum Rathaus auf, um zu erkunden, wann der Bürgermeister wegen des Grenzscheins zu sprechen sei. Walter blieb, trank Kaffee und verfolgte auf seiner Karte mit der ausdauernden Besessenheit eines passionierten Bergsteigers die Schluchten, Pässe und Wege des Riesengebirges.

172

Wie er so dasaß, schlängelte der Kellner sich unauffällig in seine Nähe, blickte zuweilen verstohlen nach dem Schanktisch, rückte die Aschenbecher auf den Nebentischen zurecht, fächelte mit seiner Serviette Krumen oder Stäubchen von den Tischen. Ob der mit diesem Kirsei unter einem Hut steckt? überlegte Walter.

Der Kellner fragte plötzlich: „Sie möchten zahlen, nicht wahr, mein Herr?"

Der Wirt trat in die Gaststube.

„Ja! Was macht die Rechnung?"

„Können Sie doch morgen früh begleichen!" sagte der Wirt aus dem Hintergrund.

„Gut, ist mir auch lieber! Würden Sie mir bitte das Zimmer zeigen? Ich möchte meinen Rucksack ablegen und mich waschen!"

„Bitte!"

Herr Kirsei kam ins Hotelzimmer, und Walter suchte bald darauf die Toilette auf, damit dieser Schnüffler Gelegenheit hätte, sein Gepäck zu durchstöbern. Finden würde er zwei Oberhemden, zwei Unterhosen, sechs Taschentücher, einen Wollsweater, ein Handtuch, Rasierzeug und eine Seifendose. In den Seitentaschen: Familienphotos, einige Briefumschläge, adressiert an „Dietrich Pelten, Bremen, Stedingerstraße 7", und zwei Schriften „Sinn, Zweck und Ziel des nationalsozialistischen Arbeitsdienstes" von Konstantin Hierl und „Die deutsche Innerlichkeit – Agnes Miegel, eine preußische Frau" von Paul Fechter.

Herr Kirsei ließ es sich nicht nehmen, Walter anderntags bis auf den Kamm des Gebirges zu begleiten. Sie schieden wie alte Freunde, Walter mußte versprechen, gegen Ende seines Urlaubs wieder im „Rübezahl" einzukehren.

Nun rastete er auf tschechischer Seite in der Elbfall-Baude, trank seine erste Tasse Kaffee im Ausland und warf einen letzten Blick auf Deutschland.

Der Weg über die Grenze, die auf dem Kamm des Gebirges verlief, nach Spindelmühle, dem nächsten tschechischen Ort, von dem ein Omnibus in die Bezirksstadt Hohenelbe fuhr, war beschwerlich, ja halsbrecherisch, aber unbeschreiblich schön. Die aus der Erde des Felsgesteins sprudelnde Elbe schoß in munteren und anmutigen Sprüngen über Klippen und Hänge talab, lärmend, tosend, ungebärdig. Uralte, hochstämmige Fichten standen an den Gebirgswänden des Flußtals gleich Riesen aus vergangenen Zeiten.

Walter war zumute, als wäre er Zeuge der Kindheit eines sehr alt gewordenen Verwandten, etwa Zeuge der Kindheit des guten alten Gustav Stürck. Er hatte bisher die Elbe nur als breiten, ruhigen Fluß gekannt, der gemächlich dahinfloß, sich über Unarten und Wechselfälle nicht mehr erregte und majestätisch dem Ende seines Daseins entgegenströmte. Hier war die Elbe das muntere Bergkind, sein erster Begleiter im fremden Land, auf fremder Straße und doch ein vertrauter, heimatlicher Gefährte. Walter sprang an seiner Seite von Felsblock zu Felsblock ins Tal, der weiten Ebene zu. Der Elbe Weg war auch sein Weg. Freilich, wo sie in der Ebene einen großen Bogen schlug und sich eine Straße durchs jenseitige Gebirge bahnte, um nach Deutschland zu gelangen, mußte er sie verlassen. Im Vaterland hielten die derzeitigen Machthaber für ihn nur den Kerker bereit.

Ob er lange in der Fremde bleiben mußte? Einige Jahre wahrscheinlich. Ob es gelingen würde, die uniformierten Schinder zu vertreiben, bevor sie das ganze Volk ins Verderben trieben?

Er schied aus der Heimat nicht mit einem Fluch auf den Lippen, er schied mit einem Wunsch. Möge es dir, Vaterland, gelingen, dich zu schützen vor denen, die dich nicht um deinet-, sondern um ihretwillen beherrschen, die dich heute schon mit Schmach bedecken und morgen, bleiben sie deine Beherrscher, mit Verbrechen und Blut.

Seine Gedanken kehrten nach Hamburg zurück.

Diese Häufung prunkvoll uniformierter Verbrecher nur in dieser einen Stadt, seiner Vaterstadt. Dieser samtäugige Schurke von Oberkommissar! Dieser kalte, bürokratisch-pedantische und tierisch-satanische Polizeisenator! Dieser Hauptsturmführer mit den manikürten Fingernägeln und der flackernden Mordlust in den Augen. Dieser kahlköpfige, feiste Gestapokommissar, der jedem diente, der ihn bezahlte, ein moderner Bravo. Wie ohnmächtig der dasaß, als sein Gefangener sich weigerte zu unterschreiben, daß er lebte!

Aber wie viele gute Menschen hatte er zurücklassen müssen, die besten, die es geben konnte, saubere, hochgesinnte, wahrhaft edle und menschliche Menschen! Die Mutter, die, immer hilfsbereit, ihre nie versiegende Liebe an Sohn und Sohneskind verschwendete, stumme Dulderin im Unglück und beständig aufmunternde Fürsprecherin auch in den trübsten Tagen! Die Genossen, die stündlich ihr Leben opferten, damit ihre Brüder leben und siegen konnten! Alle jene, die in den Tagen der Unmenschlichkeit nicht ihre Gesichter verdeckten, sondern ihr Menschenantlitz stolz erhoben ... Nah beieinander wohnten im Vaterland die Besten der Guten und die Bösesten der Schlechten.

In der kleinen Stadt Hohenelbe angelangt, gönnte er sich ein wenig Ruhe und suchte ein Restaurant auf. Der Zug nach der Hauptstadt fuhr erst in einer Stunde.

Und noch einmal begegnete er der Elbe. Kaum hatte sie das Gebirge, die Wildnis der Schluchten, die steilen Wände der Berghänge hinter sich und das weite Flachland erreicht, gewann sie an Breite und Tiefe, und schon wurden ihr von den Menschen Lasten aufgebürdet. Holzflöße trug sie, auch Boote mit Menschen und Frachten, und wenig später, wo sie sich mit der tschechischen Moldau vereinigte, sogar Kähne und Dampfer. Der Eisenbahnzug rollte noch eine Strecke an ihrem Ufer entlang, und Walter blickte ihr lange nach, als Flußlauf und Schienenweg sich trennten.

Die Elbe floß nach Deutschland, in die Heimat, an Hamburg vorbei; ihn, den Sohn der Elbestadt, führte der Zug in die Fremde, nach Prag.

III

Pfingsten in Prag – es war wie ein Traum.

Die tausendjährige hunderttürmige Stadt strahlte wie eine junge Frühlingsbraut. Benommen taumelte Walter durch ihre Straßen und Gassen. Er geriet in der Melantrichova am alten Rathaus in ein Gewimmel von Käufern und Verkäufern. Nie hatte er schönere Früchte, nie solche Ketten von Zwiebeln und Knoblauch gesehen, nie Juden mit solchen Rabbinerbärten. Selbst der Leierkastenmann mit dem Stelzfuß fehlte nicht, an dessen Musikkasten rhythmisch hämmernde Zwerge das schwere Los des Bergmanns darstellten. Dazu rundherum eine Szenerie, wie für ein Bühnenstück aufgestellt, Türme, Giebel, Erker, Säulengänge, strenge gotische Tore und prunkvolle Barockfassaden. Von der Karlsbrücke sah er auf die jenseits der Moldau hochaufragende Burg, den Hradschin, von Parks und Gärten umkränzt, die ihre frühlingsherben, sonnenwarmen Düfte über die ganze Stadt ausschütteten. Liebliches, farbenfreudiges Prag, Stadt der aufstrebenden, golden funkelnden und schieferblau schimmernden Türme, Stadt der leuchtend roten Ziegeldächer, der stillen, alten Gassen und der belebten Geschäftsstraßen, in denen die Schaufenster in immer neuer Ausstellungspracht einen anlachten.

Walter ließ sich treiben vom Strom der Menschen, an die Moldau, über die Karlsbrücke, über den Wenzelsplatz, am Pulverturm vorbei, voll von Ehrfurcht angesichts solchen tausendjährigen Wunderwerks ungezählter Generationen.

Er war im Emigrantenkomitee gewesen, hatte Essen und ein kleines Taschengeld in tschechoslowakischen Kronen erhalten sowie die Anweisung auf ein Bett in einem Emigrantenhotel in der Altstadt, unweit der Moldau. Morgen sollte er eine Zusammenkunft mit den politischen Leitern der Prager Emigrantenorganisation haben. Die Genossen, die er kennenlernte, waren Sachsen, Schlesier, auch Bayern; Hamburger Emigranten traf er nicht, die waren zumeist in Kopenhagen oder Stockholm.

Die Partei war doch eine allgegenwärtige, sorgende Mutter mit Millionen helfenden Händen. In Deutschland verfemt, umlauert, verfolgt, war sie dennoch in jeder Stadt, in jeder Fabrik, in jeder Straße. Sie war in Paris und Zürich, in London und in Prag. Wer sie nicht verließ, den verließ auch sie nicht. Wer für sie und den Kampf der Arbeiterklasse eintrat, für den trat auch sie ein. Und wer zu ihr gehörte, der hatte Brüder und Freunde in der ganzen Welt.

Walter war hinter dem Pulverturm wieder auf die Moldau gestoßen und über eine Hängebrücke in den Stadtbezirk Bubna geraten. Ihm war es recht, er fühlte sich auf Entdeckerfahrt, und er entdeckte immer wieder Neues. Er sah große Sportplätze und schnurgerade, moderne Straßen mit vielen neuen Wohnhäusern. Der Verkehr war hier kaum weniger groß als in der Innenstadt; aber die Straßen waren breiter und mit Bäumen bestanden wie Alleen.

Vor einem Gebäude hatten sich viele Menschen versammelt. Junge Burschen und Mädchen marschierten singend heran. Zeitungsverkäufer riefen: „Rude Pravo... Rude Pravo!" Walter konnte auf einem Plakat an der Hauswand entziffern, daß hier eine kommunistische Versammlung stattfand.

Emigranten war der Besuch politischer Kundgebungen verboten; Walter wußte es. Jedoch er wollte, er mußte hinein. Wie lange hatte er an keiner kommunistischen Kundgebung teilgenommen? Immer nur an Zusammenkünften und Beratungen unter Lebensgefahr. Hier strömten die Arbeiter, die Jugendlichen in den Versammlungssaal.

Walter gab gern von seinen wenigen, erst vor einigen Stun-

den empfangenen Kronen eine als Eintrittsgebühr. Er gelangte in einen großen, länglichen Saal, sah die fahnen-
geschmückte Bühne und unterhalb der Galerie rote Spruch-
bänder, auf denen er die Worte „Stalin" und „Kommunismus" in der fremden Sprache las. Viele hundert Menschen
waren versammelt, auf dem Rang vorwiegend Arbeiterjugend. Ein fröhliches, ein ausgelassenes Völkchen.

Walter folgte den Ausführungen des Redners, und obgleich
er kaum ein Wort verstand, war dies seit langer, langer Zeit
seine glücklichste Stunde. Der Name Hitler fiel, und die tausend Menschen, Arbeiter wie Walter, brachen erregt in Flüche
und Verwünschungen aus. Selbst in den schlimmsten Tagen
seiner Dunkelhaft war es ihm gelungen, die Tränen zurückzuhalten, wenn er sie aufsteigen fühlte; jetzt vermochte er es
nicht, er nahm sein Taschentuch und tat, als schneuze er sich.

IV

Am nächsten Tag hielt Walter sich von morgens bis in den
späten Nachmittag im Emigrantenkomitee auf; die ihm zu-
gesagte Besprechung mit den politischen Leitern der Emi-
gration kam jedoch nicht zustande. Seine Ungehaltenheit
darüber wurde mit Gelächter beantwortet. Andere müßten
wochenlang warten, hieß es, bis sie das erreichten. Vielen
genügte es, registriert zu werden, Essen und Taschengeld zu
bekommen und abends zu wissen, wo sie ihr müdes Haupt
hinlegen konnten. Tagsüber wandelten sie in den Straßen
Prags, als wäre die Stadt ein großes Sanatorium. Sie war
auch eine Heilstätte, so recht geschaffen, zerschundenen Körpern neue Lebenskraft zu geben und verletzte Menschen-
würde wiederaufzurichten.

Es gab freilich auch Emigranten, die sich benahmen, als
wären sie lediglich gekommen, den „dusseligen Nachbarn
und Brüdern" zu helfen, richtige Revolutionäre zu werden.
Sie protzten mit ihrer Kraft, als rissen sie alle Tage Bäume

aus der Erde wie andere Grashalme. Hörte man sie, dann machten die Tschechen alles falsch, dann fehlte den tschechischen Arbeitern das richtige Klassenbewußtsein, dann müßte man glauben, die tschechischen Genossen verstünden nicht zu organisieren, hätten den Marxismus-Leninismus noch nicht richtig begriffen.

Solche Großsprecher mied Walter.

Die Intellektuellen unter den Emigranten wußten sich vielfach am schnellsten und leichtesten zurechtzufinden. Sie bekamen rascher Fühlung mit den Menschen, vor allem mit den linksgerichteten tschechischen Intellektuellen. Sie erlernten die fremde Sprache schneller, waren gewandter in der Annahme und Erledigung von Aufträgen, die kleine Extraeinnahmen einbrachten.

Der Breslauer Genosse Otto Wolf, Walters Zimmerkumpan im Emigrantenhotel, war von diesem Schlag. Schon an die Vierzig war er, mit makelloser Glatze, die von dichtem schwarzem Haar umgeben war. In dem vollen, dunklen Gesicht saßen große, kohlrabenschwarze Augen. Über ein Jahr lebte Otto Wolf bereits in Prag, sprach tschechisch und hatte eine flinke, manchmal allerdings auch recht aufdringliche Art, sich in Szene zu setzen und seinen Vorteil wahrzunehmen. Walter war diese Art fremd und unangenehm; überhaupt, er war ihm nicht sympathisch. Jedoch, Wolf war Genosse und hatte, wie von anderen Mitgliedern der Partei bestätigt wurde, im illegalen Kampf der ersten Monate in Breslau tapfer seinen Mann gestanden. Nur einer Namensverwechslung – im Konzentrationslager hatte es viele Wolfs gegeben – verdanke er, so hieß es, seine Entlassung. Die illegale Parteileitung hatte ihn in die Tschechoslowakei geschickt. Er ließ durchblicken, daß er demnächst für den illegalen Grenzdienst eingesetzt würde.

Otto Wolf hatte immer Kronen in der Tasche. Er schrieb kleine Feuilletons, Anekdoten, auch Filmkritiken, die seine Bekannten in den Redaktionen tschechischer Blätter übersetzten und unterbrachten. Diese Nebeneinnahmen erlaubten ihm, dann und wann in einem der Automatenrestaurants zusätzlich zu essen oder in das „Conti" zu gehen, um einen Kapuziner zu trinken, Zeitungen zu lesen und Billard zu spielen.

Eines Abends, nach einem langen Tag ergebnislosen Wartens, wurde Walter von Otto Wolf ins „Continental" eingeladen. Im ersten Stock des Kaffeehauses lagen große Räume mit zahlreichen Billards und kleinen Tischen an der Fensterseite. Otto Wolf bestellte beim Ober, der ihn wie einen guten Bekannten begrüßte, zwei Kapuziner. Otto schien viele, die hier saßen, zu kennen, er nickte grüßend hier- und dorthin, beugte sich zu Walter und flüsterte: „Der dort, der Hagere mit dem grauen Haar, ist ein Redakteur der ‚Bohemia'! Wichtiges Blatt, demokratisch... Und der Graue hinten am letzten Tisch, der Lange im hellen Anzug... Siehst du ihn? Chefredakteur des ‚Prager Tagblatts', ein unangenehmer Geselle, eingebildet bis dorthinaus und unnahbar."

Er winkte dem Kellner. „Rudi", redete er ihn deutsch an, „eine Schachtel Bosnia!" Und zu Walter gewandt: „Ausnahmsweise heute eine gute. Sonst ist Tatra meine Marke!"

Otto hatte einen Billardpartner gefunden; Walter las in den deutschsprachigen Prager Zeitungen. Den ganzen Abend könne man bei einem Kapuziner sitzen, versicherte Otto, könne sogar ein Glas Wasser nachbestellen, ohne zuzahlen zu müssen. Walter blickte von seiner Zeitung auf und beobachtete Otto, der in Hemdsärmeln am Billardtisch hantierte. Er lachte und fühlte sich offensichtlich sehr wichtig und sehr tüchtig. Billardspielen konnte er. Überhaupt, fand Walter, paßt er ausgezeichnet in dies Kaffeehausmilieu.

Als sie kurz nach Mitternacht durch die menschenleeren Straßen ihrem Hotel zusteuerten, sagte Walter: „Auch das war ein schöner Abend!"

„Wirst dich schon einleben", versicherte Otto.

180

Am Wochenende erhielt Walter die Aufforderung, er möge mittags ein Uhr im Garten des Restaurants auf der Slovansky ostrov sein.

Genau an dem angegebenen Platz im Garten des Insel-Restaurants saßen unter einem grellroten Sonnenschirm drei Genossen. Walter trat an sie heran, begrüßte sie und setzte sich. Er kannte keinen von ihnen, doch von dem Großen, Schmalbrüstigen mit dem vollen, lachenden Gesicht, dem „schönen Willi", hatte er im Hotel schon gehört. Er sollte für den illegalen Grenzdienst nach Deutschland verantwortlich sein.

Er war in der Tat seinem Aussehen nach ein moderner Bel ami, und Walter hielt die verwegenen Frauengeschichten, die von ihm erzählt wurden und die er für Aufschneiderei gehalten hatte, jetzt, da er ihn sah, für durchaus glaubwürdig. Der Kleinere, Korpulente, der ein geradezu klassisches Sächsisch sprach und der politische Leiter war, nannte sich Rudolf. Der dritte, auch nicht viel größer, aber schlank, mit tiefen Falten im hageren Gesicht, Ferdinand genannt, war der Organisationsleiter.

„Nun, Genosse, wie fühlst du dich?" fragte Rudolf.

„Schwer zu sagen", antwortete Walter. „Einesteils wie neugeboren, andernteils wie ausgestoßen. Aber Prag macht einem die Fremde erträglich."

„Du bist also allein über die Grenze gekommen?" Genosse Ferdinand sah ihn mit einem säuerlichen Blick an.

„Ja, bei Schreiberhau!"

„Ging alles glatt?"

„So glatt nun wieder nicht. Ihr wißt doch sicherlich schon, daß mein Anlaufpunkt kaputt war?"

„Woher sollten wir das wissen?" fragte Ferdinand.

„Wieso weißt du denn, daß ich allein über die Grenze gegangen bin?" gab Walter zurück.

Rudolf lachte. „Da hat er recht!"

„Jaja, wir wissen", bestätigte Ferdinand. „Ist schon wieder in Ordnung."

Der „schöne Willi" bot Walter eine Zigarette an und nahm selber eine. Der Kellner kam, und Rudolf bestellte für alle Krenwürstel und Bier. Er holte eine kurze Stummelpfeife aus der Tasche, stopfte sie und fragte: „Und was gedenkst du nun zu tun?"

„Das, was die Partei von mir verlangt!"

„Schön und gut. Aber was möchtest du?"

„Ihr wißt doch, ich bin Redakteur."

„Du möchtest also wieder mit der Tinte arbeiten?"

„Ja."

„In Hamburg weht jetzt ein scharfer Wind, was?" fragte der „schöne Willi" und kämmte sich dabei seine brünetten Scheitelhaare, die eine vom Wasser kommende Brise zerzaust hatte.

„Ich bin zwar Hamburger, aber die letzte Zeit war ich nicht dort."

„Wo warst du?"

„Muß ich das sagen?"

„Nein", meinte lächelnd Rudolf. „Du bist uns avisiert, und wir wissen von dir, was nötig ist."

Das Orchester in der Musiklaube im Garten spielte ein Potpourri von Tänzen. Der Kellner brachte Bier und geselchte Würste.

„Ich mache kein Hehl daraus", begann Ferdinand wieder und sah Walter an, als sei er wütend auf ihn. „Ich hätte dich gern in unseren Grenzdienst eingespannt, du siehst so angenehm harmlos aus."

Dem „schönen Willi" blieb das Stück Wurst, an dem er kaute, im Halse stecken; er schluckte, lachte dann hellauf. „Gut gesagt", rief er. „Du eignetest dich verdammt schlecht dafür, du mit deiner Menschenfressermiene!"

„Aber die Parteileitung hat schon über dich entschieden", setzte Ferdinand unberührt fort.

„So? Was denn?"

„Du sollst nach Paris!"

Nun blieb Walter der Bissen fast im Halse stecken. Er flüsterte, als dürfe niemand es hören: „Nach Paris? Und was soll ich da?"

„Wirst im Thälmann-Befreiungskomitee arbeiten!"

„Menschenskind, dich haben se mit Veilchenduft gepudert", sagte der „schöne Willi". „Paris! Da möcht ich auch mal hin."

Walter machte gar kein begeistertes Gesicht. Er sah über den Moldaufluß auf die im Sonnenglanz liegende Stadt und den grünen Berg, den die Burg krönte.

„Ich glaube beinah, du bliebst lieber hier?" fragte Rudolf, der ihn von der Seite beobachtete.

„Ja, eine schöne Stadt und – und so nah bei Deutschland", erwiderte Walter.

„Ich geb dir einen Brief mit für Oskar. Werd ihn über Sonntag schreiben."

„Wie komm ich denn hin?" fragte Walter. „Und wann?"

„Wie?" Rudolf lächelte. Er hatte ein gutes, ein kameradschaftliches Lächeln. „Ich vermute, mit der Eisenbahn. Immer hübsch an der Grenze entlang, Wien, Innsbruck, Basel. Papiere, Fahrkarten, Geld – wird alles besorgt. Montag oder Dienstag rutschst du ab."

„Paris!" Der „schöne Willi" kaute an seiner Zigarettenspitze. „Dahin müßt ihr mich auch mal schicken."

„Wir sind doch kein Verein für Vergnügungsreisende!"

Der „schöne Willi" hörte die Grobheit gar nicht; er war ganz seinen Gedanken an Paris hingegeben.

ELFTES KAPITEL

I

Von den Höhen bei Vincennes, dem ehemaligen Festungs-
ring von Paris, betrachtete Walter das Panorama der Riesen-
stadt in der großen Schleife der Seine. Prag ist eine liebliche,
doch immerhin noch übersehbare Stadt, Paris hingegen ist
ein überwältigendes Phänomen. Ein Dunstschleier lag über
dem bis an den Horizont reichenden Häusermeer; die sen-
gendheiße Maisonne spielte darin und ließ flimmernde
Punkte hin und her tanzen.

Womöglich hatte an dieser Stelle vor vielen, vielen Jahren, vor mehr als sechs Jahrzehnten, Großvater Johann Hardekopf die gefangenen Kommunarden auf Befehl seiner
Vorgesetzten den Versailler Offizieren übergeben. Dort
vielleicht, am Straßenrand, bei den alten Buchen, waren sie
füsiliert worden. Heute stand er, Hardekopfs Enkel, hier,
gehetzt, vertrieben aus seinem Vaterland, weil er ein Kämpfer war für den Sozialismus. Weit haben es deine Nachkom-
men bisher nicht gebracht, Johann Hardekopf. Deine Söhne
Ludwig, Emil und Otto arbeiten im Hitlerreich für die Wie-
deraufrüstung, für die Vorbereitung eines neuen Krieges.
Sie arbeiten für jeden, sich stets denen fügend, die die Macht
haben. Sie beteuern, an die Vernunft zu glauben, aber sie
glauben beileibe nicht an ihre eigene Vernunft, sondern an
die Vernunft ihrer Herren. Sie geben vor, deiner Tradition
gemäß zu handeln, Johann Hardekopf, bestenfalls aber sind
sie wieder Utopisten geworden. Nicht auf sich verlassen sie
sich, nicht auf die Macht der eigenen Klasse; sie vertrauen

der Macht der Kapitalisten, der Reichen, der Mächtigen, auf ihre Einsicht und Güte hoffend.

Walter sah sinnend auf das Häusermeer, auf die Kathedrale Notre-Dame, deren grauer Sandstein gleich einem riesengroßen Skelett aus dem Häusermeer ragte. Dort lagen die Schauplätze der bürgerlichen Revolution von 1789, auch die der heroischen Kommune von 1871. In dieser Stadt lebten, kämpften und starben Männer und Frauen, denen die Menschheit großen Dank schuldet, rissen sie doch nicht nur ihr Land, sondern die Welt einige gewaltige Schritte vorwärts.

In dem Häusergewimmel zwischen Notre-Dame und Pantheon lebte Marat, von Keller zu Keller flüchtend vor den Häschern des Königs. In einem Kämmerchen unter einem der vielen schiefen Dächer hatte er nach Ausbruch der Revolution seinen „Ami du Peuple" redigiert, seine aufpeitschenden Aufrufe geschrieben und die Stadtverwaltung von Paris geleitet.

Hinter dem Platz, auf dem einstmals die Bastille stand, erstreckte sich der Friedhof Père-Lachaise mit der Föderiertenmauer, der Grabstätte der von den Versailler Generalen hingemetzelten Kommunarden.

Von der Conciergerie am Seine-Ufer, die einer Festung glich, hatten Louise Michel und Auguste Blanqui als Thiers' Gefangene ihren Gang in die Verbannung jenseits des Ozeans, ins Tropenklima Neukaledoniens angetreten.

Überall rief diese grandiose Stadt historische Erinnerungen wach, die nicht nur der französischen Nation teuer sind, sondern der Menschheit.

In seinen kühnsten Träumen hatte Walter Brenten nicht zu hoffen gewagt, jemals in seinem Leben nach Paris zu kommen. Nun wohnte er unweit der Porte d'Orléans in einem kleinen Hotel; von der Hausmeisterin freilich mehr bewacht als betreut.

Erdrückende, ermüdende Tage lagen hinter ihm, Tage, an denen er auf Korridoren herumgelungert hatte, Tage, die er in Amtsstuben verbracht. Um als politischer Emigrant, als Refugié, anerkannt zu werden, hieß es laufen, betteln und immer wieder vorsprechen. Wer endlich die heißersehnte Carte d'identité ausgehändigt erhielt, der hatte eine Schlacht gewonnen.

Französische Gesinnungsfreunde halfen, so gut sie konnten. Ein angesehener Journalist hatte dem Präfekten geschrieben, es müsse der französischen Nation zur Ehre gereichen, deutschen antifaschistischen Freiheitskämpfern Asyl zu gewähren. Der stellvertretende Präfekt, zu dem Walter gerufen worden war, hatte den Mund schief gezogen beim Lesen der Worte: „Freiheitskämpfer!" – „Antifaschist!" Immerhin, zur Volksfront gehörten auch die französischen Kommunisten, sie waren sogar die motorische Kraft, die Seele der Bewegung, wenngleich sie in der Regierung nicht vertreten waren. Walter las dem Präfekten die Gedanken vom Gesicht ab. Er wurde unter Vorwänden vertröstet, zu einem neuen Termin bestellt. Es hieß Geduld aufbringen, viel Geduld. Neue Freunde mußten gesucht werden, die sich seiner annahmen und die nochmals und noch entschlossener intervenierten. Die Presse beschäftigte sich mit dem Flüchtlingsproblem. Im Volksfrontkomitee wurden die ärgsten und skandalösesten Vorkommnisse bei der Behandlung politischer Flüchtlinge aus Deutschland zur Sprache gebracht. Von unten her wehte ein kräftiger, demokratischer Wind durch die muffigen Amtsstuben. Er wehte hinauf bis zu den Ministersesseln, kitzelte auch dem Präfekten unsanft die Ohren und verhalf schließlich Walter Brenten dazu, ein anerkannter Refugié zu werden, die Carte d'identité zu erhalten. Darüber waren Monate vergangen; es waren schlimme, aufreibende Tage; sein einziger Schutz waren die Partei und die französischen Gesinnungsfreunde gewesen.

In einem der Handelshäuser im Zentrum der Stadt, nahe den großen Boulevards, eingeklemmt zwischen Maklerfirmen, Import- und Exportunternehmen, Rechtsberatern und Lagerräumen, hatte das „Internationale Befreiungskomitee für Thälmann und alle eingekerkerten Antifaschisten" sein Büro. Von diesen drei kleinen Räumen im dritten Stockwerk liefen die Fäden der Solidarität um den ganzen Erdball. Von hier aus wurden Aufrufe und Appelle, aufklärende Broschüren und Tausende von Briefen an hervorragende Persönlichkeiten in allen fünf Erdteilen verschickt. Hierher kamen die Solidaritätserklärungen aus den Betrieben, Städten und Dörfern diesseits und jenseits des Ozeans, hier wurden sie gesammelt und ausgewertet, wurden die Geld- und Sachspenden registriert und weitergeleitet. Aufgabe des Büros war es, diese Beweise der Anteilnahme und Sympathie ins Land zu schaffen. Das ermutigte die illegalen Widerstandskämpfer und stärkte ihre Kraft.

Walter studierte das eingelaufene Material, die Resolutionen, Adressen, Briefe, Unterschriftensammlungen, las von den Delegationen, die aus Spanien, aus Frankreich, aus Skandinavien, aus der Schweiz nach Berlin gefahren waren, um gegen den Naziterror in den Konzentrationslagern zu protestieren und um Ernst Thälmann zu besuchen. Er durchblätterte die Mappen mit den Berichten über Protestkundgebungen und Demonstrationen in der Sowjetunion, in Australien, Argentinien, Norwegen, England, den Vereinigten Staaten von Nordamerika, Japan und Mexiko. Stadtvertretungen in Frankreich, in der Tschechoslowakei, in Brasilien, Neuseeland hatten Ernst Thälmann zu ihrem Ehrenbürger gemacht, Fabriken und Kollektivwirtschaften in der Sowjetunion den Namen Ernst Thälmann angenommen. Weltbekannte Persönlichkeiten, die durchaus nicht immer die politische Gesinnung Thälmanns teilten, die aber in ihm den Vertreter von Recht und Freiheit sahen und ihn wegen seines Mutes und seiner Standhaftigkeit bewunderten, traten in der Weltöffentlichkeit für ihn ein.

Ihnen allen hatte Henri Barbusse das einfache und große Wort zugerufen: „Man befreie die Menschen, die verfolgt werden, weil sie die Menschen befreien wollen!"

Für diese edle Aufgabe wirken zu können, machte Walter stolz und glücklich, und er gelobte, seine Kraft nicht zu schonen, um den Genossen und Leidensgefährten, die er zurücklassen mußte, die Freiheit erkämpfen zu helfen.

Ach, wenn ihm doch gelänge, Worte zu finden, die jedes Menschenherz rührten, die über das Herz zum Hirn vordrangen, damit sie nicht nur Mitleid erregten, sondern auch aufrüttelten und überzeugten, damit für jeden Eingekerkerten hundert neue Kämpfer erstanden! Wenn es doch nur eine Möglichkeit gäbe, den Genossen und Freunden in den Konzentrationslagern und Zuchthäusern Nazideutschlands von dieser weltumspannenden Solidarität und Anteilnahme Kenntnis zu geben! Sie ahnten sie wohl, aber sie kannten sie nicht. Wieviel leichter wären für ihn die langen Wochen der Dunkelhaft zu ertragen gewesen, hätte er damals in seiner Nacht diese Stimmen des Zuspruchs und der Sympathie vernommen.

III

Die Ereignisse in Deutschland hatten bei den Werktätigen diesseits der französischen Grenze besondere Wachsamkeit und Aktivität hervorgerufen. Die demokratischen Kräfte des Landes hatten sich in der Volksfront zusammengefunden und die reaktionären und faschistischen Kräfte durch Massenstreiks beiseite gefegt. Ein frischer, lebensfroher, die Hirne reinigender Wind strich vom Rhein bis an die Pyrenäen und vom Kanal bis ans Mittelmeer durch das ganze Land. Und die Arbeiter Frankreichs standen in der vordersten Linie. Die Löhne stiegen. Geschäftsleute erhielten Kredite zu erschwinglichen Bedingungen. Die Bauern bekamen feste Preise für ihre Produkte. Steuerreformen entschuldeten das Handwerk. Ein Gefühl der Sicherheit, der Würde und des

Selbstbewußtseins erfüllte Millionen werktätiger Menschen – ein Gefühl der Verbundenheit aller, die von ihrer Arbeit lebten.

Aina Gill, eine junge schwedische Kommunistin, seit einigen Tagen im Komitee beschäftigt, meinte zwar, durchaus nicht sonderlich beeindruckt von dieser Entwicklung: „Das riecht mir zu schwedisch. Eines Tages erstarrt das womöglich, genauso wie in meiner Heimat, zu einem dicken, trüben Brei von Reformismus."

Ihr wurde lebhaft widersprochen. Dazu komme es nicht! Dafür sorge schon die Reaktion in Frankreich, ihre imperialistische Großmannssucht und ihre Angst um ihre Sonderprofite aus ihrem überseeischen Kolonialreich.

Aina wehrte alle Einwände ab. Bei ihr zu Hause säße seit Jahren die Sozialdemokratie in der Regierung, aber Sozialismus? – keine Spur davon! Weder der König noch die Kapitalisten in Schweden hätten Ursache, mit der Politik der Sozialdemokratie unzufrieden zu sein.

„Dieses sozialdemokratische Königreich kannst du mit Frankreich nicht vergleichen", mischte sich Albert ein, der Leiter des Komitees. „Die Skandinavische Halbinsel ist doch beinahe ein Erdteil für sich. Nimm dagegen Frankreich. Offene Türen nach allen Seiten. Vor der einen liegt der britische Löwe, vor der andern lauern Mussolinis Schwarzhemden. Daneben hockt sprungbereit der waffenstarrende deutsche Faschismus. Und nur die Südgrenze ist ungefährdet. Seid versichert, solange in den zentralen Staaten Europas Kapitalismus und Faschismus herrschen, wird Frankreich Ursache haben, unruhig und wachsam zu sein, besonders ein Volksfront-Frankreich, selbst ein Frankreich mit beliebiger anderer Regierung. Haifische betätigen nun einmal ihre Raubtiernatur, und die Größeren fressen die Kleineren!"

Als die junge Schwedin im Komitee erschien und es hieß, daß sie eine Zeitlang bleiben würde, um die skandinavische Abteilung zu leiten, begegneten ihr die meisten deutschen

Genossen mit unverhohlener Ablehnung. Sie war ihnen zu extravagant und zu vorlaut. Allein dieses auffällig platinblonde Haar, das ihr lang auf die Schultern fiel, dazu das Bestreben, ihrer Kleidung eine eigene Note zu geben. Als eine Unart wurde von vielen empfunden, daß sie sich in jedes Gespräch mischte, kurzum, wenig zurückhaltend war. So sprachen natürlich die, die mit diesen Untugenden selber in reichlichem Maße behaftet waren, untereinander, nicht aber in ihrer Gegenwart. Vor ihren Augen taten gerade die größten Lästerer schön, und das ärgerte Walter.

Tatsächlich ging von diesem Mädchen ein eigenartiger Reiz aus; es hatte viele liebenswerte Züge, es war kameradschaftlich und hilfsbereit, besaß ein fröhliches Naturell und konnte lachen, daß es einem wohltat. Freilich schien es Walter auch, daß dies Mädchen es darauf anlegte, sich in Szene zu setzen und zu wirken.

Seit Aina da war, war es im Büro zwischen den Schränken, Tischen und den vielen Zeitschriften heller geworden, sonniger. Genossen, die nie oder selten merkten, wie sich eine Frau kleidet, sprachen neuerdings lange und ausführlich über die Vorzüge eines eigenwilligen Geschmacks. Streit entstand darüber, ob eine Kommunistin sich ihr Haar färben und ob sie einen Lippenstift benutzen dürfe...

An solchen Unterhaltungen beteiligte sich nur eine nicht, Aina. Sie tat, was sie wollte und was sie für gut und richtig hielt.

Walter wich ihr aus. Genossen, die sie bewunderten, belächelte und bespöttelte er. Stand er ihr aber gegenüber, erfaßte ihn eine merkwürdige Gehemmtheit. Damit niemand seine Befangenheit bemerke, benahm er sich betont gleichgültig, war aber insgeheim glücklich, wenn sie eine Frage an ihn richtete oder ihn um eine Gefälligkeit bat.

Eines Abends ertappte er sich dabei, daß er unausgesetzt an sie dachte, während er eine Mozartarie nach der andern summte. Er fand es ungeheuer komisch und lachte über sich selbst. Dann entdeckte er, daß sie mit seiner früheren Freundin Ruth viele verwandte Züge hatte... Welch ein Unsinn, korrigierte er sich sofort: Ruth war dunkel, Aina blond, Ruth war still, verträumt, ein in sich gekehrter Mensch, Aina aber ein heiteres, lebensfrohes Geschöpf, von aufgeschlossenem Wesen, wie ein sperrangelweit geöffnetes Fenster. Ruth lebte in seiner Erinnerung als ein Sinnbild der Schwermut und des Leidens; Aina dagegen war die Gesundheit selber, übersprudelnd vor Lebenslust und Lebensfreude.

IV

Am Vorabend des 14. Juli richtete es Walter so ein, daß er Aina „zufällig" auf der Treppe des Bürohauses begegnete. Sie gingen gemeinsam zum Boulevard, um etwas Erfrischendes zu trinken.

Staubige Luft flimmerte in der grellen Sonne. Kein Wölkchen war am Himmel; die Sonne konnte ihre volle Glut gegen die Häuserwände und aufs Pflaster schleudern. Die Augen schmerzten von der Überfülle des Lichts, und die Kleider klebten am Körper.

„Morgen wird ein toller Trubel auf den Straßen sein", sagte Walter. „Wo man auch hinhört, die Stimmung ist großartig." Aina schlürfte ein Eisgetränk durch einen Strohhalm und erwiderte, ohne den Blick zu heben: „Mein erster 14. Juli in Paris, ich kann gar nicht sagen, wie ich mich darauf freue."

„Wollen wir ihn zusammen verleben?" fragte Walter. Er hatte es so leichthin gesagt, aber der Herzschlag pochte ihm im Halse.

„Warum nicht", meinte sie. Es klang vollkommen gleichgültig.

Er schlug vor: „Dann treffen wir uns am besten gleich frühmorgens und sehen uns die Militärparade an."

Da hob sie den Blick und erklärte, und diesmal klang es

fast vorwurfsvoll: „Dahin gehe ich bestimmt nicht! Soldaten? Nein, die will ich nicht sehen!"

„Es gibt solche und solche Soldaten. Die Armee eines Volksfront-Frankreich wird auch eine Volksarmee werden."

„Das ist sie noch lange nicht", erklärte Aina. „Vorläufig ist sie noch eine Armee imperialistischer Kolonialräuber. Oder hast du vergessen, wie sie in Afrika und Asien unter den Kolonialvölkern hausen? Ich habe Londres gelesen; ich weiß, wie diese französischen Soldaten gegen die Farbigen vorgehen."

In den frühen Vormittagsstunden des darauffolgenden Tages stand Walter unter vielen Tausenden an der Avenue des Champs-Elysées, durch die Formationen der französischen Armee marschierten. Er sollte einen Bericht über den 14. Juli für die illegale Presse in Deutschland schreiben.

Bataillon auf Bataillon marschierte die breite Avenue hinunter nach der Place de la Concorde, und die Pariser jubelten ihnen zu. Walter betrachtete aufmerksam die Arbeiter, die Bürger, die Soldaten. Nein, es herrschte kein chauvinistischer Jubel; es gab kein Haß- und kein Eroberungsgeschrei. Die Menschen um ihn riefen: „Es lebe die republikanische Armee!" – „Es lebe die Armee des Volkes!"

Vor ihm in der ersten Reihe riefen drei junge Pariserinnen den Offizieren zu: „Es leben die Offiziere unserer Volksarmee!" – „Es leben die Helden der Nation!"

Wie die Gesichter einiger Soldaten aufleuchteten. Wie die Offiziere in ihrem Mienenspiel sich zu erkennen gaben. Etliche nickten erfreut, andere aber verbargen ihre unverkennbare Ablehnung hinter einem starren, undurchdringlichen Gesicht.

Kein Zweifel, es gab wohl viele Offiziere in der Armee der dritten Republik, die nicht in den deutschen und italienischen Faschisten, sondern in den französischen Arbeitern ihren Todfeind sahen. Aina hatte schon recht, ihnen zu miß-

trauen. Aber sie hatte unrecht, nicht mitzuhelfen, sie zu be-
einflussen. Die drei jungen Pariserinnen, die den Offizieren
zuwinkten und zuriefen, handelten klüger.

Kann es für ein Volk einen schöneren Nationalfeiertag
geben als den Jahrestag, an dem es aus eigener Kraft die
Zwingburg der Despotie zerstört hatte? Walter wie Aina
hatten in ihren Heimatländern große Demonstrationen, gewaltige Revolutionsfeiern und Kundgebungen erlebt, jedoch
noch niemals etwas, was diesem Nationalfest der Franzosen
vergleichbar wäre. Kopf an Kopf standen auf dem Platz, auf
dem einstmals die Bastille aufragte, und in den umliegenden
Straßen wohl eine Million Menschen, Arbeiter, Handwerker,
Bürger, Männer und Frauen, Alte und Junge. Und immer
noch strömten aus den vielen Nebenstraßen neue Menschen-
massen unter Gesang und den Klängen von Musikkapellen
heran. Sprechchöre, Rufe, Schreie, Dutzende gleichzeitig ge-
sungener Lieder vermischten sich zu einer eigenartigen Sym-
phonie, und die klang und schwirrte rundum und durcheinander über den weiten Platz, der ein menschenwogendes,
buntes, frohes, sommerlich-helles Bild bot.

Die Arbeiter kamen in Hemd und Hose, die Ärmel hoch-
gekrempelt, anmarschiert. Mädel und Burschen trugen rote
Jakobinermützen. Fahnen, Riesenporträts der Führer der
Volksfront, Tafeln und Bänder mit Losungen bewegten sich
über den Köpfen der Menschen. Neben der Trikolore flatterte brüderlich die rote Fahne.

Tausendstimmiger Schrei brandete auf und pflanzte sich
von der Julisäule wellenartig fort über die ganze Weite des
Platzes. Paris begrüßte die Vertreter der Volksfrontparteien
und die demokratischen Deputierten der französischen Kammer.

Die Carmagnole wurde gesungen und vermischte sich mit
der Bandiera Rossa und der Internationale. Glühende Hitze
lastete über allem, die Menschen schwitzten, stöhnten, aber
sie lachten und sangen, und alle wollten dabeisein, wenn der

Zug der Hunderttausende sich in Bewegung setzte nach der Place de la République.

Die Menge, in der Walter und Aina eingekeilt waren, wurde unter Zurufen und Aufschreien und Lachen noch enger zusammengedrängt: die Menschen auf dem Bastille-Platz wollten tanzen.

Der Schweiß rann, das Atmen fiel schwer – aber sie tanzten, sie drehten sich, stießen sich, drängten sich – sie tanzten.

Die Klänge der Marseillaise dröhnten und zuckten über den Platz, hallten wider aus den Straßenschluchten, stiegen an wie eine Sturmflut, brausten dahin wie die Revolution.

> „Aux armes, citoyens! Formez vos bataillons!
> Marchons, marchons! Qu'un sang impur abreuve nos sillons."

Walter war, als sprühten aus dem Paris des Jahres 1792 Funken der Begeisterung auf die Menschen und auch auf ihn über. Er hörte im Gesang der Hunderttausende neben sich Ainas helle Stimme, blickte, ohne den Kopf zu wenden, aus den Augenwinkeln zu ihr hin.

Sie hatte den Kopf erhoben und sang in der Sprache ihrer Heimat die Hymne der Revolution.

ZWÖLFTES KAPITEL

I

Walter wohnte in einem sogenannten Emigrantenhotel in der Rue Blanqui, unweit der Place d'Italie. Schräg gegenüber war ein Vorstadtrummelplatz, und jeden Abend, Punkt sieben Uhr, begann das Gedudel der Karussells und dauerte an bis gegen Mitternacht. Nebenan befand sich ein Tanzlokal, Salle Blanqui; die abends in allen nur erdenklichen Tonarten aufheulende, jammernde, quäkende und triumphierende Jazzmusik ließ nicht nur die Leiber der Tanzenden erzittern und beben, sondern auch die Wände des Hotels.

Vormittags aber war es im Hotel still wie auf einem Friedhof. Die Hotelgäste schliefen bis in die Mittagsstunden, und das Hotelpersonal, soweit von Personal überhaupt die Rede sein konnte, hatte sich darauf eingestellt und ließ sich nicht sehen. Die zwei oder drei Emigranten, die Arbeit gefunden hatten, verließen morgens unbemerkt von allen anderen das Haus, sie hatten eigene Schlüssel.

Um die Mittagszeit erwachte in den Zimmern und auf den Korridoren das Leben. Türen klappten. Kinder schrien. Frauen schimpften. Ununterbrochen rauschten die Wasserleitungen der Klosetts, Rundfunkapparate plärrten und versuchten, sich gegenseitig zu überschreien. In allen Zimmern wurde Kaffee gekocht, das Mittagessen vorbereitet, und bald zogen durch die Hotelkorridore Schwaden der verschiedenartigsten Gerüche. Die Nationalitäten, die im Hotel wohnten, waren schon an den Düften ihrer Mahlzeiten zu erkennen.

Walters Nachbarn waren Italiener, ein Ehepaar mit drei Kindern. Der Mann hatte den wohlklingenden Namen Gino

Giolitti und war Anarchist. Seine Landsleute im Hotel sprachen über ihn nur mit größter Hochachtung, und sie erwiesen ihm einen Respekt wie keinem anderen. Es hieß, er habe mehrere Attentate durchgeführt und sei auf die verwegenste Art aus einem italienischen Gefängnis geflohen. Dies alles hörte Walter, bevor er seinen Nachbarn zu Gesicht bekam.

Gino Giolitti, ein kleiner, schmächtiger Mann, dunkelhäutig, schwarzäugig, mit knochigem Gesicht, hatte das Aussehen eines unheilbar Lungenkranken. Er sprach leise, schloß, im Gegensatz zu den meisten anderen, behutsam und unhörbar die Tür, und Walter hörte, obwohl er mit der Familie Wand an Wand lebte, nie ein lautes Wort von ihm. Seine Frau hingegen, die Soria oder so ähnlich hieß, eine kräftige Person, die ihren Mann um fast einen Kopf überragte, hatte eine harte und laute Stimme. Aus dem zu schließen, was Walter durch die Wand von dem Familienleben seiner Nachbarn miterleben konnte, hatte sie das Regiment in der Familie; sie gab den Ton an und auch die Befehle.

Eines Abends lief Walter auf der Hoteltreppe einem alten Bekannten in die Arme, Otto Wolf.

„Du wohnst hier?" rief der erstaunt.

„Wie du siehst."

„Ist ja wunderbar, dann hat man doch wenigstens einen Bekannten in der Nähe."

Otto war erst vor einigen Tagen aus Prag hierher übergesiedelt. Die Partei habe mit ihm etwas vor, verriet er Walter wichtigtuerisch und geheimnisvoll. Er behauptete, nicht gern hergekommen zu sein, denn er habe sich in Prag ganz schön eingelebt und dort auch eine wichtige Funktion gehabt.

„Komm", sagte er, „auf dies unerwartete Wiedersehen müssen wir unten im Bistro einen Pernod trinken ... Keine Bange", rief er, als er Walters Zögern bemerkte, „ich bezahl!"

Ungewöhnlich redselig, aber auch sehr zerfahren schien Otto Wolf zu sein. Er hatte offenbar das Bedürfnis, immer wieder zu erklären, wie angesehen er bei der Emigrationsleitung der Partei sei. Er sprach in einem Ton von den führenden Genossen, als verkehre er tagtäglich mit ihnen und sei ihr engster Vertrauter.

„Und was treibst du hier?" fragte er Walter.

„Ich arbeite im Thälmann-Befreiungskomitee."

„Ah – ich weiß! Ich weiß! Da unten an den Boulevards. Ich hab euch aus Prag mit Material aus dem Lande versorgt. Erinnerst du dich an den großen Bericht über die Verhaftung der sächsischen Leitung? Der war von mir. Ich hab das Material beschafft."

„Sächsischen Leitung? Parteileitung? Den Bericht kenne ich nicht ... War der etwa aus Dresden?"

„Jaja, die Verhaftungen erfolgten in Dresden, und meine Kuriere schafften die Informationen heran ... Du, wir haben da unten bei Reichenbach eine prima Grenzorganisation."

„Seltsam, daß ich von diesem Fall nichts erfahren habe. Wann waren die Verhaftungen?"

„Wann? Wart mal ... Im Juli war ich in Brünn. Da gab's nämlich unter den Emigranten einen großen Stunk, den mußte ich schlichten. Im Juli ... Anfang August fuhr ich nach Prag zurück ... Etwa vierzehn Tage darauf nach Reichenbach zur Kontrolle der Grenzarbeit. Das muß Ende August gewesen sein ... Jaja, das war im letzten Drittel des August ... Anfang September muß der Bericht hier eingetroffen sein."

„Erinnerst du dich noch an die Namen der verhafteten Genossen?" fragte Walter.

„Wieso? Kennst du welche, die in Sachsen in der illegalen Leitung waren?"

„War in dem Bericht ein Timm erwähnt? Ernst Timm?"

„Timm? Möglich! Genau erinnern kann ich mich aber nicht. Aber Menschenskind, der Bericht muß doch hier sein.

Frag doch mal nach bei euch im Komitee ... Vielleicht liegt er auch bei Oskar. Soll ich ihn fragen?"

„Nein, laß nur. Ich werde bei uns nachfragen."

II

Walter fragte im Komitee in jeder Abteilung nach. Niemand wußte von einem Bericht über Verhaftungen in Sachsen. Die Genossin Erika, durch deren Hände die gesamte Post ging, versicherte hoch und heilig, weder im August noch im September sei ein Bericht aus Prag über Verhaftungen in Dresden eingelaufen. Walter fand sich mit dieser Erklärung nicht ab, sondern suchte weiter. Der Genosse Oskar war nicht so ohne weiteres zu erreichen, aber er hatte durch den Verbindungsmann um eine kurze Unterredung bitten lassen und den Montag vorgeschlagen.

Während Walter immer noch in den Eingängen der letzten Monate suchte, trat Aina in sein Zimmer.

Walter sah kaum hoch und suchte weiter.

„Guten Tag!"

„Guten Tag!"

Sie stand da, als erwarte sie etwas. Er suchte weiter in den Bündeln abgelegter Berichte.

„Suchst du was?" fragte sie.

„Ja, ich suche was!" erwiderte er und dachte: Mein Gott, das sieht man ja wohl?

„Bist du verstimmt?" fragte sie.

„Nein! Warum sollte ich verstimmt sein? Höchstens darüber, daß ich nicht finden kann, was ich suche."

„Kann ich dir helfen?" fragte sie.

„Lieber nicht! Du bringst womöglich noch alles durcheinander!"

„Bist du ekelhaft!" sagte sie.

Nun erst sah er richtig zu ihr auf. „Warum bin ich denn ekelhaft?" Er sah sie, und er sah sie auch nicht. Alle seine

Gedanken, seine ganzen Sinne gehörten Timm. Er mußte erfahren, was mit ihm war. Die Ungewißheit ließ ihm keine Ruhe.

Und er suchte erneut. Als er wieder aufblickte, hatte Aina die Tür hinter sich geschlossen.

Ein Grobian! Ein Klotz! Er soll sich bloß nicht einbilden, daß ich Sonntag mit ihm nach Versailles fahre.

Ärgerlich ging Aina in ihr Bürozimmer, das sie mit einer österreichischen Genossin teilte. Sie holte ihren beiseite gelegten Bericht wieder hervor, um weiter daran zu schreiben... Wie kam er überhaupt dazu, sie so zu behandeln? War sie Luft für ihn? Sie hatte nicht nötig, sich das gefallen zu lassen...

Die Arbeit wollte nicht vorangehn. Immer wieder setzte sie an, schrieb einige Sätze, las sie und strich sie wieder durch... Jede Arbeitslust hatte er ihr durch sein grobes Benehmen genommen... Den ganzen Tag hatte er ihr verdorben... Den Bericht nach Stockholm konnte sie schließlich ebensogut Montag abschließen; er ging dann sowieso erst mit der Post ab. Sie packte hastig ihre Sachen in die Schreibtischschublade und schloß sie ab.

Als Walter in Ainas Arbeitszimmer trat, saß nur die Genossin Hertha da, Ainas Platz war leer.

„Wo ist Aina?"

„Ich weiß nicht", antwortete ihre Kollegin. „Sie ist vor einer halben Stunde weggegangen."

„Hm... Soso!"

Walter und Aina waren Freunde geworden, aber sie stritten sich oft, waren durchaus nicht immer einer Meinung; Aina gehörte nicht zu den Frauen, die ihren Freunden nach dem Munde redeten. Wer sie nur danach beurteilte, daß sie sich gern gut kleidete, und sich darüber mokierte, daß sie den größten Teil ihres Gehalts für Wäsche und Stoffe und Schuhe ausgab, sie also womöglich für eine Art Püppchen hielt, der wurde rasch eines anderen belehrt, wenn er sie näher kennenlernte oder mit ihr zusammen einen politischen Auftrag durchzuführen hatte. Sie gab gerne ein bißchen an, aber sie war tüchtig, politisch gut geschult, gewissenhaft in ihrer Arbeit und vor allem eine jederzeit hilfsbereite Kollegin. Längst hatten sie alle liebgewonnen, sogar der von Natur griesgrämige Genosse Albert, der Leiter des Komitees.

III

Ein farbenprächtiger, sonniger Tag war dieser Oktobersonntag. Strahlendweiße Wolken segelten am blauen Himmel hin, aber die Sonne brach immer wieder hervor. Die Natur hatte ihr buntes Übergangskleid angelegt; sie leuchtete in Grün und Gelb und Weiß und Rot. Selbst die Fassaden der grauen Mietskasernen, an denen der Vorortzug vorbeiglitt, sahen freundlicher aus als an anderen Tagen.

Sie saßen im vollbesetzten Zug auf einer Bank nebeneinander. Gesprochen hatten sie noch keine fünf Worte. Aina trug ihr schönstes Stück, einen dünnen, grauen Wollstoffmantel. Aber sie war ohne Hut, denn Walter konnte Hüte nicht ausstehen. Sie wußte, er liebte ihre Haare, die sie an diesem Tag im Nacken geknotet trug.

Viele Pariser, Familien und Liebespaare, fuhren am Sonntag hinaus nach Versailles. Es war ein fröhliches Geplapper im Zug. Alle waren sonntäglich gekleidet und guter Laune. Aina am Fensterplatz aber sah stumm und beharrlich hinaus.

Walter rückte unauffällig an sie heran. Als sie ihn zurückdrängen wollte, ergriff er ihre Hand und hielt sie fest.

Sie drehte sich zu ihm hin, sagte: „Altes Ekel!" und sah wieder zum Fenster hinaus. Aber ihre Hand ließ sie in der seinen.

Er streichelte ihre Handfläche, und wieder drehte sie sich für einen Augenblick zu ihm hin und sagte: „Scheusal!"

Und so saßen sie, bis der Zug in Versailles einlief und alle zum Ausgang strömten. Unten auf der Straße nahm er ihren Arm.

„Aina, ich muß dir was erzählen."

„So–o?"

„Ich kenne einen Menschen, den ich über alles verehre."

„Was du nicht sagst!"

„Nun hör doch zu ... Ich spreche von Ernst Timm."

„Ich weiß! Was hast du mir nicht schon alles von ihm erzählt. Eifersüchtig könnte man auf ihn werden."

„So darfst du nicht sprechen, Aina. Ernst Timm ist wahrscheinlich vor einigen Wochen in Deutschland verhaftet worden. Und wenn es stimmt, bedeutet das für ihn das Ende. Sie werden ihn ermorden."

Aina drückte seinen Arm fest an sich. Kein Wort kam über ihre Lippen. Eine ganze Weile gingen sie schweigend die schnurgerade Bahnhofstraße entlang auf den Versailler Schloßpark zu.

Walter erzählte ihr von seinem Zusammentreffen mit Otto Wolf im Hotel und von dem Bericht, den der von Prag nach Paris geschickt hatte, der aber nirgends aufzufinden war.

„Diesen Bericht suchte ich, als du in mein Zimmer kamst. Ich hatte es doch erst vor einer Stunde erfahren, war noch ganz aufgewühlt und wie abwesend, verstehst du?"

„Aber Walter, du brauchst dich doch nicht zu entschuldigen. Ich verstehe schon, wie eine solche Nachricht dich treffen mußte."

„Noch ist ja nicht bewiesen, daß er unter den Verhafteten ist. Hoffen wir, daß es nicht der Fall ist."

Walter führte Aina in ein Speiselokal, das an dem Platz lag, auf dem das Denkmal des Revolutionsgenerals Lazare Hoche stand. Es war ein sehr altes Haus, voll von Erinnerungen aus den Jahren der bürgerlichen Revolution Ende des achtzehnten Jahrhunderts. An den Wänden hingen Stiche aus der Revolutionszeit und Porträts von damals führenden Persönlichkeiten. Über einem Eckplatz entdeckten sie eine Plakette mit der Aufschrift: „Dies war der Stammplatz Maximilien Robespierres zur Zeit der Einberufung der Generalstände." In einem anderen Raum hing über einem abgewetzten Lederstuhl ein großes Bild von Mirabeau, und darunter stand: „Hier saß der Abgeordnete Graf Mirabeau."

Robespierres Stuhl war noch frei, und Walter und Aina nahmen an dem Tisch Platz. Sie tranken und aßen, und Walter erzählte von Marat, Robespierre und Saint-Just, von Lazare Hoche, dem Sieger über die reaktionäre Vendée, von Couthon und Carnot, von dem Marsch der Marktfrauen von Paris nach Versailles, von Beaumarchais und Maria Antoinette.

Aina, auf diesem Gebiet nicht unbelesen, ergänzte seine Ausführungen mit Einzelheiten aus dem Leben des schwedischen Grafen Fersen, des Geliebten der Maria Antoinette, den nach seiner Rückkehr die Stockholmer gesteinigt hatten.

Über ihren Köpfen hing das Bild vom Schwur im Ballhaus. Sie betrachteten es und beschlossen, anschließend das Ballhaus aufzusuchen, das ein Revolutionsmuseum geworden war. „Weißt du was, Aina? Wir schreiben von hier eine Karte an meine Mutter in Hamburg. Und du setzt als Absender deine Adresse drauf."

„Dann muß ich auch mit unterschreiben."

„Selbstverständlich."

Aina sah den Stuhl an, auf dem Walter saß und schrieb, und sie sagte: „So ist es nun im Leben. Robespierre mußte sterben, aber der Stuhl, auf dem er gesessen hat, der steht noch da."

Sie hatte ganz erschrockene Augen.

„Komm", rief sie, „gib mir deine Hand."

Hand in Hand saßen sie da und blickten sich in dieser historischen Stätte um. Und plötzlich mußten beide, ohne ersichtlichen Grund, laut und herzlich lachen.

Am späten Nachmittag setzten sie sich, müde vom vielen Laufen, am äußersten Ende des Schloßparks auf eine Bank unter einer Riesenbuche. Ganz still war es ringsum. In den Wipfeln der hohen Bäume spielte der Abendwind. Die Sonne war versunken, langsam begann es zu dämmern. Aina hatte sich an Walter gekuschelt, und beide lauschten schweigend, jeder seinen Gedanken nachhängend, auf das Rascheln der Blätter.

Plötzlich fragte Aina: „Wie siehst du unsere Zukunft?"

„Unsere Zukunft?" wiederholte er. „Hältst du mich für einen Hellseher?"

„Wie wünschst du sie dir?"

„Na, das ist schnell gesagt: Sieg auf der ganzen Linie!"

„Nun sei doch mal fünf Minuten ernsthaft. Wie wünschst du dir, daß die nächsten Jahre sein sollen?"

„Hm ... Die nächsten Jahre ... Hm ... Ich wünsche mir für die nächsten drei Monate – du siehst, ich bin ganz bescheiden –, daß du endlich zu mir ins Hotel ziehst ..."

„Kannst du denn nicht einmal ernsthaft sein?"

„Na, wenn das nicht ernsthaft ist, dann weiß ich überhaupt nicht, was ich noch sagen soll."

„Und weiter?"

„Daß in den nächsten drei Jahren – hoffentlich schon früher – die Arbeiter in Deutschland Hitler und seine Bande zum Teufel jagen und wir zusammen nach Deutschland gehen können."

„Und wo ziehen wir dann hin?"

„Nach Hamburg selbstverständlich", rief er lebhaft. „Dann nehmen wir eine schöne Dreizimmerwohnung, vielleicht auch vier Zimmer. Natürlich mit Bad ..."

„Vierzimmerwohnung ist zu groß", entschied Aina. „Die macht viel zuviel Arbeit."

„Vierzimmerwohnung", wiederholte Walter. „Die ist unbedingt notwendig, denn wir werden drei Kinder haben."

„Hu–uch!" rief sie entsetzt. „Du bist wohl ganz verdreht! – Drei Kinder?"

„Mindestens drei", fuhr er unbekümmert fort. „Wahrscheinlich noch mehr."

„Genug! Genug! Hör auf", rief sie. „Und wann gedenkst du eigentlich zu heiraten?"

„Heiraten? Was hat denn das damit zu tun?"

„Mein Lieber! Gut, daß ich das nun weiß. So also denkst du dir die Zukunft?"

„So wünschte ich sie mir", korrigierte er.

„Und was wünschst du dir in der Gegenwart?" fragte sie.

„Da wünsch ich mir einen Vorschuß auf die Zukunft", erwiderte er lachend. Schon hatte er sie beim Kopf und küßte sie.

V

Am Dienstag hatte Walter in einem Café in der Nähe der Place de la République endlich den Treff mit Oskar, dem Leiter der Parteigruppe in Paris. Ja, der wußte von dem Bericht aus Prag. Der Kopf der illegalen Parteiorganisation in Sachsen war im August verhaftet worden. Aber auch er konnte nicht sagen, ob der Genosse Ernst Timm unter den Verhafteten war. Oskar versprach, im Bericht nachzusehen und Walter im Komitee anzurufen. Als Bescheid wurde nur ein Ja oder ein Nein vereinbart.

„Der Genosse Wolf wohnt also bei dir im Hotel, sagst du? Seit wann denn?" fragte Oskar.

„Das fragst du", antwortete Walter. „Den hat doch die Partei hergerufen?"

„Davon weiß ich nichts."

„Aber das ist nicht möglich, der arbeitet doch dauernd mit dir und den anderen Genossen in der Leitung zusammen."

„Wer sagt das?"

„Er!"

„Soviel ich weiß, ist er uns überhaupt nicht gemeldet. Ich will mir das gleich mal notieren."

„Aber du kennst ihn doch?" fragte Walter.

„Flüchtig. Hab ihn in Prag einmal gesehen ... Also: ,Otto Wolf, Prag'." Oskar schrieb in winzig kleiner Schrift in sein Notizbuch, das nicht größer war als eine Streichholzschachtel. „... wohnt Hotel Blanqui in der Rue Blanqui ... Ist gut. Mal sehn, wer den hergeholt hat."

Am Vormittag des andern Tages wurde Walter ins Zimmer des Komiteeleiters gerufen. Oskar war am Telefon.

Sein Bescheid hieß: Ja.

Walters Hand, die den Hörer hielt, zitterte.

„Was ist denn?" fragte der Genosse Albert.

„Er ist verhaftet."

„Wer?"

„Ach – ein Genosse in Deutschland", antwortete Walter und ging aus dem Zimmer.

VI

Frieda Brenten drehte die Ansichtskarte, die ihr soeben der Postbote gebracht hatte, hin und her. Ihr Herz pochte, als sie Walters kräftige Handschrift sah. Das war seit langer, langer Zeit wieder ein Gruß von ihm. Hatte der Junge ein Glück, daß er im Ausland war. Zuletzt war er noch in Paris, diese Karte aber kam aus – und sie entzifferte auf dem Poststempel – aus Ver-sail-les. Wo das nun wieder liegen mochte. Und was das wohl für eine Aina war?

Sie las noch einmal die Karte: „Liebste Mutter, die herzlichsten Grüße senden Dir Dein Sohn Walter und A-ina."

Viel war das ja nicht, was er da schrieb, aber nun wußte sie doch wenigstens, daß er noch am Leben war. Und – wo war er nun? Jetzt erst sah sie, daß neben dem Stempel in kleiner Kritzelschrift noch etwas stand, nicht von seiner

Hand. Sie buchstabierte mühselig: „Aina Gill, Paris, Rue du Ter-ra-ge 17."

Aha, dahin konnte sie ihm also schreiben. Bisher hatte er nie einen Absender angegeben. Da wollte sie ihm doch gleich einen Brief schicken. Ob er überhaupt wußte, daß Viktor noch immer bei ihr war? Daß Gustav Stürck gestorben war? Daß Matthias und Minna Brenten gemeinsam Selbstmord begangen hatten? Und daß sie einen feinen Einlogierer gefunden hatte? Es gab ja so vieles zu schreiben.

Sie hatte sich kaum Schreibzeug und Papier zurechtgelegt, als es klingelte. Sollte das schon Ambrust sein? dachte sie und ging öffnen. Vor der Wohnungstür stand nicht ihr Einlogierer, sondern ihr Neffe Herbert.

„'n Tag, Tante Frieda!"

„Tag, Junge! Was machst denn du für ein weinerliches Gesicht?"

„Lieselotte ist gestorben, Tante."

„Wer ist gestorben?"

„Meine Schwester Lieselotte. Papa schickt mich."

„O Gott, das ist aber schrecklich. Die kleine Lieselotte ist gestorben? Was hat ihr denn gefehlt, Junge?"

„Die war doch nicht mehr klein, Tante? Schon dreiundzwanzig Jahre alt war sie." Dem Jungen liefen die Tränen.

„Komm rein, Jung! Komm rein!"

Frieda dachte bei sich: Dreiundzwanzig Jahre alt. Und nie war sie bei mir. Als ich sie zuletzt sah, war sie noch ein Schulgör. Man weiß gar nichts mehr von der Verwandtschaft.

Herbert war in die Wohnstube gegangen, stand da am Tisch und weinte.

„Ja, mein guter Junge, das ist schwer, wenn man seine Schwester verliert. Hattest du sie sehr gern?"

Herbert nickte heftig.

Frieda strich dem Jungen über den Kopf.

„Aber nun sag mir bloß mal, was hat ihr denn gefehlt? Wie ist es so plötzlich gekommen?"

„Sie war doch schon lange krank, Tante. Hatte es mit der Lunge. Nun war sie wieder im Krankenhaus, und gestern ist sie gestorben."

Armer Ludwig! Der war wirklich ein Pechvogel. Frieda erinnerte sich an die Zeit, als er und Hermine bei ihr wohnten und eines Tages das Kind, diese Lieselotte, kommen sollte. Ihre Mutter durfte nichts davon erfahren. Sie wollten es ihr verheimlichen. Als ob man so etwas verheimlichen konnte. Es gab nur noch eins: heiraten. Und das war der Beginn des Trauerspiels für den armen Ludwig... Lungenkrank? Wahrscheinlich hatte das Mädel es durch Hermines Reformfimmel bekommen, war nie warm angezogen worden, hatte nie etwas Vernünftiges zu essen bekommen, immer nur Breipansch...

„Papa läßt sagen, die Beerdigung ist Donnerstag, Tante. Um drei Uhr in der Kapelle fünf."

„Komm, Herbert, hier hast du zwei Groschen. Kauf dir was. Und sag Papa, daß es mir unendlich leid tut. Ich werde Donnerstag kommen."

Als Frieda Brenten gegen drei Uhr auf dem Friedhof in Ohlsdorf eintraf, war die kleine Trauergemeinde schon vollzählig bei der Kapelle versammelt. Sie sah ihre Brüder Ludwig und Otto, deren Frauen und noch einige Leute, die sie nicht kannte, die aber wohl Hermines Verwandte waren. Als sie dem Bruder ihr Beileid aussprach, zuckte Hermine Hardekopf zusammen, als hätte man ihr einen Schlag versetzt. Brüsk drehte sie Frieda Brenten den Rücken zu und gab ihr nicht die Hand.

Frieda begrüßte ihren Bruder Otto und dessen Frau. Da hörte sie, wie Hermine giftschnaubend und so laut, daß alle es hören konnten, zu ihrem Mann sagte: „Was will die hier? Zur Beerdigung meiner Tochter brauchen keine Bolschewistenweiber zu kommen!"

Frieda Brenten war der Ohnmacht nahe. Sie wäre auch wohl umgesunken, wenn nicht ihr Bruder Otto und jemand aus dem Trauergefolge, den sie nicht kannte, sie gestützt hätten. Die beiden Männer führten sie an eine Bank am Weg vor der Kapelle.

„Danke schön", konnte Frieda noch sagen. Und: „Bitte lassen Sie mich allein."

Dann sah sie zu ihrem Bruder Otto auf.

„Otto, sei so gut und lege meinen Kranz hin."

In der Kapelle ertönte Orgelmusik. Die Trauergäste gingen hinein. Frieda Brenten blieb draußen auf der Bank sitzen.

DREIZEHNTES KAPITEL

I

„Unser Kriegerdenkmal für die Gefallenen von 1870/71 stand, wenn Sie sich noch erinnern sollten, ursprünglich an der Esplanade. Ein hervorragender Platz, mitten im lebhaften Verkehr. Der Systemsenat hat es nach achtzehn hierher ans Alsterufer verpflanzt."

„Ein bezaubernder Platz, Herr Senator!"

„Gewiß, mein Lieber, aber es erfüllt seine Funktion nicht mehr. Und das, gerade das wollten ja die Bonzen. Kriegerdenkmal? Puh! Nicht daran erinnert werden! Ab damit in menschenleere, idyllische Gefilde! Als äußerer Anlaß mußten Verkehrsgründe herhalten."

„Wir haben so vieles aus der Luderwirtschaft rückgängig gemacht, Herr Senator, warum nicht auch dies? Setzen wir es wieder an den alten Platz."

„Hab ich schon etliche Male vorgeschlagen. Immer hieß es, es gebe Wichtigeres. Dabei sage ich, die Wachhaltung soldatischer Tradition im Volke muß moralisch und politisch unser wichtigstes Anliegen sein. Ganz zu schweigen davon, daß es sich bei diesem Ehrenmal um einen Sieg unserer Nation handelt."

„Da kann ich Ihnen nur von ganzem Herzen zustimmen."

Das Westufer der Außenalster mit den angrenzenden Stadtteilen Harvestehude und Rotherbaum war stets der von den herrschenden Patriziern der Stadt bevorzugte Wohnsitz gewesen. Luxuriöse Villen mit ausgedehnten Parkanlagen erstreckten sich längs des kilometerlangen Alstersees. In weitem Bogen umschlossen von der mächtig sich ausdehnenden

.Handels- und Industriestadt, war dieser Teil, der sich unmittelbar an die Innenstadt anschließt, eine fast ländlich anmutende Oase des Reichtums.

Polizeisenator Rudolf Pichter hatte die Villa des Justizrats Jakob Rosenbaum „übernommen", nachdem dieser wegen angeblich staatsfeindlicher Umtriebe verhaftet und seine Familie aus rassischen Gründen ausgesiedelt worden war. Auf der herrlichen, nach der Außenalster gelegenen Veranda dieser Villa in der Fontenay warteten der Senator und sein Gast, Oberinspektor Wehner, auf Staatsrat Dr. Ballab. Pichter wußte, daß sein erster Inspektor in einer wichtigen Mission nach Berlin fahren sollte. Um was es sich handelte, hatte aber auch er bisher nicht erfahren können. Der Reichsführer SS, Heinrich Himmler, war Chef der gesamten deutschen Polizei geworden. Ob er Wehner in den zentralen Apparat einbauen wollte? Ob Wehner womöglich ihn in der Karriere überholte? Tüchtig war er, sehr tüchtig sogar, griff durch, erbarmungslos, hatte Einfälle, Entschlußkraft und vor allem Härte. Himmler liebte Härte bei seinen Mitarbeitern, das war bekannt. Und Pichter überlegte weiter, wer wohl Himmler auf Wehner aufmerksam gemacht haben mochte. Gewiß Ballab. Damit wäre wieder ein brauchbarer Mann abgezogen.

„Trinken Sie, Wehner? Verstehe nicht, daß der Staatsrat uns solange warten läßt ... Darf ich einschenken?"

„Vielen Dank, Herr Senator!"

„Ein echter deutscher Mann mag keinen Franzen leiden, doch seine Weine trinkt er gern! Stimmt, nicht wahr? Hahaha ... Manchmal ist dem ollen Goethe auch was ganz Vernünftiges eingefallen ... Hahaha!"

„Der Herr Staatsrat wird von Pflichten und Verpflichtungen zugedeckt und hin und her gerissen sein", meinte der Inspektor.

„Sagen Sie mal, Wehner, ich will ja nicht vorgreifen, aber wissen Sie eigentlich den Grund der heutigen Besprechung?"

„Nein, Herr Senator! Keine Ahnung! Denke mir, es wird sich um einen bevorstehenden großen Coup handeln."

Pichter lachte leise vor sich hin und tat, als wisse er mehr. „Wie gesagt, ich will nicht vorgreifen... Also Prost, Wehner!"

Heinz-Otto Wehner sprang auf, nahm sein Glas. „Prosit, Herr Senator!"

Er dachte, über sein Glas hinweg auf den Polizeisenator blickend: Was mag vorliegen? Doch wohl mehr als nur ein neuer Schlag. Er hielt dem Senator sein geleertes Glas hin und sagte mit Schneid: „Danke, Herr Senator!"

„Wäre meine Frau hier, würde sie es uns gemütlicher machen. Sie hat einen ausgeprägten häuslichen Sinn."

„Ihre Frau Gemahlin ist in der Sommerfrische, Herr Senator?"

„In Baden-Baden, zur Kur. Hatte in letzter Zeit angefangen zu kränkeln. Die Umstellung, die Aufregungen, die neuen Verpflichtungen, das hat sie doch alles sehr mitgenommen."

Ein Mercedeswagen fuhr vor. Pichter trat an den Rand der Veranda. Unten hörte man das Zusammenklappen der Absätze des vor der Villa postierten Polizisten. Der Senator eilte, den Staatsrat zu begrüßen.

Auch Wehner erhob sich. In ihm kam nun doch Unruhe auf. Wieder fragte er sich, was hier vorgehen sollte. Der Staatsrat wollte ihn sprechen? Noch dazu in der Wohnung Pichters? Da mußte doch etwas ganz Besonderes vorliegen. Nach der Haltung des Senators zu urteilen, für ihn Günstiges.

Staatsrat Dr. Ballab betrat vor dem Senator die Veranda, hob den rechten Arm und grüßte. „Heil Hitler! Müssen schon entschuldigen, daß ich Sie warten ließ. Immer kommt vollkommen Unerwartetes dazwischen. Wie fühlen Sie sich? Ich meine gesundheitlich?"

„Ausgezeichnet, Herr Staatsrat!"

„Und Sie, mein lieber Chefinspektor?"

„O–oh, Herr Staatsrat", stammelte Wehner, ganz gegen seine Art tatsächlich verlegen. „Ich kann nicht klagen."

„Sie sehen beide auch beneidenswert aus. Aber setzen wir uns doch." Dr. Ballab setzte sich als erster.

„Ein Glas Beaujolais, Herr Staatsrat?"

„Sag ich nie nein, das wissen Sie doch."

„Wenn es zu frisch wird, verziehn wir uns ins Rauchzimmer!"

„Ich finde es wunderbar draußen... Übrigens, Pichter, habe ich Ihnen schon von meinem Besuch in der neuen Fliegerschule da unten bei Nürnberg erzählt? Nein? Also was sage ich Ihnen? Ja, wie schildere ich es nur? Eine einmalige, eine einzigartige Einrichtung. Schule nennt sich das, ist aber eine richtige Akademie. Großzügig, das Modernste an technischen Möglichkeiten. Lehrsäle, Unterkünfte, Maschinen – ich sage Ihnen, grandios. Nach den Plänen des Führers entworfen, verstehn Sie? Da wird nicht gespart, da ist das Beste kaum gut genug. Das ist ein Horst unserer künftigen Fliegerasse... Man möchte zwanzig Jahre jünger sein... Ein Adlerleben führen wie diese Jungens. Und was für ein Menschenmaterial! Die Elite der Elite. Eine Freude, die Kerle zu sehen: groß, blond, durchtrainierte Körper, erfüllt von unbändigem Tatendrang. Sollten mal hinfahren, Pichter, sich das ansehn. Ein paar hunderttausend davon, und ich sage Ihnen, wir krempeln Europa um."

Der Staatsrat wandte sich lächelnd an Wehner. „Ihr bedauernswerten Maulwürfe von der Infanterie wißt ja gar nicht, was das heißt, durch die Wolken zu gondeln, Aug in Aug mit dem Gegner, ein modernes Ritterturnier."

Wehner dachte: Woher weißt du das eigentlich?, sah aber pflichtgemäß bewundernd den Staatsrat an. Der war aber auch – fand Wehner – eine imponierende Erscheinung, durch und durch Sportler, kein Gramm überflüssiges Fett, sehnig, agil. Er blickte auf Pichter. Der Senator war nicht weniger beleibt als er selbst, hatte Bauch und Speckhals. Selten war er sich dessen so peinlich bewußt geworden wie in diesem Augenblick. Mit einem Scherzwort versuchte er die Situation für sich zu retten. „Ja, die Flieger, tolle Kerle! Aber ich, Herr Staatsrat!" Er klopfte sich mit beiden Händen auf den Bauch. „Alles ehrlich vom Munde abgespart."

Der Staatsrat lachte denn auch, und Pichter und Wehner stimmten mit ein.

„Was Sie brauchen, ist Bewegung, Luftveränderung", erwiderte der Staatsrat. „Und damit wären wir bei dem Zweck unserer heutigen Unterhaltung angelangt... Wehner, Reichsführer Himmler hat Sie angefordert. Sie werden morgen nach Berlin fahren und hören, was er mit Ihnen vorhat. Ich vermute, sehr Ehrenvolles. Sollten Sie uns in Hamburg verlorengehn, dürfen Sie gewiß sein, daß der Herr Polizeisenator und ich das aufrichtig bedauern werden, zugleich werden wir uns aber doch freuen, dem Reichsführer einen so bewährten Mann wie Sie zur Verfügung stellen zu können. Nun, was sagen Sie zu der Neuigkeit?"

„Herr Staatsrat, ich danke Ihnen für die gute Meinung, die Sie von mir haben. Ich hoffe aber..."

„Hoffen Sie und warten Sie ab, was Berlin sagt."

II

Wehner war gegangen.

Der Staatsrat und der Senator saßen noch beisammen auf der Veranda.

„Übrigens – weißt du, wen ich da unten in Nürnberg auf der Fliegerschule eingebaut habe?" Wenn der Staatsrat und der Senator allein waren, duzten sie sich. „Kannst du nicht raten. Den Steißpauker, der damals, zu Anfang, in dein KzbV wollte, Rochwitz heißt er. Erinnerst du dich noch?"

„Und ob ich mich erinnere. Mir hast du ihn nicht gegönnt."

„War auch zu schade für deine Schläger. Daß er Obersturmführer war, hat alles sehr erleichtert. Jetzt ist er Führungsoffizier, gibt da unten auf der Militärschule weltanschaulichen Unterricht. Ein großer Angeber, aber brauchbar."

„Das wußte ich vor Jahren schon", bemerkte der Senator. „Aber was ist eigentlich mit Wehner? Was hat man vor mit ihm?"

„Sag", der Staatsrat dämpfte seine Stimme, „kann der Posten uns hören?"

„Ausgeschlossen! Außerdem hört der prinzipiell nichts, das erfordert die Dienstvorschrift."

„Na, darauf möchte ich mich nicht verlassen ... Aber im Vertrauen, ganz im Vertrauen, verstanden? Wehner soll nach Spanien. Dort eine Geheimpolizei aufziehn. Die haben da unten ja keine Ahnung, wie man so was macht. Blut fließt zwar in Strömen, aber Nachrichten, Mitteilungen, Informationen fließen nur dürftig – Tote haben jedoch nun einmal die Angewohnheit zu schweigen. Zudem verfügen die Spanier nur noch über einen Teil des alten Polizeiapparats."

„Der Wehner kann doch kein Wort Spanisch", entgegnete Pichter, erstaunt über die Eigenartigkeit des Auftrags.

„Wird er lernen müssen. Außerdem gibt's Dolmetscher. Das ist das wenigste. Aber kann er einen Polizeiapparat auf die Beine stellen?"

„Unbedingt ... Allerdings muß man berücksichtigen, daß er ihn aus Spaniern zu schaffen hat."

„Im Prinzip ja, aber er bekommt einen Stab von unseren Leuten mit."

Hab ich ein Glück, daß sie nicht auf mich verfallen sind, dachte Pichter und sagte: „Sieh mal an, der Wehner! Man könnte direkt neidisch werden."

„Jaja, Spanien scheint die erste Kraftprobe zu werden. Sozusagen die Generalprobe. Aber wart nur ab, es kommt noch besser."

„Hm! Glaubst du, daß wir uns eine Generalprobe schon erlauben können? Wir haben doch erst die zweijährige Dienstpflicht eingeführt."

„Hätte der Führer sonst diese spanische Sache eingefädelt? Große Politik, mein Lieber! Dem kommenden Gegner wird auf den Zahn gefühlt; er wird auf seine schwachen und seine starken Seiten abgetastet. Spanien ist ein Exerzierplatz, auf dem Soldaten und Waffen ausprobiert werden. Eine geniale Strategie. Unsere Gegner möchten uns in militärische Abenteuer verwickeln, aber der Führer geht sicher."

„Wir schicken Wehner und andere Polizeifachleute. Schön. Gewiß sehr wichtig. Aber genügt das? Müßten wir nicht, wenn es sich um eine Generalprobe handelt, in erster Linie Militärfachleute, Offiziere, Soldaten schicken?"

„Mach dir keine Sorgen. Geschieht, verlaß dich drauf. Die ersten waren schon da, ehe es losging ... Hör mal! Mir scheint, auch du hast noch nicht das richtige Vertrauen in die Voraussicht des Führers. Ich vermute, wir schicken die Waffen und die Offiziere, die Italiener das Fußvolk. Und die nationalen Spanier, die helfen schließlich auch mit. Interessant wird nur sein, wie sich England und besonders Frankreich verhalten."

„Das ist wahr!" rief Pichter, als wäre dieser Gedanke ihm bisher überhaupt noch nicht gekommen. „Frankreich wird doch nun in die Zange genommen, vom Rhein her, von den Alpen und von den Pyrenäen."

„Das ist eben der Kasus!"

„Und wenn daraus ein Casus belli wird?"

„Nun, wennschon? Sollten wir wirklich für die Hauptaufführung noch nicht vorbereitet sein, wird immer noch ein Kompromiß uns vor allzu großem Schaden bewahren. Aber nicht mehr lange, und wir werden die Forderungen anmelden, die anderen werden dann verzweifelt nach einem Kompromiß suchen. Ist doch sonnenklar, der Führer will sich den Rücken im Westen sichern, um zur gegebenen Zeit mit Rußland abrechnen zu können, ohne Gefahr eines Zweifrontenkrieges. Ich sehe die Stunde sehr nahe, wo die Scharte des ersten Weltkrieges ausgewetzt wird."

„Willst du mal was anderes, oder bleiben wir beim Rotwein?" fragte Pichter.

„Was hast du anzubieten?"

„Einen Boonekamp, einen Whisky oder Mosel, Sekt..."
„Rück 'ne Flasche Sekt raus! Französischen, hoff ich!"

Mittlerweile war es stockdunkel geworden. Kaum ein Lufthauch war zu spüren, so still und milde war die August-nacht. Staatsrat Dr. Ballab blickte von seinem Platz auf die hell erleuchtete Stadt um die Außenalster. Kein Geräusch drang über das Wasser; selbst die Alsterdampfer zogen lautlos ihre Bahn. Zu hören waren lediglich die Schritte des Polizeipostens auf der Straße vor der Villa.

Pichter kam mit Flasche und Gläsern.

„Und noch etwas", begann der Staatsrat erneut. „Während sich so Zug um Zug große Ereignisse am politischen Horizont abzeichnen... Laß den Pfropfen nicht knallen! Braucht der da unten nicht zu hören... Ich sage, während sich schon die kommenden politischen Ereignisse abzeichnen, ist die ganze Welt zum friedlichen Sportkampf bei uns zu Gast. Groß-artig! Eine phänomenale Tarnkulisse, diese Olympischen Spiele. Nicht zu unterschätzen. Nicht hoch genug anzuschla-gen. Damit wird das ganze jüdische und bolschewistische Emigrantengefasel ad absurdum geführt... Paß auf, jetzt kommt's!"

Es gab nur einen schwachen Gluckser, den der Senator in einem Tuch erstickte, und der Sekt sprudelte aus der Flasche.

„Du hast Übung, seh ich", erkannte der Staatsrat an. „Hast du überlegt, was die Olympiade uns für einen unbezahl-baren Dienst erweist? Die ganze Welt blickt wie gebannt auf Berlin, weil wir uns im Muskelkampf mit anderen Völ-kern messen... Hahaha... Ein großartiger Witz!"

„Na prost denn auf diesen Witz!"

„Prost! Auf die kommende große Olympiade, die das Ge-sicht der Welt verändern wird!"

Oberinspektor Wehner war bei seinen Kollegen nicht beliebt, doch wurde er glühend beneidet. Er hatte, besonders in den letzten Jahren, eine ungewöhnliche Karriere gemacht. Freilich, selbst seine größten Neider leugneten nicht seinen Fleiß und seine offenkundige Tüchtigkeit. Aber sie hielten ihn für krankhaft ehrgeizig; sie hatten auch Furcht vor ihm. Ins Gesicht aber sagten sie ihm, er sei unter einem glücklichen Stern geboren; ihm gelänge alles.

Ihm war vieles in seinem bisherigen Leben nicht gelungen. Er hatte auch nicht das Glück gefunden, das er einmal gesucht. Wohlhabend war er geworden, aber nicht glücklich. Seine Ehe war seit vielen Jahren nur noch eine Lüge, die von ihm und seiner Frau wie ein unabänderliches Übel ertragen wurde. Bei einer erregten Auseinandersetzung, die es anfangs öfter gegeben hatte und die stets in gegenseitigen Anklagen ausgelaufen waren, hatte *er* seine Ehe ein Mysterium, *sie* ihre Ehe ein Martyrium genannt. Aber getrennt hatten sie sich dennoch nicht. Sie aber hatte sich mehr und mehr vom Leben zurückgezogen und war immer verschlossener geworden; er hatte sich daran gewöhnt, das, was er in seinem Hause nicht fand, in anderen Häusern zu suchen. Sie wußte es und ließ ihn gewähren, und mit jedem Jahr, mit jedem Tag lebten sie sich mehr auseinander. Nur selten gab es Augenblicke, wo sie sich ein wenig näherkamen.

Einen solchen Augenblick erwartete Ruth Wehner, als ihr Mann eines Abends sagte: „Schick das Mädchen aufs Zimmer; ich hab mit dir zu reden!"

Sie ging in die Küche, es dem Mädchen auszurichten. Er schaltete das Rundfunkgerät ein. Im Deutschlandsender teilte ein Redner mit, daß nach den letzten wissenschaftlichen Forschungen die Juden einige tausend Jahre vor unserer Zeitrechnung bereits bei einem räuberischen Überfall auf das Reich der Assyrer dreihunderttausend Menschen hingemetzelt haben und der moderne Mensch sich mehr als bisher auch mit der vorbiblischen Geschichte des Judentums befassen müsse.

„Ein Satansvolk!" murmelte Wehner empört vor sich hin. „Außerdem scheint es tatsächlich aus lauter Judassen zu bestehen."

Er wollte an diesem Abend mit seiner Frau über die bevorstehende Reise nach Spanien sprechen. Ihm wäre lieb, wenn sie nach Berlin übersiedeln würde. Wiederum: er wußte, wie sehr sie an dem Haus in Farmsen hing. Jetzt hätte allerdings das kleine Haus in Sasel, das er im Vorjahr aufgegeben hatte, auch genügt ... Und Berlin? Nach seiner spanischen Mission würde er zweifelsohne in Berlin festgehalten. Blieb Ruth dann in Hamburg, war ein Gerede unausbleiblich.

Wieder fragte er sich, warum er sich eigentlich nicht längst von ihr getrennt hatte? Jahr um Jahr lebten sie nebeneinander, aber nicht miteinander. Für wen hielt er den Schein noch aufrecht? Wie kam es, daß er, der gegen andere Menschen so hart sein konnte, ihr gegenüber unbegreiflich nachsichtig und unentschlossen war? Er hatte Erfolge, war Oberinspektor der Geheimen Staatspolizei, zählte sich zu der neuen Aristokratie des Dritten Reiches, ausersehen, über Tod und Leben anderer zu entscheiden, war aber unfähig, über sich selbst zu entscheiden.

„Das Mädchen ist nach oben gegangen", sagte Ruth Wehner, ins Zimmer tretend.

„Setz dich!"

Sie sah ihn forschend an und setzte sich in einen Sessel.

„Weißt du, was mich heute ein Kollege fragte?"

Ruhig, unbewegt fast saß sie da und antwortete: „Schwer für mich, das zu erraten."

„Das ist wahr. Er fragte, ob du Jüdin seist ... Stell dir mal vor ..."

„Na – und?"

„Der Blödian glaubt, wer Ruth heißt, muß Jüdin sein."

„Na – und?"

„Na – und? Na – und? Was schon und? Ich hätte dem Burschen am liebsten eine runtergehaun!"

„Wär es so schlimm?"

„Nun hör auf!" rief er entrüstet und ärgerlich. „Das wär 'ne Tragödie!"

„So–o, eine Tra–gö–die?"

„Jawohl! Nicht auszudenken . . . Die Vorstellung allein . . ."

In der Stille, die eintrat, hörten beide die Stimme im Rundfunk.

„. . . das haben schon die Römer erkannt. Nicht am Christentum ist das römische Weltreich zugrunde gegangen, sondern am Judentum, das im Gefolge des Christentums sich in das Gefüge des römischen Imperiums einnistete und es von innen her unterhöhlte, bis es zusammenbrach . . ."

Ruth Wehner stand auf und schaltete den Rundfunkapparat ab. Mit einem Seitenblick auf ihren Mann fragte sie: „War das der Grund, weshalb du mit mir sprechen wolltest?"

„Laß deine Ironie!" schrie er aufgebracht.

Schweigend verließ sie das Zimmer.

„Zum Teufel mit diesen gottverdammten Juden!" Wehner ging erregt im Zimmer auf und ab. Daß auch gerade dieser Quatschkopf im Rundfunk ihn an die Unverschämtheit Dr. Böhringhausens erinnern mußte. Aber – diesem Flegel werd ich es einmal heimzahlen, auch wenn er der Vorgesetzte ist. Böhringhausen soll an mich noch denken!

IV

„Es muß ein Ende nehmen! Es muß ein Ende nehmen . . ."

Sie wiederholte diese Worte, als könnten sie ihr Entschlußkraft einflößen. Die zu Fäusten geballten Hände an die Stirn gedrückt, blieb sie lange regungslos in ihrem Zimmer stehen.

„Es muß ein Ende nehmen! Es muß . . .“

Die Tränen kamen ihr; aber sie kamen, weil sie fühlte, daß sie wieder schwach wurde, daß sie nicht die Kraft aufbrachte, ein Ende zu machen.

Sie warf sich auf den Diwan und beschimpfte sich selbst . . . Lieber als Dienstmädchen arbeiten, als sich länger selbst verachten müssen . . . Lieber sterben, als so weiterleben . . .

Ruth Wehner war in den dreizehn Jahren ihrer Ehe immer unselbständiger und immer abhängiger geworden. Abhängig von dem wachsenden Wohlleben, das ihr geboten wurde. Sie hatte sich daran gewöhnt, abgeschlossen zwar von dem großen Leben, ihr kleines, stilles Dasein zu führen, sich nur ihrem Haushalt und ihrer Wirtschaft zu widmen, Obstkulturen zu züchten, Blumen zu pflanzen und nicht danach zu fragen, woher die Mittel kamen, die dafür notwendig waren – sie flossen ihr zu mit der Regelmäßigkeit des Zeitenablaufs.

Ach ja, sie hatte einmal Heinz-Otto Wehner geliebt, zumindest geglaubt, ihn zu lieben. Es hatte eine Zeit gegeben, die sie hatte hoffen lassen, alles würde noch gut werden, wo sie sich gefreut hatte, wenn er abends vom Dienst nach Hause kam, wo sie gemeinsam hinausgefahren waren in die Holsteinische Schweiz oder an die Ostsee. Aber lange lag das zurück . . .

Nur Abneigung gegen ihn war geblieben. Abneigung bis zum Ekel. Sie hatte sich schon oft gefragt, worin diese Abneigung ihren Grund hatte. Sie erinnerte sich eines Abends, Ende der zwanziger Jahre war es, an dem er heiter, besonders gut gelaunt, ihr von einem Coup erzählte, der ihm gelungen war und ihm viel Anerkennung eingebracht hatte. In Neumünster hatte es während eines Umzugs der Kommunisten eine arge Schlägerei gegeben, bei der ein SA-Mann erstochen worden war. Fünf Kommunisten waren verhaftet worden, und ihr Mann hatte sie vernommen. Als er es ihr erzählte, hatte er gar nicht bemerkt, wie entsetzt sie war, denn er hatte ihr sein Verfahren gegen die Angeklagten in allen Einzelheiten berichtet. Das Schlimmste, das für sie Unvergeßliche war, daß er selbst nicht an die Richtigkeit der Aussage des einen von ihm und seinen Leuten mißhandelten Angeklagten glaubte, der einen seiner mitgefangenen Kameraden als Mörder des SA-Mannes bezichtigt hatte. Wehner war zufrieden, eine solche Aussage bekommen zu haben. Wenn sie auch nicht stimmte; er hatte, was er brauchte.

Um wen es sich handelte, war ihr damals unwichtig gewesen, aber die kalte, zynische Vernichtungswut ihres Mannes hatte sie innerlich aufgewühlt und jedes Gefühl für ihn in ihr getötet. Sie wußte es heute: seit jenem Abend graute ihr vor ihm. Hinzu kam das Bewußtsein der Mitschuld, denn sie war seine Mitwisserin.

Sie hätte ihn gewiß nach diesem Vorkommnis verlassen, wenn ihn nicht ein Sonderauftrag nach Argentinien geführt hätte; wenn er nicht zwei volle Jahre in Santa Fé und Buenos Aires geblieben wäre. So wohnte sie ohne ihn in dem schönen Haus in Farmsen, das er noch kurz vor seiner Südamerikareise gekauft hatte. Das sollte sie jetzt verlassen? Womöglich kam Wehner nie zurück, und sie hatte aufgegeben, was sie nicht wieder zurückerhalten würde. Sie bekam monatlich von seiner Behörde eine Summe Geldes ausgezahlt. Darauf sollte sie verzichten? Das wäre töricht, hatte sie sich gesagt. Aber sie hatte damals gelobt, sofort nach Wehners Rückkehr sich von ihm zu trennen.

Heute wußte sie, daß dieser Entschluß ein feiges Hinausschieben gewesen war und das Übel nur noch vermehrt hatte. Nun fuhr er wieder fort. Sie hatte es noch nicht von ihm, aber von seinen Kollegen erfahren. Nach Spanien sollte er. Wer konnte wissen, wie lange er diesmal bleiben würde. Sie hatte also wieder eine Ausrede vor sich selbst, konnte abermals die Entscheidung vertagen.

Heinz-Otto Wehner saß im Haus der Gestapo in der Prinz-Albrecht-Straße in Berlin, studierte Akten, Pläne, las Berichte, Entwürfe, Vorschläge, hielt Beratungen und Instruktionsstunden ab, war vom frühen Morgen bis in die späte Nacht tätig, um sich in sein neues, umfangreiches und außerordentlich wichtiges Wirkungsgebiet einzuarbeiten.

Dabei waren es hier in Berlin nur Vorarbeiten für die in Spanien stehenden Aufgaben. Wehner war von Himmler in einer persönlichen Aussprache damit betraut worden, den Spaniern beim Aufbau einer Geheimen Staatspolizei nach deutschem Muster behilflich zu sein. Alle notwendigen Vollmachten hatte er bekommen. Er allein bestimmte seine Mitarbeiter und teilte ihnen ihre Aufgaben zu.

Er bevorzugte die Gleichgültigen, die kalten Typen, die auch keine Miene verziehen würden, sollten sie den Auftrag erhalten, an einer Expedition nach dem Mond teilzunehmen.

Selbst Wehner staunte in der ersten Zeit seiner Berliner Tätigkeit, wie emsig und gründlich das Reich die Welt mit einem Netz von Verbindungen und Informationsleitungen überzog. Es gab kein Land, in dem nicht entsprechend seiner politischen und militärischen Bedeutung Stützpunkte errichtet worden wären. Die besten Helfer kamen aus den Reihen der Auslandsdeutschen; jedoch auch unter der buntscheckigen Schar der Emigranten gab es geworbene oder gepreßte Mithelfer, und oft sogar dort, wo man es nicht für möglich gehalten hätte. Wehner sah seine alte Theorie, wie er es nannte, doppelt und dreifach bestätigt: Macht und Geld sind in dieser entzauberten Welt immer noch die einzigen Zaubermittel.

Die Auslandsabteilung der Geheimen Staatspolizei in der Prinz-Albrecht-Straße verfügte über eine fast lückenlose Kartei der politischen Emigranten. Wehner ließ sie sich kommen und blätterte sie durch. Die Wut stieg in ihm hoch, als

er einige alte „Bekannte" dabei fand, die ihm in den zurückliegenden Jahren durch die Finger geschlüpft waren.

Walter Brenten ...

Er hob den Blick von der roten Karteikarte und versuchte
sich an das Gespräch vor vielen Jahren zu erinnern. Der war
damals noch ein richtiges Büblein. Ob er immer noch kurze
Hosen trug und in geschwollenen Phrasen daherredete? Zu-
zutrauen wäre es ihm, fand Wehner und kam sich groß und
überlegen vor. Immerhin, der war ihm entwischt. Zwei Mann
an einem Tag; er erinnerte sich. Ohne Zweifel eine Leistung.
Aber Wehner sagte sich: Hätte ich damals diesen Fall übertragen bekommen, wäre es ihm nicht gelungen. Ich – ich hätte
ihn kirre gekriegt.

Er warf wieder einen Blick auf die Karteikarte und las:
„... Über Prag nach Paris. Dort tätig im sogenannten Thälmann-Befreiungskomitee ..."

Hat sich keinen üblen Platz ausgesucht ... Na, wart nur,
daraus verjagen wir dich auch noch. Vielleicht, vielleicht
fällst du eines Tages sogar mir in die Hände, Bursche ...
Ob Ruth noch an dieses Kommunistenkälbchen dachte? Nie
seit jenen Tagen der Revolution – war es nicht während des
Kommunistenaufstands dreiundzwanzig? – war von ihr sein
Name wieder genannt worden ... Wehner möchte ihn wiedersehen, ihm gegenübertreten und ins Gesicht lachen. Kein
Wort mit ihm reden wollte er, wozu auch, nur lachen.

Wehner blätterte weiter in der Kartei. Er fand den Namen Wolf, den schlesischen Wolf, Otto Wolf, Journalist aus
Breslau. Der hatte unterschrieben, für die Gestapo arbeiten
zu wollen, hatte schon zwei aus Prag kommende, illegal
tätige Kommunisten gemeldet. Auch die Namen einer illegalen Kommunistenleitung in Sachsen. Eines Tages war er
spurlos verschwunden. In Göteborg also saß er. Wehner beschloß, ihn in seiner schwedischen Geborgenheit aufzu-
stochern. Der sollte ihm weiter dienen, oder er würde ihn
preisgeben, damit seine Genossen mit ihm abrechnen konnten.

Ruth Wehner hatte sich beharrlich geweigert, nach Berlin überzusiedeln. Er hatte es gewünscht, dann aber doch nicht darauf bestanden, weil er wußte, daß er eines Tages nach Spanien fahren würde. Allerdings war er der Meinung, daß nach dieser spanischen Mission sein weiteres Arbeitsfeld Berlin bleiben würde. Er sagte sich: Ist es soweit, wird man weitersehen; soll sie vorerst ruhig in Hamburg bleiben und das Farmsener Haus hüten.

Nicht nur Dutzende ausgesuchter hoher Gestapobeamten hatte er bereits drüben, sondern auch zahlreiche Kommissare, die zu einem großen Teil aus den lateinamerikanischen Ländern nach Spanien abkommandiert worden waren. Kam er hin, fand er das Gerippe einer spanischen Geheimpolizei bereits vor, versehen mit guten deutschen Spangen und Klammern an den wichtigsten Stellen.

Er mußte so manches Mal laut auflachen, wenn er die Berichte über den Londoner Nichteinmischungsausschuß las. Während dort um Paragraphen gestritten und unentwegt geredet wurde, handelten Hitler und Himmler. Nie waren so viele Touristendampfer mit jungen Deutschen nach Spanien gefahren. Die „Kraft-durch-Freude"-Dampfer bevorzugten in steigendem Maße südspanische Hafenstädte für ihre Vergnügungsreisen, und offenbar fiel es niemandem auf, daß sie vollbesetzt hinfuhren und nahezu leer zurückkehrten.

Der Führer hatte im Reichstag erklärt: Kein deutscher Soldat befindet sich auf spanischem Boden! Politik war das, notwendig, um die andern zu täuschen. Die Russen dagegen, fand Wehner, erwiesen sich in der höheren Diplomatie als ausgesprochene Stümper; sie waren dumm genug, offen auszusprechen, daß sie mit den Roten in Spanien sympathisierten. Der Führer war wahrhaftigen Gottes von anderem Format.

Die Ergebnisse blieben denn auch nicht aus; mit der rotspanischen Republik ging es sichtlich zu Ende. War Franco erst in Madrid eingezogen, würden wahrscheinlich auch die

Mitglieder des Nichteinmischungsausschusses in London ihre Koffer packen.

Wehner schmunzelte vergnügt vor sich hin.

Im Oktober erhielt er aus der Kanzlei des Reichsführers SS den Befehl, unverzüglich nach Spanien abzufahren. Himmler hatte hinzugefügt: „Fahren Sie als Chefinspektor nach Spanien. Beeilen Sie sich, damit Sie da sind, wenn der Caudillo in die Hauptstadt einzieht."

In drei Tagen fuhr die „Trapani" von der Sloman-Reederei nach dem Mittelmeer ab. Wehner belegte auf diesem Frachter einen Platz nach Cadiz.

VIERZEHNTES KAPITEL

I

Länger als ein Jahr schon berannten die von deutschen Stabsoffizieren geführten und von italienischen Legionären aufgefüllten vier Armeesäulen des faschistischen Generals Franco die Hauptstadt der spanischen Republik. Fast ein Jahr befand sich Chefinspektor Heinz-Otto Wehner in Valladolid, dem Präsidialsitz der von ihm geschaffenen Politischen Staatspolizei in dem von Francos Truppen besetzten Teil Spaniens. Die Freiheit blutete in Spanien aus tausend Wunden, ging barfuß, darbte und war kümmerlich bewaffnet, aber sie kämpfte, und sie besaß ein gepanzertes Herz.

In den letzten Tagen des November 1937 überschritten unter Führung eines französischen Arbeiters aus Perpignan drei Antifaschisten nahe der Grenzstadt Portbou die Pyrenäen, unter ihnen Walter Brenten.

In Carcassonne und Perpignan hatte noch ermutigend die Sonne geschienen, im Gebirge aber wütete ein Schneesturm, den Camarad Marcel zwar begrüßte und als Verbündeten ansprach, unter dem seine drei Genossen aber bitter zu leiden hatten, denn sie waren für eine derartige Hochgebirgstour in keiner Weise ausgerüstet.

„Wir scheinen verdammt zu sein, nur krumme Wege gehn zu müssen", brummte ärgerlich Karl Friese. „Muß man sich wie ein Schmuggler in das Land schleichen, für dessen Freiheit man kämpfen will?"

Ali Höfke, ein kleiner, schmächtiger Flame, widersprach ihm: „Nur de krummen Wege sind de geraden!"

Das war eine etwas komplizierte Logik, immerhin verstand jeder, wie es gemeint war.

Walter Brenten hatte sich in Paris Halbschuhe gekauft, bequem und dauerhaft, aber eben Halbschuhe. Damit mußte er nun durch Schnee und Schneegestöber stampfen.

„Wir werden's ihnen heimzahlen, auf Heller und Pfennig!" drohte Ali. „So was schreit ja nach Vergeltung!"

„Na also, endlich hast du eine Ursache, auf die Faschisten wütend zu sein", höhnte Friese.

Es ging vom Weg ab und durch Krüppelholz talwärts. Unten blieb Marcel stehen, reichte jedem die Hand und sagte: „Salud, ihr seid in Spanien!"

Die Strapazen waren damit keineswegs überstanden. Weiter ging's im Schneegestöber, bis sie eine breite Straße erreichten. Nun ließ es sich besser marschieren. Sie schritten kräftig aus und freuten sich auf die Begegnung mit den ersten spanischen Grenzern. Jedoch sie trafen keine. Links sahen sie tief unter sich die Eisenbahnstrecke bei Portbou und, als kurz darauf die Sonne auch an dieser Seite des Gebirges durchbrach, das Meer.

Ali war ein lustiger Kauz, immer zu Scherzen aufgelegt. Er sang im Marschieren ein Lied, von dem er behauptete, Ulenspiegel, der gute Geist und kühne Freiheitsheld seines Volkes, habe es schon gesungen. Karl Friese knurrte, diesen Ulenspiegel hätten die Flamen wohl für sich gepachtet, der habe aber in Norddeutschland gelebt und Flandern nie gesehen. Ali hatte für dergleichen echte deutsche Überheblichkeiten nur ein nachsichtiges Lächeln.

Karl Friese, ein Jungkommunist aus Bielefeld, gefiel Walter Brenten ausnehmend. Obgleich erst knapp zweiundzwanzig Jahre alt, besaß er ein sicheres politisches Urteil und war in allem, was er tat, gründlich und gewissenhaft. Er hatte ein Glasauge; die SS-Leute der Bielefelder Gestapo hatten ihm bei einer Vernehmung ein Auge ausgeschlagen.

An einer Kreuzung stand ein Wegweiser mit der Aufschrift: „Nach Figueras". Sie hielten, und Marcel war enttäuscht. Wo war der Personenwagen, mit dem die Fahrt weitergehen sollte?

„Merde!" rief er, riß die Baskenmütze vom Kopf und trat darauf.

Was nun? Nach Figueras waren es schätzungsweise dreißig Kilometer. Marcel setzte sich auf einen Stein am Wegrand.

Ja, was nun? Dreißig Kilometer zu Fuß. Sie würden kaum vor der Dunkelheit die Stadt erreichen. Warten? Sie konnten unter Umständen lange warten.

„Das fängt richtig an", sagte Ali. „So hab ich mir's gedacht."

„Alter Miesmacher", rief Karl. „Sieh dorthin!"

Marcel sprang als erster auf.

Ein Auto kam die Serpentinenstraße hochgekrochen.

An jeder Wegkreuzung standen Posten, meistens Bauern. Nicht immer hatten sie Gewehre, mitunter waren sie mit Knüppeln und spießartig geschmiedeten Sensen bewaffnet. Sie sahen in ihrer dunklen, recht armseligen Kleidung Wegelagerern ähnlicher als Hütern einer demokratischen Ordnung.

Das Wort „Brigadas Internationales" erwies sich als eine Zauberformel; es räumte im Nu formale Schwierigkeiten beiseite und wurde mit Händeschütteln und Umarmungen erwidert. Das verdankten die drei Ankömmlinge dem Heldenmut ihrer Kameraden in Spanien.

In den erbitterten Winterschlachten vor Madrid vollbrachten die internationalen Freiwilligen zusammen mit den Arbeitern von Madrid Wunderleistungen an Heldenmut. Bei Guadalajara hatten sie die italienischen Legionäre ins Gebirge gejagt. Internationale Brigaden kämpften bei Huesca und im Süden bei Malaga, und ihre Tapferkeit begeisterte das ganze republikanische Land.

Die Fahrt auf der Küstenstraße am Meer entlang war trotz der vorgeschrittenen Jahreszeit eine Freude und ein Vergnügen. Der November gab sich herbstlich milde; die Sonne stand hoch am Firmament und strahlte über das weite Meer

ins Land hinein. Am Wege standen Palmen und Oliven-
bäume im dunkelgrünen Schmuck ihrer Blätter, als gäbe es
für sie weder Herbst noch Winter.

Anstrengender und schwieriger wurde die Fahrt von Valencia nach Madrid. Sie mußte auf einem Lastwagen zurückgelegt werden, der Unterwäsche für die Kameraden der Internationalen Brigaden nach der Hauptstadt brachte. Kaum
entfernte sich die Straße vom Meer, wurde das Klima kalt
und rauh.

Sie fuhren die Nacht durch. Walter hätte derartig kalte
Nächte in Spanien, das in seiner Vorstellung ein Land ewigen
Sonnenscheins, ein Land der Palmen und des Weines war, nie
für möglich gehalten. Gut nur, daß die Ladung aus Wäsche
bestand, in die er sich vor der Kälte verkriechen konnte.
Dennoch waren er und seine Freunde, als sie im Morgen-
grauen bei Aranjuez dicht an der Frontlinie entlang auf Madrid zu fuhren, steifgefroren, und ihnen war hundeelend.

Sie hörten Geschützfeuer und dumpfes Krachen einschla-
gender Granaten, waren aber sprachlos vor Erstaunen, als
sie in der Stadt ein nahezu normales Leben vorfanden.

II

Das war Madrid, die belagerte Hauptstadt der Republik.
Die faschistischen Generale mit ihren Heerhaufen, ihren Kanonen und Panzern standen bereits ein Jahr vor ihren Toren,
klopften drohend mit Bomben und Granaten an, aber das
Volk von Madrid verweigerte ihnen den Zutritt und verteidigte seine Stadt gegen die in Uniform gesteckten Rifkaby-
len, gegen die marokkanischen Fremdenlegionäre, die spanischen Monarchisten sowie die italienischen und deutschen
Faschisten.

„Sag mal, hast du dir das so vorgestellt?" fragte Walter,
als er mit Karl Friese durch die Stadt schlenderte.

„Bestimmt nicht", gab der zu.

„Ein erstaunliches Volk! Diese Ruhe und Entschlossenheit! Diese Todesverachtung ... Sieh nur dort!"

Ein Lastwagen mit jungen Spanierinnen in Miliziuniformen fuhr durch die Straßen. Sie sangen ein Freiheitslied, riefen den Menschen, die ihnen winkten, manchmal etwas zu, lachten und schwenkten Gewehre über ihren Köpfen. Schöne junge Menschenkinder waren es. Das dunkle Haar quoll unter ihren Käppis hervor. Wie weiß ihre Gesichter waren! Welch eine Lebenskraft und Lebensfreude!

Spanierinnen? Walter schämte sich beinahe, daß er sie sich wie die Carmen in der Oper vorgestellt hatte, mit hohen Kämmen im Haar und Kastagnetten in den Händen, tanzend oder an der Seite von Toreros. War schon er so naiv, was für Vorstellungen mochten erst so viele andere haben, die nie aus ihrem heimatlichen Dunstkreis herausgekommen waren?

„Schildere dies Spanien, dies Madrid unseren Landsleuten", sagte er, mehr zu sich als zu seinem Kameraden. „Sie werden sagen: Lüge! Wo bleibt das Romantische? Das Malerische? Eben das Spanische?"

„Dort!" erwiderte Karl lächelnd und zeigte mit den Augen auf einen jungen, gutgewachsenen Spanier in phantasievoller Miliziuniform. Die Hose war oberhalb der Halbschuhe zugeschnürt. Statt des Gurtes trug er eine breite rote Schärpe und darüber eine kurze, westenartige Lederjacke. Den linken Arm hatte er in einer Binde, und diese Binde war ein in grellen Farben buntbesticktes Tuch. Als sie näher kamen, sahen sie auf der Binde einen dunklen Männerkopf und darunter den Namen: Durutti.

Durutti war ein katalonischer Anarchistenführer, der die Freiwilligen seiner Provinz befehligte, die gekommen waren, den Madridern zu helfen. Schon in den ersten Kämpfen vor Madrid war er gefallen ... Ja, dieser verwundete junge Anarchist verkörperte etwas von der Romantik, die man in Spanien sucht. Eine unnachahmlich stolze Haltung! Diese Grandezza, mit der er seinen verwundeten Arm trug. Das schmale Käppi, das ihm auf dem linken Ohr hing.

„Du lächelst", sagte Walter. „Vergiß nicht, diese Menschen haben mit nackten Fäusten die Kasernen von Madrid erstürmt. Haben, nur mit Knüppeln und Taschenmessern bewaffnet, in Barcelona ganze Batterien überrumpelt. Ohne die geringste militärische Ausbildung zu besitzen, verwehren sie seit einem Jahr vier modern ausgebildeten, von deutschen und italienischen Militärspezialisten geführten Armeen den Zugang nach Madrid. Was ihnen an militärischer Ausbildung und Erfahrung fehlt, das machen sie wett durch Todesmut. Du hast doch den Genossen Gonzales gehört? Sie weigern sich immer noch, vor dem Gewehr- und Kanonenfeuer des Feindes in Deckung zu gehen, sich auch nur zu ducken; sie erblicken darin Furcht, nicht Vorsicht; sie sagen: ‚Ein Spanier stirbt stehend.' "

Sie kamen in die Gran Via, die Prachtstraße Madrids. Hier sah man fast nur Milizsoldaten, denn diese Straße mit ihren prunkvollen Geschäftshäusern und dem Hochhaus des Post- und Telegrafenamtes war das Hauptziel der faschistischen Artillerie. In den Geschäften boten Verkäuferinnen ihre Ware an. In den Cafés saßen Milizionäre, tranken ihren Wermut und aßen Oliven dazu, spielten auch zuweilen in aller Ruhe Domino. In dem durchlöcherten Hochhaus hatten, wie man in ganz Madrid stolz erzählte, die Post- und Telefonangestellten seit der Belagerung noch nicht einen Tag, ja, nicht eine Stunde ihre Arbeit unterbrochen.

Ein Milizionär lief auf Walter und Karl zu, redete erregt auf sie ein und zerrte sie schließlich am Rockärmel auf die andere Straßenseite hinüber. Sie verstanden kein Wort und konnten nicht herausfinden, was der spanische Kamerad wollte.

Da hörten sie ein zischendes, pfeifendes Geräusch und gleich darauf einen krachenden Einschlag. Schräg gegenüber auf der anderen Straßenseite wirbelte Staub auf, und Eisen- und Steinsplitter schwirrten durch die Luft. Hart am Kantstein war ein metergroßes Loch aufgerissen.

Walter und Karl blickten sich erstaunt an. Ihnen war doch

ein wenig sonderbar zumute, und sie spürten beide, daß sie blaß geworden waren.

Karl sagte, aufs höchste erstaunt: „Wie konnte der wissen, daß es da einschlagen würde?"

Der Spanier redete wieder erregt, geradezu beschwörend auf sie ein.

Walter tippte sich plötzlich an die Stirn. „Comprendo! Ich hab's!" rief er. „Menschenskind, das ist doch schrecklich einfach. Die Straßenseite drüben liegt gegen die Front offen. Nur dorthin können Treffer kommen. Diese Seite der Straße ist geschützt. Das ist wie in einem Graben. Begriffen?"

Der Spanier mußte Walters Darlegung verstanden haben, er nickte zustimmend, bestätigte sie mit vielen Worten und klopfte ihm anerkennend auf die Schulter.

Tatsächlich ging vorhin auf der gegenüberliegenden Straßenseite niemand, der ganze Verkehr spielte sich auf dieser Seite ab. Aber jetzt überquerten viele die Straße, gingen in Geschäfte, Cafés, die auf der anderen Seite lagen. Ihr spanischer Freund bedeutete ihnen, auch sie könnten jetzt ruhig hinübergehen.

„Wieso denn das nun?" fragte Karl.

Der Spanier redete und redete, aber die beiden verstanden kein Wort. Sie mochten sich noch so anstrengen, sie ergründeten den Sinn des rasch dahinfließenden Wortschwalls nicht. Da zeigte der spanische Kamerad auf die Uhr, zählte: „Uno... dos, tres, cuatro, cinco..." bis „diez", schlug dann mit der Hand einen Bogen und sagte: „Bum!"

„Aha!" Walter hatte verstanden. „Alle zehn Minuten also." Jede zehnte Minute sandte die faschistische Artillerie von jenseits des Manzanares eine Granate in dies Stadtviertel.

„Comprendo... Comprendo!"

Sie schüttelten sich die Hände, lachten, freuten sich, sagten: „Salud!" und „Companeros!" Der spanische Kamerad redete, auch Walter und Karl redeten, und es kam gar nicht mehr darauf an, ob sie die Worte verstanden – sie hatten sich verstanden.

232

„Atención!" wurde gerufen, und Walter und Karl zogen sich in einen Hauseingang zurück.

Richtig! Wieder kam es pfeifend und zischend heran und endete in einem gellenden Krach. Sie blickten auf die Straße. Weit unten, nahe am Park, in den die Straße mündete, hatte es diesmal eingeschlagen.

Der Spanier blickte auf seine Uhr und nickte beifällig. Die Uhren der Faschisten schienen richtig zu gehen.

III

Tage vergingen; es hieß warten und immer wieder warten. Walter hatte an die Leitung der Internationalen Brigaden Eingaben und Gesuche gerichtet. Er war schließlich nicht als Tourist nach Spanien gekommen, er wollte in eine Brigade eingereiht werden, wollte mitkämpfen. Es ging nicht so schnell, wie er gehofft hatte. Ihm wurde vorgeschlagen, an einer Brigadezeitung mitzuarbeiten. Jede Brigade hatte eine gedruckte und jedes Bataillon außerdem eine hektographierte Zeitung. Walter lehnte das Ansinnen ab, er wollte nicht auch hier wieder lediglich mit der Feder kämpfen. Hier nicht – und er wies auf die vielen antifaschistischen deutschen Schriftsteller und Journalisten, die als Soldaten und Kommissare in den internationalen Einheiten standen.

Anfangs hatte er auf Einladung spanischer Journalisten in einem ehemaligen Palais gewohnt, das ein Presseklub geworden war, draußen am Madrider Park gelegen, unweit des Zoologischen Gartens.

Um in ständigem Kontakt mit der Leitung der Internationalen Brigaden zu sein und seine Wünsche besser vertreten zu können, siedelte er in das Generalkommissariat der Brigaden in der Calle Velasquez über, in dem Offiziere und Soldaten, vornehmlich solche, die auf der Durchreise waren oder sich vorübergehend in Madrid aufhielten, in Gemeinschaftsquartieren wohnten. Hier traf er Karl Friese und Ali

Höfke wieder, die bereits eingekleidet waren und auf ihren Abtransport warteten, Karl, um nach Albacete zu einem Offizierslehrgang zu fahren, Ali, der militärische Ausbildung besaß, um in die flämische Kompanie des „Edgar-André-Bataillons" eingereiht zu werden. Beide waren in froher, ja übermütiger Stimmung, und Karl spendierte eine Flasche spanischen Rotwein, um dies Wiedersehen zu feiern.

Beide waren längst aus Madrid abgefahren, als Walter endlich, es war kurz vor Weihnachten, den Auftrag erhielt, sich zur 11. Internationalen Brigade zu begeben und sich dort beim Stab zu melden.

Überglücklich lief er hinunter auf die Straße, suchte in dem Café an der Ecke der Calle d'Acala einen ruhigen Platz, bestellte einen schwarzen Kaffee und schrieb Briefe, was er immer wieder aufgeschoben hatte.

Den ersten Gruß der Mutter. Er mußte vorsichtig schreiben, denn die Gestapo las mit, er konnte aber auch nicht durch die Blume schreiben, die Mutter würde ihn dann kaum verstehen. So reduzierte sich sein Lebenszeichen und Gruß auf ein paar herzliche Worte mit der Hoffnung auf ein baldiges Wiedersehen.

Den zweiten Gruß Aina. Er hatte eigentlich noch keine ausgesprochene Sehnsucht nach ihr gehabt; zu groß und neuartig waren die Erlebnisse und Eindrücke, zu rasch wechselten die Bilder und Schicksale. Er hatte einmal überlegt, ob es gut gewesen wäre, wenn sie ihn begleitet hätte. Viele Frauen und Mädchen der verschiedensten Nationalitäten waren in Madrid und halfen mit bei der Verteidigung der Republik. Er fand, es war besser, daß Aina in Paris geblieben war; sie leistete auch dort wichtige Arbeit. Er hatte nicht die geringste Angst um sich, aber um sie würde er ständig bangen. Er mußte an Alberts schmunzelnd gesagtes und wohl auch schelmisch gemeintes Abschiedswort denken: Ich paß auf sie auf. Und wenn, na, du weißt schon, dann schreib ich dir!

Sein Brief fiel in dieser Stimmung anders aus, als er gewollt hatte, war mehr ein Bericht als ein Brief. Und der Schluß: „Ich umarme Dich herzlich!" paßte nicht recht darunter. Er zögerte auch, ihn abzuschicken, aber dann entschloß er sich doch dazu.

Ein dritter Brief war für den Genossen Oskar bestimmt, den Emigrationsleiter in Paris. Er bat ihn, seinen Sohn Viktor von Hamburg nach Kopenhagen zu schaffen, denn er wollte nicht, daß der Junge in den Hitlerrock gepreßt würde. Er legte Cats Adresse bei.

Dann fiel ihm ein, daß er Aina überhaupt nicht mitgeteilt hatte, daß er an die Front, zur Brigade fuhr. Und er setzte noch an den Rand des Briefes, ein wenig angeberisch, wie er sich hinterher eingestand: „Morgen fahre ich an die Front! Mal sehn, zu was ich tauge."

Die Landschaft Mittelspaniens bietet im Winter ein wenig reizvolles Bild. Durch eintönige, steppenkahle Landstriche ging die Fahrt, durch armselige Dörfer mit protzigen Herrenhäusern und großen, düsteren Kirchen. Kein Baum, kein Strauch war zu sehen, nichts als kahle Hänge, nichts als Steine, Sand und verdorrtes Steppengras. Aus der Ferne konnte man meinen, die Bergzüge mit ihren schwärzlichen und gelben Flecken seien von Aussatz zerfressen. In den höheren Regionen lag Schnee, gleichsam die wunden Stellen bedeckend. Bitterkalte Winde fauchten von der Hochebene durch die Gebirgsschluchten. Nicht das sonnige Spanien, eine Mondlandschaft glaubte Walter Brenten zu durchfahren.

In der Calle Velasquez hatte Walter einen graugrünen Militärmantel erhalten, eine Art Pelerine, dazu eine Decke und derbe Stiefel. Unter seiner Lederjacke trug er noch einen Wollsweater auf dem Leib, und dennoch fror ihn abscheulich. Dabei saß er neben dem spanischen Fahrer in der Führerkabine des Lastwagens; fünf andere Kameraden hockten auf dem offenen Wagen zwischen Kisten mit Medikamenten.

Sie erreichten die Provinzhauptstadt Cuenca, und Walter vermeinte durch eine Stadt des Mittelalters zu fahren. Kleine, krumme Gassen kletterten steile Höhen hinan. Uralte, baufällige Häuser klebten zwischen Bergschluchten und an Felsen. Der Wagen ratterte über das holprige Pflaster der Hauptstraße, vorbei an alten Kolonnaden, verfallenem Gemäuer, Toren und Türmen, an armseligen und verdreckten Verkaufsläden. Doch dann erschrak er fast. Über dem Gewirr dieser alten, verfallenen Häuser erhob sich in finsterer Großartigkeit eine Kathedrale, ein Riese aus dem Mittelalter, dessen Macht bis in die jüngste Zeit reichte.

Auf waghalsigen Serpentinen ging die Fahrt talab, wo tief unten ein wasserarmer, müder Fluß sich durchs Tal schlängelte. Wieder umgab sie nichts als Stein und Sand und dürres Steppengras.

In den Bergen, kurz vor Valencia, hielt der Fahrer und zeigte auf ein kleines, hoch in den Bergen gelegenes Städtchen. Die Häuser hingen wie Schwalbennester an den Hängen. Doch das Seltsamste war, diese Stadt hatte noch Höhlenwohnungen, in denen Menschen hausten. Deutlich waren die Strickleitern zu erkennen, auf denen die Bewohner in ihre Behausungen gelangten. Der Fahrer berichtete, daß es im Süden des Landes noch viele Höhlenwohnungen gäbe, beteuerte aber, genau zu wissen, daß auch in Frankreich und auf dem Balkan Menschen noch in Höhlen kampierten. Peter Schimanke, ein Berliner, rief vom Wagen: „Ick vamute heftig, da oben wohnt et sich besser als in mein'm Kellerloch am Alex."

An dieser Stelle begegneten sie einem aus Valencia kommenden Wagen der Brigadeintendanz. Aus dem Wagen stieg Otto Wolf, der Breslauer.

„Du hier?"

„Menschenskind, Walter!" Otto Wolf, in piekfeiner Offiziersuniform, fiel Walter um den Hals, klopfte ihm den Rücken und rief: „Hombres! Hombres!"

„Hatte keine Ahnung, daß du hier bist", sagte Walter.

„Hier trifft sich alles, was gut und schön ist. Fährst du zur Elften? Ja? Dort findest du noch mehr Bekannte. Auch den ‚schönen Willi‘, erinnerst dich doch noch? Der ist Teniente, Zugführer.“

„Und du?“ fragte Walter lächelnd über die ihm nur zu bekannte Redseligkeit.

„Ich? Ich bin stellvertretender Intendant der Brigade. Schon über ein halbes Jahr . . .“

„Kannst gewiß schon Spanisch, was?“

„Naturellemente, Hombres!“

Otto nahm Walter beiseite und flüsterte ihm zu, die Elfte befinde sich nicht mehr oben im Ebrobogen, sondern in Valderróbres. „Dicke Luft, mein Lieber! Wenn die Elfte umzieht, dann knallt's bald irgendwo! Wahrscheinlich wird dem Franco der Zeigefinger abgeschnitten, der frech aufs Meer zeigt. Und – du weißt doch, die Nagelspitze heißt Teruel.“

„Du meinst eine Offensive?“

„Claro! Wird auch verdammt Zeit! Findest du nicht auch? Die Sache im Norden, Asturien und so, na, die hat so 'n bißchen hinterlassen. Die Stimmung muß aufgemöbelt werden. Aber um Himmels willen nicht weitersagen! Du weißt von nichts, verstanden?“

Der Fahrer wußte längst, daß die Elfte in Valderróbres lag. „War nötig“, sagte er, „da oben in Toralba, in der Salzsteppe, wird ein halbwegs vernünftiger Mensch auf die Dauer meschugge.“

IV

Durch Valderróbres ratterten in nicht abreißender Folge Lastwagen mit Soldaten der spanischen Volksarmee in Richtung auf Teruel. Die Soldaten hatten sich Decken um Kopf und Hals geschlagen. In den Bergen wehte ein eisiger Wind, und auf den Gebirgspässen lag hoher Schnee. Motorradfahrer, vermummt wie alte Frauen, rasten über den Marktplatz die große Landstraße talab. Die Kämpfer der Internationalen Brigaden, die in dem Städtchen einquartiert waren, wunderten sich, daß man sie weiter ausruhen ließ. Sie hatten schwere Wochen und Monate in der Salzsteppe Aragoniens hinter sich und wohnten seit langer Zeit einmal wieder in Häusern und schliefen in Betten. Aber daß die Spanier offenbar ohne ihre Hilfe eine Schlacht schlagen wollten, das ging manch einem der alten Interbrigadisten nicht in den Kopf.

Der Stab der Brigade hatte sich in dem sehr geräumigen Haus eines geflohenen Olivenhändlers einquartiert. In der großen Vorhalle wurden die laufenden Besprechungen durchgeführt. Auch Walter Brenten stand hier und wartete darauf, von dem Kommandanten der Brigade empfangen zu werden.

An dessen Stelle kam der Kriegskommissar der Brigade, ein hochgewachsener, schlanker Mann mit einem hageren, scharfgeschnittenen Asketengesicht. Prüfend sah er Walter Brenten an, überflog flüchtig das Schreiben, das der ihm überreichte, steckte es lässig in die Rocktasche seines langen Mantels.

„Ich weiß bereits, aber du kommst ungünstig."

Er wandte sich an einen Offizier, der eine Schirmmütze mit zwei Goldstreifen trug, und wies mit leichtem Kopfnicken auf Walter Brenten, dessen Aufmerksamkeit im Augenblick abgelenkt war. Einige Kameraden hockten vor dem offenen Kamin, und einer hielt eine langstielige Pfanne übers Feuer. Was braten die nur? dachte Walter. Dann verriet ihm der Duft, daß sie Kaffee rösteten. Eine ältere, pummlige Spanierin trat mit einem Kessel Wasser herein, offenbar die Wirtin des Hauses. Sie drehte und wendete sich wie ein Kreisel, und man sah, daß sie viele Röcke übereinander trug. Ihr Gesicht, breitflächig, war wie von gegerbtem Leder überzogen, rissig und bräunlich. Die Kameraden redeten sie mit „Mama" und „Mamita" an, sie lachte dazu und schien sich mit ihnen gut zu verstehen.

„Kamerad Brenten!"

„Ja!" Walter trat auf den Kriegskommissar zu.

„Kamerad Doppler!" Der Kriegskommissar zeigte auf den Kommandanten vom Thälmann-Bataillon. „Geh mit ihm."

„Ja!" Walter reichte dem Kameraden Doppler die Hand, die dieser kräftig schüttelte. Wie Walter ihn anblickte, mußte er lächeln. Er mußte lächeln, weil er ihn an Ernst Thälmann erinnerte. Dasselbe volle Gesicht. Die gleichen klugen, hellen Augen.

„Hast du viel Gepäck?"

„Nein, nur einen Rucksack!"

„Das ist gut. Manche kommen an wie Weltreisende, mit einem ganzen Haufen von Koffern ... Ich muß nach Morella. Kannst mitfahren, wenn du willst. Wir haben Zeit, uns im Wagen zu unterhalten."

Doppler war gut einen Kopf größer als Walter und sah, so fand Walter, in seiner Uniform großartig aus. Den mit Lammfell gefütterten Mantel trug er offen, darunter saß eine kurze, schwarze Lederjacke, und ein klobiger Coltrevolver steckte an der Seite. Interbrigadisten kamen ihm entgegen. Sie grüßten: „Salud, Kommandant!"

„Salud, Kameraden!"

An dem herzlichen Ton des Grußes erkannte Walter, daß Doppler beliebt sein mußte. Woher mochte er kommen? Der war doch bestimmt schon früher Offizier gewesen.

V

In einem kleinen, grau und grün getupften Fiat-Wagen fuhren sie ins Gebirge hinein. Doppler saß neben dem Fahrer. Walter hatte sich hinten hineingequetscht, zwischen Kisten und Pappkartons.

„Hast du gutes Schuhzeug?" – „Ja!" – „Fußlappen?" – „Fußlappen? Nee, Socken!" – „Gewöhn dich an Fußlappen, sie wärmen besser. Warst du schon mal Soldat?" – „Nein, Genosse Doppler!" – „Ich heiße Max!" – „Ich Walter!" – „Dann steht dir die Feuertaufe noch bevor?" – „Ja!" –

„Keine Angst?" – „Bestimmt nicht! Und du, du warst doch gewiß früher schon Offizier, nicht wahr?" – „Woher denn? Gegen meinen Willen niemals." – „Du siehst so aus!" – „Was du nicht sagst?" Max lachte. „Wenn es so ist", sagte Walter, „dann kann ja auch ich noch ein brauchbarer Soldat werden." – „Wirst du. Und schneller, als du ahnst."

Sie fuhren talwärts. An einer Hauptstraße mußten sie warten. Eine Kolonne schwerer Raupenpanzer ratterte vorüber.

„Verdammtes Pech!" fluchte der Fahrer. „Die zu überholen wird ein Kunststück sein."

„Gibt's keinen anderen Weg?" fragte Max.

Walter stieg aus dem Wagen. Schon acht Panzer hatte er gezählt. Schwere graue Ungetüme mit langen Geschützrohren. Erstaunlich, daß sie die steilen Gebirgsstraßen bezwangen; sie mußten, so plump sie auch aussahen, sehr wendig sein. Aus einer Turmluke blickte ein spanischer Offizier und winkte. Walter grüßte mit der Hand an der Baskenmütze.

„Komm, wir fahren weiter!"

„Hinterher?"

„Ja, geht nicht anders!"

Der Fahrer überholte die Panzer mit tollkühner Geschicklichkeit auf einer ansteigenden Bergstraße. Um Millimeterbreite schlüpfte er zwischen ihnen und der steilen Felswand durch, vierzehnmal. Dann gab er Vollgas, und der Wagen nahm die Berghöhe, flink, leicht, wie einer Gefahr entronnen.

„Ob wir ohne Schneeketten durchkommen?" fragte der Fahrer. Nun sah auch Walter, daß der Gebirgspaß, auf den sie zufuhren, eingeschneit war.

„Versuch's!" rief Max.

Die Straße war gut eingefahren und hatte feste Fahrrinnen. An den Hängen aber lag der Schnee wohl einen halben Meter hoch. Auf dem Paß rastete ein Bataillon spanischer Carabineros. Es hatte aus der Ferne den Anschein, als ruhe ein Schwarm müder, flügellahmer Raben im Schnee. Die Männer hatten sich in ihre Decken und Pelerinen gehüllt und sich im Schnee ausgestreckt.

Max öffnete das Wagenfenster, winkte ihnen zu.

Ein Spanier rief etwas. Walter verstand es nicht, Max aber antwortete spanisch, und Walter vernahm die Worte: „Once Brigada Internacional." Mit einem Schlag wurden alle Müden munter, streckten die Arme hoch und schrien: „Salud, Camaradas internacionales! Salud . . . Salud!"

„Wunderbar!" murmelte Walter. Die Augen wurden ihm feucht. „Das ist Kampfbrüderschaft!"

„Seit einem Jahr in Siegen und Niederlagen erprobt", erwiderte Max. „Ja, allmählich sind wir eine Volksarmee geworden. War das die erste Zeit ein Gemisch, ein Durcheinander, unbeschreiblich! Da gab es anarchistische, kommunistische, sozialistische, demokratische, liberale, syndikalistische Einheiten und was weiß ich noch alles. Keine wollte sich der andern unterordnen. An der Front wurde abgestimmt, ob gekämpft werden sollte oder nicht. War die Mehrheit gegen Kämpfen, gingen sie quietschvergnügt ins Quartier. Es gab ein Bataillon der ‚Syndikalistischen Friseure'! Ein anderes nannte sich ‚Rote Löwen'. Es war schon eine Herkulesarbeit, aus diesem chaotischen Haufen eine Volksarmee unter einheitlicher Führung zu schaffen. Es ist gelungen. Hat aber Zeit und Nerven gekostet. Wir haben leider unterdessen den Norden verloren . . ."

VI

In Morella waren die beiden Batterien der 35. Division einquartiert, die zum Verband der 11. Brigade gehörten. Max Doppler hatte Besprechungen mit dem Artilleriekommandanten, einem rumänischen Kameraden.

„Gute Nachricht", sagte Max, an den Wagen tretend. „Der Durchstoß ist gelungen. Es wird bereits in Teruel gekämpft."

„Und wir?" fragte Walter.

„Wir?" Max lachte übers ganze Gesicht. „Das ist es eben, uns haben sie nicht gebraucht."

Sie gingen zum Wagen.

„Ich vermute, wir rücken bald ab."

„Nach Teruel?" fragte Walter.

„Nach Teruel? Nein, das glaube ich nicht. Wir werden wohl den Gegenstoß Francos aufhalten müssen. Das wird dann deine Feuertaufe."

FÜNFZEHNTES KAPITEL

I

Chefinspektor Wehner hatte seine zentrale Verwaltung, auch nachdem die Regierung Franco nach Burgos übergesiedelt war, in Valladolid belassen. Er wohnte an der Plaza Major, einem schönen, von Arkaden umgebenen Platz im Zentrum der Stadt. Von hier leitete er die von ihm geschaffene spanische Geheimpolizei. In dem von den Francotruppen besetzten Teil Spaniens hatte er in jeder größeren Stadt seine deutschen Mitarbeiter, größtenteils Kommissare aus der Auslandsabteilung der Gestapo, aber auch viele, die vorher im besonderen Auftrag in Spanien und in den lateinamerikanischen Ländern tätig gewesen waren. Die deutschen Gestapokommissare waren die Offiziere, die spanischen Kriminalbeamten das Fußvolk. Der spanische Staatssekretär, der nach außen hin der Geheimen Staatspolizei vorstand, ein früherer Präfekt, war ein behäbiger, alter Herr, nahe der Siebzig, der Wehner schalten und walten ließ und nur bei offiziellen Anlässen in Erscheinung trat.

Die Wohnung an der Plaza Major, die Wehner zur Verfügung gestellt worden war, bestand aus drei nur kleinen, aber geschmackvoll eingerichteten Zimmern; er fühlte sich darin recht wohl. Es war die Wohnung eines stadtbekannten Rechtsanwaltes gewesen, der mit den Roten sympathisiert hatte. In den Julitagen, zu Beginn des Aufstandes, waren der Anwalt, seine Frau und seine beiden Töchter von Falangisten erschossen worden.

Auch eine Haushälterin hatte der fürsorgliche Alkalde ihm verschafft, ein nicht mehr junges, aber noch respektables, etwa dreißigjähriges Mädchen mit Namen Theresa Veleta, eine dunkle Baskin mit lichtblauen Augen, die gewiß nicht Jungfer geblieben wäre, wenn sie nicht durch ein Hüftleiden ein wenig lahmte. Anfangs hatte Wehner sich ihr gegenüber peinlich korrekt und zurückhaltend benommen. Er fürchtete, sie könnte eine Agentin sein und die Aufgabe haben, ihn zu beobachten. Nachdem er erkannte, wie unsinnig solche Annahme war, wie wenig man sich um sein privates Leben kümmerte und wie miserabel der spanische Geheimdienst arbeitete, nahm er Theresa zu sich ins Bett.

Wehner saß an diesem kalten Januartag in seinem gutgeheizten Arbeitszimmer und sah in die Auslandspresse, die seitenlang über den Sieg der Roten bei Teruel berichtete. Er verstand nicht, wie ein solcher Erfolg noch hatte kommen können. Der Norden war erobert, das gefährliche Asturien besetzt worden – und da unten im Süden begannen die Roten eine Offensive!

Wehners Sekretär trat ein. Der Herr Chefinspektor werde dringend in Burgos erwartet. Der Herr Justizminister müsse auch nach Burgos, und Exzellenz lasse fragen, ob sie nicht gemeinsam fahren könnten. Etwa gegen elf Uhr.

Wehner mußte laut lachen. Etwa gegen elf Uhr – das war eine echt spanische Zeitangabe. Die Exzellenz wollte Begleitung haben, nicht wegen der Unterhaltung, sondern wegen der Partisanen. Drei Tage in der Woche ging er auf die Jagd, drei weitere auf amouröse Abenteuer, und am siebenten Tag feierte er, wie der liebe Gott es vorgeschrieben hatte.

Wehner sah auf die Uhr. Bis elf waren es noch zwanzig Minuten. Jedoch – die Abfahrt konnte sich noch Stunden hinziehn. Er beschloß, in seine Wohnung zu gehen, damit Theresa erfuhr, daß er abends nicht kommen würde.

Eine Autofahrt durch das Ödland der Hochebene Altkasti-
liens war zur Winterszeit nie angenehm, in diesem Jahr aber
war der Januar besonders kalt und rauh. Die Straße von
Valladolid nach Burgos war recht gut für spanische Verhält-
nisse, sie war gepflastert und folgte den Flußläufen. Aber
der vom Gebirge kommende eiskalte Sturmwind fegte durch
die Tür- und Scheibenritzen und drang ins Mark. Wehner
trug einen Pelz, als wollte er durch Grönland reisen, dennoch fror ihn. Er blickte aus dem Wagenfenster, sah aber
nur endlose, dürre Fläche, kaum einen kahlen Strauch, selten
einen Baum, von Wäldern ganz zu schweigen.

Sie fuhren in einer Kolonne von vier Wagen. Voraus ein
Wagen mit Soldaten. Dann folgte der Wagen des Justizministers. Hinter ihm kam Wehner, und den Abschluß machte
ein Wagen mit Bewaffneten in Zivil. Exzellenz schätzte seine
werte Person für nicht gering ein und sorgte für Sicherheit.

Vor Vento, einer kleinen Stadt am Ufer des Arlanzon,
hielt der Wagen des Justizministers, und der Fahrer winkte.
Wehners Wagen fuhr heran, und Wehner erblickte das
Pfannkuchengesicht des Ministers. Der bat ihn in über-
schwenglicher Freundlichkeit, einen deutschen Oberst, der
am Universitätsplatz in Vento wartete, mit nach Burgos zu
nehmen.

Einen deutschen Oberst? Selbstverständlich, Wehner war
gern bereit, ihn mitzunehmen.

Fast menschenleer war die Stadt, wie verlassen, und die
grauen Häuser aus Lehm und Stein standen gewiß schon
Hunderte von Jahren. Armselig und verwahrlost sahen sie
aus. In Decken und Wollschals eingemummte Menschen auf
kleinen Eseln ritten durch die Straßen. Reiter und Tier
sahen aus wie ein einziges, seltsames Geschöpf, so verwach-
sen schienen sie miteinander.

An einem viereckigen Platz sah Wehner unter den niedrigen Arkaden einen untersetzten, etwa vierzigjährigen Mann

auf und ab gehen. Als sich die Wagen näherten, trat er auf sie zu. Man bedeutete ihm, im dritten Wagen Platz zu nehmen.

Der Oberst stellte sich Wehner vor: „Otto von Carbitz!"

Er murmelte etwas, als Wehner seinen Namen nannte, setzte sich in den Wagen und sprach kein Wort mehr.

Wehner war enttäuscht. Er hätte gern gewußt, wen er da getroffen hatte, und auch sonst wäre ihm auf dieser tristen Fahrt eine Unterhaltung willkommen gewesen.

Der Oberst trug einen mit Bärenfell gefütterten Mantel, dazu eine Baskenmütze. Aber die wollte nicht recht zu seinem Kopf passen. Die Mütze allein macht's auch nicht, dachte Wehner und lächelte, in dir erkennt doch jeder auf hundert Schritt den Fremden. Ein volles, männliches Gesicht, stellte Wehner fest, ein kräftiges Kinn und eine kräftige Nase.

Nachdem sie wohl eine Viertelstunde schweigend nebeneinander gesessen hatten, konnte Wehner nicht länger an sich halten. Er wandte sich an den Oberst: „Gestatten Sie eine Frage. Sind Sie schon lange im Lande?"

Oberst von Carbitz drehte sich um und machte ein – wie Wehner fand – unwilliges Gesicht. Es paßte ihm offensichtlich nicht, angesprochen zu werden.

„Ein knappes halbes Jahr."

„Ich sitze schon über ein Jahr hier", erwiderte Wehner.

Der Oberst sah wieder zum Fenster hinaus auf den Fluß, der trübe und wie unbeweglich dalag.

Wehner holte seine Zigarrentasche hervor und reichte sie seinem Nachbarn.

„Bitte!"

„Danke, nein! Ich rauche nicht!"

Wehner zündete sich eine Zigarre an. Erschrocken fragte er dann: „Stört es Sie, wenn ich rauche?"

„Nicht im geringsten."

Wehner drückte sich in seine Platzecke und betrachtete den Oberst, der unverwandt auf die trostlose Landschaft sah.

„Was sagen Sie eigentlich zu der Schose da unten bei Teruel? Ein miserabler Jahresanfang, nicht wahr?"

„Hm! Hm . . ."

„Daß die Roten eine Winterschlacht, und dazu im Hochgebirge liefern konnten, ist doch allerhand. Hatte man denn eigentlich von den Vorbereitungen nichts erfahren? Kam der Schlag wirklich unerwartet?"

„Hm . . . Hm . . ."

Der Oberst rekelte sich auf seinem Sitz hin und her. Wehner merkte, wie ungern er antwortete.

„Wenn was mißlingt, haben wir oder die Italiener die Schuld. Wenn was gelingt, hat die Falange das Verdienst. Bundesgenosse sein ist eine undankbare Sache."

„Weshalb so verbittert, Oberst?"

„Stellen Sie sich einmal vor, wir hätten einen Krieg durchzustehn und als Verbündete, na, sagen wir, Spanier und Italiener . . ."

Wehner lachte.

Der Oberst sah verdutzt auf. „Ich bitte Sie, wen hätten wir sonst?"

„Sie mißdeuten mein Lachen, Oberst. Ich finde, diese Verbündeten sind gar nicht so übel. Wir könnten Frankreich hübsch in die Zange nehmen."

„Wer spricht von Frankreich? Ich denke an Rußland. Glauben Sie wirklich, wir könnten dort mit spanischen Soldaten einen Blumentopf gewinnen?"

„Spanische Soldaten haben gerade in eisiger Winterkälte eine für uneinnehmbar gehaltene Bergfestung erstürmt, Oberst."

„Die gerade würden gegen uns stehn, dort wie hier . . . Hätte nicht vor einem Jahr schon Madrid liquidiert werden müssen? Kriege gewinnt man eben nicht mit hochtrabenden Redensarten und Proklamationen."

„Sind Sie aber pessimistisch!" rief Wehner und tat sehr vergnügt.

„Ich bin durchaus nicht pessimistisch. Wir haben zum

Glück noch andere und hervorragendere Bundesgenossen. Und..."

„Wer sind denn die?" fragte Wehner grinsend.

„England und Frankreich", erwiderte der Oberst. „Oder glauben Sie im Ernst, wir könnten ohne sie die Sache hier zu unsern Gunsten beenden? Frankreich brauchte nur die russischen Waffenlieferungen durchzulassen, und die Roten jagten uns nicht nur aus Teruel, sondern aus Spanien."

„Wenn wir siegen, verdanken wir es also Ihrer Meinung nach England und Frankreich?"

„Mit!" rief der Oberst. „Die wollen nämlich ein Rotspanien genausowenig wie Sie und ich. Franco ist für sie das kleinere Übel. Das ist unser Glück."

„Sie übertreiben, Oberst! Ein wenig, denk ich, verhelfen auch wir diesem Lande zu seinem Glück."

„Ein wenig, ja. Aber eben nur ein wenig... Wenn die Roten in Spanien besiegt sind, hat sich gewiß unser Verhältnis zu England und Frankreich derart gestaltet, daß wir den Krieg gegen Rußland wagen können."

„Ohne Verbündete?" fragte Wehner.

„Es wird genügen, wenn uns dann England und Frankreich so helfen, wie sie uns jetzt schon helfen."

„Das Schicksal unserer Nation liegt in der Hand des Führers", sagte Wehner.

Der Oberst gab keine Antwort.

Wehner fuhr nach kurzem Schweigen fort: „Ich bin überzeugt, es hat nie in besseren Händen gelegen."

Der Oberst wies hinaus. Die Straße schlug einen großen Bogen, und in der Ferne war auf einem Hügel am Fluß die Stadt Burgos zu sehen.

III

In Burgos erfuhr Wehner, daß er nicht zur Besprechung des Ministerrats gerufen worden war, sondern bei der Aufklärung einer Verschwörung helfen sollte, denn eine illegale

Verschwörung der Roten in der Residenz des Caudillo, das war eine sehr ernste Angelegenheit.

Während Oberst von Carbitz zum Regierungsgebäude fuhr, um an den Beratungen über die militärische Lage teilzunehmen, begab sich Wehner in das Gebäude der Provinzialverwaltung, das neben dem Gerichtshof lag und in dem die Polizeizentrale untergebracht war.

Inspektor Hubert Vogelsang, ein gebürtiger Schwabe, empfing Wehner und erstattete ihm Bericht. Vor drei Tagen war es gelungen, vier Kommunisten in Burgos dingfest zu machen. Es bestand der Verdacht, daß sie zu den leitenden Männern einer weitverzweigten illegalen kommunistischen Organisation gehörten, die wiederum in Verbindung mit anarchistischen Terrororganisationen stand und sehr wahrscheinlich auch Verbindungen zu den Partisanen hatte. Einem der Verhafteten war es rätselhafterweise gelungen, kurz nach seiner Verhaftung zu entfliehen. Und gerade der war nicht aus dieser Gegend, sondern ein seit langem gesuchter Gewerkschaftsführer aus Bilbao. Die drei anderen waren inzwischen sehr gründlich vernommen worden, aber es war nicht gelungen, auch nur die geringsten Anhaltspunkte über ihre persönlichen Verbindungen herauszubekommen. Einer, so berichtete der Inspektor, sei leider heute morgen an den Verletzungen, die er sich bei den Vernehmungen zugezogen habe, gestorben.

Wehner fragte: „Wer hat die Vernehmungen geleitet?"

„Ich selber", erwiderte der Inspektor.

„Gut!" Wehner überlegte. Inspektor Vogelsang war einer seiner tüchtigsten Leute, er sprach perfekt spanisch und hatte einige Jahre im Dienst der Nationalsozialistischen Auslandsorganisation in einem deutschen Handelsbüro in Santander gearbeitet.

„Wie sind die Kerle verhaftet worden? Bei welcher Gelegenheit?"

„Ein Spanier, ein Goldschmied und Juwelier, hat sie angezeigt. Er hatte beobachtet, daß immer dieselben drei Männer zu dem Apotheker Larraz kamen. Dieser Apotheker war sein Nachbar."

„Auch Kommunist?"

„Natürlich! Bei dem fanden die Zusammenkünfte statt. Er ist übrigens der, der heute gestorben ist."

„Das ist dumm. Konnte man das nicht verhindern?"

„Wir waren auch überrascht."

„Hat sich wohl vergiftet, was?"

„Bestimmt nicht! Er wurde, wie jeder der Verhafteten, ständig beobachtet. Er hatte eine Gehirnblutung."

„Wann kann ich die Verhafteten sehen?"

„Sofort, wenn Sie bestimmen, Herr Chefinspektor!"

„Nun gut, verlieren wir keine Zeit."

Wehner und Vogelsang gingen, begleitet von zwei Kommissaren und fünf bewaffneten Falangisten, durch lange Korridore nach dem Gerichtshof hinüber, in dem sich auch die Zellen für Untersuchungsgefangene befanden. Wehner hatte seinen Pelzmantel anbehalten, trotzdem fror ihn, so kalt war es in diesen Steingängen. Sie gingen hinunter in den Keller, vorbei an vielen Zellentüren. Kein Laut war zu hören. Wehner fragte deshalb den Inspektor: „Alles belegt?"

„Überbelegt. Oft sind vier in einer Zelle."

Dumpf hallten die Schritte der Soldaten in den katakombenartigen Gewölben.

„Hier, Herr Chefinspektor, liegt der eine. Dort, schräg gegenüber, der andere."

Der Wachtmeister, der die Kellerstation beaufsichtigte und sich ihnen angeschlossen hatte, trat hervor, ein riesiges Schlüsselbund in der Hand.

Die Zelle glich einer Steinnische, so klein und so kahl war sie. Der Mann, der mittendrin stand, wirkte riesengroß. Er war auch ein großer, starker Mensch mit breiten Schultern und einem beträchtlichen Leibesumfang. Sein Gesicht, breit und derb, lief in ein Doppelkinn über. Kalt blickte er auf die Eintretenden.

„Was ist er von Beruf?" fragte Wehner den Inspektor.

Der zuckte mit den Schultern und erwiderte: „Er gibt keinerlei Auskünfte."

„Fragen Sie ihn!"

Der Inspektor richtete auf spanisch die Frage an den Gefangenen.

Der machte keine Miene, zu antworten.

Wehner sah, daß der Gefangene am Hals, unterhalb des linken Ohrs, eine blutunterlaufene Hiebwunde hatte. Auch die rechte Hand war geschwollen und dunkel angelaufen.

„Hat es eine Schlägerei gegeben?" fragte er.

„Ja, er schlug zurück und verletzte zwei Beamte."

„Gehn wir zu dem anderen."

Die Zellentür wurde verschlossen und die nach dem Ende des Ganges hin gegenüberliegende Zelle geöffnet. An der Zellenwand lehnte ein noch junger Mensch, ein echter Spanier mit vollem, dunklem Haar, schmalem Gesicht und großen, kohlrabenschwarzen Augen. Blaß war er und sehr schlank, bestimmt nur wenig über zwanzig Jahre. Der Gefangene blieb regungslos an die Wand gelehnt, als Wehner und der Inspektor eintraten, und beachtete sie überhaupt nicht.

Wehner suchte äußerlich sichtbare Verletzungen an dem Jungen, fand aber keine.

„Der ist nicht verprügelt worden?" fragte er.

„Feste", erwiderte der Inspektor. „Er scheint eine Verletzung am Bein zu haben."

„Und macht auch keine Angaben?"

„Nicht einmal seinen Namen nennt er."

„Hat es einen Sinn, ihn zu fragen?"

„Ich glaube nicht."

„Und der dritte?"

„Der ist doch tot, Herr Chefinspektor."

„Schon begraben?"

„Nein, der liegt in der Totenkammer."

„Ich will ihn sehen."

Sie gingen den Kellergang zurück und kamen an eine abgelegene Zelle, die nicht verschlossen war. Auf dem Boden lag der Leichnam des Apothekers. Ein dürrer Leib, ein schmales Gesicht, schon wachsgelb. Unter der Nase und am Kinn zwei Tupfen Barthaare, nicht größer als eine Pesetamünze.

„Das ist nun der einzige, von dem man überhaupt weiß, wer er ist", sagte Wehner. „Wir werden aber die beiden andern schon zum Sprechen bringen. Darauf geb ich Ihnen Brief und Siegel."

„Und wie denken Sie sich das?"

„Kommen Sie", sagte Wehner, „ich will Ihnen das erklären, ich hab da so meine besonderen Tricks."

IV

Gegen Abend ließ Inspektor Vogelsang die beiden verhafteten Kommunisten zusammen in eine Zelle sperren. Sie hatten sich, als man sie zusammenbrachte, so berichteten die Gefängniswachtmeister, ohne ein Wort oder auch nur eine Geste angesehen, und sie hatten auch kein Wort miteinander gesprochen, nachdem sie allein waren. Als die Leiche des Apothekers in die Zelle geschoben wurde, hatten sie es schweigend geschehen lassen.

„Ich bin überzeugt", sagte der Inspektor, „das macht nicht den geringsten Eindruck auf sie. Diese Art Leute haben weder ein Gewissen noch das, was man gemeinhin eine Seele nennt."

„Sie irren", widersprach Wehner. „Es sind zwar Untermenschen, aber sie sind menschlichen Regungen doch nicht völlig verschlossen. Morgen früh geben sie auf jede Frage Antwort."

Im Restaurant des Hotels, in dem Wehner wohnte, traf er den Oberst von Carbitz. Der schien immer noch nicht besserer Stimmung, aber Wehner trat doch an ihn heran und fragte, ob er Platz nehmen dürfe. Der Oberst nickte, blickte jedoch an Wehner vorbei auf die vielen lauten Gäste und die eilfertigen Kellner im Speisesaal.

„Hat sich die Reise gelohnt, Herr von Carbitz?"

„Ich bin doch nicht zu meinem Vergnügen hier, genausowenig wie Sie. Befehl ist Befehl, und man tut, was man kann."

„Wissen Sie, was ich gehört habe? Teruel soll von Modesto eingenommen sein. Stimmt das? Das wär ja 'ne tolle Sache."

„Warum?" fragte der Oberst.

„Finden Sie nicht? Der war doch, wie man sagte, das Rückgrat der Madrider Verteidigung. Plötzlich taucht er da unten auf. Müßten wir nicht jetzt eine Blitzoffensive auf Madrid durchführen? Die Roten nehmen Teruel, wir Madrid."

„Blitzoffensive?" knurrte der Oberst. Er beugte sich über den Tisch und flüsterte: „Wissen Sie, was der Caudillo will?"

„Wie soll ich das wissen, lieber Oberst."

„Mehr Flugzeuge! Mehr Kanonen! Mehr Panzer! Mehr Soldaten... Offiziere, so meint er, hat er genug; er braucht Leute, die kämpfen wollen und können."

„Wird der Duce noch ein paar Divisionen schicken müssen."

„Vom Führer will er Soldaten, die Schwarzhemden sind ihm zu leichtfüßig, zu übereifrig bei der Retraite."

„Wird er bekommen. Es ist immer gut, wenn recht viele unserer Soldaten Kampferfahrungen sammeln."

„Es ist aber schlecht, wenn zu viele in der spanischen Erde bleiben. Spanien ist schließlich nur ein Nebenkriegsschauplatz. Mich würde gar nicht wundern, wenn der Caudillo sich bei den Amerikanern anbiedert. Möchte nicht wissen, was hinter den Kulissen schon alles gedreht wird."

„Warum möchten Sie es nicht wissen?" Wehner lächelte.

„Sie verstehen mich schon. Ich sag Ihnen, da stimmt was nicht. Schon der alte Blücher sagte: ‚Die Soldaten schlagen die Schlachten, und die Diplomaten gewinnen oder verlieren die Kriege.'"

„Der Führer ist Soldat *und* Politiker", sagte Wehner. „Trinken wir auf den Führer!"

Sie erhoben sich, stießen an.

„Heil Hitler!"

„Heil Hitler!"

Nachdem sie ausgetrunken und sich wieder gesetzt hatten, wurde der Oberst plötzlich noch mitteilsamer.

„Strengste Verschwiegenheit. Ja?" Er tat sehr geheimnisvoll. „Es wird ein großer Schlag vorbereitet. Das Gros der Panzer und Luftwaffe wird eingesetzt."

„Bei Madrid?"

„Nein, bei Teruel. Durchbruch bis ans Meer. Die Interbrigaden, die da zusammengezogen sind, werden eingekesselt. Ich denke, Sie werden bald wieder allerlei Landsleute zu sehen bekommen."

„Auf solche Begegnungen bin ich schon seit langem begierig. Aber die Burschen wissen, was ihnen blüht, wenn sie uns in die Hände fallen, und bringen sich lieber selber um, als uns dies zu überlassen ... Und wann meinen Sie, beginnt die Offensive?"

„Möglicherweise morgen schon. Jedenfalls bald."

„Mein Gott, ich wäre verdammt gern dabei."

V

Wehner schrak aus dem Schlaf. Das Telefon neben seinem Bett hatte eine abscheulich schrille Klingel. Er fühlte sich unausgeschlafen und streckte widerwillig die Hand nach dem Telefonhörer aus. Das ist ja eine Alarmsirene. So was sollte verboten sein.

„Hallo, wer spricht da ... A–ach, Sie sind es, Vogelsang ... Ja, hier Wehner. Was gibt's denn? Was für ein Experiment ist mißglückt? Ach so ... Beide tot? In der Zelle erhängt? Na ja, da ist dann nichts mehr zu machen ... Gut! Ja, ich komme. Doch nicht sofort, der Mensch muß sich

schließlich mal ausschlafen können ... So am Vormittag ...
Heil Hitler!"

Experiment mißglückt – das klang wie Schadenfreude.
Was dieser Vogelsang sich herausnahm. Na ja, es machte
einem Untergebenen immer Spaß, wenn seinem Vorgesetzten
was mißglückte ... Wehner streckte sich und gähnte ausgie-
big ... Experiment mißglückt ... Man hätte natürlich die
beiden fesseln müssen. An alles mußte man selber denken.
Auf keinen konnte man sich verlassen. Und Einfälle hatte
auch niemand.

Als er gegen zehn das Büro betrat, wollte Inspektor Vogelsang ihm einen ausführlichen Bericht über den Selbstmord
der beiden Gefangenen geben, aber Wehner winkte ab.

„Wozu? Man hätte sie fesseln sollen. Ich vergaß es zu
sagen. Jedenfalls haben die Roten in der Stadt eine kleine
Lektion erhalten. Sie werden sich hüten, sich noch mausig
zu machen."

Gleich nach Mittag müsse er zurück nach Valladolid. Er
sprach von dringenden Arbeiten, die keinen Aufschub ver-
trügen. In Wahrheit trieb es ihn zu Theresa. Die Absicht, an
die Front von Teruel zu fahren, hatte er ernsthaft nie gehabt. Bei dieser mörderischen Kälte und womöglich noch
hoch oben im Gebirge unter den primitivsten Umständen,
da konnte man sich ja den Tod aufsacken.

Er fuhr ins Hotelrestaurant zurück, in der Hoffnung, seinen Reisebegleiter anzutreffen. Doch der Oberst war schon
abgefahren, nicht nach Vento, nein – nach Saragossa. Hm!
Nach Saragossa ...

Theresa redete derart irr und lebhaft auf Wehner ein, als
dieser durch die Wohnungstür trat, daß der noch weniger als
sonst ihr Spanisch verstand. Nur eins begriff er: etwas
Ernstes war passiert. Immer wieder fielen die Wörter
„Attentat" – „Tot" – „Inspektor Vogelsang".

Er ließ sie stehen, lief in sein Arbeitszimmer und rief
Burgos an.

Vogelsang meldete, ein Unglück sei geschehen. Auf das Geschäft des Juweliers Manuel Christobal Toros sei ein Attentat verübt worden.

„Juwelier?" fragte Wehner. „Der, der uns die drei Kommunisten in die Hände geliefert hat?"

„Ja, natürlich der", erwiderte Vogelsang.

„Wieso natürlich?" rief Wehner. „Was ist mit den Tätern?"

„Die Täter sind entkommen. Aber ich habe gewisse Anhaltspunkte."

„Was haben Sie für Anhaltspunkte?"

„Einen beschriebenen Zettel."

„Einen Zettel? Was für einen Zettel?"

„Ein Zettel hing an der Ladentür, und auf dem steht: ‚In Spanien ist kein Platz für Verräter!' "

„Ist das alles? Sind das Ihre ganzen Anhaltspunkte?" schrie Wehner in die Sprechmuschel.

„Ich hoffe ... Ich denke ... Ich werde alles daransetzen ..."

Wehner schleuderte in sinnloser Wut den Hörer auf den Schreibtisch.

SECHZEHNTES KAPITEL

I

Es war früh am Morgen. Die Brigade marschierte über schmale Bergpfade, Bataillon um Bataillon, Kompanie um Kompanie, Zug um Zug, in kilometerlanger Kette. Hinterher trotteten Maulesel mit Maschinengewehren und Panzerabwehrkanonen, mit Munition und dem notwendigsten Proviant. Gegen Mittag wurde es etwas wärmer, wenn auch die blasse Wintersonne kaum Wärme zu vergeben hatte. Der Marsch begann bei sechzehn Grad Kälte, und die Kameraden trugen über ihren Mänteln noch ihre Decken und wickelten sie um ihre Köpfe. Sie glichen vermummten Schmugglern.

Es war, als rolle vom fernen Horizont ein Gewitter heran. Um Teruel wurde also immer noch gekämpft.

Max, der Bataillonskommandant, Otto und Walter marschierten vorneweg, und Max war gesprächig wie selten.

„Damals, als wir das erstemal vor Teruel lagen, hatten wir noch keine militärische Erfahrung. Kampfbegeisterung in ungeheurer Menge, militärisches Wissen aber in sehr bescheidenem Umfang. So ging es trotz aller Begeisterung schief. Wir mußten vor den Toren umkehren."

„Bis an die Stadt seid ihr gekommen?" fragte Bataillonskommissar Otto.

„Sie lag greifbar nahe vor uns."

„Was ist Teruel für eine Stadt?" fragte Walter.

Max legte im Marschieren seinen Arm auf Walters Schulter und zeigte mit der anderen Hand auf die Höhe, die vor ihnen lag, nackt, wie zerrupft, ohne Baum und Strauch, ohne Haus und Hütte, eine Einöde.

„Ich denke mir", sagte er, „als Teruel gegründet wurde, muß dieser Gebirgsstrich an der Mittelmeerküste eine paradiesische Landschaft gewesen sein, mit bewaldeten Hängen und fruchtbaren Tälern. Wie wäre sonst diese Stadt denkbar mit ihren maurischen Palästen und grandiosen Aquädukten? Teruel mit seinen uralten Mauern, seinen hellen Bauten, Toren und Türmen thront noch heute auf dem felsigen Bergmassiv wie eine aus seinem Stein gemeißelte arabische Märchenstadt."

„Diesmal haben wir sie erobert", sagte Otto. „Für die Moros und Falangisten in Teruel muß das gestern nacht eine arge Überraschung gewesen sein."

„Was denn für eine Überraschung?"

„Hast du nicht gehört, wie die Unsern die Altstadt erobert haben?"

„Nein! Wie haben sie die erobert?"

„Ich war doch in Morella", erzählte Otto. „Da war General Walter, er inspizierte wohl die Batterien und erzählte, was sich in Teruel abgespielt hat. Tief in der Nacht sind die Fünften mit auf Lastautos montierten Scheinwerfern in die Berggassen gefahren. Die Faschisten, die in den Häusern oder hinter Barrikaden standen, waren derart geblendet, daß sie gar nicht an Widerstand denken konnten. Ohne größere Verluste wurde die hochgelegene Innenstadt mit ihren vielen krummen Gassen und natürlichen Hindernissen erobert. An die fünftausend Marokkaner und Faschisten wurden gefangengenommen."

„Toller Einfall!" rief Walter. „Aber das leuchtet mir ein; wer kann sich gegen soviel Licht wehren?"

„Und damals", nahm Max wieder das Wort, „brachen vor Madrid eines Nachts die Marokkaner durch, fanden kaum Widerstand, denn die meisten der Spanier waren nach Hause schlafen gegangen. Die Marokkaner setzten über den Fluß und drangen in die Stadt ein. Unterdessen war es Tag geworden, unsere Spanier kamen zurück, um ihre Kampfplätze einzunehmen, und sahen die Bescherung. Ihre Wut war unbeschreiblich. Alle Greuel des Krieges nehmen sie in Kauf, Krieg ist eben Krieg, aber nachts kämpfen? – wo jeder anständige Mensch schläft, das wäre Niedertracht, Feigheit und Erbärmlichkeit, für die es keinerlei Entschuldigungen gäbe. Schneller als die Moros nächtens über den Fluß gesetzt waren, wurden sie tags zurückgejagt, und die Spanier hätten, wären sie dem fliehenden Feind auf den Fersen geblieben, ihrerseits die gegnerischen Linien durchbrechen können. Aber nein, als sie ihre am Abend verlassenen Kampfplätze wieder eingenommen hatten, waren sie zufrieden und hielten es für unter ihrer Würde, einen verwirrten Feind in seiner Kopflosigkeit anzugreifen und billige Erfolge einzuheimsen. Ja, so waren unsere spanischen Freunde vor einem Jahr, und so sind sie im Grunde noch heute, wenn sie inzwischen auch militärische Erfahrungen gesammelt haben. ‚Lieber stehend sterben, als auf den Knien leben!‘ – dieses große Wort der Freiheitsheldin Pasionaria bleibt ein echt spanisches Wort.‟

„Und jetzt kämpfen sie, indem sie die Nacht zum Tage machen‟, sagte Walter.

„Erfinden sogar eine neue Waffe, den Lichtwerfer‟, bemerkte Max. „Wieviel verschüttete, verdeckte Energien in diesem Volk schlummern, das von den Hidalgos und Kaziken, von klerikalen Kapitalisten und kapitalistischen Klerikern seit Jahrhunderten niedergehalten und bevormundet wird. In den Kampfpausen sitzen spanische Kameraden beisammen und lernen lesen und schreiben, wollen über den Kampf der russischen Arbeiter und Bauern hören, wollen lernen, lernen und immer wieder lernen. Für den Bauernburschen im Rock der Volksarmee ist der Tag, an dem er seinen ersten selbstgeschriebenen Brief an sein Heimatdorf schickt, ein Festtag in seinem Leben; damit beginnt für ihn ein neues, ein freies Leben mit einer großen und schönen Zukunft. Ich liebe diese Menschen, und ich bin glücklich, an ihrer Seite kämpfen zu dürfen.‟

Die Einheiten der Brigade marschierten um einen riesigen,

weit vorspringenden Felsen herum. Auf der anderen Seite des Berges war der Lärm der Geschütze bedeutend stärker. Sie näherten sich dem Schlachtfeld.

II

Muleton, so heißt ein hohes, felsiges Gebirgsplateau, unmittelbar vor Teruel, das zu dieser Jahreszeit völlig eingeschneit war. Ununterbrochen krachte und zischte es, wirbelten Erdwolken auf, und riesige Felsstücke flogen durch die Luft, als schössen sie aus dem Innern des Berges.

Das Bataillon marschierte durch ein ödes, wie ausgetrocknetes Tal in Richtung auf diesen Gebirgszug.

„Also schon der Gegenstoß?" Max schien darüber sehr erstaunt. Er meinte, möglicherweise wäre es einem größeren Verband faschistischer Truppen gelungen, sich wieder zu sammeln und den Ring der Angreifer zu durchbrechen.

Otto gab zu bedenken, daß Franco an dieser Stelle ebenfalls eine Offensive geplant haben mochte und daß die Volksarmee ihm nur zuvorgekommen sei. „Vergiß nicht", sagte er zu Max, „Franco hat die ganze Nordarmee frei. Und Geschütze und Haubitzen treffen unaufhörlich aus Essen in Bilbao ein. Hier sind sie nun in Aktion."

Max las im Gehen ein Schreiben und übergab es dann Otto. Walter warf einen Blick darauf.

Die Bataillone „Edgar André" und „12. Februar" sollten den Muleton besetzen und ihn mindestens zwei Tage und zwei Nächte halten, bis eine zweite Verteidigungslinie gebildet war. Die Bataillone „Ernst Thälmann" und „Hans Beimler" sollten auf der rechts vom Muleton sich hinziehenden Höhenkette Stellungen beziehen.

Die Kompanien sammelten sich auf einem Schneeplateau, und Walter sah zu seinem grenzenlosen Erstaunen, wie am hellichten Tag und unter stärkstem Artilleriefeuer die Kameraden von „Edgar André" und „12. Februar" den Muleton erklommen. Er borgte sich von Max den Feldstecher, beobachtete, wie die Kameraden sich mühselig hocharbeiteten. Sie schleppten dabei noch Maschinengewehre hinter sich her. Walter lächelte über den Gedanken, der ihm soeben kam: Mein Gott, da im Frieden raufzukommen, wäre schon eine Leistung.

Am Berghang entdeckten Kameraden vom „Thälmann-Bataillon" eine Felshöhle. Sie hatte nur einen kleinen Eingang, drinnen aber waren zimmergroße Räume. Es war in ihnen kalt wie in einer Eisgrotte. Max bestimmte sofort: „Hier bleibt der Bataillonsstab!"

Die Telefonisten begannen eiligst Leitungen nach vorn zum Höhenrücken zu legen. Die Munitionsträger schleppten Kisten heran und stapelten sie in der Höhle auf. Alfons, der kleine, flinke Bataillonsmelder, kam von der Landstraße, wo die Bataillonsküche stand, den Hang hoch, um den Hals wohl an die zwei Dutzend Feldflaschen. Noch hatte er die Höhle nicht erreicht, als er schon rief, und es klang wie entschuldigend: „Ich bin nun so gerannt, aber der Kaffee ist doch kalt!"

„Die laufen ja herunter!" sagte Walter, durch den Feldstecher nach dem Muleton blickend.

„Zeig mal!" Otto nahm das Glas und richtete es auf den Berg mit dem breiten Rücken. „Nee, die Kameraden helfen einigen Spaniern den Berghang herunter. Scheinen Verwundete zu sein oder Steifgefrorene."

„Die Faschisten haben sich gut eingeschossen!"

„Kein Kunststück, die Unsern liegen ja wie auf einem Präsentierteller!"

„Kennst du einen Genossen Bellmann, Otto?"

„Teniente Willi Bellmann?" fragte Otto zurück, ohne das Glas von den Augen zu nehmen.

„Ja, weißt du, wo er jetzt ist?"

„Bei ‚Beimler' ist er. Dort! Sie besetzen den Höhenzug. Guter Flankenschutz. Wir können beruhigt sein."

Walter konnte sich den „schönen Willi" gar nicht als Frontoffizier vorstellen, eher schon als Garnisonlöwen. Aber so ist es, manchen Menschen tut man bitter unrecht. Sie werden irgendwann irgendwie abgestempelt, und diesen Stempel tragen sie ihr ganzes Leben lang. Der „schöne Willi" war jedenfalls Teniente geworden. Salud, Leutnant Bellmann! Salud, Kamerad Willi!

Wie die Kameraden sich an Bombardements gewöhnt hatten! Sie sahen kaum auf, wenn es in den Bergen rollte und brüllte. Oder täusche ich mich? fragte sich Walter. Verstanden sie es, ihre Furcht zu zügeln?

Bei den Einschlägen, den Fontänen von Schnee und Dreck, den durch die Luft sausenden Felsbrocken kroch es Walter immer wieder vom Magen die Kehle hoch. Dabei befand er sich nicht auf dem Muleton. Da, wo er stand, war noch keine Granate eingeschlagen. Und hinter sich wußte er die schützende Höhle.

Deutlich konnte er durch das Glas, wenn sich für Augenblicke die Sand- und Schneewolken verzogen, die Kameraden über den vereisten Boden kriechen sehen. Einige versuchten, aus zersplitterten Steinen einen Schutzwall zu errichten. Andere kratzten mit ihren Händen Schutzlöcher und verkrochen sich im Schnee unter ihren Decken, als fänden sie darunter Schutz.

„Moment mal!" brüllte Max in die Sprechmuschel des Telefons. Er winkte Walter heran. „Schreib!"

Zum Glück hatte der einen Bleistiftstummel. Alfons reichte ihm schnell ein Stück zerknittertes, sauberes Papier.

„Ich wiederhole!" Und Max wiederholte, Walter diktierend: „Hinter Concud bei Kilometerstein 175 – Tanks und Tanketten. Bewegen sich langsam vorwärts in Richtung Front. Auf der Straße hinter den Tanks Marschkolonnen Infanterie in Stärke von etwa zwei Bataillonen. Alles? Gut!"

Max kurbelte am Telefonkasten und forderte den Brigadestab. Er befahl: „Zweites Abwehrgeschütz links am Hügel aufstellen ... Ist genug Munition vorn? Auch Antitank? Ja, hallo, Brigadestab? Meldung vom 1. Bataillon. An der Straße, Kilometerstein 175, Tanks und Tanketten im Anrollen. Außerdem zwei Bataillone Infanterie. Straße unter Beschuß nehmen. Jawohl, zwischen Kilometerstein 175/76 ... Ich berichte in einigen Minuten wieder ..."

„Woher kommt die Meldung?" fragte Walter.

Max antwortete nicht gleich. Er sah Walter mit einem Blick an, als bemerke er ihn gar nicht. Dann sagte er: „Das wird also deine Feuertaufe!" Er besann sich und antwortete: „Die Meldung? Von oben am Scherenfernrohr."

„Ach, dahin wär ich gern mitgegangen!"

„Bleib du nur hier!"

„Aviación ... A-vi-a-ci-ó-o-on ..."

Max suchte mit seinem Feldstecher den Himmel ab. Er streckte den Arm aus. „Da! – – – Zwölf ... Nein, mehr ..."

„Die wollen doch wohl nicht die Stadt bombardieren?" rief Walter.

„Nein", erwiderte Max und unterdrückte ein aufkommendes Lächeln. „Uns wollen sie ans Fell! Scheint der Beginn des Angriffs zu sein! Halt dich in der Nähe der Höhle. Am besten, du gehst hinein!"

Mit bloßem Auge entdeckte Walter in großer Höhe zwei in Keillinie fliegende Formationen Bombenflugzeuge, die über das Gebirge kamen. Sie flogen langsam und sicher, wie unangreifbar. Walter hörte Alfons sagen: „Menschenskind, die haben sich vollgeschlaucht!" Er verstand nicht, womit sie sich vollgeschlaucht haben sollten, aber bevor er fragen konnte, fielen die ersten Bomben. Sie trafen die Höhe des Muleton. Eine schwarze Fontäne spritzte im Schnee hoch. Eine zweite, dritte, vierte, überall, Dutzende von Rauch- und Sandwolken.

„Ist denn keine Flak da?" schrie Alfons. Nein, es war keine Flak da; die Bomber konnten ungehindert den Berggipfel umkreisen und ihre ganze Bombenlast abwerfen. Unausgesetzt krachten Einschläge, stiegen Rauchwolken in den

Himmel, aus den Steinen schossen blitzende Flammen empor, ein prasselndes, schauriges Feuerwerk. Felsblöcke lösten sich und rollten donnernd talab.

„Atención ... Sie kommen!" hörte Walter rufen.

Ob die Bombenflugzeuge gemeint waren? Tatsächlich schwenkte ein Flugzeug in schrägem Sturzflug nach unten. Max rief durchs Telefon: „Laßt euch durch die Bomben nicht ablenken! Tanks im Auge behalten! Wenn notwendig, eine Kompanie bereithalten, um Muletonbesatzung zu verstärken."

Walter hörte es, und es legte sich ihm schwer auf die Glieder. Unter diesen Umständen auf den Muleton? Das war doch unmöglich?

„Leichter als 'ne Hasenjagd!" hörte Walter den Stabschef Helmut sagen, der auf die Gruppe um Max zutrat. „Kamerad Max, du solltest für alle Fälle eine Kompanie bereithalten für den Muleton!"

„Ist schon veranlaßt!"

„Die Hunde ... Ein ungleicher Kampf!"

Ein Bombenflugzeug nach dem andern schwenkte aus der Keillinie, flog im Sturzflug den Muleton an und schoß auf die im Schnee zwischen den Steinen kriechenden oder schon verwundeten Kameraden.

„Was ist das? Bravo! Hurra!" Ein Bombenflugzeug glitt wie ein schwarzer Riesenvogel schräg über den Berggipfel, gewann keine Höhe mehr, geriet ins Schwanken, taumelte kopfüber in die Tiefe und verschwand hinter dem Muletonmassiv in einer Gebirgsschlucht.

„Hurra! Hurra!" schrien alle. Selbst die Kameraden auf dem Höhenrücken neben dem Muleton winkten, obwohl sie sich damit den anderen Bombenflugzeugen zu erkennen gaben.

Merkwürdig, der Absturz dieser einen Maschine bestimmte die siebzehn anderen, den Kampf abzubrechen. Langsam, ohne die Keilordnung einzuhalten, flogen sie übers Gebirge zurück ...

Die Bombenflieger waren fort. Das Artilleriefeuer verstummte. Nicht ein Gewehrschuß fiel mehr. Stille lag plötzlich über Bergen und Schluchten. Und diese Stille bedrückte nicht weniger als vordem der Lärm der berstenden Granaten und Bomben.

Im nächsten Augenblick aber begann auf dem Höhenrükken ein wildes Maschinengewehrfeuer.

Durch die Senkung zwischen Muleton und dem daneben liegenden Höhenrücken stießen Tanks vor und hinterdrein rannten in ausgeschwärmten Linien faschistische Soldaten.

Was würde Max unternehmen? Er hatte noch keinen Befehl gegeben, eine Kompanie nach dem Muleton hinüberzuwerfen. Walter blickte verstohlen zu ihm hinauf, der am Berghang oberhalb der Höhle stand und durch den Feldstecher nach dem Muleton hinüberblickte. Er möchte ihm zurufen, ihn bitten, Verstärkung hinüberzuschicken. Vermutlich lebte keiner mehr von denen, die auf den Berg gezogen waren. Gelangten die Faschisten auf die Höhe, konnten sie von dort Teruel unter Feuer nehmen. Warum zögerte Max? Warum verließ in diesem entscheidenden Augenblick Stabschef Helmut das Bataillon? Walter begriff das alles nicht.

Max ging ans Telefongerät, kurbelte.

„Otto? Was ist denn? Die sind doch schon auf zweihundert Meter ran? Bestimmt? Irrtum ausgeschlossen? Na, ist gut. Wenn sie zurückgehn, Tanks unter Feuer nehmen. Hinterher sofort Stellungswechsel."

Walter hätte schrecklich gern Max gefragt, was am Muleton vor sich gehen sollte. Er traute sich aber nicht.

Da knatterte es. Es blitzte auf, und man hörte helle Detonationen.

„Na endlich!" rief Max. Es war, als wäre ein schwerer Druck von seiner Brust gewichen. Oben auf dem Muleton hämmerten die Maschinengewehre, krachten die Handgranaten. Wie war es bloß möglich, daß dort noch einer lebte? Daß auch nur ein Maschinengewehr heil geblieben war?

Walter zuckte von einem nahen, klatschenden Knall zusammen. Es war kein Einschlag, sondern ein Abschuß. Vor der Mulde schossen Kameraden aus einem langen Antitankgewehr auf die faschistischen Panzer.

Max telefonierte wieder. Berichtete dem Brigadestab. Noch während er sprach, hörte man aus der Richtung von Teruel dumpfe Abschüsse. Die republikanische Artillerie war eingetroffen und nahm die zurückgehenden faschistischen Bataillone unter Feuer.

Ein Angriff auf den Muleton war abgeschlagen. Das Geknatter der Maschinengewehre verstummte. Nur dann und wann knallte irgendwo noch ein Schuß, surrte ein verirrtes Geschoß zischend in Schnee und Sand. Die Batterien aus Teruel aber schickten in regelmäßigen Abständen Salven in die gegnerischen Reihen.

Max trat an Walter heran. „Es ist, wie ich sagte: Stoßtruppen der Faschisten! Gegen uns stehen nicht irgendwelche Mobilisierte, auch nicht irregeführte Marokkaner, nicht einmal Fremdenlegionäre, sondern Kerntruppen der Falange, ausgesuchte Arbeitermörder!"

Walter nickte, glücklich, daß Max ihn ansprach. Den Kommandanten freute offenbar, daß der Gegner vor ihnen ein klares Gesicht hatte.

III

Langsam kroch die Nacht vom Meere her über die Berge. In den Spitzen der Türme von Teruel verfingen sich die letzten Strahlen der hinter den Bergen versinkenden Sonne. Selten wohl war die Nacht von Menschen so herbeigesehnt worden wie heute in diesen zerklüfteten Tälern und Ebenen, die bedeckt waren mit Schnee und Steinen und gefrorenen Sandklumpen. Viermal war die Muletonhöhe an diesem Tag unter Trommelfeuer genommen worden. Dreimal hatten Junkers' und Capronis Bomben geworfen und die Höhe mit Bordwaffen beschossen. Dreimal hatten Sturmabteilungen der Falange den Berg zu erstürmen versucht. Die Muletonbesatzung hatte allen Bombardements getrotzt, hatte alle Angriffe abgeschlagen.

Aber die Verluste der beiden Bataillone mußten groß sein. Die Sanitäter krochen wie Eidechsen durch den Schnee und über Steinbrocken. Da die Tragbahren nicht ausreichten, packten sie die verwundeten Kameraden in Decken und ließen sie an Seilen hinunter.

Die Reservekompanie des „Thälmann-Bataillons" zog am Stabsquartier vorbei. Internationale und Katalanen, ihre zusammengerollten Decken über den Schultern, die Gewehre in den frostklammen Händen, marschierten schweigend, einer hinter dem andern, am Berghang entlang.

Die Kompanie führte ein Katalane, Kapitän Casanueva, jedem Kameraden der Brigade bekannt, ein Vorbild an Disziplin, Zuverlässigkeit und Mut.

In der Nacht schickte Franco seine braunen Kopfjäger vor, in spanische Uniformen gepreßte Söhne Afrikas. Ohne Artillerievorbereitung und ohne Panzerschutz, aber mit ohrenbetäubendem wildem Gebrüll stürmten sie gegen die Höhe des Muleton und die angrenzenden Höhenrücken. Es klang schauerlich, gleichsam als wären Unmassen von Hyänen und Schakalen im Ansturm.

Max ermahnte durch die Telefonleitung Helmert, den Kapitän der 3. Kompanie: „Keine Panik, Helmert! Nah herankommen lassen, sich aber nicht auf ein Handgemenge einlassen! Habt ihr genug Handgranaten? Ich schicke noch welche!"

Dann rief er aus der Höhle: „Enlace... Enlace!"

Der Katalane Rodrigo rannte herbei.

Max befahl ihm: „Zwei Kisten Eierhandgranaten zur 3. Kompanie! Alfons hilft dir!"

Von den Höhen wurden Leuchtkugeln abgeschossen. Gelbe, grüne, weiße Kugeln zischten durch die dunkle Nacht. Nur vereinzelt fielen Schüsse. Aus weiter Ferne ertönte Geschrei.

Die ersten Maschinengewehre bellten. Andere fielen ein. Von allen Höhen knatterte es schließlich pausenlos. Dazwischen krachten explodierende Handgranaten. Mit langgezogenem Pfeifen stiegen neue Leuchtraketen auf.

Sanitäter schleppten in Decken Verwundete zur Landstraße, zur Ambulanz. Schüsse fielen jetzt ganz in der Nähe. Walter hörte Schreie. Er vernahm die deutschen Worte: „Sie sind durchgebrochen! Links von der Mulde!"

Was hieß links von der Mulde? Wer hatte gerufen? Zu sehen war nichts, nicht das geringste. Und abermals krachten sehr nah einige Schüsse.

Dann wurde es wieder still.

Walter blickte sich um, Max war nicht mehr da. Er rief: „Max . . . Max!"

Niemand antwortete. Aber hier war doch der Bataillonsstab, hier mußte doch jemand sein?

Er rief wieder, erhielt aber keine Antwort.

Verflucht, wenn die Marokkaner nun tatsächlich durchgebrochen waren? Unsinn! Oben auf dem Bergrücken wurde immer noch geschossen, ratterten Maschinengewehre, explodierten Handgranaten. Wo aber war Max?

Schritte waren zu hören. Walter drückte sich an die Felswand. Er konnte noch nicht erkennen, wer da nahte.

Zwei waren es, die etwas Schweres trugen. Walter rief leise: „Hallo . . . Hallo!"

Alfons antwortete. Walter erkannte die Stimme und atmete erleichtert auf. Alfons und Rodrigo trugen in einer Decke den verwundeten Kapitän Helmert.

„Schwer?"

„Lungenschuß!" antwortete Alfons. „Muß sofort runter." Er reichte Walter etwas. „Hier, nimm!"

Es waren das Koppel und der Revolver des Verwundeten.

Walter schnallte sich das Koppel um den Leib und nahm den schweren Revolver aus der Tasche.

Alfons und Rodrigo waren mit dem verwundeten Kapitän

weitergegangen. Walter, den Revolver in der Hand, verharrte am Eingang der Höhle. Eine eigenartig beruhigende Wirkung ging von der Waffe aus. Er fühlte sich jetzt nicht mehr wehrlos.

In der Revolvertasche fand er Patronen. Er steckte sie griffbereit in die Manteltasche. Gern hätte er gewußt, wieviel Schuß im Revolver waren, aber in der Finsternis wagte er nicht nachzusehen.

Das Heulen der Marokkaner war wieder verstummt, einige Maschinengewehre jedoch kläfften noch. Auch Handgranaten explodierten.

Dieser nächtliche Angriff schien ebenfalls abgewehrt... Wo aber blieb Max?

IV

Max war gefallen.

Oben auf dem Bergrücken hatte ihn die tödliche Kugel getroffen, kurz nachdem Kapitän Helmert verwundet worden war.

Der Angriff der Marokkaner war abgeschlagen, aber Max war tot. Er starb, wie die Kameraden berichteten, in der vordersten Linie. Viele Kameraden waren in dieser Nacht gefallen. Von der 3. Kompanie, wo die Moros durchgebrochen waren, beinahe die Hälfte.

Die „Thälmänner" trugen ihren Kommandanten auf einer Tragbahre zur Felsenhöhle und stellten sie neben den Eingang. Bataillonskommissar Otto schlug die Decke zurück. Da lag Max mit friedlichem Gesicht, als schliefe er. Ein Explosivgeschoß hatte ihm die Brust zerrissen.

Von den Bergen, von denen gestern die Nacht herangekrochen kam, nahte zögernd ein neuer Tag. Und Max war tot... Auch Helmert war in der Ambulanz gestorben.

Die Kameraden standen um ihren toten Kommandanten, nahmen ihr Käppi oder den Stahlhelm ab und sahen in sein gutes Gesicht.

Walter war immer noch wie betäubt. Man müßte einige

Worte sagen, Abschied nehmen von Max, dem Freund und Genossen. Walter blickte auf Otto. Und der, als habe er Walters Gedanken erraten, beugte sich über den Toten, ergriff dessen rechte Hand und sagte: „Wir danken dir, Max! Du warst ein tapferer Kämpfer! Warst uns ein guter Genosse! Warst ein guter Mensch!"

„A-vi-a-ci-ó-o-on!"

„Jeder an seinen Platz!" befahl Bataillonskommandeur Otto. „Die Führung des Bataillons übernehme bis auf weiteres ich. Kamerad Rodrigo, du bist Führer der 3. Kompanie! No Pasaran . . . Sie kommen nicht durch!"

„Drei Geschwader!" schrie jemand. „Eins fliegt uns an!"

„Der Tag fängt gut an!" murmelte einer.

„Möchte wissen, wie er endet!" erwiderte Alfons.

V

Gut, daß er es nicht wußte, am Abend war auch er tot. Er mochte es geahnt haben.

Dieser zweite Tag war noch blutiger als der erste. Sechsmal rannten die Faschisten, Amokläufern gleich, gegen die Anhöhe, sinnlos vor Wut darüber, daß trotz des Artilleriebombardements und der Luftangriffe die Muletonbesatzung nicht kapitulierte oder einfach davonrannte.

Sechsmal ging ein Trommelfeuer auf den Muleton und die anliegenden Höhen nieder.

Sechsmal warfen die schwarzen Vögel aus den Junkerswerkstätten ihre Bomben auf den Muleton.

Sechsmal griffen sie mit ihren Bordwaffen die schutzlos in den Steinspalten liegenden katalanischen Carabineros und die Soldaten der Internationalen Brigade an.

Sechsmal hatten die Angreifer bis auf zwanzig Meter die Höhe erklommen, und sechsmal wurden sie wieder hinabgetrieben. Hunderte Soldaten der Falange und der afrikanischen Sturmtruppen lagen tot oder sterbend im Schnee auf dem Berghang des Muleton.

Kommandant Otto teilte Walter der 3. Kompanie zu. Walter selbst hatte darum gebeten. Jeder Mann wurde gebraucht. Walter wollte nicht untätig dabeistehen, wenn gekämpft wurde; er wollte mitkämpfen.

Die 3. Kompanie besetzte den Höhenrücken an der Mulde, dem Muleton schräg gegenüber. Es galt zu verhindern, daß durch die Mulde Tanks durchbrachen. Deshalb postierten sich hier die Antitankschützen.

Walter gehörte zu der Bedienung eines schweren MGs. Der Schütze hieß Emil Klasen und war ein Bergarbeiter aus Gelsenkirchen, ein schon älterer, wortkarger Mensch, der bereits im ersten Weltkrieg Maschinengewehrschütze gewesen war. Wegen seiner Zugehörigkeit zum Roten Frontkämpferbund hatte er zweieinhalb Jahre im Konzentrationslager gesessen. Damals hatte er sich brennend gewünscht, nur zweieinhalb Wochen mit einer Waffe in der Hand, am liebsten hinter einem Maschinengewehr, kämpfend den Faschisten gegenüberstehn zu dürfen. Nun stand er ihnen bereits mehr als ein Jahr gegenüber, und jeden neuen Kampftag, den er überlebte, betrachtete er als ein Geschenk. Wer Emil Klasen kannte, der wußte, es mochte geschehen, was wollte, ohne Befehl würde der seinen Platz am Maschinengewehr nicht verlassen. In beiden Hosentaschen trug er Eierhandgranaten, seine Ausrüstung für den Nahkampf.

Walter wunderte sich daher, als er Klasen sagen hörte: „Mir hängt der Dreck schon zum Halse heraus! Von mir aus könnte mit dem Gemetzel Schluß sein!"

Arthur erwiderte: „Soso, Schluß machen möchtest du? Das möchten die Faschisten auch, nämlich mit uns Schluß machen."

„Töten ist ein miserables Handwerk!" meinte Emil Klasen und blickte düster vor sich hin.

Arthur Riesing, der zweite Schütze, stammte aus Kassel,

war Mitglied der Sozialistischen Arbeiterjugend gewesen, fünfundzwanzig Jahre alt. Er zwinkerte nach diesem Disput Walter zu und sagte leise: „Es kommt manchmal so über ihn. Das geht vorüber!"

„Na, den Krieg hat er mächtig satt", meinte Walter.

„Wer nicht?" erwiderte Arthur. „Aber darum weichen wir vor Francos Blutsäufern noch lange nicht zurück."

„Klasen auch nicht?" fragte Walter.

„Der? Nie!"

Arthur Riesing plauderte mit Walter in den kurzen Ruhepausen zwischen den Angriffen. Plötzlich sagte er: „Weißt du, ein Soldat muß zu einem Drittel militärische Kenntnisse besitzen. Mehr ist nicht vonnöten. Er muß über ein weiteres Drittel gesunden Menschenverstand verfügen. Etwas mehr ist aber nicht nachteilig. Und schließlich muß er ein Drittel Glück haben. Das zusammen ergibt einen idealen Soldaten."

„Ein bißchen mehr Glück kann wohl auch nicht schädlich sein", sagte Walter lächelnd.

„Glück ist nichts Zufälliges", erklärte todernst Arthur. „Glück ist, wie Napoleon sagte, eine Eigenschaft."

„Was verstehst du unter Eigenschaft?"

„Etwas, was man nicht erwerben oder erlernen kann. Sie ist einem gegeben, oder sie ist einem nicht gegeben."

„Also Schicksal?"

„Wenn du willst!"

„Napoleon hat aber auch gesagt: Politik ist Schicksal! Wenn du willst, auch unser Glück oder Unglück!"

„Einverstanden!"

„Politik ist aber etwas, was wir machen. Also können wir auch unser Schicksal gestalten."

„Na klar, Mensch. Wir sind ja feste dabei."

„Atenció-on ... Aviación ... A-vi-a-ci-ón!"

Der siebente Luftangriff an diesem Tage stand bevor. Noch immer war keine Flak in der Nähe. Ungehindert konnten die Luftpiraten herunterkommen und die vereiste

Höhe, die der Besatzung keinerlei Schutz bot, unter Feuer nehmen.

„Ich hol einen runter!" knurrte Emil und stellte sein MG schräg in Richtung auf die anfliegenden Bomber.

Walter drückte sich platt auf den vereisten Felsen und blickte von der Seite auf die Flugzeuge. Acht waren es, die den Bergrücken anflogen. Dann fielen, noch bevor sie die Höhenkette erreicht hatten, die ersten Bomben. Walter sah sie fallen. Er drehte das Gesicht weg und preßte es auf den Fels.

Das pfiff, zischte, krachte und krachte immer wieder – immer wieder –, Walter spürte, wie der Stein, auf dem er lag, bebte. Er fühlte das Blut zum Kopf dringen, hörte sein Herz bis in den Hals, bis in die Hände, bis in den Schädel pochen. Und immer noch krachte es, heulte es auf und krachte es wieder. Eine Rauchfahne bildete sich über ihm.

Plötzlich bellte unmittelbar neben ihm das Maschinengewehr. Er lugte unter der Decke, die er sich über den Kopf gezogen hatte, hervor, erkannte Emil, der mit verzerrtem Gesicht aus dem Maschinengewehr schoß, und sah im gleichen Augenblick ganz nah und riesengroß einen schwarzen Bomber auf sich zurasen.

Taktaktaktaktaktaktak . . .

Der Bomber drehte ab. Schon folgte im Steilflug mit schrägen Flügeln der zweite.

Emil schoß.

Er schrie etwas.

Walter blickte auf und sah einen Körper dicht vor sich hinunter in die Tiefe sausen.

Um Gottes willen! War das Emil?

Walter brüllte: „Emil . . . Emil!"

Kein Emil Klasen war mehr zu sehen.

„Arthur . . . Arthur!"

Walter erhob sich ein wenig und suchte Emil, suchte Arthur und sah die Faschisten ausgeschwärmt den Berghang heraufkriechen.

„Arthur ... Arthur ..."

Walter rutschte an den Hang, blickte hinunter. Sie kamen immer näher. Er hörte ein Maschinengewehr rattern ... Nein, das war nicht Emils Gewehr. Das stand neben ihm auf dem Felsen, hochaufgerichtet. Walter nahm es, schob es vor sich hin auf dem glatten Fels und richtete den Lauf auf die Anstürmenden.

Aber er warf noch einen Blick über den Fels auf die auf allen vieren heraufkriechenden Faschisten.

Sekunden stutzte er.

Er konnte deutlich die Gesichter unter den Stahlhelmen erkennen. Menschengesichter waren es. Menschengesichter? Wie sagte Max? Bösartige Kreaturen! – wie der Pichter ... Ausgesuchte Arbeitermörder ... Max ... MAX ...

Mit beiden Händen packte er den Griff des Maschinengewehrs, richtete den Lauf auf die immer näher kommenden Gesichter und schrie laut: „Max ... Max ... Max ..." Zugleich drückte er auf den Knopf. Das Gewehr schlug zurück wie ein Niethammer, er mußte es mit ganzer Kraft pakken. Und er schoß, schoß, schoß ... Es gehorchte ihm. Er konnte es nach Wunsch richten, zur Seite, höher, tiefer, überallhin, woher der Feind kam, wo so eine bösartige Kreatur auf ihn zukroch.

Er schoß und schoß und schoß, und ihm war, als brüllte das Gewehr unter seinen Händen immer nur: „Max – Max – Max – Max – Max – Max."

Walter hörte nicht, daß auf dem Höhenrücken noch andere Maschinengewehre bellten. Er hörte nur seine Schüsse, die er den Hang hinunterschickte ...

„Max – Max – Max – Max."

Er sah auf dem schmutziggrauen Schnee die Faschisten heraufkriechen, gleich eklem Gewürm. Sie dürfen nicht heraufkommen. Sie dürfen nicht.

„Max – Max – Max – Max."

Auf einem seitlich gelegenen Vorsprung des Höhenrükkens sprangen Kameraden auf und warfen die Arme hoch.

Ergaben sie sich? Walter blickte über das Gewehr zu ihnen hin. Nun erst bemerkte er, daß die Faschisten den Hang hinabrannten. In großen Sprüngen und mit fliegenden Armen. Er hörte Rufe: „Sie fliehen! Sie fliehen!"

Seine Hände sanken schwer vom Griff herab. Er starrte auf die fliehenden Feinde. Erleichtert atmete er auf, aber Freude war nicht in ihm.

Zwischen den Steinen vor ihm lagen Tote. Ihm wurde bewußt, daß er allein war. Emil und Arthur, beide waren fort. Er kroch auf dem Bauch an den Rand des Felsens, beugte sich vor, versuchte, in die Mulde zu blicken. Rufen wollte er, Emil, Arthur rufen, bekam aber keinen Laut aus der Kehle ... Um alles in der Welt, die konnten doch nicht beide verschwunden sein? Angst stieg in ihm auf, Angst um die beiden Kameraden. Zugleich drückte ihn eine unerklärliche Müdigkeit. Er ließ sein Gesicht auf den Stein fallen. Als er sich erhob, bemerkte er etwa dreißig Meter entfernt am nächsten MG-Nest Kameraden gebückt hinter Felsstücke huschen. Einer stand dort neben einem Felsen und winkte und rief ihm zu. Aber das war ja der kleine Flame. Das war doch Ali Höfke ... Walter winkte zurück, brachte aber immer noch keinen Laut hervor.

Die faschistische Artillerie begann zu schießen. Er beachtete es nicht. Was konnten ihre aus solcher Entfernung abgefeuerten Geschosse ihm schon anhaben, der ihnen Aug in Auge gegenübergestanden hatte?

Ein kurzer, gellender Krach. Der ganze Berg – so schien ihm – wankte und löste sich auf. Steine und Sand wirbelten umher und fielen auf ihn herab. Staunend, aber ohne Angst, sah Walter um sich. Im gleichen Augenblick traf ihn ein heftiger Schlag gegen die linke Schulter. Er spürte noch, wie er rücklings vom Felsen taumelte.

SIEBZEHNTES KAPITEL

I

In dieser für Frieda Brenten schweren Zeit war Heinrich Ambrust, ihr Einlogierer, für sie eine wahre Stütze. Maurerpolier, Witwer, schon in den Fünfzigern, eine große, kräftige Erscheinung mit einem vollen, fleischigen Gesicht. Er hätte für seine Jahre noch bedeutend besser ausgesehen, wäre sein Gebiß besser gewesen: drei schwärzliche Stummel waren von seinen Zähnen übriggeblieben. Dieser stille, etwas ungeschlachte Mensch, der gut verdiente und dem es auf eine Mark nicht ankam, fühlte sich bei Frieda Brenten wie zu Hause. Er saß abends mit ihr und Viktor im Zimmer, las ihr aus der Zeitung vor, half dem Jungen bei seinen Schulaufgaben, kurzum, lebte mit ihnen wie ein guter Familienvater. Auch Viktor hatte Onkel Ambrust gern. Seine größte Freude war, wenn er mit ihm an Sonntagvormittagen zum Altonaer Fischmarkt ging oder ans Alsterufer zog, um Stichlinge zu fangen.

Ambrust bewohnte das große Zimmer in Frieda Brentens Wohnung; sie und Viktor hatten die Wohnstube und die kleine Schlafkammer für sich. Das genügte ihnen vollkommen. Ambrust zahlte vierzig Mark Miete im Monat, und wenn er abends mit ihnen zusammen aß, spendierte er mancherlei delikate Sachen. Mit der Zimmermiete und der kleinen Rente, die sie bezog, wirtschaftete Frieda Brenten. Sie war immer eine sparsame und umsichtige Hausfrau gewesen, die einzuteilen wußte und zu gegebener Zeit auch noch mit kleinen Überraschungen aufwartete.

An einem kalten Märztag des Jahres neununddreißig saß

die kleine Familie in der gutgeheizten Wohnstube beisammen und spielte „Mensch, ärgere dich nicht", Frieda Brentens Lieblingsspiel. Zur Freude des Jungen hatte sich seine Oma wieder einmal mächtig geärgert, weil sie rausgeworfen wurde. Es klopfte, und Frieda Brenten ging öffnen. Vor der Tür stand ein ihr unbekannter Mann von etwa vierzig Jahren, gut angezogen. Er lächelte, als er sie sah, und sagte: „Guten Abend, Frau Brenten!"

„Guten Abend! Kennen Sie mich?"

Der Fremde nickte und fragte leise: „Sind Sie allein?"

„Nein! Was wünschen Sie?"

Der Fremde zögerte mit der Antwort.

„Kommen Sie etwa von . . ." Sie sprach es nicht aus, aber der Fremde hatte sie verstanden. „Ja, von ihm."

„Mein Gott! Dann kommen Sie doch herein!"

„Ich möchte allein mit Ihnen sprechen. Wen haben Sie zu Besuch?"

„Ich habe keinen Besuch, nur mein Untermieter ist da. – Und – der Junge!"

„Ihr Untermieter ist zuverlässig?"

„Absolut! Aber warten Sie, wir gehen in sein Zimmer. Da sind wir ungestört. Einen Augenblick."

Walter Biele hatte das Wagnis auf sich genommen, die Mutter seines Genossen aufzusuchen. Er hatte alles genau durchdacht. Er hielt es für ausgeschlossen, daß diese Wohnung noch überwacht wurde, nachdem die Gestapo wußte, daß der Mann tot und der Sohn im Ausland war. Schließlich waren seit der Flucht Walters Jahre vergangen. Aber Untermieter? Das gefiel ihm nicht. Damit hatte er nicht gerechnet. Und er überlegte einige Augenblicke, ob er nicht stehenden Fußes umkehren sollte. Bevor er einen Entschluß gefaßt hatte, kam Frieda Brenten zurück, öffnete die Wohnungstür und sagte: „Kommen Sie nur! Alles in Ordnung!"

Biele trat in die Wohnung.

Er behielt seinen Paletot an, legte nur seinen Hut aufs Bett.

„Woher kennen Sie mich?"

„Sprechen wir bitte leise, liebe Frau Brenten! Wer Ihren Sohn kennt, der erkennt auch Sie sofort. Ich bin sein Freund."

„Erzählen Sie von meinem Jungen", flüsterte Frieda Brenten und setzte sich an den kleinen Tisch, dem Genossen gegenüber.

„Er lebt – aber er ist krank."

„Krank? Was fehlt ihm denn?"

„Er ist verwundet. Hat eine schwere Schulterverletzung, befindet sich jedoch auf dem Wege der Besserung. Er hat mir für Sie viele, viele herzliche Grüße aufgetragen."

Frieda Brenten starrte ihren Gast verständnislos an. Mißtrauen stieg in ihr auf. Vielleicht stimmte es doch nicht? Vielleicht war dieser Mann überhaupt nicht sein Freund, sondern wollte sie nur aushorchen.

„Verwundet?" fragte sie. „Wieso? Wo wurde er verwundet?"

„In Spanien!"

„In Spanien? Was hat er in Spanien zu tun?"

„Dort war Krieg, Frau Brenten."

„Aber mein Sohn ist gegen den Krieg, das weiß ich genau."

Der Fremde lächelte.

„Ja, Frau Brenten, das weiß ich auch. Weil er verhindern helfen wollte, daß unsere heutige Regierung unser Volk und die ganze Welt in einen Krieg stürzt, darum hat er in Spanien gekämpft gegen die, die Krieg wollen."

„Und Sie waren auch in Spanien?"

„Nein!"

„Aber Sie haben ihn gesehn?"

„Ja, aber das war früher."

„Ich denke, Sie überbringen mir Grüße von ihm aus Spanien?"

„Er hat der Partei geschrieben, und die hat mich beauftragt, seine Grüße und Wünsche auszurichten."

„Was wissen Sie noch von meinem Jungen? Was hat er für Wünsche?"

Heinrich Ambrust klopfte an die Tür und rief: „Frau Brenten, ich geh! Bin in einer Stunde wieder da!"

„Lassen Sie den Mann nicht fort!" flüsterte Biele. „Er soll bleiben, bis wir uns ausgesprochen haben."

„Herr Ambrust!" rief Frieda Brenten. „Bleiben Sie doch bitte bei Viktor!"

„Wenn Sie wollen, Frau Brenten!"

„Er bleibt", flüsterte sie.

„Machen wir es kurz. Ich muß auch weiter. Die Genossin Cramer, Cat wird sie wohl genannt, nicht wahr, Frau Brenten, – sie ist in Moskau. Und sie wünscht ..."

„In Moskau ist sie?" Frieda Brenten blickte mit grenzenlosem Erstaunen auf ihren Gast. „Aber das ist doch schrecklich weit."

„Das ist wahr, Frau Brenten. Aber nicht nur Cat, auch Walter bittet Sie, ihren Sohn Viktor hinzuschicken!"

Frieda Brenten saß schweigend da. So, nach Moskau ... Der Junge wird mir also weggenommen. Hab wieder mal meine Schuldigkeit getan ...

„Was meinen Sie, Frau Brenten?"

„Ich ... ich meine auch, der Junge muß ... muß zu seiner Mutter, nicht wahr? Aber wie mach ich das? Nach Moskau?"

„Wir helfen Ihnen, Frau Brenten."

„Wer wir?"

„Die Partei."

„So, die Partei macht auch so was?"

„Ende April soll er mit dem Wochendampfer nach Kopenhagen fahren. Von dort wird er dann weiterfahren. Wir bereiten alles vor."

„Haben Sie mir sonst noch was zu bestellen?"

„Ich soll Sie, liebe Frau Brenten, für Ihren Sohn umarmen. Er dankt Ihnen für alles, was Sie für ihn und seinen Jungen getan haben."

Und Walter Biele umarmte sie, drückte sie an sich und sagte: „Die Partei dankt Ihnen auch!"

Frieda Brenten hatte gelobt, es dem Jungen bis zuletzt, bis zum Tag der Abreise, zu verschweigen. Viktor ahnte nicht, weshalb ihn seine Oma so oft liebhatte und an sich drückte. Als sie wieder einmal seine Socken, die sie stopfte, aufs Sofa warf und ihn umarmte, fragte er: „Omi, was ist passiert?" – „Was soll denn passiert sein, mein Jung?" – „Omi, du bist so seltsam in letzter Zeit. Da ist bestimmt was passiert."

Da konnte sie das sich gegebene Versprechen nicht mehr halten und erzählte ihm alles, und Viktor, der es sonst gar nicht gern hatte, wenn man ihn herzte und küßte, ließ es geschehen, ohne sich zu sträuben. Als sie ihn dann fragte, ob er fahren wolle, erwiderte er fest: „Ja, Omi!"

Sie war darüber im ersten Augenblick ein wenig betroffen und sogar betrübt, aber sie gab sich Mühe, es nicht zu zeigen.

II

Den Siegern heilen die Wunden schneller, sagt man. Das mag sein.

Walter hatte tausendmal erlebt, daß bei den Kämpfern für eine gute und gerechte Sache die Wunden am schnellsten heilen. In Benicasim, wo sich die Hospitäler der Internationalen Brigaden befanden, war sogar eine neue Kategorie Soldaten entstanden und für diese auch eine neue, bis dahin unbekannte Bezeichnung: Inserteure. Verwundete Kämpfer, die noch vor ihrer Heilung aus den Hospitälern an die Front entwichen, nannte man so. Diesen Männern heilten die Wunden nicht schnell genug.

Walters Verletzung war bös, hinzu kam, daß zwei Enttäuschungen seinen Zustand bedenklich verschlechterten. Die erste kam aus Paris. Aina, die noch gar nicht wußte, daß er verwundet war, schrieb, sie führe in wenigen Tagen auf Anforderung der schwedischen Partei nach Stockholm zurück. Er hatte fest gehofft, wenn er transportfähig sein werde, nach Paris zu kommen und sie dort vorzufinden. Damit war es nun vorbei.

Die Enttäuschung traf ihn schwer. Sein Wille, seine inneren Widerstandskräfte erlahmten. Er wurde gleichgültig. Jede Hoffnung, noch einmal wieder richtig gesund zu werden, schrumpfte. Als er einige Monate später in ein Krankenhaus nach Toulouse übergeführt wurde, kehrten die Fieberanfälle wieder, die von den Ärzten für überwunden gehalten worden waren. Die Nächte verbrachte er schlaflos; tagsüber dämmerte er apathisch vor sich hin.

Eines Tages fuhr Philipp, der Emigrantenleiter in Frankreich, der von Zeit zu Zeit die verwundeten Spanienkämpfer besuchte, Walter zornig an: „Du benimmst dich nicht wie ein Kommunist! Eine Schande, wie du dich gehenläßt!"

Walter wurde verlegen vor Scham. Er schloß die Augen und kniff die Lippen zusammen. Philipp ging, aber seine Worte blieben zurück. Walter fühlte sich zurechtgewiesen wie ein Schuljunge, und er wußte, Philipp hatte recht. Aber seine Vernunft konnte nicht gegen sein Herz . . .

Die zweite Enttäuschung brachte die sogenannte große Politik. Die Weststaaten hatten die spanische Republik erwürgt und dem europäischen Faschismus zum Fraß hingeworfen. Er dachte an die Tausende spanischer und internationaler Kameraden, die damit in Spanien den Henkern ausgeliefert worden waren. Franco würde ein furchtbares Blutgericht halten. Kameraden, die heldenmütig über zwei Jahre ihre Heimat, ihre Republik, ihre Ideale verteidigt, ihnen hatten die Diplomaten in Paris und London die Waffen aus den Händen geschlagen. Mit Geld und Versprechungen hatten sie zuletzt noch Verrat in die Reihen der Generale der Republik hineingetragen. Ein faschistisches Spanien war den Machthabern in London und Washington willkommen, ein Volksfrontspanien haßten und fürchteten sie. Aber nicht nur das. Kaum war Franco in Barcelona eingezogen, als Hitler auch schon, gestützt auf den Münchener Freibrief, seine Kohorten in Prag einmarschieren ließ. Die Vertreter der englischen und französischen Imperialisten waren bemüht, den Eroberungsdrang der Faschisten nach dem Osten zu lenken.

Das waren Ereignisse, nicht geeignet, heilsam auf die im Kampf gegen den Faschismus erlittenen Wunden einzuwirken.

Philipp, der ruhige, überlegene Parteiarbeiter, aber schüttelte nur verwundert den Kopf. „Ich verstehe dich nicht", sagte er. „Wahrhaftig, ich weiß wirklich nicht, was mit dir los ist? Was hast du denn von diesen Gaunern in London und Paris eigentlich erwartet? Daß sie uns Kommunisten begeistert um den Hals fallen, weil wir anständig und standhaft kämpfen? Du liebe Einfalt! Je besser wir kämpfen, desto mehr fürchten sie uns, desto verbissener werden sie versuchen, uns durch Niedertracht und Verrat zu Fall zu bringen. Daß ich dir das alles erklären muß!"

„Brauchst du auch nicht", brummte Walter. „Sind keine Neuigkeiten für mich."

„Mir scheint, solche Neuigkeiten sind im Augenblick für dich wichtiger als Medikamente."

III

In Frieda Brentens kleinem Reich war es still und einsam geworden, doch die Zeit, die alle Tränen trocknet, verrann schneller als zuvor. Dabei waren die ersten Tage und Wochen, nachdem Viktor abgereist war, ihr unerträglich lang erschienen. Wie von allen verlassen, war sie sich vorgekommen. Der gute alte Ambrust hatte seine liebe Not, sie aufzumuntern. Er tat, was er konnte, ging mit ihr ins Kino, brachte ihr spannende Kriminalromane, las ihr aus der Zeitung vor. Aber all das war für sie ein schwacher Trost. „Ich bin alt geworden", sagte sie, „zu nichts mehr nütze und bin abgeschrieben. Alt werden *und* einsam, das ist schrecklich."

Doch auch in ihr abgeschiedenes stilles Dasein stürmten die aufregenden Geschehnisse der Zeit. Der Rundfunkempfänger, den Cat ihr dagelassen hatte, trug ihr jedes Ereignis zu.

Eines Abends sagte Ambrust so ernst und bedrückt, wie sie ihn in der langen Zeit, seit er nun schon bei ihr wohnte, noch nie gesehen hatte: „Liebe Frau Brenten, ich glaube, wir bekommen Krieg."

„Was reden Sie da für Unsinn?" rief sie empört. „Krieg? Nein, das glaub ich nicht. Die Menschen haben doch schon einen Krieg erlebt und wissen, was Krieg bedeutet."

Als sie in ihrem Bett lag, fand sie keinen Schlaf, immer wieder kamen ihr des Untermieters Worte in den Kopf. Krieg sollte kommen? Es wäre furchtbar . . . Werden denn die Menschen nie gescheit?

Frieda Brenten war alles andere als fromm, aber in dieser Nacht sprach sie vor sich hin: „Lieber Gott, laß keinen Krieg kommen! Schütze die Menschen! Schütze uns!"

ACHTZEHNTES KAPITEL

I

Walter wurde von französischen Freunden aus dem Krankenhaus in Toulouse nach Paris gebracht. Es hieß, er sollte mit einem der nächsten Transporte nach Moskau. Aber die Abreise zog sich hin. Er war bei einem französischen Ingenieur, der schon viele Jahre der Kommunistischen Partei angehörte, untergebracht. In der geräumigen Wohnung im zweiten Stockwerk eines vornehmen Mietshauses nahe der Oper hatte Walter ein Eckzimmer für sich allein und wurde so sorgsam betreut, als sei er dort in Pension.

Die Schulterverletzung machte ihm sehr zu schaffen. Die Knochenverletzung schien gut geheilt, wenn er auch den linken Arm noch nicht richtig bewegen konnte. Schlimmer war, daß wahrscheinlich Knochensplitter in der Lunge saßen; die Ärzte in Toulouse hatten von einem operativen Eingriff gesprochen.

Walter saß Tage und Wochen in dem kleinen Eckzimmer, dessen Fenster in eine kleine Gasse und in die breite Avenue de l'Opéra führten. Seine einzige Verbindung mit der Welt war ein herrliches Rundfunkgerät, mit dem er die Stimmen und die Klänge aller Länder Europas einfangen konnte.

Es waren schöne Stunden, die er vor diesem Rundfunkempfänger verbrachte, in denen er Moskau hörte, die „Internationale" vom Kremlturm, die melodiösen russischen Laute, die er zwar nicht verstand, aber denen er gerne lauschte. Er schaltete italienische Sender ein, hörte Opernsendungen der Mailänder Scala. Der Straßburger Sender brachte Nachrichten in deutscher Sprache und mitunter auch interessante Vorträge über politische und kulturpolitische Probleme. Und immer wieder stellte er Moskau ein und bedauerte, die Sprache nicht zu verstehen ...

Moskau. Ob er wirklich nach Moskau kommen würde? Er wagte es nicht zu glauben und war doch voller Ungeduld.

Mitunter suchte er auf der Wellenskala Stockholm und freute sich, schwedische Worte zu hören. Dort war Aina. Ob er sie wiedersehen würde? Bald wiedersehen? Ob sie nach Moskau kommen konnte? Ob es ihm gelingen würde, nach Stockholm zu kommen, wenn er wieder gesund war?

Anfang August war es endlich soweit; er sollte zusammen mit anderen verletzten Spanienkämpfern nach Leningrad fahren. Nachdem er monatelang gewartet und fast die Hoffnung aufgegeben hatte, wurde plötzlich die Abreise in zwei Tagen abgewickelt.

Er hatte keine gültigen Papiere, geschweige denn einen Reisepaß. Französische Freunde geleiteten ihn nach Le Havre und brachten ihn an Bord eines sowjetischen Dampfers. Der französischen Polizei blieb nicht verborgen, daß einige Dutzend Kranke und Verletzte aus dem spanischen Krieg auf den Dampfer geschafft wurden, denn unter diesen Passagieren waren Arm- und Beinamputierte, war auch ein Erblindeter. Sie ließen es geschehen, taten so, als bemerkten sie nichts; sie waren froh, dergleichen unnütze, nur Kosten und Schwierigkeiten verursachende Ausländer loszuwerden, ganz zu schweigen davon, daß es sich größtenteils um Kommunisten handelte.

Nach ruhiger Fahrt durchs Kattegat und durch die Ostsee, dicht an der deutschen Küste entlang, lief der Dampfer in den Hafen von Leningrad ein.

Leningrad! Die erste sozialistische Stadt, die Walter sah.

Er stand mit seinen Kameraden an der Reling. Sie fuhren an Schiffen vorbei, von denen Matrosen ihnen zuwinkten ... Jedes Schiff, jede Barkasse, jedes Boot und jeder Matrose und Werktätige wurde ihnen ein Erlebnis.

Ergriffenheit, Freude und Glück spiegelten sich auf den bleichen Gesichtern der Amputierten und Kranken. Auch der blinde Erwin hatte sich an Deck bringen lassen und starrte aus seinen toten Augen, angestrengt horchend, auf Hafen und Stadt.

Langsam wurde der Dampfer durch einen Kanal in den inneren Hafen bugsiert.

Die Nacht über blieben sie noch an Bord. Am Vormittag des darauffolgenden Tages wurden sie von sowjetischen Genossen abgeholt und in Personenwagen nach dem Hotel gebracht. Eine Ärztekommission kam und untersuchte jeden. Sie bestimmte, wer in ein Krankenhaus mußte, wer einem Erholungsheim zugewiesen werden konnte.

Walter hatte schon im Vestibül des Hotels aus den großen Schlagzeilen der Tageszeitungen etwas herausbuchstabiert, was ihm höchst unwahrscheinlich vorkam: Sowjetski-germanski dogowor ... Hieß das nicht: Sowjetisch-deutscher Vertrag!? Er nahm Robert Hessing beiseite, von dem er wußte, daß er leidlich Russisch verstand. „Lies doch mal! Was steht da?"

Der las, blickte zu Walter auf – und las wieder.

„Nun, was steht da?"

„Sowjetisch-deutscher Nichtangriffsvertrag ..."

„Hm! Und was noch? Lies doch weiter!"

„Die Regierung der Sowjetunion hat mit der Regierung Deutschlands am 23. August einen Nichtangriffsvertrag abgeschlossen. Beide Regierungen sind ..."

Ein sowjetischer Arzt trat an sie heran. Walter fragte ihn: „Stimmt das, Genosse? Einen Nichtangriffspakt zwischen uns und Deutschland?"

„Zwischen der Sowjetunion und Deutschland, ja, das stimmt."

Walter starrte den Arzt an. Der aber sagte nur: „Sie müssen sich auf die andere Seite begeben, Genossen! Sie fahren nach Moskau."

Walter ging durch das Vestibül zu den Kameraden, die mit ihrem Gepäck auf den Weitertransport warteten.

286

Am Abend fuhren sie in einem dem „Roten Pfeil" ange-
hängten Sonderwagen nach Moskau, einem herrlichen Wagen
mit Wänden aus Mahagoniholz und mit weichen Polstern.
Jeder hatte seinen Schlafplatz, und zwischen je zwei Abteilen
gab es einen Waschraum. Unter den drei Begleitern, die mit
ihnen fuhren, befand sich eine Ärztin. Alle drei sprachen gut
deutsch.

Boris Iwanowitsch, so hieß der eine Begleiter, vielleicht
fünfunddreißig Jahre alt, mit klugem, offenem Gesicht, war
in rührender Weise um die ihm Anvertrauten bemüht. Er
brachte belegte Brötchen, Früchte, fragte jeden, ob er zu
trinken wünsche, half den Kameraden beim Herunterklappen
der Betten und Ordnen der Bettwäsche. Walter nahm ihn,
als die meisten Kameraden sich schon hingelegt hatten, beiseite und bat ihn, zu berichten, wie dieser Vertrag zwischen
der Sowjetunion und Deutschland zustande gekommen sei
und was er beinhalte.

Boris Iwanowitsch setzte sich zu Walter und Robert Hessing und fragte lächelnd: „Ist gewiß für Sie eine große Überraschung?"

„O ja", antwortete Walter. „Das kann man wohl sagen."

„Unsere Regierung will Frieden!"

„Hitler aber Krieg!" warf Robert ein.

„Ja eben", fuhr Boris Iwanowitsch fort: „Doch wir wollen
den Krieg von uns fernhalten. Genossen, Sie wissen doch,
die Westmächte haben alles darauf angelegt, zwischen
Deutschland und uns einen Krieg zu entfesseln, in der offen-
sichtlichen Hoffnung, ihn, wenn beide Seiten sich erschöpft
haben, durch ihr Eingreifen nach ihren Wünschen zu beenden.
Sehn Sie, Genossen, diese Absicht der Imperialisten in Ame-
rika, England und Frankreich hat unsere Regierung durch-
kreuzt."

„Aber Hitler treibt *doch* zum Kriege!" bemerkte Walter.

„Möglich", erwiderte Boris Iwanowitsch in seiner korrekten und überlegenen Sprechweise. „Wahrscheinlich sogar. Aber wenn der Krieg ausbricht, werden wir, die Sowjetunion, nicht beteiligt sein. Unsere Regierung, unser Land will nämlich wirklich Frieden. Will ihn so lange wie nur irgend möglich erhalten. Wir können keinen Krieg brauchen, und wir verabscheuen den Krieg als ein Mittel der Politik."

„Immerhin, dieser Vertrag kommt überraschend!" sagte Walter. Er dachte: Mein Gott, wie werden das die in Hitlerdeutschland eingekerkerten Genossen aufnehmen, in den Konzentrationslagern und Zuchthäusern?

Eine Weile schwiegen alle drei. Ein polnischer Kamerad, der einen Kopfverband trug, lag in der oberen Schlafstätte und sah, den Kopf auf einen Arm gestützt, ins Abteil. Walter saß Boris Iwanowitsch an dem kleinen Klapptisch gegenüber und sann nachdenklich vor sich hin.

III

Moskau...

Walter näherte sich der Stadt mit einem zwiespältigen Gefühl. Cat und Viktor waren dort... Sie wußten nicht, daß er kam. Cat arbeitete, wie sie ihm mitgeteilt hatte, als Sekretärin in der Redaktion einer deutschsprachigen Zeitschrift. Und der Junge, der war auch schon herangewachsen – Walter mußte nachrechnen: bereits fünfzehn Jahre alt. Fünfzehn Jahre! Sechs Jahre hatte er Cat nicht gesehen. Er hatte ein Unbehagen vor diesem Wiedersehen. Cats und sein Weg waren weit auseinandergegangen. Sie mußte in Hamburg illegal gut gearbeitet haben, sonst wäre sie wohl nicht in die Sowjetunion gekommen; die Partei hielt große Stücke auf sie. Aber der Junge, der war sein Sohn, ihm wollte er, wenn er konnte, alle Möglichkeiten zu einer Entwicklung ebnen, die hier – und eben nur hier gegeben waren. Möglichkeiten, die er selber in seiner Jugend so brennend gern gehabt hätte. Vielleicht konnte Viktor einmal ein tüchtiger Arzt, vielleicht ein Ingenieur werden. Warum eigentlich nicht auch ein tüchtiger Politiker, ein proletarischer Staatsmann? Ja, das letztere wäre Walter das liebste.

Und Aina war in Stockholm . . .

Er holte ihren letzten Brief hervor, den er noch in Paris erhalten hatte. Sie schrieb, sie sei im Emigrantenkomitee tätig, betreue deutsche Genossen. Ob er nicht nach Stockholm kommen könne? Sie fragte, ob auch er so große Sehnsucht nach ihr habe, wie sie nach ihm?

Noch wußte sie nicht, daß er in der Sowjetunion war. Morgen gleich wollte er ihr schreiben. Ach, wenn sie sofort herfahren könnte? Er wollte ein Gesuch an die Partei richten. Die Genossen würden dafür Verständnis aufbringen.

Das Leben war schwer und kompliziert geworden. Die für das Glück der Menschen kämpften, hatten selber wenig Gelegenheit, ein bißchen Glück zu genießen.

Die Ärzte im Kremlkrankenhaus waren mit seinem Gesundheitszustand nicht zufrieden. Sie studierten sein Röntgenbild, machten bedenkliche Gesichter, flüsterten miteinander und eröffneten ihm, er müsse operiert werden, und zwar sehr bald.

Das hatte er befürchtet. Bei jedem Atemzug fühlte er Schmerzen in der linken Seite. Vermutlich saßen wirklich Knochensplitter in seiner Lunge. Aber er fragte nicht; er nickte nur. In Toulouse oder Paris hätte er sich einem operativen Eingriff widersetzt; hier, das wußte er, waren die Ärzte seine Freunde, und sie würden alles daransetzen, um ihn zu heilen.

Er wurde sofort in einen Krankensaal gelegt.

Am Tage vor der Operation kamen Cat und Viktor; sie kamen außerhalb der Besuchszeit. Der Chefarzt selber brachte sie an Walters Bett. Walter wollte sich aufrichten, aber der Arzt verbot es. Es fiel ihm schwer, die richtigen Worte zu finden. Ja, was sagt man sich, wenn man sich einmal sehr nahe war und nach vielen Jahren wiedersieht? Wie geht es dir? Du siehst gut aus. Wie groß der Junge geworden ist, schon ein richtiger Mann. Wie lebt ihr? Du hast dich doch gefreut, damals, als ich aus dem KZ fliehen konnte? Natürlich konnte ich mich nicht zeigen. Ach, du weißt, daß ich bei Stürck gewohnt habe? So, er ist tot ... Ein selten guter Mensch, eine Seele von Mensch. Was verdanke ich ihm nicht alles ... Hörst du von Mutter? Du schickst ihr Pakete? Das ist gut. Sie wird es nicht leicht haben ...

Dann griff der Arzt ein. Er sprach russisch mit Cat, und sie antwortete zu Walters Erstaunen auf russisch. Die Sprache hatte sie also schon gelernt. Er fragte seinen Sohn, ob er auch schon Russisch könne? Der sah ihn an und nickte.

„Komm doch näher, Viktor! Gib mir deine Hand."

Er hielt sie lange, die Hand seines Sohnes, bis die Schwester kam und Viktor und Cat gehen mußten ...

Am nächsten Tage wurde Walter operiert. Später erfuhr er, daß Hitler am gleichen Tag die Mobilmachung befohlen hatte.

IV

Als der Krieg ausbrach, sank Ludwig Hardekopf in sich zusammen. Krieg? Einen Krieg der Völker Europas gegeneinander – das hatte er nicht mehr für möglich gehalten. Hermine sah sein Entsetzen und höhnte: „Wenn alle so dasitzen würden wie du jetzt, dann hätten wir den Krieg schon verloren, bevor wir ihn überhaupt begonnen haben!"

Sie dachte: Was ich nur für einen Waschlappen von Mann habe. Das darf man ja keinem Menschen erzählen, wie der sich benimmt.

„Krieg? Daß so was heutzutage noch möglich ist?" Ludwig schüttelte den Kopf.

„Nun hab dich nur nicht so", rief sie ärgerlich. „Dich werden sie nicht holen. Solche wie dich können sie auch gar nicht brauchen ... All die Jahre hast du an Flugzeugen, Unterseebooten und Kanonen gebaut. Ja, was hast du dir denn gedacht, wofür die gebaut werden? Zum Ansehn? Aber du tust, wie aus allen Wolken gefallen ... Nun schön, Krieg ist. Jetzt kommt es doch nur darauf an, wer ihn gewinnt. Diesmal werden wir die Gewinner sein, verlaß dich drauf. Einen solchen Führer wie wir, den haben die andern nicht. Das ist mal ein Mann, ein richtiger Mann, der weiß, was er will."

Ludwig sagte kein Wort mehr. Er saß da wie einer, der alle Hoffnung aufgegeben hat.

Als Hermine vor Jahren schon der Nationalsozialistischen Frauenschaft beigetreten war, hatte sie darum gebeten, ihrem Manne nichts davon sagen zu müssen, da dieser im Innern immer noch Sozialdemokrat sei. Man hatte Verständnis für ihre Bitte gezeigt und sie als stilles Mitglied geführt. Nachdem aber der Krieg ausgebrochen und schon in den ersten Tagen Warschau gefallen war, wollte sie nicht mehr nur im verborgenen zur Gefolgschaft des Führers gehören. Alle sollten wissen, daß in ihrer Familie der Führer einen Stützpunkt hatte, auch wenn ihr Mann ein weinerlicher Schwächling war. Und sie steckte aus ihrem Fenster die Hakenkreuzfahne heraus.

Ludwig Hardekopf, von der Werft kommend, traute seinen Augen nicht. Aus dem Fenster seiner Wohnung hing die Hakenkreuzfahne. Ja, war denn die Frau endgültig meschugge geworden? Er tapste die Treppen hoch und schwor: Die Fahne kommt weg! Die Fahne kommt weg! Die Fahne kommt weg! Lieber, so gelobte er, wollte er sich auf die Straße hinunterstürzen, als daß die Fahne hängenblieb.

Er trat in die Tür, und sein erstes Wort war: „Die Fahne kommt weg!"

Hermine pflanzte sich vor ihm auf und erklärte, ruhig wie selten: „Die Fahne bleibt!"

„Die Fahne kommt weg!" keuchte er und hastete ins Zimmer.

Sie sagte, und zwar in einem Ton, der ihn aufhorchen ließ: „Ich warne dich! Du weißt nicht, was du tust! Die – Fahne

– bleibt!" In der Stimme lag alles: Gestapo, Konzentrationslager, Tod. Ludwig hatte es wohl gehört.

Und die Fahne blieb.

Einige Monate später – der Krieg gegen Polen war siegreich beendet – kam Herbert, der zu Hermines großer Freude den polnischen Feldzug als Arbeitsdienstler mitgemacht hatte, auf Urlaub. Seine Arbeitsdiensteinheit hatte in den Apriltagen des zweiten Kriegsjahres, als deutsche Truppen Norwegen besetzten, den Befehl erhalten, sich nach der Westfront in Marsch zu setzen. Hermine, die eine unermüdliche Helferin in der Frauenschaft geworden war, sah, daß er nicht erfreut, sondern den Tränen nahe war, und geriet darüber außer sich.

„Was für Mannsleute habe ich bloß in meinem Hause", schrie sie, „man schämt sich als deutsche Frau und Mutter die Augen aus dem Kopf, wenn man das sieht."

„Ach du", erwiderte ihr Sohn. „Keine Ahnung hast du, was ein Krieg ist."

„Werd noch frech, du Lümmel! Deine Mutter kannst du beleidigen, aber für deine Heimat einzustehn, dafür bist du zu feige!"

Herbert hielt sich die Ohren zu und rannte aus der Wohnung.

V

Diesen Sonnabend wollten Elfriede und Paul mit ihrem Peter die Oma besuchen. Frieda Brenten hatte ein gutes Essen vorbereitet, hatte gebacken; sie wollte ihre Kinder, die ihr verblieben waren, wie in alten Zeiten bewirten.

Sie wirtschaftete noch in der Küche, als es klingelte. Na, das ist schön, daß sie so zeitig kommen. Sie lief zur Wohnungstür und öffnete.

„Du–u?"

Vor ihr stand ein schlanker, sie gut um zwei Köpfe überragender Bursche in grauer Uniform. Lächelnd blickte er auf sie nieder. Es war ein fast bittendes Lächeln; man konnte glauben, er sei nicht ganz sicher, ob er eintreten dürfe.

„Nu, was stehst du da? Komm doch rein, Junge."

Ohne sonderliche Eile trat Herbert in die Wohnung. Frieda nahm ihm die Mütze ab, aber der Junge nahm sie wieder zurück, denn er erreichte den Kleiderhaken besser.

„Tante Frieda, warum hast du immer noch nicht die Kleiderhaken niedriger gesetzt? Du langst doch gar nicht hinauf."

„Dösbartel!" erwiderte sie. „Wenn solche langen Lulatsche wie du kommen und im Winter ihre Mäntel anhängen, stoßen sie doch auf den Boden."

„Im Winter... Wenigstens zwei oder drei Haken würde ich heruntersetzen, für dich. Soll ich das gleich machen, Tante?"

„Sag mal, Junge, bist du deswegen gekommen?"

Herbert Hardekopf lachte die Tante an.

„Nee, Tante Frieda, das nun eigentlich nicht."

„Na also... Nu setz dich erst mal hin. Ich mach eine Tasse Kaffee."

„Nicht doch, Tante Frieda! Ich muß gleich wieder gehn! Leider!"

„Du mußt... Ja, weshalb bist du denn überhaupt gekommen?"

„Ich will mich nur verabschieden, Tante Frieda. Morgen geht's an die Westfront."

Frieda Brenten blieb mitten im Zimmer stehen. Eine ganze Weile sprach sie kein Wort, blickte nur ihrem Neffen ins Gesicht. Ihr war, als hätte sie das alles schon einmal erlebt, vor vielen, vielen Jahren. Es stimmte auch, nur hatte sie es mit andern Menschen erlebt. Mit ihrem jüngsten Bruder, dem blonden Fritz. Übrigens sah ihm Herbert auffallend ähnlich. Seltsam, daß ihr das erst in diesem Augenblick bewußt wurde. Fritz damals, ja, der wollte in den Krieg; dieser Junge hatte auch einmal Soldat werden wollen, aber nun – das sah man ihm an – hatte er genug davon.

„Soso, du mußt an die Front. Und morgen schon?"

Plötzlich überkam Frieda Brenten die Wut.

„Dieser verfluchte Krieg! Oh, dieser verfluchte Krieg!"

Sie rannte in die Küche. Sie hatte Wut auf die Menschen, die den Krieg nicht verhindern konnten; Wut auf Ludwig, weil er so ein Schwächling; Wut auf Hermine, weil sie so ein putendummes Frauenzimmer, und auch Wut auf sich selbst, weil sie so hilf- und ratlos war. Eine Schande, solche jungen Burschen, die noch nicht angefangen hatten zu leben, in Krieg und Tod zu treiben!

Als sie in die Stube zurückkehrte, ging Herbert mit kleinen Schritten im Zimmer auf und ab. Sofort blieb er stehen, lächelte dünn, brachte aber kein Wort über die Lippen.

„Nun setz dich, Junge!"

„Danke, Tante, aber ich muß weg."

„Wenn du mußt . . ."

Wie groß er geworden war! Aber ein richtiger Mann war er noch lange nicht. Das Jungengesicht, der schmale Mund, und dann die Augen, diese großen, grauen, treuherzigen Augen, die er von Ludwig hatte; die Augen besonders sagten ihr, daß er noch ein richtiger Junge war; sie hatten noch nicht unter die Oberfläche des Lebens gesehen.

„Hast du von Viktor gehört, Tante?"

„Von Viktor? Nein! Ja, der ist nun in Rußland, wo kein Krieg ist." Sie dachte: Das war sehr klug von Walter, ihn rechtzeitig wegzuholen.

„So, jetzt muß ich aber wirklich gehn, Tante!"

„So geh, Junge! Und – sieh dich vor! Komm zurück, Herbert!"

Plötzlich fühlte Frieda Brenten sich von dem großen Jungen umarmt. Ihr war fast, als läge er vor ihr auf den Knien. Etwas erschrocken machte sie sich frei und suchte sein Gesicht.

„Weinst du, mein Junge?" Dabei verzerrte sie selber das Gesicht und kämpfte mit den Tränen.

„Ach wo–o! Leb wohl, Tante!"

Mit langen Schritten rannte Herbert aus dem Zimmer, durch den Flur und ins Treppenhaus.

Sie hörte seine hastigen Schritte mit den eisenbeschlagenen Stiefeln.

„Um Gottes willen!" flüsterte sie und lief ihm nach, so schnell sie nur konnte. Am Treppengeländer sah sie ihn ganz unten, und sie rief: „Herbert! Herbert!"

„Ja, Tante?"

„Mach's gut, mein Junge!"

„Ja, Tante!"

Sie hörte die Haustür zuschlagen. Mit schleppenden Schritten wankte sie zurück in ihre Wohnung.

VI

Frieda Brenten freute sich, daß den Kindern ihr Essen immer noch schmeckte. Ja, auch Paul, ihr Schwiegersohn, war in den Jahren ihrer großen Einsamkeit ihr Sohn geworden. Zwar hatte sie anfangs seine Zuneigung und vor allem sein Gehabe für übertrieben gehalten und sich dagegen gesperrt, denn in ihrer Familie hatte man Zärtlichkeit und Liebenswürdigkeit selten gezeigt und schon gar nicht verzuckerte Worte im Munde geführt. Mit der Zeit jedoch hatte sie sich an Pauls „Muttchen" und „Gold-Omi" und andere Schmeichelnamen gewöhnt und sich schließlich dabei ertappt, Wohlgefallen daran zu finden. Paul meinte es ehrlich. Er war nun einmal von anderm Schlag als die Brentens, weicher, liebebedürftiger und liebespendender, auch mit bedeutend mehr Neigung zum Familienleben. Sie hatte immer das Empfinden, wenn sie ihre Tochter und Paul beobachtete, er sei – und zwar bis über beide Ohren – in seine Frau verliebt; sie hingegen mache sich herzlich wenig aus ihm. Wurden nämlich seine Zärtlichkeiten gar zu aufdringlich, schüttelte sie ihn robust ab und sagte nur: „Nun laß doch endlich die Albernheiten!" Sie benahm sich eben wie eine echte Brenten. Aber

Mutter Frieda wußte auch, daß dies Benehmen ihrer Tochter eine Art Scheu und Scham war und sich nur Dritten gegenüber so äußerte; ihr wahres Wesen war nicht so, sie konnte auch anders sein, ganz anders. Sie war doch Fleisch und Blut von ihr, und Frieda Brenten erkannte sich in ihrer Tochter.

Sie kamen auf Herberts Abschiedsbesuch zu sprechen.

„Aber Muttchen", rief Paul, „in seinem Fall machst du dir grundlos Sorgen. Er ist doch kein Soldat, der in der vordersten Schlachtenreihe steht. Er ist doch nur im Arbeitsdienst, ein Schipperhannes, der kein Gewehr, sondern einen Spaten trägt."

„Und in ein, zwei Jahren?" erwiderte sie.

„In ein, zwei Jahren ist der Krieg längst vorbei und vergessen."

Das hörte Frieda Brenten gern. Doch eine innere Stimme raunte ihr zu: Und wenn nicht? Sie sprach es aus: „Wenn nicht nur er, sondern auch du und ihr alle noch mit müßt?"

„Herzensgute Gold-Oma", erwiderte Paul überlegen. „Wenn, wenn, wenn! Dies kleine Wort ‚wenn' ist ein großer Griesgram, der einem das Dasein gründlich verekeln kann. Ich kenne kein ‚Wenn'; ich kenne nur ‚Ist'."

„Bist eine glückliche Natur", entgegnete Frieda.

„Ich kann Herbert recht gut verstehn", erklärte Elfriede. „Und daß er nur den Spaten trägt, ist purer Unsinn. Er hat mir erzählt, was er in Polen erlebt hat. Grauenvolle Dinge. Nicht wiederzuerzählen. Mehrmals mußten er und andere von diesen jungen Burschen, obwohl sie noch nie ein Gewehr in den Händen gehabt hatten, mit der Waffe gegen Partisanen, oder wie sie genannt werden, vorgehen. Da wurden die Menschen aus ihren Wohnungen getrieben, Verdächtige erschossen, besonders Juden."

„Du machst ja Greuelpropaganda, mein Schnuckchen!" Paul tätschelte den Kopf seiner Frau, so wie man den Kopf eines Hundes krault. „Ist meine kleine Elifrau unter die Hetzpropheten gegangen?"

„Red keinen Quatsch! Und laß mich in Ruh!" Sie machte sich von seinen Liebkosungen frei.

„So hat er mir's nicht erzählt", sagte Frieda. „Aber angedeutet hat er's. Der Junge muß Böses erlebt haben."

„Na ja, in Warschau war kein Jahrmarkt, sondern Krieg. Da wurde geschossen. Da gab's Löcher in den Wänden. Es ließ sich wohl auch kaum vermeiden, daß es Tote gab." Das war lässig dahergeredet, aber doch mit einem deutlichen Unterton von Ärger. „Ich sage nur, immer noch besser, in Warschau ist Krieg als in Hamburg."

Paul holte die Wochenendausgabe des „Hamburger Fremdenblatts" hervor und breitete sie ostentativ vor sich aus.

„Du redest wirklich frivol, Paul."

Paul Gehl legte die Zeitung raschelnd beiseite und rückte mit seinem Stuhl näher an Frieda Brenten heran.

„Beste Oma", begann er, „Krieg ist, und ich hab ihn nicht gemacht. Aber es ist Krieg. Nun ist es müßig, zu fragen warum, weshalb und wozu. Unsere Jungen kämpfen und sterben, um den Krieg unserm Lande fernzuhalten, um euch Frauen und Peter und die andern Kinder vor den Schrecken des Krieges zu bewahren. Aber was tut ihr? Ihr nörgelt und kritisiert, daß sie schießen. Täten sie es nicht, dann würde auf euch geschossen. Liebe, goldige Omi, so ist es doch."

„Das wurde im vorigen Krieg auch gesagt, Paul."

„Na ja, diesmal muß es eben klappen. Diesmal müssen wir siegen", ereiferte sich Paul. Er zündete sich eine Zigarette an und blinzelte dabei über das Streichholz hinweg zu seiner Frau, die verbittert vor sich hin blickte.

Elfriede hatte keinen ausgesprochenen Sinn für Politik und nicht die geringste Schulung in Streitgesprächen; aber sie hatte von ihrem Vater einen guten Instinkt geerbt und einen klaren Blick für die Wirklichkeit. Machte Paul so leichthin Bemerkungen über Krieg und Tod und Schicksal, konnte sie ihn geradezu hassen. In ihren Augen war er dann ein widerwärtiger Stammtischpolitiker, ein Dummkopf, ein ausgemachter Dummkopf. Sie wußte, er hatte im Grunde gar keine

Ahnung, wovon er sprach. Daher redete er auch, als perlten aus seinem Munde lautere Offenbarungen. Es wurmte sie bei solchen Gelegenheiten, daß sie sich nicht besser in politischen Dingen auskannte, und vor allem, daß sie die richtigen Antworten nicht parat hatte. Wie gern hätte sie ihn mit einigen Sätzen heruntergeputzt. Ja, wenn Vater noch lebte oder Walter hier wäre, dachte sie. Die würden es ihm geben. Da würde er bald sein loses Mundwerk halten. Ihr aber fehlte das Wort, das kräftig genug war, ihn zu treffen und zu beschämen. Mit den Worten, die sie ihm erwiderte, war sie durchaus unzufrieden, sie hätte sie sich überzeugender, schlagender gewünscht.

„Daß dir deine schändlichen Reden nicht im Halse stekkenbleiben!" begann sie. Und leise und ruhig, so, als denke sie noch darüber nach, fuhr sie fort: „Wenn *wir* nur ungeschoren bleiben – andere Menschen, andere Frauen, Mütter und Kinder mögen verrecken. Das ist deine Meinung, nicht wahr? So denken Tiere und Kannibalen."

„Schnuckchen, Tiere denken nicht!" rief er unbekümmert.

„Eben!" erwiderte sie. „Du nämlich auch nicht! Du redest nur!"

„Aber Kinder, seid *ihr* doch wenigstens friedlich", jammerte nun Frieda Brenten. Sie hatte Angst vor einem Ehekrach. Aber sie dachte: Das Mädel hat mehr von Carl in sich, als ich geglaubt habe. Dieselbe hitzige Art.

„Red nur so nicht zu anderen. Vater konnte auch sein Mundwerk nicht halten. Wie's endete, weißt du."

„O weise, o gerechte Omi!" trompetete Paul. „Du hast mal wieder das wahre Wort gesprochen! Wer unter Wölfe geraten ist, muß mit den Wölfen heulen, sonst zerreißen sie ihn."

„Wüßte ich, daß du nur aus Feigheit so sprichst, würde ich dir alles verzeihen", sagte Elfriede kalt.

„Also Schluß jetzt", kommandierte Frieda. „Ich will heute keinen Streit."

Und Elfriede und Paul schwiegen.

NEUNZEHNTES KAPITEL

I

Während in Mittel-, Nord- und Westeuropa der zweite Weltkrieg tobte, Bombengeschwader Städte anflogen und Frauen und Kinder in Flammen und unter Trümmern umkamen, blieb Moskau das ruhige, stetig und kraftvoll pulsierende Herz des Sowjetlandes und des Sozialismus.

„Goworit Moskwa!" – „Hier spricht Moskau!" Auf diese Stimme hörten nicht nur die Bürger der Sowjetunion von der Arktis bis an Chinas und Indiens Grenzen, vom Stillen Ozean bis zur Ostsee, Moskaus Stimme vernahmen rund um den Erdball die Menschen in allen Breitengraden.

„Goworit Moskwa!"

Diese Stimme blieb unwandelbar die Stimme der Vernunft und des Friedens. Moskau war in diesen unheilvollen Jahren der richtige Ort, wo ein an Leib und Seele wunder Freiheitskämpfer genesen konnte.

Die Operation war schwer gewesen, jedoch gut verlaufen. Aber Walter mußte viele Monate liegen; der Heilungsprozeß war langwierig. Als die Lunge ausgeheilt war, mußte die Schulter erneut in einen Gipsverband. Darüber verging der Winter und der Frühling.

Eines Morgens erhielt Walter ein Telegramm. Er betrachtete es von allen Seiten, bevor er es öffnete. Ein Telegramm aus Stockholm. Aina teilte ihm mit, daß sie wahrscheinlich in allernächster Zeit komme; sie werde den genauen Tag ihrer Ankunft noch mitteilen.

Walter lächelte glücklich, legte das Telegramm neben sich und schloß die Augen. Er stellte sie sich vor, so wie er sie zuletzt in Paris gesehen. Platinblond, stupsnäsig, schmal, lustig, redselig ... Ja, sie konnte reden, erzählen, lachen. Sie konnte auch küssen, konnte eine ebenso leidenschaftliche Geliebte wie fröhliche Kameradin sein. Wie wollte sie es nur erreichen, nach Moskau zu kommen? In diesen Zeiten ... Er nahm sich vor, am Tage ihrer Ankunft seinen ersten Spaziergang zu machen.

Seine Gedanken gingen von Aina zu Cat. Gut sah sie aus, auch die weiße Strähne in ihrem Haar kleidete sie. Cat stand fest im Leben, obgleich sie es bestimmt nicht immer leicht gehabt und sicherlich auch jetzt noch ihr Bündel zu tragen hatte. Selbstbewußt war sie, besaß Stolz und Würde. Nie käme ihr in den Sinn, vor anderen, schon gar nicht vor ihm, zu klagen und zu lamentieren. So wie sie sich damals, nachdem er aus dem Gefängnis entlassen worden war, ausgesprochen und geeinigt, so hatten sie es gehalten; jeder ging seinen Weg, und sie blieben doch Kameraden und Freunde.

Der Tag kam, an dem Walter aufstehen konnte, aber Aina war noch nicht gekommen. Er hatte auch keine weitere Nachricht von ihr erhalten. Es war in den letzten Tagen des Mai, und über Moskau lag sonniges Frühlingswetter. Wenn Walter am Arm der Krankenschwester auf den Balkon ging, konnte er am Ende der Straße ein Stück der Mauer und einen kleinen Turm des Kreml sehen. Die Bäume davor standen in ihrem ersten frischen Grün, und die vielen Menschen auf den Straßen trugen helle und sommerlich-bunte Kleidung. Schön waren die Frühlingstage in Moskau. Herrlich wäre es, gesund zu sein und durch die Straßen, über die Boulevards und den Roten Platz dieser einzigartigen Stadt spazieren zu können.

Immer wieder ging er auf den Balkon, um das vor ihm liegende winzig kleine Stückchen Moskau in sich aufzunehmen. Wie oft hatte er in den langen dunklen Tag-Nächten seiner Haft von Moskau geträumt, sich die Stadt nach den Bildern, die er kannte, und nach Berichten, die er gelesen hatte, vorgestellt. Damals in der Einzelhaft und später in Prag, in Paris, in Madrid und bei Teruel, überall hatte er die Kraft und Größe Moskaus gespürt.

In diesem Sommer 1940 tobten auf den Feldern und in den Städten Frankreichs, Belgiens und Hollands blutige Schlachten. Das faschistische Deutschland hatte die Offensive begonnen und die Fronten der Franzosen und Engländer durchbrochen, die volle neun Monate untätig geblieben waren, als hätten sie immer noch gehofft, die Faschisten würden, ihrem Wunsche entsprechend, nur gegen den Osten Krieg führen.

Walter verfolgte auf der Karte den Verlauf der Kämpfe. Zum zweitenmal im Ablauf eines Menschenlebens brachen nun deutsche Truppen in Frankreich ein, zerstörten Dörfer und Städte und tränkten die Felder Frankreichs mit Blut. Armes Land ... Er hatte die Franzosen, besonders die französischen Arbeiter kennengelernt und wußte, wie sie den Krieg haßten, wußte, daß sie nicht die geringste Lust verspürten, für die Interessen und die Machterhaltung der zweihundert Millionärsfamilien, die ihre Republik beherrschten, zu kämpfen. Auch wußte er, wieviel Korruption dort im Staatsapparat bestand. Schmiergelder waren auf jedem Amt, in jeder Behörde gang und gäbe, und je höher gestellt die Amtspersonen waren, um so skrupelloser waren sie. Die Minister aber, das konnte man auf den Straßen hören, standen vielfach in Diensten fremder Mächte. Und im Offizierskorps der Armee – da hatte Aina damals doch recht – gab es viele, die nur einen Feind kannten: die französischen Kommunisten; für die Faschisten in Deutschland und Italien hingegen bekundeten sie Achtung und Sympathie. So wunderte es Walter nicht, daß die deutschen Truppen schnelle und leichte Siege errangen und weit ins Innere Frankreichs vorstießen.

Dr. Andrejew, der Stationsarzt, der Walter operiert hatte, sprach recht gut deutsch. Er war gleichaltrig mit Walter, hoch in den Dreißigern, ein untersetzter, kräftiger Mann mit einem vollen, klugen Gesicht und guten, klaren Augen. Seine Bewegungen waren, wie seine Worte, schnell und lebhaft. Er untersuchte Walter und sagte: „So, Genosse, nun sind Sie bald völlig repariert und können abtrudeln." Er lächelte, „repariert" war sein Lieblingsausdruck. Er reparierte Menschen. „Es sah mit Ihrer Lunge böser aus, als Sie gewiß selber ahnten. Auch Ihr Schulterblatt war recht lädiert. Nun – wir haben Sie wieder hingekriegt."

Er setzte sich auf den Bettrand. Das war immer das Zeichen, daß er eine kleine Unterhaltung mit seinem deutschen Patienten führen wollte. Und er begann: „Na, was sagen Sie zu der Offensive der Deutschen? Die überrennen die Franzosen regelrecht. Ich hatte mir von der Maginotlinie mehr versprochen."

„Doktor", erwiderte Walter, „sie haben die Maginotlinie umgangen. Sind wieder einmal in Belgien eingefallen und diesmal auch gleich in Holland."

„Ja, das ist wahr. Aber konnten die Franzosen nicht damit rechnen?"

„Genosse Andrejew, ich habe eine andere Frage. Was halten Sie eigentlich von dem Verhältnis der Sowjetunion zu Hitlerdeutschland? Von dem Nichtangriffspakt zwischen der Sowjetunion und Deutschland?"

„Der Vertrag ist ein Schlag mitten in die Fresse des Imperialismus!" erwiderte Dr. Andrejew.

„Hm!"

„Die Herren in Westeuropa haben doch ihr Ziel nicht erreicht. Nicht gegen uns, gegen sie hat der Faschismus losgeschlagen."

„Und Hitler?"

Dr. Andrejew antwortete mit einer Frage: „War Napoleon ein Genie?" Er gab gleich selbst die Antwort. „Ohne Zweifel! Aber sogar er hat große, fast unverständliche Fehler begangen; vermutlich hielt er sich in seinem Wahn für unfehlbar. Hitler hält sich gewiß auch für unfehlbar. Aber was ist Hitler? – Sehen Sie, Hitler bleibt immer nur ein Hitler! Bedenken Sie, Napoleon stand am Anfang der bürgerlichen Entwicklung, war emporgestiegen aus der siegreichen bürgerlichen Revolution in Frankreich, war ein Repräsentant der aufstrebenden bürgerlichen Klasse. Hitler dagegen steht am Ende dieser bürgerlichen Entwicklung, ist hervorgegangen aus dem übelsten Sumpf einer verkommenen Reaktion, ist der Agent einer untergehenden Klasse. Das ist es."

„Das ist gewiß alles richtig", gab Walter zu. „Aber wenn ..."

Der Arzt fiel ihm ins Wort. „Wer hat den deutschen Faschismus hochgepäppelt? Die Herren Imperialisten! Die in USA, in England und in Frankreich. Er sollte ihr Söldner, ihr Festlandsdegen sein gegen uns, gegen den Sozialismus. Ihre Träume von unserm Weizen in der Ukraine, von unserm Stahl und unserer Kohle im Ural und im Donbass und vor allem ihre Träume von unserm Naphtha in Transkaukasien lassen sie nun einmal nicht zur Ruhe kommen. Gar nicht zu reden von unseren Erfolgen beim sozialistischen Aufbau. Die deutschen Faschisten sollten für sie rauben und außerdem noch für sie die Rolle eines Henkers und Gendarmen spielen. Dies teuflische Spiel ist zerrissen ... Das ist es."

„Na, na", warnte Walter. „Sie kennen offenbar den Faschismus nicht. Der ist zu jeder Infamie, zu jeder Untat fähig, glauben Sie mir ... Was ist einem Hitler ein eingegangener Vertrag? Ein Fetzen Papier. Er zerreißt ihn, wenn er ihn nicht mehr braucht."

„Wir Sowjetmenschen lieben den Frieden, aber wir fürchten nicht den Krieg, wenn er uns aufgezwungen wird", entgegnete der Arzt. „Das wissen auch die deutschen Monopolkönige und ihre Militärs. Unsere Regierung tut recht daran, unsern Völkern den Frieden so lange wie nur irgend möglich zu erhalten. Und im übrigen, die Zeit ist mit uns, nicht mit den andern; sie werden mit jedem Tag schwächer, wir aber stärker. Sehn Sie, Genosse, das ist es."

Arbeitsdienstmann Herbert Hardekopf marschierte in seiner Kompanie hinter der Fronttruppe durch die Dörfer und Städte Frankreichs. Viele Namen waren schon aufgetaucht, die vom ersten Weltkrieg her noch bekannt waren; Valenciennes, Denain, Cambrai. Das Ziel aller, die Richtung dieses ganzen Völkerstroms bewaffneter Einheiten mit ihren Panzern, Geschützen, Wagen, Kradrädern und ihren millionenfüßigen kleinen und großen Formationen hieß: Paris.

Sengendheiß waren die Sommertage dieses Feldzugs. Die brennenden Dörfer und Städte schienen die Glut zu verstärken. Herbert Hardekopf rann der Schweiß vom Gesicht, das braungebrannt war wie die Gesichter aller seiner Kameraden. Die grobe Kleidung klebte ihm am Leib, und seine Füße in den derben Stiefeln waren schwer, als sauge der Boden sie an. Aber es hieß weiter, vorwärts. Immer weiter vorwärts. Paris war in der Tat ein faszinierendes Wort, das Millionen Köpfe berückte; es war mehr als nur ein Ziel, es verhieß Ruhe, Rettung, Erlösung.

Ein Volk in Uniform und Waffen war auf dem Marsch, ein anderes auf der Flucht. Die Abteilung, in der Herbert marschierte, zog an Flüchtlingskolonnen vorbei, die die Fronttruppen hinter sich gelassen hatten, endlose Reihen stumm und verbissen nach Süden ziehender Franzosen, vorwiegend Frauen und Kinder. Sie zogen und schoben Karren und Wagen, beladen mit Hausrat, Wäschestücken und Koffern; sie trugen mächtige Bündel letzter Habseligkeiten auf ihren Rücken und in ihren Händen, schweißnaß und mit Tränen in den Gesichtern. Die waffenstarrenden Kolonnen vor sich, neben sich, hinter sich, flüchteten sie durch das Land. Selbst wenn sie von schreienden Befehlen und rücksichtslos vorpreschenden Panzern von der Landstraße getrieben, in den Straßengraben geworfen, auf die Felder gejagt wurden, blieben sie stumm, aber haßerfüllt, vergruben sie die keuchenden Gesichter im Gras. Erschöpfte Frauen blieben am Straßenrand liegen, oft von wimmernden Kindern umstanden. Niemand half ihnen. Der Flüchtlingsstrom flutete vorüber. Jeder hatte mit sich selbst zu tun. Jeder dachte nur an sich und seine engsten Angehörigen. Den Verstorbenen wurden die Hände gefaltet; sie zu beerdigen hatte niemand Zeit.

Die Burschen der Organisation mit dem vielsagenden Namen Todt mußten dann vor. Nicht aus Pietät, sondern aus sanitären Erwägungen wurden die Leichen begraben. Ein Erdloch wurde ausgehoben, die Toten im Umkreis zusammengetragen und hineingeworfen. Für Zeremonien war keine Zeit. Geistliche waren selten zur Stelle. Viele ihr Leben lang Strenggläubige wurden ohne Segen, ohne ein Wort, ohne ein Kreuz auf irgendeinem Acker, in irgendeiner Grube verscharrt. Mitunter geschah es, daß vorübertreibende Flüchtlinge an solchen frisch aufgeworfenen Massengräbern die Mützen zogen; aber auch sie strebten rastlos weiter. Stehenbleiben hieß Tod.

Lag ein brennendes Dorf vor ihnen, durch das Panzereinheiten ratterten, dann zogen die Flüchtlinge im großen Bogen darum herum und querfeldein über Äcker, durch reifende Getreidefelder, durch Bäche und über sumpfige Wiesen. Einer trabte hinter dem andern, alle den Vorauseilenden nach, und niemand wußte wohin.

Herbert hatte in Polen ähnliche menschliche Tragödien erlebt, hatte auch dort ein Volk auf der Flucht gesehen, und es hatte ihm in der Kehle gewürgt; er war sich wie ein Menschentreiber, ein Menschenvertreiber vorgekommen. Es gab Kameraden, die noch höhnische Worte für die Unglücklichen hatten, als erhielten diese Unglücklichen gerechte Strafe für begangene Missetaten. Einmal hatte er einen Kameraden gefragt, was ihm die Unglücklichen getan hätten, daß er sie verspotte? Er hatte die schroffe Antwort erhalten: die Polen seien ein Saupack; sie hätten lange genug die Deutschen gepiesackt; ihnen geschähe nur recht. Herbert hatte gefragt, was sie ihm Böses getan hätten, ihm persönlich?

„Mir? Mir?" – hatte wütend sein Nebenmann geschrien. „Mir nichts, ich lebe in Westfalen! Aber meinen Landsleuten im Osten. Liest du denn keine Zeitungen, Mensch? Jetzt wird gerächt! Von mir aus können sie allesamt krepieren!"

Dies Gespräch hatte Herbert Hardekopf ein Untersuchungsverfahren eingetragen. Nach eingehendem Verhör war er wegen volksfeindlicher Äußerung zu vierzehn Tagen strengem Arrest verurteilt worden. Der Strafantritt wurde aber bis nach dem Feldzug verschoben.

Herbert Hardekopf dachte an die Ermahnungen seines Vaters und gelobte sich, fortan jedes Wort zu überlegen und wenigstens nach außen die Härte zu zeigen, die der Feldmeister, der über ihn zu Gericht gesessen, von ihm verlangt hatte. Ein unbedachtes Wort des Mitleids konnte verhängnisvoll werden.

Es fiel dem Jungen nicht leicht. Er schwieg, aber seine Augen schrien oft auf angesichts der Untaten und des menschlichen Elends. Er fügte sich, duckte sich, denn er war nicht erzogen worden, wenn nötig, auch gegen den Strom zu schwimmen. Ihm war überall, in der Schule, im Elternhaus, sogar bei den Falken gelehrt worden, sich ins Unabänderliche zu finden, und lieber die Augen zu schließen, als sich durch einen verbotenen Blick strafbar zu machen.

III

Als Heinz-Otto Wehner aus Spanien nach Deutschland zurückgekehrt war, hatte er mit geheimnisvollem Schmunzeln zu seiner Frau gesagt: „Ich hab dir auch ein Geschenk mitgebracht. Da! – Dein Sohn!"

Ruth erschrak, sah abwechselnd auf ihren Mann und auf den Jungen. Hübsch sah der Bursche aus mit seinem wolligen Lockenkopf und den großen pechschwarzen Augen, wenn auch fremdartig durch den dunklen Teint.

„Ein seltsames Geschenk", stammelte sie verwirrt. „Woher hast du ihn?"

Er lachte aus vollem Halse. „Gefunden hab ich ihn. Hast dir doch immer so was gewünscht, denk ich. Gute Rasse, was?"

Er erzählte ihr, Rafael Alfonsos Vater, ein Goldschmied und wohlhabender Bürger, sei zusammen mit seiner Frau in Burgos einem Attentat der Roten zum Opfer gefallen. „Hier, sieh!" Er händigte Ruth die spanischen Dokumente aus, als wären sie ein Stammbaum, wie er einem Rassetier beim Verkauf beigegeben wird.

„Lies ... Er hieß Toros, nun heißt er rechtmäßig Rafael Alfonso Wehner! Geboren 11. Juni 1925 in Burgos."

Nachdem Ruth Wehner sich von der ersten Überraschung erholt hatte, schämte sie sich über dies seltsame „Geschenk". Sie war nicht überzeugt, daß ihr Mann die Wahrheit sprach, wenn er behauptete, der Junge sei Vollwaise. Sie traute ihm zu, daß er den Jungen entführt, einfach mitgenommen hatte, nur um mit einer Sensation aufwarten zu können.

„Dein Sohn!" hatte er gesagt. Sie hatte keinen Sohn, wollte auch keinen. Für ihn war dieser Spanier nur ein Ulk. Sie sah schon, was kommen würde. Seinen Gästen würde er den kleinen Südländer als Attraktion vorführen. Heimlich würden sie sich über seine angeblich niedere Rasse Geschmacklosigkeiten zutuscheln. Womöglich ließ er ihn auch ausbilden, radschlagen oder Klavier spielen, machte eine Art Narr oder Clown aus ihm ...

Mein Sohn? Nein, sie gelobte, sich um den Jungen überhaupt nicht zu kümmern. Dies „Geschenk" konnte er behalten und zusehen, wie er damit fertig werden würde.

Aber dann, besonders wenn sie das kleine, fremdartige Wesen mit den großen, dunklen – und wie ihr scheinen wollte –, auch angstvollen Augen ansah, bereute sie ihren Entschluß. Das Kind würde der alleinige Leidtragende sein, und es war doch vollkommen unschuldig und hilflos.

Nach und nach gewann Ruth Wehner den Jungen sogar lieb, sie bemutterte und verwöhnte ihn. Als sie auf Wehners Wunsch nach Berlin gezogen war, wurde ein Hauslehrer genommen, und Rafael erlernte überraschend schnell die deutsche Sprache, erwies sich auch sonst als recht aufgeweckt. Er war ein wirklich hübscher Bursche, wenn auch ungewöhnlich klein und zierlich für sein Alter. Aber er hatte einen prächtigen Kopf, einen offenen, freimütigen Blick und ein gewinnendes, gegen jedermann freundliches Wesen. Der kleine Spanier gedieh in der Berliner Luft ausgezeichnet; er wuchs, wurde kräftiger und – wie Ruth Wehner fand – von Tag zu Tag hübscher. Bald war sie ausgesprochen stolz auf ihn, und wer sie beide lachend, Arm in Arm, am Wannsee gehen sah, der blieb stehen und blickte ihnen nach, schüttelte auch wohl den Kopf über sie.

Ruth Wehner war durch diesen Jungen selbst noch einmal jung geworden. Nie zuvor hatte sie soviel gelacht, nie soviel gescherzt wie jetzt als vierzigjährige Frau. Auch war sie nie so häufig in Theater, Konzerte, Kinos und Cafés gegangen wie jetzt mit Rafael. Sie holte nach, was sie so viele Jahre hindurch versäumt hatte. Der Junge wurde dadurch erstaunlich frühreif, selbständig und selbstbewußt.

An seinem fünfzehnten Geburtstag wurden in feierlicher Zeremonie seine kurzen Hosen verbrannt, und sie ernannte ihn zum Jüngling. Die Geburtstagsbeigabe waren vier nagelneue Anzüge mit langen Hosen, ein halbes Dutzend Hemden mit festen Kragen und ebenso vielen erlesenen Krawatten. Sie schloß ihn vor Entzücken in die Arme, als er zum erstenmal in langen Hosen vor ihr stand.

IV

Als Spezialist mit Kriegserfahrung fuhr Wehner, zum Ministerialdirektor ernannt, nach der Offensive gegen Frankreich in besonderer Mission nach Belgien, um in den besetzten Gebieten an dem Netz der Gestapo zu knüpfen, das sich über das ganze Land ausbreiten sollte. Als ersten Standort seiner Tätigkeit wählte er Mecheln.

„Was sagen Sie? Belegt? Alle Gefängnisse sind belegt?"

„So ist es, Herr Ministerialdirektor!"

„Nun sagen Sie mir bloß mal, gab es in Belgien immer so viele Spitzbuben?"

Strafvollzugsdirektor Kervyn Vanderkendere, der sich sofort der Gestapo zur Verfügung gestellt hatte, stand in devoter Haltung vor Wehner und zuckte mit den Schultern. Als Wehner ihm hell ins Gesicht lachte, lachte der Belgier derart ungestüm mit, daß er sich verschluckte und einen Hustenanfall bekam.

„Hören Sie", ordnete Wehner an, „wer nicht gerade ein Muttermörder ist, dem geben Sie Bewährung. Raus mit den kleinen und größeren Gaunern, wir brauchen Platz, viel Platz für schwerere Jungen!"

Direktor Vanderkendere rieb seine fetten Hände und bat, einen Vorschlag machen zu dürfen.

„Sprechen Sie!"

„Wie wäre es, Herr Ministerialdirektor, wenn dies in Form einer Amnestie geschähe? Das würde in der Bevölkerung seinen Eindruck nicht verfehlen."

„Gute Idee, Direktor! Aber, so wie ich die Lage übersehe, würde das einen langwierigen Papierkrieg zur Voraussetzung haben. Die Zeit drängt indessen. Ich brauche nicht in vier Wochen, sondern schon morgen sicheres Gewahrsam für Schwerverbrecher. Auf Ihre vorzügliche Anregung kommen wir zu gegebener Zeit noch zurück."

Wehner blickte dem Strafvollzugsdirektor nach, als der nach vielen devoten Verbeugungen das Zimmer verließ.

Ein Haufen Dreck, dachte er. So hätten sich auch die sogenannten Demokraten bei uns benommen, wenn wir sie nicht hinausgefeuert hätten. Gesindel!

Am selben Tag fiel ihm ein langgesuchter „Bekannter" in die Hände. Er blätterte in den Listen der in Antwerpen,

Lüttich und Gent Festgenommenen deutscher Nationalität oder Ausgebürgerter; es handelte sich größtenteils um landesflüchtige Emigranten. Dabei stieß er auf den Namen Otto Wolf.

„Sieh einer an! Da haben wir dich wieder! Jetzt heißt es bezahlen, Brüderchen! Diesmal gehst du uns nicht durch die Lappen!"

Wehner überlegte: In Prag hat er noch für uns gearbeitet, uns einige der kommunistischen Grenzläufer und eine illegale Parteileitung ausgeliefert. Dann – ja, war der nicht nach Schweden, nach Göteborg entwischt? Wie kam der nun in diese Gegend? Wo sich dieses Emigrantenpack nicht überall herumtrieb.

Er veranlaßte, daß der in Antwerpen festgenommene Otto Wolf, gebürtig aus Breslau, unverzüglich nach Mecheln gebracht und ihm vorgeführt würde.

Zu einem seiner nächsten Mitarbeiter sagte er: „Wir werden wohl noch manchen alten Bekannten finden, meinen Sie nicht auch? Wer uns aber einmal betrogen hat, der hat ausgeschissen."

Schon am Tag darauf wurde Wehner der Häftling Otto Wolf aus Antwerpen gemeldet.

„Vorführen!"

Herein trat ein gedrungener, beleibter Mann, hoch in den Vierzigern. Sein runder Glatzkopf glich einer mißratenen Kugel, in der zwei dunkle Augen brannten. Sein verstörter Ausdruck sagte, daß er den Mann hinterm Schreibtisch wiedererkannte.

Mitten im Zimmer blieb Otto Wolf stehen.

Wehner betrachtete ihn von oben bis unten, zog an seiner Zigarre, ohne den Blick zu verändern. Heruntergekommen sah der aus. Der Teufel mochte wissen, wer vor ihm in dem Anzug gesteckt hatte; das Jackett war viel zu eng und die Ärmel zu kurz. Die Hosen hingen ihm wie Ofenrohre an den Beinen. Hatte der Kerl das nötig? Wir haben ihn doch nicht schlecht bezahlt?

310

„Na also, der Wolf hat sich wieder in seinem alten Gehege eingefunden. Hat zwar 'n bißchen lange gedauert, nicht wahr? Wohl so kreuz und quer durch Europa gestrichen, was? Tschechei, Schweden, Belgien . . .“

Der Gefangene stand regungslos da. Er sah unnatürlich bleich aus, und sein kahler Schädel war naß von Angstschweiß.

„Näher kommen! Los!“

Otto Wolf machte einige kleine Schritte zum Schreibtisch.

„Noch näher . . . Da stell dich hin!“

Der Gefangene trat bis dicht an den Tisch.

„So, und nun erzähl mal! Erzähle mir, was du in den Jahren seit unserer letzten Begegnung alles getrieben hast.“

„Ich . . . ich hatte die Verbindung verloren.“

Wehner warf sich in den Sessel zurück und lachte laut.

„Das hab ich gemerkt, Freundchen . . . Hahaha . . . hahaha! Ich rate dir, die Wahrheit zu sagen. Warum hast du die Verbindung verloren?“

Otto Wolf atmete schwer. Zum erstenmal schlug er den Blick nieder und sagte: „Ich war in Spanien!“

„Soso, in Spanien warst du auch. Etwa in einer roten Brigade?“

„Ja!“

„In welcher?“

„In der Elften!“

„Und wo überall?“

„In Madrid und Belchite und bei Teruel.“

Wie ist es nur möglich, daß ich damals davon nichts erfuhr? dachte Wehner, und er schrie: „Ist ja allerhand! Du Strolch hast also mit der Waffe gegen das spanische Volk gekämpft?“

„Nein, nein! Gewiß nicht!“

„Nicht? Was hast du denn in der Bolschewistenbrigade gemacht?“

„Ich . . . ich war . . . war in der Intendanz.“

„Du lügst!“

„Nein, Herr Kommissar! Ich sage bestimmt die Wahrheit!"

„Und warum haben wir davon nichts erfahren?"

„Es ging alles so plötzlich. Es fand sich keine Gelegenheit."

„Und später?"

„Ich war in einem Lager. Dann – dann – bin ich geflohen und nach Antwerpen gegangen."

„Warum hast du nicht von dort sofort die Verbindung gesucht?"

„Dann kam der Krieg."

Wehner betrachtete schweigend und mißtrauisch den Menschen, den er aus dem KZ herausholte, weil er sich bereit erklärt hatte, für die Gestapo zu arbeiten. Er hatte auch einige große Fische geliefert. Sollte der wirklich gegen seinen Willen die Verbindung verloren haben?

„Du hast uns doch damals einige Kommunisten in die Hände gespielt, nicht wahr?"

„Jawohl, Herr Kommissar", bestätigte Wolf eifrig. „Den politischen Grenzleiter Ferdinand Müngers und den Kurier Hugo Kaulwart."

„Jaja, ich erinnere mich. Weißt du, was mit den beiden geschah?"

„Nei–ein."

Wehner machte mit der Hand eine Schnittbewegung unterm Kinn. „Ab die Rübe."

Otto Wolf starrte ihn an. Seine Lippen bewegten sich, als wollte er etwas sagen. Aber er schwieg, starrte Wehner an, schwieg.

„Ich vermute, es geht dir nicht besonders gut."

„Nein, Herr Kommissar."

„Willst du weiter für uns arbeiten?"

Der Gefangene zögerte mit der Antwort.

„Also nicht? Dann war es wohl doch kein Zufall, daß wir dich einige Jahre aus den Augen verloren haben?"

„Ich bin bereit", flüsterte Wolf.

Hinterher wunderte Wehner sich selbst, daß er so gutgläubig war. Der hatte ihm doch unverschämt die Hucke vollgelogen. In Spanien war der Kerl gewesen und hatte keine Gelegenheit gesucht, überzulaufen? Allerdings konnte er ja nicht wissen, sagte sich Wehner, daß ich auf der gegenüberliegenden Seite war. Aber etwas stimmte nicht. Dieser Bursche wollte nicht mehr, hatte vermutlich Angst vor seinen Genossen. Und was er in Göteborg suchte, hatte er auch nicht gesagt...

Was macht man mit dem Kerl? fragte er sich.

Einstweilen veranlaßte er, daß Otto Wolf mit dem nächsten Transport in ein Konzentrationslager kam. Zur gegebenen Zeit konnte man auf ihn zurückgreifen.

V

„Das hat die Welt noch nie gesehn!" rief Direktor Paul Papke und wußte vor Erregung mit seinen Händen nicht wohin. „Mit mathematischer Exaktheit wird ein Feind nach dem andern zerschmettert, zermalmt... Jawohl, zermalmt... Bedenken Sie, meine Herren!" Er wandte sich mit großartiger Gebärde an die Sänger, die in ihren Kostümen vor ihm standen. „Erst Polen. Erledigt. Dann Norwegen, Dänemark. Erledigt. Dann Holland, Belgien, Frankreich... Erledigt... *Erledigt!* Verstehn Sie?" Er strich wohlgefällig seinen Spitzbart. „Schon, daß die großkotzigen Briten Hiebe kriegten – und was für welche! – und Reißaus nehmen mußten, zurück auf ihre Scheißinsel, ist das nicht schon, meine Herren, Labsal fürs Herz? Und – alles das Werk des Führers! Schlieffenplan genial durchgeführt. Daß dieser Mann, daß dieser Mann..." Papke ließ den Kopf sinken und fuhr sich mit beiden Händen über das schüttere Haar, schüttelte den Kopf hin und her und rief: „Bedenken Sie, im ersten Weltkrieg simpler Gefreiter und an der Spitze der Armeen ausgewachsene Trampeltiere." Er schnellte jäh hoch und schrie:

„Wäre er damals schon, wie heute, der Führer gewesen, die Welt sähe anders aus!"

Es klingelte. Über Papkes Schreibtisch flammte rotes Licht auf.

Er sah ernst und würdevoll jedem Sänger fest in die Augen. „Meine Herren! Es ist soweit! Haben Sie, Herr Köhler, die Stretta gesungen – aber ich bitte, nun, was soll ich sagen, es muß unvergleichlich werden –, dann trete ich auf die Bühne... Garantiere, Sie müssen immer wieder erneut dran, bis Ihnen die Töne im Halse klebenbleiben! Also Hals- und Beinbruch, meine Herren!"

Graf von Luna, Manrico, Ferrando und der alte Zigeuner verließen das Direktionszimmer. Sie sprachen kein Wort, blickten sich nur, nachdem sie die Tür hinter sich geschlossen hatten, schweigend und ein wenig ironisch lächelnd an. Bassist Holmers in alter spanischer Kriegeruniform knurrte mit seiner sonoren Stimme: „Meine Herren, ein Meistermime! Da kann unsereins noch was lernen!"

Tenor Köhler horchte seine Stimme ab. „Papapapa... Pepepepe... Aa–aaaa!" Er suchte das hohe C. Zufrieden sagte er: „Grandiose Sache! Einmalig! Das Volk wird rasen!"

Wieder ertönten Klingelzeichen, ungeduldiger, drängender.

Kriegsmann Ferrando stolzierte bedächtig die Treppen zur Bühne hinunter und probte: „Nur munter! Nur munter... Nun wohlan! – versammelt euch um mich."

An der Treppe tauchte ein kleiner, schmächtiger Mann auf, der mit schräg geneigtem Kopf zu dem herunterkommenden Sänger aufsah.

„Geh mir aus dem Wege, Kröte!" schrie der Bassist mit donnernder Stimme. „Knauser, verfluchter!"

Der Kassierer hob bedauernd die Schulter und drückte sich ans Treppengeländer. Holmers blieb vor ihm stehen und orgelte ihn an: „Heute passiert was! Verstanden? In einer Stunde liegen die hundert Emm in meiner Garderobe! – O–d–e–r?" Er hob drohend die Hand, stützte die andere auf sein Schwert und schritt erhobenen Hauptes weiter, dabei aus seinem Auftritt singend: „Geheul war zu hören, so furchtbar und schrecklich ... "

Der Inspizient in der Kulisse schlug beide Arme auf und nieder, als wären sie lahme Flügel. „Holmers, wo bleiben Sie?"

„Ich ko–omme! Ich kom–me!"

Im Parkett der Staatsoper saßen an diesem Abend viele gewichtige Persönlichkeiten, Staatsrat Dr. Ballab, Polizeisenator Pichter und auch Willmers mit Frau, Tochter und Schwiegersohn Merkenthal. Papke selber hatte ihnen die Karten zurücklegen lassen. Nun ja, seit er Operndirektor geworden war, roch er nicht mehr und war wieder gesellschaftsfähig. Er jedenfalls fühlte sich nicht mehr von Willmers abhängig, eher war es umgekehrt. Er war jemand geworden, den man nicht ohne eigenen Schaden übersehen konnte. Paul Papke betrachtete sich in seinem nagelneuen Frack, den er für den heutigen Auftritt angelegt hatte. Wie aus dem Ei gepellt, stellte er zufrieden fest. Das konnte indessen nur dem Anzug gelten; er selber war schon, wie er sich mit verkniffenem Mund eingestand, durch die Jahre etwas mitgenommen. Am peinlichsten empfand er seine in den letzten Jahren noch mehr hervortretenden Augensäcke. Ein Komödiant konnte sie mit Fett und Puder wegschminken, er nicht. Diese Augensäcke machten ihn älter, als er sich fühlte. Er war doch schließlich nur einige Jährchen über Sechzig – fühlte sich aber wie ein Fünfziger. Ärgerlich wäre freilich, überlegte er, wenn die Regierungsleute in ihren Logen, die natürlich längst wußten, was er als sensationelle Überraschung vorbringen wollte, nicht dichthielten und die Nachricht vorzeitig verbreiteten. Kultursenator Ahrens hatte ihm fest versprochen, kein Sterbenswörtchen verlauten zu lassen. Konnte man sich aber auf Leute in Amt und Würden in dieser Hinsicht verlassen?

Er horchte.

Die dritte Szene. Manricos Ständchen. Gott sei Dank, Köhler schien bei Stimme. Ein etwas zu harter Tenor für diese Rolle, fand er, jedoch kräftig, durchschlagend. Aber dieser versoffene Querulant Holmers sollte ihn noch kennenlernen. Dem wollte er gründlich abgewöhnen, mit seinen Nörgeleien und Vorschußansprüchen das Theater zu tyrannisieren. Der brauchte dringend Luftveränderung. Eine Fronttournee. Soll er am Beuteschampus verrecken. Saufen ist schließlich nur ein Laster, aber nörgeln, stänkern, miesmachen ist heutzutage ein Verbrechen . . .

Der Vorhang ging auf zum zweiten Akt. Vor einem halb auf die Bühne gezogenen Zigeunerwagen lagen im Halbkreis elegisch hingestreckte Zigeunerinnen, während hinter ihnen die Männer ein Wagenrad auf einem Amboß behämmerten und dazu sangen: „Frisch auf zum Tagewerk!"

Frau Merkenthal, die zwischen ihrem Vater und ihrem Mann saß, suchte im Opernglas den Tenor Köhler, der im engen Wams, einen Degen an der Seite, neben der alten Zigeunerin am Lagerfeuer stand. Hinrich Willmers mußte über einige beleibte Choristen in bunten Fetzen lächeln. Man glaubte ihnen eher den Grünwarenhändler oder den Schalterbeamten als den Zigeuner. Steeven Merkenthals Interesse war auf einen zwei Reihen vor ihm sitzenden SS-Offizier gerichtet. Das war doch Berning, Reinhardt Berning, sein früherer zweiter Prokurist. Mein Gott, das war doch immer ein pflaumenweicher und devoter Geselle gewesen. Während er ihn betrachtete, dachte er: Hieß es nicht, nur wer zu dienen versteht, versteht auch zu befehlen? Er war zwar nicht völlig von der Richtigkeit dieser Behauptung überzeugt, hielt dies Wort aber für recht nützlich. Seiner Überzeugung nach hatten die wahren Herrschernaturen nicht das geringste Talent zum Dienen. Aber der Kerl mußte schlauer sein, als er aussah, denn er ließ doch offenbar andere den Krieg führen. Merkenthal nahm sich vor, ihn in der Pause anzusprechen.

„Die Klinghöfer singt bezaubernd", flüsterte seine Frau.

Er nickte und hörte die Zigeunerin eindringlich singend flehen: „O räche mich! O räche mich!"

Die große Pause war heute seltsamerweise erst nach dem dritten Akt; Merkenthal sah seinen früheren Prokuristen den Platz verlassen und stand auch auf.

„Bleib nicht zu lange weg", flüsterte Mimi ihrem Schwiegersohn zu. Der lächelte, nahm ihre Hand und küßte sie.

Sie strahlte. Diese Galanterie vor den vielen Leuten schmeichelte ihr.

„Großartig sieht er wieder aus", flüsterte sie ihrer Tochter zu. „Und sein Benehmen – wirklich unübertrefflich."

Seinem Schwiegersohn nachblickend, dachte Hinrich Willmers: Bin doch froh, daß ich ihm damals nichts von der unerfreulichen Szene erzählt habe, die Stürck mir aufgeführt hat. Es hätte nur Unfrieden in die Familie getragen... Der Alte ist tot und die Angelegenheit mit ihm begraben.

Steeven Merkenthal hatte unterdessen im Gang seinen früheren Angestellten begrüßt. Sturmbannführer war der geworden. Na ja, die Kerle machten jetzt, wenn sie es verstanden, schwindelerregende Karriere.

„Herr Merkenthal, ich denke so oft an Sie. Im Kriege sind Sie doch einer der am meisten Betroffenen."

„Wie meinen Sie das?"

„Liegt der Überseehandel still, dann doch auch Ihr Geschäft, Herr Merkenthal."

„A–ah ... Jaja, ich bin dann gezwungen zu feiern. Unsere kontinentale Lage ist nun einmal so. Aber ich denke, Sie, mein Lieber, Sie helfen doch, die Tore zur Welt weit aufzureißen, nicht wahr?"

„Für alle Zeiten, Herr Merkenthal!" Der Sturmbannführer nahm stramme Haltung an und wand sich geschmeichelt.

„Hinterher wird der Handel und – das Geschäft um so lebhafter florieren."

„Darauf können Sie sich verlassen, Herr Merkenthal."

„O weh! Es hat schon wieder angefangen! Schnell hinein, sonst wird meine Schwiegermutter ungehalten! Heil Hitler!"

„Heil Hitler, Herr Merkenthal!"

Es kam so, wie Paul Papke erwartet hatte: Köhler-Manrico schmetterte mit einer derartig feurigen Glut seine tenorale Glanzpartie, daß nach dem: „Bald soll die Er–er–de Feindesblut fär–är–ben!" – und der Aufforderung: „Zum Kampfe! Zum Kampfe!" ein ohrenbetäubender Beifallssturm im Parkett und auf den Rängen ausbrach. Das Publikum sprang auf und applaudierte. Am liebsten hätten die tausend Menschen in ihrer Begeisterung mitgesungen: „Siegen wollen wir oder sterben mit dir!" Minutenlang wurde geklatscht. „Bravo! Da capo ... Da capo ... Da capo ..."

Tenor Köhler verbeugte sich, verbeugte sich immer wieder, und niemand verstand, warum der Dirigent nicht das Zeichen zur Wiederholung gab.

Da trat Paul Papke aus der Kulisse auf die Bühne. Was hatte das zu bedeuten? Augenblicklich ruhten die Hände, und tausend Augenpaare richteten sich erwartungsvoll auf den Mann im Frack, den nur die wenigsten als einen der Direktoren der Opernbühne kannten.

„Meine hochverehrten Damen und Herren!" begann Papke. „Ich habe die Ehre und das große Glück, Ihnen eine sensationelle Nachricht bekanntzugeben. Unter der genialen Führung unseres unvergleichlichen Führers haben unsere heldenhaften Truppen heute – Paris erobert!"

Ein tausendstimmiger Jubelschrei brach aus. Heilrufe ertönten. Dazwischen unverständliche Laute, kreischende Schreie. Im Parkett fielen sich die Menschen in die Arme. Frauen schluchzten hysterisch und vergossen Tränen. Von den Rängen ertönten ununterbrochen Heil-Hitler-Rufe.

Paul Papke verbeugte sich tief, einmal, zweimal, immer wieder. Niemand beachtete ihn; alle brüllten, riefen, schrien. Schließlich setzte das Orchester ein. Papke verließ nach einer letzten Verbeugung die Bühne, und der Krieger Manrico trat an die Rampe. Stehend und angehaltenen Atems hörten die Opernbesucher abermals die kraftvoll hinausgeschmetterte Stretta. „Lodern zum Hi–himmel seh ich die Fla–ammen; Schauder ergrei–eift mich, sta–arr bleibt der Blick . . ."

Nicht siebenmal, nein, neunmal mußte Köhler-Manrico diesen Kampfgesang herunterschmettern. Fielen seine Krieger mit dem Rufe ein: „Zum Kampfe! Zum Kampfe!" – dann prasselte der Beifall, daß selbst das lautstarke Orchester nicht mehr zu hören war.

VI

Steeven Merkenthal hatte Direktor Papke zu einer kleinen „Siegesfeier" in Schümanns Austernkeller am Jungfernstieg eingeladen.

„Heute wird nur Schampus getrunken", bestimmte er. „Tage wie diesen erlebt der Mensch nur einmal."

„Wird nun noch was aus deiner Finnlandreise, Steeven?" fragte Mimi Willmers.

„Pst!" Merkenthal sah erschrocken um sich. „Mutter, du verrätst ein Staatsgeheimnis!"

„Na, na, jetzt ist der Krieg doch aus", sagte sie.

„Im Westen vielleicht, aber . . ." Merkenthal wiegte seinen Kopf, machte mit der Hand ein Zeichen, das besagen sollte: Glaub ich auch noch nicht. Warten wir ab, was noch kommt.

„Ach, werden sich Lieschen und Heinz in der Schweiz freuen, wenn sie das erfahren!" rief Mimi Willmers.

„Du hast recht." Hinrich Willmers wandte sich an seinen Schwiegersohn. „Ich kann mir denken, daß der Führer nun auch im Osten Ordnung schaffen will. Damit hat die letzte Stunde des Bolschewismus geschlagen."

„Aber Hinrich!" sagte seine Frau verwundert. „Der Führer hat doch einen Vertrag mit Rußland geschlossen?"

Steeven Merkenthal brach in schallendes Gelächter aus, in das auch Hinrich Willmers einstimmte. Mimi Willmers sah mit kindergroßen Augen auf die Männer und konnte sich deren Heiterkeit nicht erklären!

„Sancta simplicitas!" prustete Merkenthal. „Mutter, du bist goldig! Vertrag hin, Vertrag her; es bleibt ein Stück Papier!"

„Findest du das richtig, Steeven? Du machst doch als Geschäftsmann auch Verträge? Bedeuten die dir nur ... Papier?"

„Mutter, Geschäfte und Politik muß man gut auseinanderhalten", wurde sie belehrt. „In der Politik gibt's nun einmal einen vollkommen anderen Ehrenkodex."

„So, meinst du?" sagte sie, aber unsicher und kleinlaut. Als sie in das lächelnde, überlegene Gesicht ihres vergötterten Schwiegersohns sah, kapitulierte sie. „Was mische ich mich da überhaupt ein? Ehrlich gesagt, ich finde Politik abscheulich."

Steeven Merkenthal hob sein Sektglas.

„Ich schlage vor, wir trinken das erste Glas auf das redliche Gemüt unserer guten Mutter!"

„Verhöhnt mich noch!" rief die, nahm aber ihr Glas.

Sie lachten, und die Gläser klirrten.

In einer Nebennische wurde das „Englandlied" gesungen.

Wer Paul Papke ins Lokal treten sah, hätte glauben können, er allein habe die Schlacht in Frankreich geschlagen. Er schüttelte jedem die Hand und sagte: „Herzlichen Glückwunsch!"

Mimi Willmers fiel noch einmal auf. Sie fragte ahnungslos: „Glückwunsch, Herr Papke, wozu?"

Papke verbeugte sich artig und antwortete: „Zu dem großen Sieg, gnädige Frau!"

„Aber Mama, wofür denn sonst?" meinte ihre Tochter, obwohl die sich dieselbe Frage gestellt hatte, nur klug genug gewesen war, zu schweigen.

„Daß ein alter Knabe wie ich diesen Tag noch erleben darf!" rief Papke. „Paris in unserer Hand! Man kann es kaum fassen!"

320

„Jaja", stimmte Hinrich Willmers bei, „die heutige Generation packt es gründlicher an."

„Mein Hochverehrter, das liegt nicht sosehr an der Generation, als an dem Staat und seiner Führung", entgegnete Papke. „So schlecht waren auch wir nicht, als wir jung waren. Aber die Führung war miserabel. Damals gab es doch nur Säbelrasseln mit weichen Händen. Harte Hände, festes Zugreifen, darauf kommt's an! Der Führer hat gottlob eine harte Hand und weiß, was er will. Daß er uns und wir ihn gefunden haben, das, lieber Herr Willmers, ist unser persönliches und unser nationales Glück. Aber was sagen Sie, meine Herrschaften, eigentlich zu der Vorstellung?"

„Großartig, lieber Papke!"

„Unübertrefflich!"

„Unvergeßlich! Wirklich unvergeßlich!"

Doch Direktor Papke war enttäuscht; er hatte gehofft, ein Wort über seinen Auftritt zu hören. Und er meinte: „Leider war der Tenor..."

Hildegard Merkenthal ließ ihn nicht aussprechen.

„Sagen Sie das nicht, Herr Papke! Köhler hat fabelhaft gesungen. Noch nie hab ich die hohen Partien so kräftig und klar gehört."

„Zugegeben, er war nicht ausgesprochen schlecht, aber – wissen Sie, verehrte gnädige Frau, der Schmelz und der sieghafte Schwung der Stretta, nun, der kam doch noch nicht genug heraus."

„Das Publikum raste", warf Hinrich Willmers ein.

„Und wie!" rief Frau Merkenthal. „Auch die Galerie war außer Rand und Band!"

„Tempora mutantur!"

„Was heißt das nun wieder?" fragte Mimi Willmers. „Du mußt uns immer lateinisch kommen!"

Steeven Merkenthal lachte fröhlich. „Mutter, das heißt: Die Zeiten ändern sich."

„Weiß Gott, sie haben sich gründlich geändert. Was bisher am Boden lag, ist nun obenauf."

„Wie soll man das verstehen?" fragte Merkenthal. Papkes Auslegung seines Ausspruchs mißfiel ihm.

„Frankreich hat uns lange genug unterm Daumen gehabt, find ich. Jetzt haben wir den Daumen an Frankreichs Kehle! Prost!"

„Prost und Heil Hitler!" rief Steeven Merkenthal, mit dieser Auslegung sehr zufrieden.

„Um Gottes willen!" stieß plötzlich Mimi Willmers aus. „Ottmars Sohn, der Joachim, steht doch im Westen!"

„Na und?" fragte ihr Mann.

„Wenn ihm nun was passiert ist?"

„Unsinn! Wer denkt gleich so was!"

„Gnädige Frau!" Papke erhob sich, als wollte er schon kondolieren. Er sagte aber nur pathetisch: „Der Besiegte zählt seine Opfer; der Sieger freut sich seines Sieges!"

Mimi Willmers sah ihn unsicher an.

Steeven Merkenthal warf Papke einen spöttischen Blick zu und dachte: Komödiant! Aus welcher Oper das wohl wieder stammen mag?

ZWANZIGSTES KAPITEL

I

Schön ist Moskau im Winter, wenn der erste Schnee wie Watte auf den Dächern und in den Straßen liegt und die bunten, runden Zwiebeltürme der Kirchen, das Lenin-Mausoleum, die rote Mauer des Kreml und seine stattlichen Türme aus der weißen Pracht herausragen. Schöner aber noch findet Walter Brenten Moskau im Frühling, wenn das junge Grün an den Bäumen auf den Plätzen der Stadt und im Park am Moskwafluß aufbricht, die ersten Veilchen und Kätzchen am Puschkinplatz verkauft werden und die Moskauer ihre Pelzmäntel und Pelzmützen zu Hause lassen und ihre weißen Jacken und Blusen, ihre farbenfrohen Sommerkleider anziehen.

Es war Walters zweiter Frühling in Moskau, und doch eigentlich sein erster. Im Vorjahr hatte er ihn nur geahnt, nur geschmeckt und gerochen; er war an sein Bett gefesselt gewesen. Diesen Frühling genoß er mit ganzer Hingabe und in vollen Zügen. Ihm war, als gesunde mit dem neuerwachenden Leben der Natur auch er nun erst vollends.

Kein Kranker mehr, ein Genesender war er. Die Lunge war geheilt und gekräftigt, die Schulter repariert, wie Dr. Andrejew zu sagen pflegte. Die monatelangen Massagen hatten Wunder bewirkt; er konnte seinen linken Arm schlenkern, wieder gebrauchen, als hätte der nie wie ein fremdes, lebloses Etwas an seiner Schulter herabgegangen. Und einen Appetit entwickelte er, als wollte er sich für die vielen Monate, in denen er lustlos und nur widerwillig gegessen hatte, entschädigen.

Das beste Heilmittel waren die Spaziergänge. Kam er spät nachmittags von seinem zweiten Tagesrundgang ins Krankenhaus zurück, freute er sich schon auf den Ausgang am nächsten Tag. Anfangs hielt er sich in der Nähe des Krankenhauses, die eine Seite hinunter bis zur Kremlmauer, die andere Seite hinauf bis zum Arbatskaja-Platz. Mit jedem Tag wurde er kühner, und bald befürchtete er nicht mehr, sich in der großen und fremden Stadt zu verlaufen. Er ging rund um den Kreml, über den weiten, einzig schönen Roten Platz, an der Basilius-Kathedrale vorbei und am Ufer der Moskwa entlang. Es dauerte nicht lange und er kannte die Straßen und Boulevards bis zum Gorki-Park, zur Leningrader Chaussee und zum Zoo.

Sein Sohn Viktor erwies sich als stadtkundiger Führer. Mitunter kam er nach Schulschluß, und dann zogen sie gemeinsam auf Entdeckungen. Viktor war das meiste wohlbekannt; er war ein richtiger Moskauer geworden, sprach russisch und war in der neuen Sprache schon derart verwurzelt, daß er sein Deutsch nach den Gesetzen des russischen Satzbaus formte. Sie fuhren mit der Metro, stiegen auf jeder Station aus und bewunderten die unterirdischen Bahnhöfe, die, jeder in anderem Stil und aus anderem Material erbaut und prächtig beleuchtet, marmornen Palästen glichen. Sie durchwanderten die großen Kaufhäuser, die Museen, gingen zuweilen in ein Tageskino und mit besonderer Vorliebe, meist als Abschluß eines langen Spazierganges, ins Eiscafé in der Gorkistraße.

Langsam lernte Walter Brenten wieder seinen Sohn kennen, der sich in den Jahren ihrer Trennung erstaunlich verändert und entwickelt hatte. Ihm war der Junge für seine noch nicht siebzehn Jahre viel zu ernst, zuwenig jungenhaft. War dieser Charakterzug den Erlebnissen in Deutschland zuzuschreiben? Möglicherweise hatten sie dazu beigetragen. Viktor liebte Literatur und Musik, Musik vor allem, aber Physik, Chemie und Mathematik interessierten ihn noch mehr. Er war schon auf dem Wege, die exakten Wissenschaften zu erobern.

Walter Brenten hatte in Moskau seinen Sohn wiedergefunden, aber der war kein Kind mehr, sondern fast schon erwachsen; Walter hatte, wenn er neben ihm her ging und mit ihm sprach, das Gefühl, einen guten Freund an seiner Seite zu haben, einen Menschen, mit dem man alles besprechen durfte, der für alles Verständnis aufbrachte und von dem man sogar mancherlei lernen konnte.

II

Tag für Tag hatte Walter auf Aina gewartet, an dem Tag aber, da alle Gedanken und Sinne auf den bevorstehenden 1. Mai gerichtet waren, kam sie an. Wie ein Wirbelwind schoß sie auf ihn zu, stutzte dann aber und fragte: „Darf man dich anfassen? Bist du ganz gesund?"

Er lächelte und breitete seine Arme aus. „Man darf!"

Da hing sie an seinem Hals, vergrub ihr Gesicht in seine Schulter und weinte.

Er strich ihr übers Haar.

„Die Leute! Was sollen die Leute denken, Aina?"

Er schob sie behutsam von sich. „Laß dich doch mal ansehn!"

Und nun lächelte sie unter Tränen.

„Gut siehst du aus . . . Etwas üppiger geworden, Madame! Sehnsucht zehrt doch sonst?"

„Ich bin da! In Moskau! Bei dir!" Sie schüttelte den Kopf, als glaubte sie es immer noch nicht.

„Komm! Gehn wir in den Vorraum! Da sind wir allein!"

Sie gingen Arm in Arm durch den Krankensaal. Walter sah, daß die Kranken, die schon seit langem wußten, daß er auf sie wartete, und nun das Wiedersehen miterlebt hatten, sich mit ihm freuten. Er fing freundliches Zulächeln und Zublinzeln auf.

Nun war sie da, quick und fröhlich und unternehmungslustig wie zuvor. Sie redete und redete, lachte und jauchzte, umarmte ihn, küßte ihn und tanzte vor ihm her. Und gleich hatte sie Pläne, große Pläne. Arbeiten würde sie in einem Institut für Fremdsprachen. Eine Wohnung mußte beschafft werden, zumindest ein Zimmer. Vorher aber mußte es einen Urlaub, einen richtigen Sommerurlaub geben.

„Wie hast du's eigentlich geschafft?" fragte Walter. „Wie bist du gefahren?"

„Die Partei", erwiderte sie. „Die schwedische Partei hat es gemacht. Denk dir, eine Genossin, die hier in Moskau arbeitete, mußte aus familiären Gründen zurück. In Karlstad wohnt sie, am Vener See. Du, da müssen wir auch mal hin! Zauberhaft schön, sag ich dir ... Und für die Gerda bin ich nun hier. Fein, was! Das verdanke ich Sven. Ob das sehr schwer werden wird? Im Institut? Ich denke, ich schaff's. Meinst du nicht auch?"

Aber sie wartete seine Meinung gar nicht ab, sondern fuhr munter fort: „Erst sollten wir fliegen. Denk dir, fliegen, wo über der Ostsee gekämpft wird. Überall faschistische Jäger. Aber die Luftlinie Stockholm–Riga besteht; sie fliegen noch. Die Genossen sagten: ‚Fahr mit dem Zug, es geht zwar langsamer, aber du fährst sicherer.' Es ging wirklich abscheulich langsam. Aber nun bin ich da. Freust du dich eigentlich, daß ich da bin? Du hast noch kein Wort gesagt?"

„Man kann zwar zusammen singen, aber nicht gleichzeitig reden", antwortete er lächelnd.

„Ach ja, laß uns zusammen singen! Ich möchte singen und tanzen und wieder singen und wieder tanzen. Und du, bist du wirklich gesund?"

„Ja! Hat es nicht lange genug gedauert?"

„Warum bist du dann noch hier? Als die deutschen Genossen mir hier sagten, du lägest noch im Krankenhaus, hab ich wunder was gedacht. Rückschlag, Verschlimmerung ... Nein, du siehst gar nicht krank aus. Nur dünner bist du geworden. Aber das konntest du vertragen. In Paris warst du viel zu voll."

„In Spanien schon nicht mehr."

„Ach ja, Spanien. Da hätt ich dich gern mal gesehen. Ich

hab schwedische Genossen gesprochen, die in Spanien waren. Einige sogar in deinem Bataillon; sie kannten dich. Die hab ich ausgefragt! Du, ich weiß alles, was du in Spanien getrieben hast."

Walter küßte Ainas Hand. „Ich bin sehr froh, daß du da bist!"

Sie strahlte und hatte vor Glück wieder Tränen in den Augen.

III

Am 1. Mai standen sie zusammen auf der Tribüne des Roten Platzes, sahen die Parade der Roten Armee und den Vorbeimarsch der Werktätigen Moskaus.

Am 3. Mai verließ Walter das Krankenhaus und zog zu Aina ins Hotel.

Sie hatten sich kaum eingerichtet, als ihre Koffer schon wieder gepackt waren; sie wollten einen vierwöchigen Erholungsurlaub in Suuk-Su auf der Krim verbringen.

„Unsere Flitterwochen!" jubelte Aina. Wie sie sich auf die Krim freute. „Hoffentlich liegt dieses Suuk-Su am Meer?" Schon hatte sie eine Karte zur Hand und studierte die Krimküste. Von Sewastopol bis Kertsch buchstabierte sie alle Namen der Städte und Orte. Suuk-Su fand sie nicht. „Es muß doch im Innern des Landes liegen. Wie schade."

Die Ungewißheit, wo es eigentlich hinging, ließ weder Walter noch Aina ruhen. Er telefonierte ein Reisebüro an und erhielt die Auskunft, es liege unweit von Gursuff, direkt am Meer.

Aina tanzte durchs Hotelzimmer, daß Walter befürchtete, die Nachbarn würden sich beschweren. Aber auch er war voller Vorfreude auf diese Sommerreise ans Schwarze Meer. Wie viele Jahre hatte er keinen Urlaub gehabt? Sein letzter war eine Rheinfahrt im August 1932 gewesen, nach seiner Entlassung aus der Festungshaft, eine vierzehntägige Dampferfahrt – neun Jahre war das her. Dazwischen lagen Fuhlsbüttel, Paris, Spanien und seine Krankheit. Vier Wochen Erholung, Sonne, Wasser, Strand, Ausruhen, Lesen – ganz unwahrscheinlich kam es ihm vor. Und Aina war bei ihm, die zwitschernd und trällernd hierhin und dorthin lief und bald dies vergessen hatte, bald jenes, dabei aber nicht unterließ, allen ihren Freunden und Bekannten mitzuteilen, daß sie auf die Krim nach Suuk-Su fahre, und jedesmal von neuem fassungslos war, wenn jemand zu fragen wagte, wo denn das eigentlich liege.

Am Morgen des letzten Maitages bestiegen sie das große Ferienflugzeug, mittags landeten sie bereits, nach ruhigem, gleichmäßigem Flug über die Riesenfelder der Ukraine, in Simferopol. Ein kleiner Omnibus des Erholungsheims Suuk-Su wartete am Flughafen.

Es ging mitten durchs Krimgebirge, bergan und talab, auf Serpentinen, die zuweilen Ausblicke auf das hinter dem Gebirge liegende Meer boten. In der Mittagsruhestunde kamen sie an.

Suuk-Su war keine Ortschaft; es war nur der Name für das Erholungsheim. Vermutlich hatte an dieser Stelle früher eine Siedlung gleichen Namens gestanden. Jetzt war es eine kleine Erholungskolonie, mit schneeweißgestrichenen Pavillons, einem Freilichttheater, mehreren Sportplätzen und einem den ganzen Bezirk umfassenden Park, der zum Gebirge hin anstieg und in dem große Zypressen, kräftige Palmen und viele andere Bäume und Pflanzen standen, die Walter und Aina noch nie gesehen hatten.

Kaum daß sie ihr Zimmer mit einem Balkon aufs Meer bezogen, ihr Gepäck abgestellt und sich flüchtig gewaschen hatten, begaben sie sich auch schon auf Entdeckungsfahrt. Ihr erster Weg galt dem Meer. Einen teils steinigen, teils sandigen Strand fanden sie vor, einen vorzüglichen Badeplatz. Unmittelbar am Strand ragten zwei große Felsen aus dem Meer, dicht nebeneinander, aber nicht miteinander verbunden. Hindurch führte eine schmale Wasserrinne. Ruhig, spiegelglatt fast lag das Meer im Sonnenschein. Weit draußen dampfte ein kleines Motorboot.

Aina schlug vor Entzücken die Hände zusammen, und ihre Augen schienen die Fülle des Schönen nicht schnell genug aufnehmen zu können. Sie flüsterte nur immer wieder: „Vier Wochen . . . Vier ganze Wochen!"

Sie trafen im Park eine junge Russin, kräftig, derb gebaut, mit breitem, energischem Gesicht und guten Augen. Aina hatte bereits ein paar russische Worte gelernt und verstand es, meisterhaft damit zu jonglieren. Sie verständigte sich auch mit der neuen Bekannten, die kein Wort Deutsch verstand, geschweige denn Schwedisch. Sie hieß Natascha und arbeitete im Erholungsheim. Es ergab sich, daß sie den Pavillon C betreute, in dem Walter und Aina wohnten.

Für Aina war auch Natascha mit dem männlich-festen und doch weichen Gesicht eine Entdeckung. Was sie alles fragte. Es fiel ihr nicht immer leicht, ihre Fragen verständlich zu machen. Sie erfuhr, daß Natascha aus einem Dorf in der Gegend von Tula gebürtig war. Schon zwei Jahre war sie in Suuk-Su und hatte mittlerweile Sehnsucht nach ihrem Dorf bekommen. Ob sie nicht gern in Moskau leben möchte, fragte Aina. O ja, das möchte sie schon. In Moskau möchten doch am liebsten alle Russen sein.

Nachdem sie und Walter sich von Natascha verabschiedet hatten, sagte Aina: „So eine russische Frau wie Natascha möchte ich zur Freundin haben. Sie gefällt dir doch auch, nicht wahr?"

„Du knüpfst ja schnell Freundschaften an", erwiderte er.

„Ich meine ja auch nur – wenn."

„Außer dieser Natascha gibt es, so vermute ich, noch ein paar andere russische Frauen, die gute Freundinnen abgeben."

„Werd nur nicht ironisch", drohte sie lachend. „Das verträgt diese Gegend nicht." Sie zeigte auf den großen Berg, der sich weit ins Meer hinausschob. „Wir befinden uns in einer richtigen Bucht. Wunderbar! Ist es nicht wunderbar? Na, so red doch!"

Nach einigen Tagen in Suuk-Su, kaum daß sie sich eingelebt hatten, überkam Aina und Walter richtige Ferienmüdigkeit! Sie wurden – wie Aina sagte – genießerisch faul. Frühmorgens badeten sie im Meer und dösten dann stundenlang in der Sonne. Nach wenigen Tagen waren sie sonnverbrannt. Die Ärzte kamen wiederholt an den Strand und achteten darauf, daß die Sanatoriumsgäste die Sonnenbäder nicht übertrieben. Sie fielen mit ihrer Fürsorge mitunter schon ein wenig lästig.

Längst hatten Walter und Aina die nächste Umgebung durchforscht, wußten, daß nebenan, am Fuß des Bergriesen, der ins Meer hinausragte und wegen seiner geduckten, massigen Haltung Aju Dagh hieß, auf deutsch: der Bär, das weltbekannte Pionierlager Artek lag. Auch die Puschkin-Grotte kannten sie, in der, wie es hieß, der Dichter in den Tagen seiner Verbannung gern geweilt hatte. Dem nahe gelegenen kleinen Küstenort Gursuff hatten sie einen Besuch abgestattet und in einem kleinen, etwas schmuddeligen Café Tee getrunken, in den schon fast orientalisch anmutenden Basaren Postkarten und andere kleine Erinnerungen eingekauft, bemalte Muscheln, Broschen, Nadeln und geschnitzte Knotenstöcke.

Unter den Erholungsuchenden in Suuk-Su befand sich noch ein Deutscher, ein Literaturhistoriker, der bereits viele Jahre in der Sowjetunion lebte, ein gebürtiger Stuttgarter mit Namen Alfons Schmergel, ein großer, hagerer Mann mit wilder Literatenmähne. Er sprach gern und viel, aber abgerissen, unzusammenhängend, gewöhnlich nur in halben Sätzen. War in seinem Kopf der Gedanke, den er ausdrücken wollte, zu Ende gedacht, vergaß er, ihn zu Ende zu sprechen, denn schon war ihm ein neuer Gedanke gekommen, der den alten, noch nicht ganz ausgesprochenen, verdrängte.

Gespräche kannte er kaum, nur Monologe unverständlicher Wortkaskaden.

Er setzte sich zu Walter und Aina. Walter hatte gefragt, was die „Prawda" zur internationalen Lage schreibe.

Schmergel begann sogleich, als habe er auf dieses Stichwort nur gewartet, mit dem rechten Arm einen großen Bogen zu ziehen. „Gespannt, Genossen... Außerordentlich gespannt! Die Gegensätze im imperialistischen Lager haben im höchsten Grade... England beispielshalber hat sich genötigt gesehen... Die USA haben dadurch einen territorialen Gewinn. Doch auch Japan rührt sich mächtig. Es brodelt in Asien... Und ich frage mich, war Kreta eine Art Generalprobe für den Angriff der Faschisten auf England? Übrigens haben die Faschisten zur See kein Glück. ‚Bismarck' wurde versenkt, ihr stärkstes Schlachtschiff. Da liegt überhaupt was in der Luft. Nichts Gutes. Ich hab 'ne Nase dafür. Letzthin wurden... Denn die letzte Rede von Hitler war außerordentlich aufschlußreich. Er sagte unter anderem... Und das scheint mit das Entscheidende zu sein. Rohstoffe hat Nazideutschland, aber... Das ist der wunde Punkt, die Achillesferse des Faschismus sozusagen..."

Walter nickte, als sei er nach diesen Ausführungen über die internationale Lage vollkommen informiert. Aina vergrub ihr Gesicht in den Sand, um nicht laut loszuprusten.

Anfangs fanden Walter und Aina ihn ganz amüsant, mit der Zeit wurde er ihnen unerträglich.

„Er ist krank", meinte Walter. „Übernervös, zerfahren. Er kann einem leid tun."

„Wir müssen ihm sagen, er soll uns in Ruhe lassen!" erklärte Aina resolut. „Ich jedenfalls kann das nicht mehr ertragen!"

„Das geht nicht", widersprach Walter. „Das würde ihn verletzen."

„Dann müssen wir ihm aus den Augen gehn!"

„Wohin? Er wird uns überall aufstöbern!"

„Dort, nach dem Felsen!" rief sie. Und schon sprang sie auf und jubelte: „Richtig, wir schwimmen zum Felsen und legen uns in die Sonne. Dann haben wir unser eigenes Reich.

Schmergel kann nicht schwimmen; er muß hübsch am Strand bleiben."

„Ob man vom Wasser aus auf den Felsen kommt?" gab Walter zu bedenken. Aber Ainas Vorschlag gefiel ihm. Dort auf dem Felsen im Meer mußte es sich gut liegen.

„Ich schwimm rüber", rief sie. „Mal sehen, ob man ihn erklettern kann!"

Schon rannte sie mit erhobenen Armen ins Meer hinein.

„Hallo!" Walter drehte sich um. Alfons Schmergel kam und winkte.

Er setzte sich neben Walter, der mit den Augen Aina folgte, die mit kräftigen Stößen ins Meer hinausschwamm.

„Genosse Brenten, es liegt wirklich was in der Luft!"

Walter sah über sich in den Himmel. Er war von reinstem Blau. „Wie kommst du darauf?" fragte er.

„Am politischen Himmel, meine ich."

„Ach so-o!"

„Heute meldet die ,Prawda' in einer kleinen, ganz kleinen Notiz nur, aber immerhin ... Was suchen, so frage ich dich, deutsche Truppen in Finnland? Ich hab schon gedacht ... Aber Norwegen haben sie doch ... Die nächsten Monate sind entscheidend ... Ich sage dir, wenn nur nicht ... Das ist es eben, die leichten Siege im Westen machen die Faschisten übermütig ... Man muß das aufmerksam verfolgen ... Ich trau dem Frieden nicht ..."

„Hallo ... Ha-allo-o ..."

Aina stand oben auf dem Felsen, auf der äußersten Spitze und winkte und rief.

„Augenblick mal!" entschuldigte sich Walter und lief ins Wasser.

Aina erwartete ihn an der Stelle, die sie als „Hafen" gefunden hatte – zwei kleine Felszungen, die knapp aus dem Meer ragten. Hatte man die erklommen, konnte man mit einiger Anstrengung die äußere Felswand hinaufklettern.

Dann standen beide auf der schräg abfallenden Felsplatte und winkten Alfons Schmergel zu.

„Wunderbar!" rief Aina. „Wie bei uns oben im Norden. Und hier kann kein Mensch uns sehen, nur das weite, weite Meer!"

V

Auf ihrem „Loreleifelsen" hatten sie das Pionierlager Artek vor Augen, auf der entgegengesetzten Seite die kleine Hafenstadt Gursuff. Aina nannte die sonnigen Junitage anbetungswürdig in ihrer Pracht und sommerlichen Stille. Selten, daß das Meer in Erregung kam und ungebärdige Wellen den Felsen umspülten; gewöhnlich lag es in seiner riesigen blauen Weite teichfromm da. Besonders schön war es, wenn vom Meer eine kühle Brise kam und über den Felsen hinstrich, denn die Sonne hatte den Stein hübsch angeheizt, und die beiden nackten Sonnen-, Licht- und Lufthungrigen lagen auf dem kleinen Plateau wie auf einer Röstplatte.

Mitunter kam das große Motorboot mit einer fröhlichen Ladung weißgekleideter Pioniere, Jungen und Mädchen, am Felsen vorübergefahren. Dann gab es Rufen- und Winken und Tücherschwenken, bis das Boot in Richtung Gursuff–Jalta entschwunden war.

Tümmler näherten sich häufig dem Felsen, dunkle, fettglänzende Ungetüme, die in munteren, übermütigen Sprüngen sich im Wasser tummelten. Stets kamen sie herdenweise, und sie benahmen sich wie richtige Lausbuben des Meeres.

Aina und Walter fühlten sich auf ihrem Felsen so wohl, daß sie manche Mahlzeit überschlugen, nur um länger bleiben zu können. Sie waren braun wie Südsee-Insulaner. Walter nannte Aina eine afrikanische Lorelei. Ihr in der Sonne goldgelb gewordenes Haar stach eigenartig ab von der dunklen Bräune ihres Körpers.

Alfons Schmergel war abgehängt. Wie ein aus dem Paradies Vertriebener strich er einsam am Strand entlang. Jetzt tat er Aina leid. „Aber was soll man mit ihm machen?" sagte sie. „Wir können ihn doch nicht an einer Leine herüberziehen."

„Das hätte grad noch gefehlt."

„Es ist ein Skandal! Ein erwachsener Mensch und kann nicht schwimmen."

„Herrlich, daß er nicht schwimmen kann", fand Walter. „Ihn auch noch hier – dann wär's endgültig aus mit der Erholung."

Aina schnellte hoch und fragte: „Was heißt das? Auch noch . . . Rede ich dir zuviel?"

„Es reicht", knurrte er.

„Gut, daß man das weiß", bemerkte sie gekränkt. „Fortan schweige ich wie ein Fisch! Hörst du, wie ein Fisch! Hörst du?"

„Jaja, ich höre!"

Sie drehte sich von ihm weg, atmete schwer, schwieg aber . . .

Weit draußen fuhr ein Frachtdampfer. Langsam glitt er dahin, sehr langsam. Walter überlegte, ob sie wohl noch schweigen würde, wenn der Dampfer die Höhe des Aju Dagh erreicht hatte?

Eine Schar Tümmler kam geschwommen. Als spielten sie irgendein Reigenspiel, trieben sie, einer hinter dem andern, ihren Schabernack, tauchten, schnellten aus dem Wasser, um erneut zu tauchen.

„Da sind sie wieder!" rief Aina und zeigte auf das muntere Wasservölkchen. „Übrigens, da ich nun doch was gesagt habe und da diese Delphine mich irgendwie an die dicke Natascha erinnern, will ich dich fragen – ich wollte dich längst fragen –, ob wir ihr nicht helfen können, nach Moskau zu kommen. Ich würde mich sehr freuen."

Walter sah nach dem Dampfer. Er hatte noch längst nicht die Höhe des Aju Dagh erreicht.

„Du lächelst! Antworte lieber!"

„Man muß das genau überlegen."

„Gewiß! Aber eine gute Tat auch durchführen", erwiderte sie, mit seiner Antwort nicht zufrieden.

„Und wie ist es? Fahren wir morgen mit oder bleiben wir hier?"

„Möchtest du mitfahren?"

„Ach ja, ich möchte schon."

„Na gut, dann fahren wir."

Punkt sieben Uhr in der Früh stand der blaue Omnibus vor dem Pavillon A. Etwa dreißig Suuk-Suer, wie die Gäste des Erholungsheimes scherzhaft genannt wurden, hatten sich für den Ausflug nach dem Ai Petri versammelt. Auch Walter und Aina. Alfons Schmergel war nicht gekommen. Sie hörten von einer Ärztin, er habe Magenkrämpfe.

Aina sah Walter an. Beide fühlten sich schuldbewußt, weil sie sich in den letzten Tagen nicht um ihn gekümmert hatten.

„Kranker Magen, krankes Hirn", sagte Walter.

„Wir müssen ihn besuchen", erwiderte sie.

Vorerst fuhren sie ab. Der große Omnibus schlug auf der schmalen, kurvenreichen Küstenstraße ein atembeklemmendes Tempo an. Walter saß bei dem Fahrer, einem gedrungenen und beleibten Mann mit einem vollen, kugeligen Kopf. Eine krumme Pfeife im Mund, paffte er stillvergnügt und seelenruhig auch bei den halsbrecherischsten Kurven vor sich hin. Er sah eher einem Fischer oder Steuermann ähnlich als einem Omnibusfahrer.

Hinter Gursuff stieg die Küstenstraße an, und oft fiel sie nach dem Meere hin Dutzende Meter schroff ab, während auf der anderen Seite sich die Felswand erhob, denn die Straße war aus dem Fels gehauen. Der Fahrer verminderte das Tempo nicht im geringsten. Aus dem Innern des Wagens drang das Geplauder der Fahrgäste. Sie schienen keine Furcht zu haben oder keine Ahnung von der Gefahr. Walter hätte gern dem Fahrer bedeutet, etwas langsamer zu fahren. Indes er sprach kein Russisch und fürchtete, der Fahrer würde sich umdrehen und dadurch womöglich vom Weg abkommen. Es genügten manchmal nur Zentimeter, um entweder die Felswand zu streifen oder ins Meer hinabzustürzen.

Aina, die zuerst auch, wie Walter bemerkt hatte, Angst ausstand, benahm sich nun aber ganz gefaßt. Sie sah aufs

Meer, das im Schatten des Gebirges einen sattblauen Ton angenommen hatte. Walter hatte keinen Blick für die Landschaft; er starrte unentwegt auf die Landstraße, nahm in Gedanken jede Kurve und jede Steigung, als lenke er das Fahrzeug.

So ging es bis Jalta, wo eine Pause eingelegt wurde. Sie reichte gerade, um ein wenig an der Küstenpromenade zu bummeln, in die Schaufenster der Geschäfte zu sehen und kleine Einkäufe zu tätigen.

Der Omnibus mit der abgekühlten Maschine preschte hinter Jalta die steilen Berge hoch. Durch riesige Wälder mit uralten Eichen, Tannen und Fichten ging die Fahrt. Zuweilen sahen sie das Meer und schrien auf, weil sie schon so hoch darüber waren. Und immer weiter ging es und unaufhörlich bergan. Der Baumbestand verkümmerte, ging über in Krüppelholz, das sich am Boden entlangwand. Dann hörte auch das auf, und nichts als Sand und kahle Felsen waren ringsum. Doch der Omnibus stieg immer noch die steilen Serpentinen hoch. Endlich sahen sie den Gipfel vor sich.

Das war kein gewöhnlicher Gipfel; vor ihnen lag eine weite, ebene Steppe, freilich mehr als eintausendzweihundert Meter über dem Meeresspiegel. Kalte Winde fegten über dies Gebirgsplateau und wirbelten Sandwolken auf. Blickte man, das Meer im Rücken, darüber hin, konnte man glauben, irgendwo in einer Wüste Mittelasiens zu sein.

Der Blick von hier oben war unbeschreiblich schön. Über tausend Meter tiefer lagen das Meeresufer und die Stadt Jalta, und weit, weit reichte das Auge über das Meer, das nach dem Horizont hin nicht trüb, sondern nur dunkler wurde, stellenweise war es tiefschwarz. Die dem Meer seinen Namen gegeben hatten, mußten es von hier oben gesehen haben: Schwarzes Meer.

Aina sogar war stumm vor Ergriffenheit. Entzückt schaute sie auf das Meer.

„Sieh dort, ein Boot!" Sie zeigte nach unten auf einen winzigen Punkt im Meere.

„Ein Boot? Das ist ein Dampfer."

Ein sowjetischer Genosse richtete sein Fernglas auf den Dampfer. „Es ist die ‚Ukraine'!"

„Also ein Seebäderdampfer, Aina", rief Walter. „Da sind Hunderte Menschen drauf."

„Hier oben möchte ich nicht leben", sagte sie und erschauerte. „Nein, so einzig schön der Blick auch ist. Von hier gesehen, entschwindet ja alles Menschliche, wird klein und unwirklich."

Die sowjetischen Genossen, die verstanden, was sie gesagt hatte, lachten und stimmten ihr zu. Walter sagte scherzend: „Dann schleunigst zurück in die Täler, wo die Menschen hausen!"

Aina schmiegte sich an ihn und flüsterte: „Ja, laß uns zurückfahren!"

VI

Am nächsten Morgen – einem Sonntag – schwammen sie wieder hinaus nach ihrer Insel. Früher noch als gewöhnlich hatten sie sich davongeschlichen.

Aina war selig, als sie sich auf dem Stein ausstreckte. Hier fühlte sie sich wieder dem Leben verbunden, ein Mensch unter Menschen. Am Strand von Artek rannten splitternackte Kinder ins Wasser. Sicherlich jubelten und jauchzten sie, aber das konnten Aina und Walter auf ihrem Felsen nicht hören, nur sehen konnten sie die fröhliche, glückliche Kinderschar. Hinter ihnen erhob sich der Bergriese; der Name Bär war gut gewählt; er sah aus der Ferne mit seinem dichten Waldbestand wie ein zottiger Petz aus, der seine Schnauze ins Meer steckte.

Die Sonne stieg übers Gebirge, und überall im Meer funkelten Millionen und aber Millionen Kristalle.

Beide lagen bäuchlings und blinzelten in die Sonne, und Walter erzählte: „Es war einmal ein König, der wollte nicht länger dulden, daß ungerufen jeden Morgen die Sonne aufstieg und nicht nur für ihn, sondern für alle Menschen Licht und Wärme verbreitete. Durch ein königliches Dekret befahl er ihr, künftig ungerufen nicht mehr zu kommen. Als sie anderntags trotzdem wieder erschien, rief der König ergrimmt seinen Knechten zu, die Unbotmäßige vom Himmel herunterzuholen und in Ketten zu legen. Aber sosehr die Knechte sich auch anstrengten, es gelang ihnen nicht, und einige von ihnen, die gar zu hitzig zu Werke gingen, verbrannten sich ihre Finger. Die einfältige Majestät bekam vor Wut einen schlimmen Blutandrang, erlitt einen Schlaganfall und starb. Die Sonne aber steigt jeden Tag neu auf, spendet allen Menschen Licht und Wärme und mehrt den Reichtum dieser Welt."

„Ein schönes Märchen", rief Aina, „einfach, wahr und weise."

„Hallo . . . Ha–allo–o!"

„Sollte das Schmergel sein?" Aina schob sich bis an den Rand des Felsens und spähte vorsichtig nach dem Strand hinüber. „Er ist es! Und ich dachte, er ist krank und liegt im Bett . . . Melden wir uns?"

„Was kann er wollen?" fragte Walter.

Alfons Schmergel hatte den ersten, vom Ufer zugänglichen Felsen erklommen und rief wieder: „Hallo . . . halloo . . . hallo–o–o!"

„Was kann er nur wollen?" flüsterte Aina.

Walter erhob sich. Ihnen gegenüber, jenseits der schmalen Wasserrinne, die beide Felsen trennte, stand Schmergel, fuchtelte aufgeregt mit den Armen und rief: „Kommt . . . Kommt sofort . . . Krieg ist . . . Hitler hat die Sowjetunion überfallen!"

VII

War das ein Packen, Fragen, Laufen, Sich-Beschweren, Bitten, Schimpfen. Die sich besonders gut auskannten und Glück hatten, waren schon abgefahren. Alfons Schmergel war mit einem Krankentransport abgereist. Personenwagen pendelten ununterbrochen zwischen Suuk-Su und Simferopol, kaum daß die Fahrer etwas essen, geschweige denn, daß sie ausruhen konnten. Jeder Urlauber wollte nach Hause, und zwar so schnell wie nur möglich; die einen ins Kiewer und Charkower Gebiet, die andern in Richtung Moskau und Leningrad oder in den Ural. Die Familie eines Montagearbeiters mußte nach Irkutsk, mehrere tausend Kilometer ostwärts.

Niemand bemerkte, daß die Sonne noch genauso warm schien wie gestern, der Wellenschlag des Meeres unverändert gleichmäßig gegen das Ufer schlug und die Felsen am Ai Petri stolz und erhaben emporragten wie schon viele Jahrtausende.

Walter und Aina wurden beschworen, zu warten und sich nicht in den Strom des ersten Aufbruchs zu begeben. Aina aber drängte, nach Moskau zu kommen.

Sommergäste aus Odessa hatten einen Omnibusfahrer ausfindig gemacht, der sich bereit erklärte, sie nach Hause zu fahren. Walter und Aina wurden aufgefordert mitzukommen; von Simferopol könnten sie mit dem fahrplanmäßigen Zug nach Moskau weiterfahren. Sie fuhren bis Jalta an der Meeresküste entlang, dann erklomm der Wagen das Gebirge und nahm Kurs ins Innere der Krimhalbinsel. In Simferopol angekommen, zerrannen alle Hoffnungen auf Weiterfahrt. Tausende Menschen, Männer, Frauen, Kinder, lagerten wartend bei ihren Gepäckstücken vor dem Bahnhof. Alle hatten nur den einen Wunsch, so schnell wie möglich weiterzukommen. So umwegig und beschwerlich es auch war, Walter und Aina entschlossen sich, mit dem Omnibus nach Odessa zu fahren. Von dort glaubten sie noch am schnellsten nach Moskau zu gelangen.

Tief in der Nacht erreichten sie nach anstrengender Fahrt die große Hafenstadt. Am Bahnhof das gleiche Bild: koffertragende Menschen, Familien in langen Reihen vor den Fahrkartenschaltern oder schlafend neben ihrem Gepäck auf dem Bahnhofsvorplatz. Wie verloren standen Walter und Aina in diesem Menschengewimmel. Hoffnungslos der Gedanke, rasch von hier wegzukommen.

„Wart hier!" Aina hatte einen Einfall. „Bin gleich zurück!"

„Was hast du vor? Wo willst du hin?"

„Wir sind doch Ausländer, man wird uns helfen."

Aina hatte Erfolg, für den nächsten Schnellzug schon bekam sie Fahrkarten, sogar Schlafplätze. Und es vergingen nur einige Stunden, bis der Zug in den Bahnhof einfuhr.

Als sie ihre Plätze einnahmen, flüsterte Walter: „Nicht deutsch sprechen! Überhaupt sowenig wie möglich sprechen!"

„Warum?" fragte sie. „Wegen der Faschisten? Was haben wir, was hast du mit diesen Banditen zu tun?"

„Aina, diese Kerle sprechen leider dieselbe Sprache wie ich."

„Na und?" Aina sah ihn ungehalten an. „Das ist meines Wissens auch die Sprache von Goethe und Karl Marx."

„Ist ja richtig", entgegnete Walter. „Aber willst du jedem, der dich deutsch sprechen hört, erst einen Vortrag halten?"

„Nein, ich bin nicht mit dir einverstanden."

Um ihm das sogleich zu zeigen, begann sie mit der Frau, die mit ihren zwei Kindern das Abteil mit ihnen teilte, ein Gespräch anzuknüpfen. Sie radebrechte russisch und flocht deutsche Wörter ein. Die Frau antwortete in deutscher Sprache. Aina strahlte.

Anna Nikolajewna Karpowa war Lehrerin an einer Grundschule in Leningrad. Vor acht Tagen erst war sie mit ihren beiden Söhnen Boris und Pjotr von Leningrad abgefahren, um in Lewadia ihren Sommerurlaub zu verbringen. Sie war bestürzt über das Unglück, das über ihr Land hereingebrochen war, aber ruhig und gefaßt. Sie hoffte, ihren Mann noch in Leningrad anzutreffen, obwohl sie fast überzeugt war, daß er sofort zur Armee eingezogen worden war. Konstantin Karpow war Pilot, Einflieger in einem Flugzeugwerk.

„Mein Mann spricht ebenfalls gut deutsch. Wir beide lieben Deutschland sehr, seine Musik und seine großen Dichter. Und nun ist Krieg. Furchtbar!"

Walter sah zum Wagenfenster hinaus. Es ging auf den Abend zu. Das weite flache Land lag im Sonnengold. Der Zug fuhr mit einer ungewöhnlichen Geschwindigkeit. Die Telegrafenmasten am Bahndamm huschten derart schnell am Fenster vorbei, als stünden sie meterdicht nebeneinander. In der Ferne lag ein großes Dorf. In den Häusern flammten die ersten Lichter auf. Friedlich lag das Dorf in der langgestreckten Mulde an einem schmalen Fluß, der glänzte wie ein mattsilbernes Band. Und weit, so weit das Auge reichte, Getreide-, Raps- und Mohnfelder mit reifender Frucht.

Mit dem ersten zaghaften Schein des neuen Tages erwachte Walter. Er lauschte auf den Takt der Räder. Der Zug rollte in rasender Eile über die Schienen. Ihm gegenüber, auf dem oberen Schlafplatz, lagen die beiden Jungen, auf dem unteren deren Mutter, die Leningrader Lehrerin. Ruhig und gleichmäßig waren ihre Gesichtszüge; schön sah sie aus. Walter beugte sich nach unten. Aina hatte den Kopf zur Wagenwand gewendet und sich fest eingemummelt. Er hörte ihre leisen, regelmäßigen Atemzüge. Nun schob er ein wenig die Fenstervorhänge beiseite. Der Tag blinzelte ihn noch müde an. Nebelschwaden zogen über die Weiden und Felder. Über den Wipfeln der Bäume eines kleinen Hains ragten die Zwiebeltürme einer ukrainischen Kirche. Walter hätte gern gewußt, ob sie Kiew schon hinter sich hatten. Wenn nicht, mußten sie nahe der Stadt sein.

Die Lokomotive pfiff. Laut und schrill. Ein zweiter Pfiff – kurz, energisch. Geh mir aus dem Weg, konnte es heißen. Los, mach freie Bahn!

Abermaliger Pfiff. Ein Pfiff nach dem andern, wie in höchster Not ausgestoßen. Walter horchte auf. Der Zug raste dahin, und die Lokomotive pfiff und pfiff.

Anna Nikolajewna erwachte, sah zu Walter auf und fragte, was los sei.

Walter schüttelte den Kopf. „Wenn ich das wüßte..."

In kurzen Abständen pfiff die Lokomotive, immer wieder, unausgesetzt.

Aina steckte ihren Kopf hervor.

„Was ist das für ein Lärm?" fragte sie. „Wenn da was nicht in Ordnung ist, muß der Zug doch anhalten?"

Der Zug fuhr aber eher noch schneller, und die Lokomotive pfiff und pfiff.

Im Wagengang sammelten sich Fahrgäste, die meisten in Schlafanzügen. Sie blickten sich fragend an und sahen zu den Fenstern hinaus.

Der Zug nahm einen großen Bogen. Walter konnte die Lokomotive sehen. Eine kräftige Maschine. Die Kolbenstange arbeitete in einem fieberhaften Tempo. Immer wieder bildeten sich über dem Lokführerstand kleine weiße Wölkchen, und schrille Pfiffe ertönten.

Da rief jemand: „Flugzeuge! Sehen Sie, dort!"

„Was für Flugzeuge?" fragte Aina erschrocken und richtete sich auf.

„Was sollen das schon für Flugzeuge sein, Genossin? Wir sind doch wahrscheinlich schon in der Gegend von Kiew."

„Mama, sie fliegen auf uns zu!" rief Boris, der Ältere. Die beiden Jungen hatten die Vorhänge vom Fenster zurückgezogen.

„Warum wohl der Zugführer nur unausgesetzt pfeift?" fragte Anna Nikolajewna. Sie erhob sich und streifte sich einen dünnen Morgenrock über. „Nein", fuhr sie fort, wie in einem Selbstgespräch, „das geht nicht mit rechten Dingen zu."

In das fortgesetzte, pausenlose Pfeifen der Lokomotive erdröhnten plötzlich dumpfe Detonationen.

„Was ist das?"

Die Antwort kam aus dem Wagengang. „Bomben ... Bomben ... Deutsche Flugzeuge ..."

Aufschreie. Klagerufe. Namen wurden gerufen. Die einen drängten aus den Abteilen in den Wagengang. Die andern wollten hinein und sich ankleiden oder ihr Gepäck sichern. Ein erregtes Durcheinander entstand. Und pausenlos pfiff die Lokomotive.

Walter war von seinem Schlafplatz heruntergesprungen, hatte sich hastig angezogen. Als er auf den Gang hinauswollte, rief Aina, auf deren sommerlich-brauner Gesichtshaut ein fahler, grünlicher Schimmer erschienen war: „Bleib! Laß mich bitte nicht allein!"

Er blieb an der Tür stehen, obgleich er Anna Nikolajewna, die ihren beiden Jungen beim Anziehen half, nur hinderte.

Wieder ertönten dumpfe Einschläge. Dann gab's einen hellkrachenden Schlag. Die Lokomotive pfiff und pfiff, und der Zug raste, als könnte man nur durch noch größere Schnelligkeit dem Unheil entrinnen. Im Gang drängten und stießen sich die Menschen. Eine Frau kreischte laut. Im Nebenabteil weinten Kinder.

Schüsse knatterten. Wie kurze Peitschenhiebe klang es. In das Pfeifen der Lokomotive und in diese Schüsse hinein schwoll Motorengeheul an. Nun sah auch Walter ein Flugzeug beängstigend tief über dem Zug, das auf den Tragflächen Kreuze hatte. Es verschwand, dicht über dem Boden dahinfliegend.

Der Zug raste weiter, aber es waren keine Einschläge mehr zu hören, auch keine Kanonen- oder Gewehrschüsse. Nur die Lokomotive schrie immer noch.

Aina hatte sich an Walter gelehnt. Wie sie zitterte. Nie hatte er solche Angst in ihren Augen, überhaupt in den Augen eines Menschen gesehen.

Plötzlich brach das Pfeifen ab. Es war nun sehr still. Ein Aufatmen ging durch den Zug. Fabriken und Häuser erschienen. Sie fuhren durch eine Vorstadt. Der Zug verminderte seine Geschwindigkeit.

„Kiew!" rief eine Männerstimme im Gang.

„Brauchst keine Angst mehr zu haben", sagte Walter. „Das ist überstanden."

„Schweig!" flüsterte Aina zurück. „Besser, wir sprechen nicht deutsch."

Langsam, fauchend, wie erschöpft rollte der Zug in die Bahnhofshalle. Zwei Krankenwagen kamen auf den Bahnsteig gefahren. Walter und Aina sahen, wie aus dem Wagen hinter der Lokomotive Tote oder Verletzte auf Tragbahren in die Rettungswagen geschoben wurden.

„Da siehst du's nun: so führen die Faschisten Krieg!"

„So schweig doch!" rief Aina, dem Weinen nahe.

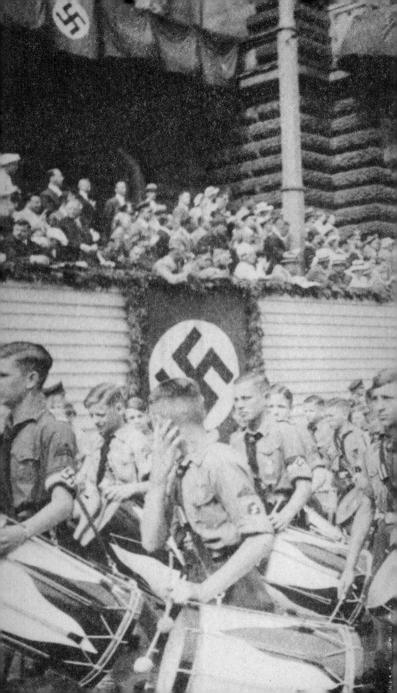